埃及守護神

巨蛇的闇影

雷克·萊爾頓 Rick Riordan◎著

沈曉鈺◎譯

遠流

埃及守護神 好評推薦

不管原先喜不喜歡埃及、對他們的神話傳說與文化習俗有多少認識，在看完【埃及守護神】之後，都會愛上埃及，還有他們的神。

——作家・青蛙巫婆 **張東君**

萊爾頓的老少書迷這次一定也會買帳——本書在各方面都超越之前的系列，它深刻許多，更能引起感情的共鳴，隱含些許警世及哲學的意味。

——**《紐約時報》**

一段上古歷史課，無縫接軌地藉由一部熱鬧的冒險故事展開。萊爾頓創造了另一部有趣、頂尖的冒險小說。

——**《出版者週刊》**

雷克・萊爾頓另一場世界跑透透的超自然冒險，讓人讀得血脈賁張。

——**《邦諾書店》**

即使敘述者不斷在小心規矩的卡特及勇敢無懼的莎蒂之間跳接，小說中那明快熱情的節奏，始終未曾減弱緩滯……萊爾頓就是知道孩子喜歡什麼，技巧精準，不負所望！

——**《華盛頓郵報》**

一場神話與現代的美妙結合。

——《飛行少年》作者 **艾歐因・寇弗**（Eoin Colfer）

萊爾頓的故事總是讓讀者大呼過癮！

——英國《衛報》

詼諧機智並發人深省，令人揪心、感動，並充滿有趣的諷喻。

——英國《泰晤士報》

萊爾頓的作品肯定能成爲經典！

——英國《星期日郵報》

在火花四射、激烈的爆炸動作之外，萊爾頓巧妙地鋪陳了雙重性主題，包括宇宙的「秩序」與「混沌」、平凡生活與異常冒險，以及受到父母呵護與走出父母成就陰影。是一趟充滿魔法與引人深思的驚人冒險。

——《科克斯評論》

一如以往讓人驚奇不已！不僅穿插了令人笑破肚皮的幽默，而且章節標題依然有趣，還有令人驚奇的小笑話。噢，別忘了還有莎蒂和華特、阿努比斯的三角關係。……故事情節的轉折讓人讀到廢寢忘食，無疑地，它值五顆星。

——讀者 Daelyn Bentley-Gottel

我認爲萊爾頓是神，一個擁有文學才華的神！……他重現神話並成爲主流，讓孩子們融入對他們而言可能已經太老且太遙遠的故事之中。……他使得神話易於接近，而且更重要的是，更加有趣、熱鬧。

——讀者 OpheliasOwn "jh17ophelia"

主要人物簡介

◆**卡特．凱恩**（Carter Kane）

十五歲男孩，從小在家自學，個性謹慎小心。母親過世後與妹妹莎蒂分開，獨自跟隨父親在世界各地遊歷。之後父親失蹤，他與妹妹一同踏上尋找父親的冒險，並成立了「布魯克林之家」，積極召募法老的後代加入魔法師的行列。他是法老血統的後代、天空之神荷魯斯的宿主，是世界上第二高強的魔法師。面對混沌的黑暗勢力興起，凱恩兄妹再次接下不可能的任務，甚至賭上性命。

◆**莎蒂．凱恩**（Sadie Kane）

十四歲少女，性格直率，充滿冒險與嘗試的勇氣。母親過世後，由外公、外婆撫養長大，原本與聚少離多的父兄感情疏離，但在與哥哥卡特共同經歷對抗火神的戰鬥後，兩兄妹漸漸建立起革命情感。她同時也是愛情守護女神艾西絲的宿主，愛慕著死亡與喪葬之神阿努比斯和華特．史東。為了阻止世界末日的來臨，再次捲入神人與邪惡的魔法大對決。

◆**阿摩司．凱恩**（Amos Kane）

卡特與莎蒂的叔叔，魔法師哥哥朱利斯失蹤後，成爲兩兄妹的保護者之一。他在遭遇邪惡火神附身後變得失神與虛弱，於是回到魔法師組織「生命之屋」的總部調養生息。之後返回布魯克林之家幫助凱恩兄妹訓練新魔法師。在《火焰的王座》最後，他繼任了生命之屋的新任大儀式祭司。

◆**華特．史東**（Walt Stone）

十四歲男孩，擁有法老血脈，身材高大精實，常一副運動員打扮。他對魔法極具天賦，最擅長讓無生命的東西動起來；手藝精巧，天生就是製作魔法飾品的高手。他是最先回應凱恩兄妹在布魯克林之家召募魔法師的人，也是兩兄妹一連串任務中重要的左右手。

◆**姬亞．拉席德**（Zia Rashid）

生命之屋魔法師，有著一頭黑髮與琥珀色眼睛，並用化妝墨畫上埃及式黑眼線。她從小接受魔法訓練，是爲了對付埃及的神。最擅長的是火之魔法。她白天要照顧沉睡多年後甦醒卻變得瘋癲的太陽神拉，晚上則要協助阿摩司治理第一行省，是生命之屋重要的一員。

◆**薩特納**（Setne）

埃及法老拉美西斯大帝的兒子凱姆瓦薩特王子，他是個神經質的超級大騙子、叛徒和小偷，創造了令神與阿波非斯害怕的毀滅咒語，不惜一切代價想擁有宇宙的祕密、並成爲神，是個邪惡的天才魔法師。

埃及守護神

巨蛇的闇影

目錄

獻給打造我寫作生涯的三位偉大編輯：
凱特・米夏克、珍妮佛・貝瑟與史蒂芬妮・羅瑞，
你們是魔法師，讓我的文字充滿了活力。

警告

這是一份錄音聽寫稿。卡特．凱恩與莎蒂．凱恩前兩次寄給我像這樣的錄音檔，我將它謄寫整理成《紅色金字塔》與《火焰的王座》兩本書。我很榮幸能繼續得到凱恩家的信任，但我必須提醒你，與前兩次相比，這第三份有關他們的經歷最令人感到不安。送到我家的錄音帶是裝在一個燒焦的盒子裡，盒子上布滿爪痕及齒印，就連我們本地的動物學者也無法辨識這是哪種動物的傑作。要不是因爲盒子外寫著具有保護力量的象形文字，我懷疑這盒子能否撐過這段路程。繼續往下看，你就會了解原因。

1 派對終結者

我是莎蒂．凱恩。

如果你正在聽這捲帶子，眞是恭喜你了！你歷經世界末日活下來了。

首先，我想直接爲世界末日對你可能造成的不便致歉。地震、叛亂、暴動、龍捲風、洪水、海嘯，當然還有把太陽吞掉的巨蛇，其中恐怕有很大一部分是我們的錯。卡特和我決定，我們至少應該解釋一下事情經過。

這可能也是我們的最後一次錄音。等你聽了我們的故事，就能清楚知道爲什麼。

所有的麻煩就從我們在達拉斯開始，有隻噴火羊毀了圖坦卡蒙王❶的展覽。

那天晚上，德州的魔法師在達拉斯美術館對街的雕像花園舉辦一場派對。男士們身穿燕尾服，腳踩牛仔靴；女士們個個身穿晚宴服，頂著像綿綿糖般的爆炸頭。

---

❶圖坦卡蒙王（King Tutankhamen）約生於西元前十四世紀，為古埃及新王國時期法老王。他英年早逝，其墓室於一九二二年發現時因保存良好，成為現今研究古埃及的重要文物。參《紅色金字塔》十五頁，註❶。

（卡特說，這個東西在美國叫做「棉花糖」。管他的。我是在倫敦長大的，所以你就是得不斷學習事物的正確說法才對。）

有個樂團正在帳篷裡演奏鄉村老歌；一串串掛在樹上的彩色小燈發出微微閃光。除了偶爾會看到有魔法師從雕像裡的密門跑出來，或是召喚火花燒掉討厭的蚊子，否則這個派對看起來就和一般的派對沒什麼兩樣。

我們一到那裡就將第五十一行省❷的領袖ＪＤ．葛里森拉到一旁召開緊急會議，當時他正在和他的客人聊天，並享用一盤牛肉墨西哥薄餅。關於這點我感到很愧疚，但一想到他所身陷的危險，我別無選擇。

「攻擊？」他皺起眉頭。「圖坦卡蒙王展覽已經開始一個月了，如果阿波非斯❸要攻擊，他豈不是早就下手了？」

ＪＤ高高壯壯的，有著一張粗獷滄桑的臉孔和一頭柔細的紅髮，雙手和樹幹一樣粗糙。他看起來大約四十歲，不過魔法師的年齡很難看得出來，說不定他已經四百歲了。他身穿一套黑色西裝，搭配一條牛仔戴的那種有飾釦皮繩領帶，腰帶釦上還有一大塊孤星裝飾，模樣有如以前西部時代的警長。

「我們邊走邊說。」卡特說。他開始帶著我們走到花園的另一邊。

我必須承認，我老哥展現出一股不尋常的自信。

他當然還是一個超級大呆瓜。他的棕色鬈髮左邊不見了一大塊，那是他的葛萊芬❹給他的

「吻痕」。你也可以從他臉上的傷口看出他尚未精通刮鬍子的藝術。不過，自從他過了十五歲生日，身高就一飛沖天，而且每天數小時的打鬥訓練使他鍛鍊出了肌肉。他穿著黑色亞麻衣，特別是配上腰間的卡佩許劍❺，看起來泰然自若而且成熟。我幾乎可以想像他成為一個男性領導者的模樣，卻不會狂笑失聲。

【卡特，你幹嘛瞪我？我那樣形容已經很客氣了。】

卡特在自助餐桌旁走來走去，抓起一大把玉米脆片。「阿波非斯的攻擊有個模式，」他告訴JD：「先前的其他次攻擊都是發生在新月的晚上，那是黑暗勢力最強的時候。相信我，他今天晚上會攻擊你們的博物館，而且攻勢猛烈。」

JD．葛里森從一群正在喝香檳的魔法師旁邊擠過去。「其他次攻擊……」他說：「你是指芝加哥和墨西哥市？」

「還有多倫多，」卡特說：「和……一些地方。」

❷行省（Nome）是指古埃及在西元前三一〇〇年形成的城邦小國。參《紅色金字塔》六十七頁，註⓯。

❸阿波非斯（Apophis）是埃及神話中混沌力量的代表，通常以巨大蛇怪的形象出現，是太陽神拉（Ra）的宿敵。參《火焰的王座》四十七頁，註⓴。

❹葛萊芬（Griffin）是希臘神話中一種頭及翅膀像老鷹、身體是獅子的奇獸。參《火焰的王座》二十三頁，註⓬。

❺卡佩許劍（khopesh）是古埃及的一種銅劍名稱。參《紅色金字塔》二〇九頁，註59。

我知道他不想多說。我們整個夏天目睹過的攻擊事件，讓我們兩個惡夢連連。

然而，眞正全面性的末日大戰還沒到來。混沌巨蛇阿波非斯從他冥界的監牢逃脫，到現在已經過了六個月，但他尙未展開我們所預期的大規模入侵人類世界行動。基於某種原因，巨蛇耐心等待時機，只有對各個看似安居樂業的行省進行小規模攻擊。

就像這裡一樣，我想。

當我們走過帳篷時，樂團結束演奏，一位拿著小提琴的金髮美女向ＪＤ揮動琴弓致意。

「親愛的，快過來！」她喊著：「我們需要你來彈電吉他！」

他擠出笑容。「親愛的，馬上就好。我會回來的。」

我們繼續往前走。ＪＤ轉向我們。「那是我妻子安妮。」

「她也是魔法師嗎？」我問。

他點點頭，表情變得凝重。「關於這些攻擊事件，你們爲什麼這麼肯定阿波非斯會攻擊這裡呢？」

卡特的嘴裡塞滿了玉米脆片，所以他的回答是：「嗯啊姆嗯啊。」

「他在追查某件文物的下落。」我替卡特翻譯，「他已經毀了那文物的五件複本，僅存的最後一件就在你們的圖坦卡蒙王展覽上。」

「哪一件文物？」ＪＤ問。

我猶豫了一下。在來到達拉斯之前，我們布下各種防護咒，身上戴滿防禦護身符，以防有人使用魔法來竊聽，但想到要說出我們的計畫，我還是很緊張。

「最好還是我們直接帶你去看吧。」我沿著噴水池走，有兩名年輕魔法師正用魔棒在石子路上比劃出閃閃發亮的「我愛你」字樣。「我們帶了自己的精英小組來幫忙，他們正在博物館等我們過去。如果你讓我們檢查這件文物，可能的話請交給我們帶回去保管……」

「給你們帶回去？」JD生氣地說：「這個展覽戒備森嚴，我手下最頂尖的魔法師全天候看管這裡。你們自認爲在布魯克林之家會做得比我們還好？」

我們停在花園邊。越過街道，一條兩層樓高的圖坦卡蒙王展覽布條垂掛在博物館的一側。

卡特拿出手機，給JD·葛里森看看螢幕上的照片。照片裡是一棟燒毀的豪宅，那曾經是多倫多第一百行省的總部。

「我相信你們的守衛很厲害，」卡特說：「但我們寧可不要讓你們行省成爲阿波非斯下手的目標。在其他類似的攻擊行動裡……巨蛇的手下沒有留下任何活口。」

JD凝視著手機螢幕，回頭看了他的妻子安妮一眼。她正在拉小提琴，跳著兩步舞。

「好吧，」JD說：「希望你的團隊很高明。」

「他們很厲害。」我向他保證。「來吧，我們介紹你們認識。」

我們的精英魔法師小組正忙著打劫紀念品店。

菲力斯召喚了三隻企鵝，牠們頭戴圖坦卡蒙王紙面具，正搖搖擺擺到處亂晃。我們的狒狒朋友古夫坐在書架頂上讀著《法老的歷史》一書，要不是牠把書上下拿顛倒，這場景可是會令人大感驚奇。至於華特（噢，親愛的華特，你爲何要這麼做？），他打開珠寶櫃，仔細檢查墜飾、手環和項鍊，彷彿這些東西都具有魔法。艾莉莎用她的土之魔法讓陶罐飄浮起來，在空中將二、三十個陶罐拋接出8字形。

卡特清了清喉嚨。

華特僵直不動，手裡滿滿的金子珠寶。古夫急忙從書架爬下來，大部分的書都被牠弄倒了。艾莉莎的陶罐撞碎在地上，菲力斯則試著要把他的企鵝趕到櫃子後面。（他強烈認爲企鵝很有用，恐怕我無法解釋箇中原因。）

JD·葛里森的手指敲彈著自己的孤星腰帶釦。「這就是你們的精英小組？」

「沒錯！」我試圖擺出迷人的笑容。「抱歉，這裡弄得一團亂。我來，嗯……」

我從腰帶拔出魔棒，唸了一個具有力量的字：「海—奈姆！」

我愈來愈擅長唸這些咒語了。在大多數時候，我可以傳輸我的守護神艾西絲[6]的力量而不昏倒，並且一次爆炸也沒發生過。

代表「合體」的象形文字在空中亮了一下：

破碎的陶片飛起來並組合回去，自動修復。書本通通回到書架上。圖坦卡蒙王的面具從企鵝頭上飛離，露出牠們的本來面目——呼！就是企鵝。

我們的朋友看起來很不好意思。

「抱歉。」華特一邊喃喃說著、一邊將珠寶放回櫃子裡。「因爲我們覺得很無聊。」

我沒辦法一直對華特生氣。他很高大，很有體育天分，身材就像個籃球隊員。他穿著運動褲和無袖上衣，露出健美的手臂。他有著熱可可般的膚色，臉孔的每一處都和他的法老祖先雕像一樣威嚴俊俏。

我喜歡他嗎？這個嘛，事情很複雜，以後再好好解釋吧。

JD．葛里森打量著我們團隊。

「很高興認識各位。」他努力維持熱忱。「跟我來。」

博物館的正廳是一個很大的白色房間，裡面擺了幾張空空的咖啡桌，有一處舞台，天花板高到可以放進一隻長頸鹿當寵物。在大廳一側，樓梯往上直通一排排的辦公室包廂；在另一邊，透明玻璃牆向外可以眺望達拉斯夜晚的天際線。

JD往上指著包廂處，那裡有兩名身穿黑色亞麻袍的男子正在巡邏。「你們看到了嗎？到處都有守衛看管著。」

---

❻艾西絲（Isis）是埃及神話中代表母性及愛情的女神。參《紅色金字塔》一二一頁，註㉛。

守衛將魔杖及魔棒準備在旁。他們往下瞄了我們一眼，我注意到他們的眼睛閃閃發亮。他們臉頰上畫著象形文字，像是作戰前在臉上塗的油彩一樣。

艾莉莎輕聲對我說：「他們的眼睛怎麼了？」

「監視魔法。」我猜，「這些符號可以讓他們看到杜埃❼。」

艾莉莎咬著唇。因爲她的守護神是大地之神蓋伯❽，她喜歡實在具體的東西，像是石頭和陶土。她不喜歡很高的地方或很深的水裡；她絕對不喜歡杜埃，那個與我們共存的魔法境地。

有一次，我描述杜埃就像是我們腳下的海洋、有一層層往下綿延不絕的魔法空間時。我覺得艾莉莎聽到的感覺就像快要暈船了。

不過，十歲的菲力斯就沒有這種疑慮了。「太酷了！」他說：「我也想要發亮的眼睛。」

他用手指劃過臉頰，留下一滴滴亮亮的、有著南極洲形狀的紫色色塊。

艾莉莎大笑。「你現在看得見杜埃嗎？」

「不行。」他坦承，「但我現在比較看得清楚我的企鵝。」

「我們的動作應該加快了，」卡特提醒我們，「阿波非斯通常在月亮移到最高點時發動攻擊，也就是在……」

「啊！」古夫舉起十根手指。要說誰對天體運行有最佳感應，那就是非狒狒莫屬。

「十分鐘內，」我說：「好極了。」

我們接近圖坦卡蒙王展覽的入口，這入口實在讓人很難錯過，因爲有塊巨大的金色牌子寫著「圖坦卡蒙王展」。兩名魔法師站在門口守衛，一旁還有兩隻用繩子綁著的成年獵豹。

卡特訝異地看著ＪＤ。「你怎麼可以完全自由地出入博物館？」

這德州佬聳聳肩。「我太太安妮是委員會主席。好了，你們想要看的文物是哪一件？」

「我研究過你們的展覽地圖，」卡特說：「來吧，我帶你去看。」

兩隻獵豹似乎對菲力斯的企鵝很感興趣，但是守衛拉住牠們，讓我們通過。

走進去之後，展場非常大，不過我想你對細節不會感興趣。這裡的展覽室有如迷宮一般，裡面擺放著石棺、雕像、家具、一些黃金珠寶……等等的東西。要是我的話，一定全部跳過不看。我所見過的埃及收藏品已經夠我欣賞好幾輩子，眞是多謝了。

況且，我所看到的每個地方都有令我想起悲慘經驗的東西。

我們經過擺放薩布堤❾塑像的櫃子，那些薩布堤絕對已經被施了符咒，受到召喚時會復活。我已經用掉我的薩布堤了。我們經過很多雕像，其中有目光凶狠的怪物，也有我正面交手過的神，像是曾附身在我外婆身上的禿鷹女神奈赫貝特❿（這事說來話長）；還有曾經試圖

---

❼杜埃（Duat）是埃及神話中的冥界，也是死亡之神俄塞里斯（Osiris）的管轄地。

❽蓋伯（Geb）是埃及神話中的大地之神，形象為鵝頭人身。他也是與生育相關的神，並看守惡人的靈魂。

❾薩布堤（shabti）是古埃及文化中的陪葬品，為中王國時期大量出現的一種木乃伊造型小人俑。參《紅色金字塔》一〇九頁，註⓴。

❿奈赫貝特（Nekhbet）是埃及神話中的禿鷹女神，是上埃及的守護神，守護法老與王權，常出現在古埃及壁畫中。

殺了我的貓的鱷魚神索貝克[11]（這事也說來話長），以及之前因爲辣醬而消失的獅子女神薛克梅特[12]（這事就別問了）。

在這些雕像中，最讓人難過的是一尊用雪花石膏做成的雕像，那是我們的朋友——侏儒神貝斯[13]。雕像製作的年代非常久遠，可是我認得出那個塌鼻子、濃密的鬢角、圓滾滾的肚子，還有那張像是被煎鍋重複敲打、醜到不行但很可愛的臉。雖然我們認識貝斯只短短幾天，但他竟然爲了幫助我們犧牲了自己的靈魂。現在，每當我看見他，就會想起我永遠無法償還的這份恩情。

我在他的雕像前徘徊的時間比我想的還久，其他人已經從我旁邊走過去，進入下一個房間，就在前方約二十公尺的地方。這時我旁邊傳來一個聲音：「喂！」

我看看四周，以爲是貝斯的雕像在說話。然後這個聲音再次出現：「嘿，小姑娘。仔細聽好，現在時間不多了。」

在牆壁中央，和我視線同一高度的地方，有張男人的臉孔從厚實的白色牆壁浮現突起。他有一個鷹勾鼻、刻薄的薄嘴唇和高額頭。雖然他的膚色和牆壁一樣，看起來卻栩栩如生。他空白的眼睛勉強傳達出不耐煩的眼神。

「小姑娘，你救不了紙草卷的。」他警告我，「就算你做得到，也永遠無法理解裡面的內容。你需要我的幫忙。」

從我開始施行魔法以來就經歷過許多稀奇古怪的事，所以現在沒有特別受到驚嚇。不過我很清楚，最好要信任那種開口跟我說話、尤其還叫我「小姑娘」的白漆老鬼影。他讓我想起在布魯克林之家，那些男生閒來沒事看的可笑黑幫電影裡的角色，大概是某人的凡尼叔叔之類的。

「你是誰？」我質問他。

男人哼了一聲。「說得好像你不知道我是誰，好像所有人都不認識我似的。在他們處決我之前，你還有兩天時間。你想打敗阿波非斯的話，最好想法子把我弄出去。」

「我根本不知道你在說什麼。」我說。

這個男人的口氣聽起來不像是邪神賽特⓮或是阿波非斯，也不像我以前交手過的壞蛋。不過這種事永遠沒法確定，畢竟世界上有種東西叫做「魔法」。

男人抬起下巴。「好吧，我懂了，你想要看我拿出證明，好讓你信任我。你永遠救不了那份紙草卷，但你可以去搶救那個金盒子。如果你聰明到能夠理解的話，這盒子會提供你需要的線索。小姑娘，期限就到後天日落之前，我開出的條件到時就會沒囉，因爲到那個時候，

⓫索貝克（Sobek）是埃及神話裡的鱷魚神，傳說是拉和賽特的護衛。
⓬薛克梅特（Sekhmet）是埃及神話中的獅子女神，代表戰爭和毀滅。
⓭貝斯（Bes）是埃及神話中的侏儒神，是太陽神與法老的守護者，性格溫和開朗。參《火焰的王座》一四五頁，註㉟。
⓮賽特（Set）是埃及神話中的邪惡、混沌及黑暗之神。參《紅色金字塔》一二一頁，註㉚。

我就會永遠……」

他突然說不出話來，眼睛瞪得好大。他拚命掙扎，彷彿脖子上的套環被拉緊了一樣。然後，他慢慢消失到牆壁裡。

「莎蒂？」華特在走廊盡頭叫我，「你還好嗎？」

我往那邊看去。「你剛剛看見了嗎？」

「看見什麼？」他問。

我心想，他當然沒看見。如果其他人看見我看到的凡尼叔叔會有多好玩？接著我忍不住想說我是不是快瘋了。

「沒事。」我說，跑過去趕上他們。

在隔壁房間的入口處，兩旁各擺了一尊黑曜岩材質的巨大斯芬克斯[15]像，它們有著獅子身體和公羊頭；卡特說這種特別的羊頭獅身獸稱為「庫力歐斯芬克斯」。【謝了，卡特。我們都超想知道這種毫無用處的資訊。】

「啊！」古夫警告，舉起五根手指。

「還剩五分鐘。」卡特翻譯古夫的話。

「給我一點時間，」ＪＤ說：「這房間所布下的保護咒力量最強大，我必須調整咒語才能讓你們通過。」

「呃，」我緊張地說：「不過，希望這些咒語還是可以擋住敵人，像是混沌巨蛇這類？」

JD惱怒地瞪了我一眼。常常有人這樣對我。

「我多少還知道一些防護魔法，」他保證，「相信我。」他舉起魔棒，開始誦唸。

卡特把我拉到一邊。「你還好吧？」

我和凡尼叔叔碰面後的臉色一定很難看。「我很好，」我說：「剛剛在那裡看到一些東西。大概是阿波非斯的詭計，但是……」

我的目光飄向走廊另一邊的盡頭。華特直盯著玻璃櫃的金色王座，他傾身向前，一手放在玻璃櫃上，看起來好像人不太舒服。

「晚一點再說。」我對卡特說。

我走到華特旁邊。展示品的燈光照亮他的臉，使他的五官發出有如埃及山丘般的紅棕色。

「怎麼了？」我問。

「圖坦卡蒙死在那張椅子上。」他說。

我讀了解說牌上的說明，上面沒有提到任何有關圖坦卡蒙死在那張椅子上的事，但華特的語氣聽起來非常肯定，或許是因爲他能感覺到家族詛咒吧。圖坦卡蒙王是華特好幾十億代

⓯ 斯芬克斯（sphinx）是埃及神話的有翅怪物，通常為雄性，有三種不同形象。最為人所知的是象徵高貴與仁慈的獅身人面獸（Androsphinx），還有羊頭獅身獸（Criosphinx）及鷹首獅身獸（Hieracosphinx）。參《紅色金字塔》一七五頁，註㊺。

以前的叔公，當年使得圖坦卡蒙王在十九歲斃命的同一種遺傳性的毒，現在正在華特的血液裡流動。他施行魔法的次數愈多，毒性就會增強，但他拒絕延緩毒發時間。他看著祖先坐過的王座，心裡一定感覺有如正在讀著自己的訃聞。

「我們會找到解藥，」我向他保證，「只要我們一解決阿波非斯……」

他看著我，而我的聲音開始顫抖。我們都知道，打敗阿波非斯的機會很渺茫，就算成功了，也不保證華特能活到見證勝利的那一刻。今天是華特狀況比較好的時候，而我還是看得見他眼裡的痛。

「各位，」卡特喊我們，「我們準備好了。」

在庫力歐斯芬克斯雕像後面的房間裡，是「最精彩」的埃及死後世界文物展藏。真人般大小的木製阿努比斯[16]像在底座上往下凝視。一隻金色狒狒坐在一個公理天秤的複製品上，古夫一看到它立刻就開始向對方示好。此外，還有法老的面具、冥界地圖、一大堆曾經裝滿木乃伊器官的卡諾皮克罐[17]。

卡特不管這些東西，直接從旁走過。他把大家集合在房間後牆放有長長紙草卷的玻璃展示櫃旁。

「這就是你們在找的東西？」ＪＤ皺起眉頭。「《打倒阿波非斯之書》？你們的確知道，就連對付阿波非斯的最強咒語都不是很有用。」

卡特將手伸進口袋，拿出一小片燒焦的紙草片。「這是我們從多倫多唯一搶救回來的東西，是另一份一模一樣的紙草卷。」

ＪＤ接過紙草碎片。這碎片不比明信片大，可是因燒得太焦黑，我們只能辨識出幾個象形文字。

「打倒阿波非斯……」他唸出這幾個字。「但這是最普遍的魔法紙草卷之一，有上百份從古流傳至今。」

「不。」我壓抑住回頭看的衝動，說不定巨蛇正在偷聽。「阿波非斯要找的是一個特定的版本，他要的是這個傢伙寫的。」

我點了點在展示櫃旁的解說牌，並唸出：『相傳爲凱姆瓦薩特王子[18]所有，他更爲人熟知的名字是薩特納』。」

ＪＤ皺起眉頭。「那是個邪惡的名字……他是過去最壞的魔法師之一。」

「我們也聽說過，」我說：「而阿波非斯只摧毀薩特納所寫的紙草卷版本。就我們所知，

---

⑯ 阿努比斯（Anubis）是埃及的死亡與喪葬之神，外型是胡狼頭人身，保護著木乃伊與陵墓，在墓室壁畫與陪葬品上常可見其圖像。

⑰ 卡諾皮克罐（canopic jars）是指古埃及人在製作木乃伊的過程中，將死者的肝、肺、胃和腸取出另外處理後，所個別放入的四個罐子。參《紅色金字塔》一五九頁，註㊵。

⑱ 凱姆瓦薩特王子（Prince Khaemwaset）為拉美西斯大帝的第四個兒子，生前是著名的書吏及學者。他的墓園留下許多有關修復古王國時期的文獻，因此被稱為偉大的魔法師，也被視為是第一位埃及學的學者。薩特納（Setne）是他的神職稱謂縮寫。

到目前爲止，這份紙草卷僅存六份，而阿波非斯已經燒掉五份，這是最後一份。」

ＪＤ狐疑地檢查燒焦的紙草碎片。「如果阿波非斯已經眞的從杜埃復活、恢復所有力量，他爲何還在乎幾份紙草卷？既然沒有咒語能夠阻止他，爲何他還沒消滅世界？」

同樣的問題，我們也問了我們自己好幾個月。

「阿波非斯害怕這份紙草卷，」我說，希望我是對的，「其中一定有某樣東西握有擊敗他的方法，想確保這份紙草卷在他入侵世界之前通通被銷毀。」

「莎蒂，我們要快一點了，」卡特說：「隨時可能發生攻擊。」

我往前更靠近紙草卷。這份紙草卷大約有兩公尺長、五十公分高，上面寫滿密密麻麻的象形文字，還有彩色插圖。我看過許多這種紙草卷，內容描述打倒混沌的方法，還寫了誦唸的文字，好防止太陽神拉⑲每晚通過杜埃時不會被阿波非斯吞掉；古埃及人對這個主題很執著。那些埃及人眞樂觀天眞啊。

我看得懂象形文字，這是我許多厲害才能之一，但這份紙草卷中有太多東西需要消化。乍看之下，沒有任何讓我覺得特別有用的東西。上面寫了對夜之河及拉的太陽船在河上航行的描述，都很普通，而且我去過那裡，謝了。此外，還提到如何對付各種在杜埃的惡魔。我見過他們，也殺了他們，這我經驗十足。

「莎蒂？」卡特問，「有看到什麼嗎？」

「還不知道，」我抱怨著，「給我一點時間。」

我的書呆子哥哥是個戰鬥魔法師，而大家都希望我是了不起的魔法讀者，我發現我很討厭這樣子。

「你永遠無法理解裡面的內容。你需要我的幫忙。」牆壁上浮出的臉曾經警告我。

「我們得把紙草卷一起帶走，」我做了決定，「我確定只要再多一點時間就會弄懂……」

博物館開始搖晃。古夫尖叫，跳進金色狒狒的懷裡。菲力斯的企鵝驚慌失措地到處搖擺行走。

「那聽起來像……」JD．葛里森臉色發白。「外面有爆炸。派對上的人！」

「這是在聲東擊西，」卡特警告，「阿波非斯現在想要分散我們保護紙草卷的人力。」

「他們在攻擊我的朋友，」JD痛苦地說：「我太太。」

「快去！」我說，瞪著我哥哥。「我們自己能處理紙草卷的事。JD的太太有危險！」

JD握住我的手。「把紙草卷帶走。祝你們好運。」

他跑出房間。

我轉過身面向展示櫃。「華特，你可以打開櫃子嗎？我們需要盡快拿出紙草卷……」

邪惡的笑聲在房裡迴盪。一種乾澀厚重、如同核子爆炸般低沉的聲音迴盪在我們四周：

⑲拉（Ra）是埃及神話中的太陽神，他不但是眾神之王，也創造了一切萬物，是埃及神系中最重要也地位最高的神。

「莎蒂．凱恩，我可不這麼認爲。」

我的皮膚感覺像變成了脆弱的紙草卷般開始剝落。我記得那個聲音。我記得很接近混沌是什麼樣的感覺，那就像是我的血液變成了火焰，體內的DNA鏈一一散開。

「我想，我會把你們連同瑪特[20]的守護者一起毀滅。」阿波非斯說：「沒錯，那會很有意思。」

在房間入口處，兩隻黑曜岩做的庫力歐斯芬克斯轉過身來，牠們肩並肩站在一起，擋住了出口，鼻孔冒出火焰。

牠們發出阿波非斯的聲音說：「沒有人能活著離開這裡。莎蒂．凱恩，永別了。」

[20] 瑪特（Ma'at）意指秩序與和諧，與混沌相反。另有一說瑪特是太陽神的女兒，是正義、真理與法律的化身。參《紅色金字塔》一八九頁，註[57]。

2 與混沌對話

事情發展自此急轉直下。這讓你很驚訝嗎？

我想沒有吧。

第一批傷兵是菲力斯的企鵝。庫力歐斯芬克斯朝這些不幸的鳥兒噴火，企鵝們全都融化成一灘水。

「不！」菲力斯哭喊著。

房間晃動，這次搖得更劇烈。

古夫尖叫著跳到卡特頭上，把他撞倒在地。在不同情況下，這個場面會很滑稽，但我發現，古夫剛才其實救了我哥一命。

卡特之前所站地方的地板已經消失不見，大理石地磚崩裂，彷彿被一支無形的電鑽打碎。這股破壞力量如同蛇一般蜿蜒橫越整個房間，摧毀所經過的每一樣東西，將古文物吸入地底，嚼碎成碎片。對……「如蛇一般蜿蜒」是正確的形容。破壞力量就像巨蛇一般扭動，直接朝後牆和《打倒阿波非斯之書》而去。

「紙草卷！」我大叫。

似乎沒有人聽見。卡特還躺在地上，試圖把古夫從頭上弄開。菲力斯仍在震驚之中、尚未平復，跪在企鵝融化的水灘邊，而華特與艾莉莎試著把他從噴火的庫力歐斯芬克斯旁拉開。

我取下繫在腰帶上的魔棒，大聲喊出我腦海裡浮現的第一個有力量的字：「朱魯瓦！」

金色的象形文字（代表「界線」的指令）在空中燃現，一道光牆在展示櫃與不斷前進的破壞力量之間閃動。

我經常使用這個咒語將吵得不可開交的生徒分開，或是保護零食櫃不在三更半夜被好吃鬼偷襲，但我從來沒有在這種重要時刻使用過。

無形的電鑽一碰到我的防護罩，咒語的能量便開始瓦解。這股破壞力量擴散到光牆，將光牆打碎。我努力集中心力，然而一股更強大的力量（也就是混沌本身）正不斷攻擊我、侵入我的心智、干擾破壞我的魔法。

驚慌中，我發現自己走不了了。我被困在一場打不贏的戰鬥裡。阿波非斯一點一滴削去我的思緒，就跟他削開地板一樣簡單。

華特打掉我手中的魔棒。

一陣黑暗向我襲來，我整個人癱倒在華特的臂彎裡。當我恢復了視力，才發現雙手被灼傷，還冒著蒸氣。我受到太大驚嚇，以至於感覺不到痛。《打倒阿波非斯之書》已經不在了，所有的一切都沒了，只剩下一堆碎石瓦礫和牆壁上一個超級大洞，彷彿剛才有輛坦克車輾過這裡。

絕望正打算緊鎖住我的喉嚨，但我的朋友聚集到我身旁。華特穩穩抱著我，卡特抽出劍來，古夫露出利牙，對著庫力歐斯芬克斯咆哮。艾莉莎雙手環繞著菲力斯，他正就著艾莉莎的袖子哭泣；他的企鵝一消失，很快就喪失了勇氣。

「就這樣？」我對著庫力歐斯芬克斯大叫。「燒掉紙草卷，然後像平常一樣跑掉？你害怕親自現身嗎？」

笑聲再次迴盪在展覽室裡。庫力歐斯芬克斯文風不動地站在門口，展示櫃裡的塑像和珠寶卻晃動不已。在一陣刺耳難聽的嘎吱聲後，古夫之前一直話家常的金色狒狒雕像突然　轉過頭來。

「但我無所不在。」巨蛇透過雕像的嘴說話，「我可以摧毀一切你珍愛的事物……還有你珍惜的人。」

古夫憤怒嘶吼著，牠整個跳到狒狒雕像上，把它打倒在地，結果雕像融化成一灘黃金。

另一尊雕像活了過來，那是一個手持狩獵長矛的鍍金法老木雕，它的眼睛變成血紅色，刻出來的嘴巴則扭曲變形擠出笑容。「莎蒂．凱恩，你的魔法很弱。人類文明已經變得老舊腐敗。我將吞下太陽神，把你們的世界永遠沉入黑暗之中。混沌之海將會毀滅你們所有人。」

雕像彷彿承受不了這麼多能量而炸開了。它的底座分離，另一道邪惡的電鑽魔法蜿蜒穿過室內，衝壞地板磁磚，直接朝著靠在東邊牆上的展示櫃而去，那裡擺著一個金色的小盒子。

「快救盒子。」我心裡傳來一個聲音說。這大概是我的潛意識，也可能是我的守護神艾西絲在說話；我和她一起共用心靈意識這麼多次，很難確定到底是誰在說話。

我記得牆上出現的臉對我說過：「去找金盒子。你會發現需要的線索。」

「那個盒子！」我大喊，「快阻止他！」

我的朋友們全盯著我看。這時外面發生爆炸，撼動了整棟建築物，一塊塊灰泥像大雨般從天花板紛紛往下掉落。

「這些小鬼就是你們能夠派出來對付我的精英嗎？」阿波非斯透過一尊象牙薩布提發聲，那尊薩布提在離我們最近的展覽櫃裡，是一個坐在玩具船上的迷你水手。「華特．史東……你是最幸運的，就算你活過今晚，在我大獲全勝之前，你的病終究會要了你的命。你將不必目睹自己的世界被毀滅。」

華特踉蹌後退。突然間，我撐住了腳步不穩的他。我被燒傷的手痛得不得了，我努力壓抑噁心想吐的感覺。

破壞的力量在地板上滾動，仍往金盒子的方向而去。艾莉莎丟出魔杖，大喊一句咒語。

那一刻，地板停止搖晃，變成一塊平滑穩固的石板，但新的裂縫又緊接著出現，混沌的力量使得石板整個炸開。

「勇敢的艾莉莎，」巨蛇說：「你所熱愛的大地會融化成混沌的一部分。你將失去你的立足之地！」

艾莉莎的魔杖爆出火焰，她放聲尖叫，把魔杖丟到一旁。

「住手！」菲力斯大喊。他用魔杖打破玻璃櫃，打爛了迷你水手和其他十幾個薩布堤。阿波非斯的聲音輕易地移轉到一個艾西絲的玉製護身符上，就在附近一個人形模特兒身上。「啊，小菲力斯，我覺得你這個小不點很有意思。或許我會饒你一命，把你當做寵物，就像那些你喜愛的可笑鳥兒一樣。不知道在你的神智崩潰之前還能撐多久？」

菲力斯扔出魔棒，把模特兒打倒。

混沌的毀滅痕跡現在距離金盒子只剩一半的長度。

「他要的是那個盒子！」我終於把話擠出來。「快救那個盒子！」

這絕對不是最鼓舞人心的戰吼，但卡特似乎了解我的意思。他跳到前進的混沌毀滅線之前，將劍戳進地板。他的劍削鐵如泥，大理石地板像冰淇淋般被輕鬆切開，一條藍色的魔法線延伸到兩旁，這是卡特自己的力場。毀滅線撞上這道屏障，停了下來。

「可憐的卡特・凱恩。」巨蛇的聲音現在環繞在我們四周，從一件文物跳到下一件文物，每一件都因爲混沌的力量而炸開。「你的領導注定完蛋。你想建立的任何一切都會崩落。你會失去你最寶貝的東西。」

卡特的藍色防護線開始晃動，如果我不趕快幫他的話……

「阿波非斯！」我大喊，「你幹嘛要等到最後才收拾我？現在就動手吧，你這超大錦蛇！」

一陣嘶嘶聲迴盪在室內。或許我該提一下，我的眾多才能之一就是激怒別人，顯然這對蛇也有效。

地板不再晃動，停了下來。卡特解開防護咒語，整個人幾乎癱軟在地上。感謝古夫的狒狒智慧，牠躍向金盒子，拿起來並跳開。

阿波非斯再次開口，聲音冷峻而憤怒。「很好，莎蒂．凱恩。現在你的死期到了。」

兩隻公羊頭的斯芬克斯動了起來，牠們口中亮出火焰，朝我直撲過來。

幸好其中一隻踩進那灘企鵝水滑了一跤，摔向左邊。要不是及時出現一隻駱駝攻擊另外一隻斯芬克斯，我早就被撕破喉嚨了。

對，那是一隻活生生實體大小的駱駝。要是你覺得困惑，就想想那兩隻斯芬克斯，一定也有同樣的感覺。

你問我駱駝是從哪裡來的？我之前可能提過華特的護身符收藏，其中兩個護身符就是用來召喚噁心的駱駝。我以前曾碰過牠們，所以當有一大隻單峰駱駝從我眼前飛過、撞上要咬我的斯芬克斯、還壓在牠上面時，我可是一點也高興不起來。斯芬克斯憤怒咆哮，試著擺脫駱駝，這時駱駝發出了抱怨聲，還放了個屁。

「興登堡。」我說，只有這隻駱駝放屁會這麼臭。「華特，到底爲什麼……？」

「抱歉！」他大喊說：「拿錯護身符了。」

不管怎麼說，這招奏效。駱駝不怎麼會打架，卻十分笨重遲緩。庫力歐斯芬克斯不斷咆哮，爪子在地板上抓來抓去，一直無法把駱駝推開；而興登堡就只是將腿張開，發出警告的轟隆聲，然後放屁。

我移動到華特身邊，努力想確認目前的情勢。

現在，這間展覽室一團混亂，一件件文物之間有著一道道弧形的紅光；地板崩裂不穩，牆壁出現裂縫；展示的文物一個接著一個動了起來，正在攻擊我的朋友。

卡特抵擋住另一隻庫力歐斯芬克斯的攻擊，用他的卡佩許劍刺向牠，但怪物用頭上的角以及噴火的方式來擋開卡特的攻勢。

一團卡諾皮克罐龍捲風包圍住菲力斯，從各個方向對他猛烈攻擊，他不斷用魔杖試圖揮開。一群迷你薩布堤大軍圍住艾莉莎，她焦急地吟誦咒語，使用土之魔法保持展覽室不會四分五裂。阿努比斯的雕像在房內四處追著古夫跑，還用拳頭砸壞所有東西，而我們勇敢的狒狒則將金盒子緊緊抱在懷裡逃命。

混沌的勢力在我們四周愈來愈強大，我的耳朵感覺到這股力量，如同即將侵襲的風暴來勢洶洶。阿波非斯一現身，震壞了整座博物館。

此刻我該怎麼幫助我所有的朋友、保護金盒子，並且不讓博物館坍塌而壓死我們？

「莎蒂，」華特問我：「你打算怎麼做？」

第一隻庫力歐斯芬克斯終於把興登堡從背上推開。牠轉過身對駱駝噴火，而這隻駱駝放了最後一個屁，縮回成一個毫無殺傷力的金護身符。然後庫力歐斯芬克斯轉向我，一臉不爽的樣子。

「華特，」我說：「保護我。」

「沒問題。」他不太確定地看著庫力歐斯芬克斯。「那你要做什麼？」

這眞是個好問題，我想。

「我們要保護那個盒子，」我說：「它是某種線索。我們必須恢復瑪特，否則博物館會從裡面爆炸，我們全都只有死路一條。」

「我們要怎麼恢復瑪特？」

我沒有回答，而是集中精神。我放低視線往杜埃裡看。

很難形容這種同時看到不同層世界的經驗，有點像戴上３Ｄ眼鏡去看東西的樣子，所看到的東西四周會有朦朧的光環，只不過這些光環並非總是與那些東西相符，而且影像時常轉換。魔法師在觀看杜埃的景象時必須很小心，最好的狀況下是只會覺得有一點噁心的不舒服感；最慘的話，是你的腦袋會爆開。

在杜埃裡，這間展覽室裡塞滿扭曲盤繞的巨大紅蛇，阿波非斯的魔法漸漸擴散，團團圍住我的朋友。我差點失去注意力，連晚餐一起吐出來。

「艾西絲，」我呼叫她，「可以幫點忙嗎？」

女神的力量貫穿我全身。我舒展我的感官能力，看見我哥正在和庫力歐斯芬克斯奮戰。在卡特所在位置的是戰神荷魯斯㉑，他的劍閃閃發光。

盤旋圍繞在菲力斯旁的卡諾皮克罐是邪靈的心，這些灰濛濛的形體仍然朝著我們的小朋友又抓又打，儘管菲力斯在杜埃裡有著驚人的強力光環，他那清晰鮮明的紫光似乎讓這些邪靈無法接近他。

艾莉莎被一陣巨人形狀的沙塵暴所包圍。當她一邊吟誦咒語，大地之神蓋伯高舉雙臂，支撐著天花板，而圍繞在她身旁的薩布堤如一團野火般燃燒。

古夫在杜埃裡看起來沒什麼不一樣，然而當牠在室內跳來跳去躲避阿努比斯雕像的追殺時，牠懷裡的金盒蓋子打了開來，裡面烏漆抹黑，像是倒滿了章魚墨汁。

我不確定這代表什麼意思，但接下來我看向華特，倒抽了一口氣。

在杜埃裡，華特被一團晃動的灰色亞麻布包住，那就是木乃伊的裹屍布。他的肉體變得透明，骨頭透出光芒，如同一個活生生的X光人。

我心想：「是他的詛咒，他被標上死亡記號了。」

㉑荷魯斯（Horus）是埃及神話中的天空之神及隼神。參《紅色金字塔》一二一頁，註㉙。

更糟的是，與他面對面的庫力歐斯芬克斯站在混沌風暴中央，一道道紅光從庫力歐斯芬克斯體內成弧形冒出。公羊頭變成阿波非斯的頭，臉上有黃色的蛇眼和利牙。

牠撲向華特，就在牠出手前，華特拋出一個護身符。金色鎖鏈在怪物臉上爆炸，將怪物的嘴巴纏繞起來。庫力歐斯芬克斯踉蹌不穩，像隻戴口罩的狗一樣拚命甩頭。

「莎蒂，沒關係。」華特的聲音聽起來更低沉、更有信心，彷彿在杜埃裡的他又多了幾歲。「快唸你的咒語，快！」

庫力歐斯芬克斯動了動下巴，金鎖鏈開始發出嘎吱聲。另一隻庫力歐斯芬克斯把卡特逼到牆邊。菲力斯跪下來，他的紫色光環在一團暗黑的邪靈風暴中微微搖曳。艾莉莎就快抵擋不住搖搖欲墜的房間了，天花板一塊塊掉落在她腳邊。阿努比斯雕像抓住古夫的尾巴，使牠頭下腳上，古夫痛苦嚎叫，雙手仍緊抱著金盒子不放。

如果現在不做就沒機會了，我必須重建秩序。

我傳輸艾西絲的力量，深深汲取自己的魔法儲量，我感覺到靈魂開始燃燒。我強迫自己專心，說出力量最強大的神聖文字：「瑪特。」

這個象形文字在我面前燃燒發光，如同一個迷你太陽般小而明亮。

「很好！」華特說：「繼續保持下去！」他不知道怎麼有辦法拉緊鎖鏈，一把抓住斯芬克斯的嘴巴。當怪物全力要壓在他身上時，華特奇異的灰色光芒像是會傳染般散布到怪物全身。庫力歐斯芬克斯嘶嘶叫喊，拚命扭動。我吸進一股像是墳墓空氣的腐臭氣味，強烈到差點讓我失去注意力。

「莎蒂，」華特催促我：「維持住，不要停下來！」

我將注意力集中在象形文字上，將所有能量傳送到這個代表秩序和創造的象徵。這個字的光芒愈來愈亮，大蛇盤繞的身體開始如同日光下的濃霧漸漸散開，兩隻庫力歐斯芬克斯也崩壞變成沙塵。卡諾皮克罐掉在地上，碎成一地。阿努比斯雕像放開古夫，害牠的頭撞到地上。在艾莉莎身邊的薩布堤大軍全都瞬間不動，她的土之魔法散布至整個房間，修補所有縫隙並撐住牆面。

我感覺到阿波非斯往杜埃深處撤退，憤怒地發出嘶嘶聲。

接著我立刻倒下。

「我跟你說過她做得到的。」傳來一個慈祥的聲音說。

這是我媽的聲音……但這當然是不可能的事。她已經死了，表示我只能偶爾跟她說說話，而且只能在冥界。

我的視線漸漸恢復，有點微弱模糊。兩名女子站在我旁邊看著我，其中一個是我媽，她一頭金髮夾在腦後，藍色的雙眼閃耀著驕傲。她整個人是透明的，就像鬼魂平常的那樣，聲音卻很溫暖、充滿活力。「莎蒂，這還不是終點。你必須繼續努力下去。」

站在她旁邊的是穿著白袍的艾西絲，她的彩虹光翅膀在身後閃耀晃動。她的頭髮烏黑絲滑，髮辮間編入一股股鑽石。她的容貌和我媽一樣美麗，不過更有女王氣勢，也比較冷淡。

各位不要誤會，我從與艾西絲共享心靈想法的經驗中，知道她用自己的方式在關心我。但神不是人類，他們無法想像我們不只是有用的工具或可愛的寵物；對神來說，一個人的一生沒有比一隻沙鼠的平均壽命長多少。

「我之前不會相信。」艾西絲說：「最後一個召喚瑪特的魔法師是哈姬蘇[22]本人，就算是她，也只有在戴著假鬍子時才辦得到[23]。」

我根本不知道那是什麼意思，決定不要知道答案。

我試著動一動，卻辦不到。我感覺像是漂在浴缸底部，靜止在溫水裡，而兩個女人的臉則在水面上波動，並朝下看著我。

「莎蒂，仔細聽我說，」我媽說：「別爲他們的死自責。你爸爸會反對你訂定的計畫，但你必須說服他，告訴他這是唯一拯救亡靈的方法。告訴他……」她的表情變得凝重。「告訴他這是他唯一能再見到我的方法。親愛的，你一定要成功。」

我想問她剛才說的話是什麼意思，然而我似乎無法開口說話。

艾西絲輕撫我的額頭，她的手指像雪一樣冰冷。「我們不能再加重她的負擔。莎蒂，再會了。我們必須再次結合的時刻很快就會到來。你的力量很強大，甚至勝過你的母親。我們會一起統治世界。」

「你是指『我們會一起打倒阿波非斯』吧。」我媽糾正她。

「當然，」艾西絲說：「那就是我的意思沒錯。」

她們兩人的臉融和在一起，共用一個聲音說：「我愛你。」

一陣狂風掃過我眼前。我周遭的景象變了，我和阿努比斯一起站在黑漆漆的墓園裡。阿努比斯並非以埃及墓室藝術裡老舊古板的胡狼頭人形出現，而是像我平常看到他的模樣，是個有著溫暖棕色眼珠的青少年，頂著一頭雜亂的黑髮，還有一張帥到不行、帥到令人討厭的臉；我的意思是說，拜託，就一個神來說，他占到的好處太不公平了。他能隨心所欲變成任何自己想要的樣子。爲什麼他總是要用這副讓我的心像麻花捲在一起的模樣出現？

「好極了。」我總算擠出一句話。「如果你在這裡，那就表示我已經死了。」

阿努比斯微笑。「你還沒死，但也很接近了。剛才用那一招很冒險。」

我的臉上有種發燙的感覺，而且一路蔓延到脖子，我不確定這是因爲我看到他會不好意思、生氣，還是很高興。

㉒哈姬蘇（Hatshepsut）是埃及新王國時期著名的女法老。參《紅色金字塔》一八一頁，註㊿。

㉓假鬍子是埃及國王的權力象徵，國王皆會配戴此一配件。歷史記載哈姬蘇女王掌權之後，便仿效男性君王配戴假鬍子。

「你到哪裡去了？」我質問他，「六個月來沒有一點消息。」

他的笑容消失了。「他們不讓我見你。」

「誰不讓你見我？」

「這是規定。」他說：「就算是現在，他們也在盯著我的一舉一動，不過因爲你瀕臨死亡，所以我可以看你幾分鐘。我有件事要告訴你：你的想法是對的。看看有什麼東西不在那裡，這是你能存活的唯一方法。」

「眞好，」我抱怨著，「感謝你不是用謎語在跟我說話。」

有種溫暖的感覺直抵我的心臟，它開始跳動。突然間，我發現自己從昏倒之後就一直沒有心跳，這樣或許不太好吧。

「莎蒂，還有一件事。」阿努比斯的聲音變得很不清楚，影像也快要消失了。「我要告訴你……」

「那你就親自來告訴我啊，」我說：「而不是用『死亡預視』這種莫名其妙的方式來跟我說話。」

「我沒辦法，他們不讓我去找你。」

「你說話的口氣聽起來還是個孩子。你是個神，對吧？你大可以想做什麼就做什麼。」

他的眼中燃著怒氣。然後，出乎我意料之外，他哈哈大笑起來。「我已經忘記你有多麼讓人討厭。我會想辦法去看你……一下子。我們有事需要談一談。」他伸出手來，輕撫過我的臉龐。「你現在要醒了。莎蒂，再見。」

「別走。」我抓住他的手，靠在我的臉頰上。

一股暖流流過我全身。阿努比斯消失了。

我立刻睜開雙眼。「別走！」

我被燒傷的手已經包紮起來，而且抓著一隻毛茸茸的狒狒手掌。古夫低頭看著我，一臉困惑的樣子。牠說：「啊？」

噢，好極了，我在和一隻猴子打情罵俏。

我搖搖晃晃地坐直身體。卡特和我們的朋友全圍繞在我身旁。這個房間還沒有崩塌，但整個圖坦卡蒙王展覽都毀了，我想我們在近期之內都不會受邀加入「達拉斯博物館之友」。

「發……發生什麼事了？」我結結巴巴地說：「有多久……？」

「你死了兩分鐘，」卡特顫抖地說：「我是說，莎蒂，你心跳停止了兩分鐘。我以為……我怕你……」

他哽咽著說不出話。可憐的孩子，沒有我的話，他眞的會手足無措。

【噢，卡特！不要捏我啦！】

「你剛才召喚了瑪特，」艾莉莎驚訝不已地說：「那是……不可能的啊。」

我想，我剛才那麼做令人大開眼界。使用神聖文字去創造一個像是動物或椅子還是劍之類的東西已經夠難了，召喚像是火或水這種元素更不簡單。可是召喚一種概念，比方說「秩序」，那根本沒人做過。不過我現在痛得要命，沒有辦法好好佩服自己了不起的一面。我感覺自己像召喚了一個鐵鉆，砸在自己頭上。

「剛才那是僥倖一試罷了，」我說：「金盒子呢？」

「啊！」古夫驕傲地指著擺在一旁、毫髮無傷的鍍金盒子。

「你是一隻好狒狒，」我說：「今晚多給你一些圈圈餅吃。」

華特皺眉。「但是《打倒阿波非斯之書》已經毀了。一個盒子對我們又有什麼用處？你說過這是某種線索……？」

我發現自己很難看著華特而不感到罪惡。我的心徘徊在他和阿努比斯之間好幾個月了，阿努比斯突然出現在我夢裡，看起來既帥氣又永生不死；可憐的華特犧牲自己的生命來保護我，而且身體一天比一天衰弱，這樣很不公平。我記得他在杜埃裡看起來的樣子，穿著灰白飄渺的木乃伊亞麻裹屍布……

不行，我不能再想那些了。我強迫自己要專心思考金盒子的事。

「看看有什麼東西不在那裡。」阿努比斯這麼說過。該死的神和討人厭的謎語。

牆上的臉、那位凡尼叔叔告訴過我，金盒子會給我如何打敗阿波非斯的線索，要是我腦袋夠聰明、能夠了解這條線索的話。

「我還不確定那是什麼意思。」我向大家坦承，「如果德州人讓我們把盒子帶回去布魯克林之家的話……」

我突然有種可怕的發現。外面沒有傳來更多爆炸聲響，安靜得令人毛骨悚然。

「德州人！」我大叫，「他們發生什麼事了？」

菲力斯和艾莉莎立刻衝向出口，卡特和華特扶我站起來，我們一起跟在後面跑過去。

站崗的守衛全都消失了。我們到達博物館大廳，我看見玻璃牆外有一道道白煙從雕像花園中升起。

「不，」我喃喃說著，「不，不會的。」

我們穿過街道。修剪整齊的草坪現在變成一個和奧林匹克運動會泳池一樣大的坑洞，洞底散落著熔化的金屬雕像和石塊。曾經是通往第五十一行省總部的隧道已經崩塌，宛如被惡霸踩爛的大蟻丘，在坑洞邊緣是還在冒煙的晚宴服碎片、已碎裂的塔可餅盤子、破掉的香檳酒杯，以及魔法師斷裂的魔杖。

「別爲他們的死自責。」我媽曾經對我說。

我頭昏腦脹走到已經毀壞的露台旁，有一半的水泥石板已經碎裂，並滑進坑洞裡。燒焦的琴弓躺在泥巴裡，旁邊有一塊發亮的銀製品。

卡特站在我旁邊。「我們……我們應該搜尋看看，」他說：「或許這裡還有生還者。」

我把想哭的感覺硬是吞了回去。我不確定爲何我這麼肯定，但百分之百意識到事實的眞相。「這裡沒有人生還。」

德州魔法師歡迎我們到來，還大力支持我們。ＪＤ·葛里森握了我的手，離開跑去救他太太之前還祝我好運。然而，我們看過阿波非斯在其他行省所下的毒手，卡特曾警告ＪＤ：「巨蛇的手下絕不留下任何活口。」

我跪在地上，撿起那塊發亮的銀製品，那是一個已經熔化一半的孤星皮帶釦。

「他們死了，」我說：「他們全都死了。」

3 圖坦卡蒙的影子

在那個快樂的旋律下，莎蒂把麥克風交給我。【老妹，多謝你了。】

我很想說，我們發現眞希望能告訴你，剛才莎蒂說的有關第五十一行省的事都是假的。我們發現所有德州魔法師都平安無事。然而，我們並沒有發現任何生還者，只找到戰鬥過的殘骸，有燒毀的象牙魔棒、幾個破碎的薩布堤、燒焦的亞麻布和紙草卷碎片。如同發生在多倫多、芝加哥、墨西哥市的攻擊事件，魔法師已經完全消失了，他們在某種同樣可怕的方式下被蒸發、呑噬、消滅。

坑洞邊緣有個象形文字在草地發光：「伊斯非特」，這是混沌的象徵。我感覺阿波非斯把這當做自己的名片留在這裡。

我們全都震驚不已，不過沒時間替我們的夥伴哀悼。凡人主管機關馬上就會來到這裡調查，我們必須盡力修復損害，並抹除所有魔法痕跡。

對於復原這個大坑洞，我們無計可施，當地人只能把這當做是瓦斯氣爆的結果（我們很容易引起瓦斯氣爆）。

我們試圖修復博物館，並且復原圖坦卡蒙王展覽，但這不像清理紀念品店一樣簡單。魔法只能做到這樣。所以如果你有一天去參觀圖坦卡蒙王展覽，注意到展覽文物有裂痕或燒焦痕跡，或是雕像的頭黏反了，唉，眞抱歉，那大概是我們的錯。

當警察封閉街道、在爆炸區域設立隔離警戒線時，我們的團隊已經在屋頂集合。在情況比較好的時候，我們可能會找一件文物來打開通道回家，但過去幾個月來，隨著阿波非斯力量增強，使用通道來到處移動變得太過冒險。

因此，我改成吹口哨聲呼叫我們的坐騎。怪胎葛萊芬在空中滑翔，從旁邊的費爾蒙旅館屋頂過來。

要找到能藏放葛萊芬的地方不容易，尤其牠還拉了一艘船，那樣子沒辦法並排停車，還在停車計時收費器裡丟幾枚銅板。況且，有陌生人在附近的話，怪胎很容易緊張，會一口把人吞掉，所以我讓牠待在旅館屋頂上，留了一籠冷凍火雞肉，讓牠不會無聊。給牠吃的火雞肉必須是冷凍的，否則牠會吃太快，一直打嗝。

（莎蒂要我趕快繼續說故事。她說你才不在乎葛萊芬有什麼飲食習慣。好吧，眞抱歉。）

總之，怪胎飛過來降落在博物館的屋頂上。牠是一隻很漂亮的怪物，要是你喜歡神經兮兮的鷹首獅子；牠的毛是金屬鏽色，飛起來的時候，牠那超大蜂鳥翅膀所發出的振翅聲，聽起來像是介於鏈鋸和卡祖笛㉔所發出的聲音。

「嘎！」怪胎嚎叫。

「嗯，好傢伙，」我說：「我們快點離開這裡。」

牠身後拖著一艘古埃及船，造型像是使用很多綑紙草莖做成的巨大獨木舟，這是靠著華特施魔法，才能讓船沒有重量限制地持續飄浮在空中。

第一次搭乘「怪胎航空」時，我們把船綁在怪胎的肚子下，坐起來不是很穩；我們也沒辦法坐在怪胎的背上，因爲那些高動能翅膀會把你削成碎片，於是雪橇型的船成爲我們新的解決方案。這方法很好，只不過菲力斯會模仿耶誕老人的口氣往下對人們大喊：「呵呵呵，耶誕快樂！」

當然啦，大多數凡人不會清楚看見魔法，所以我不確定我們飛過凡人頭上的時候，他們認爲自己看到了什麼。可以確定的是，很多人會因此調整他們吃的藥。

我們六個人外加一個盒子直衝入雲霄。我還是不明白莎蒂爲什麼對這個金色盒子感興趣，不過我非常信任她，所以相信這個盒子很重要。

我往下瞥看雕像花園的殘垣斷壁，還在冒煙的大坑洞看起來像一張滿是鋸齒的嘴正在尖叫。消防車和警車包圍那裡，四周的紅白燈光一閃一閃，不知道有多少魔法師死於那場爆炸。

怪胎開始加速。我的眼睛刺痛，但不是因爲風。我轉過頭，不想讓朋友們看見。

你的領導注定完蛋。

㉔卡祖笛（kazoo）是一種流行於美國的簡單民俗管樂器，沒有按孔，只要像唱歌一樣用嘴吹出音階即可演奏。因為簡單易學，常被當做小孩的玩具笛，或是派對上製造效果的樂器。

阿波非斯爲了使我們陷入混亂、懷疑自己行動的理由，什麼話都說得出來。儘管我了解這一點，他說的話還是重重打擊我。

我不喜歡當領袖。就算我一點信心都沒有，還是得爲了其他人表現出信心滿滿的樣子。

我懷念以前有爸爸可以依賴的時候；我想念阿摩司叔叔，他已經離開我們到開羅去治理生命之屋[25]；至於我那愛指揮別人的妹妹莎蒂也總是支持我的意見，她很清楚表達過不想當掌權人。正式來說，我在管理布魯克林之家。正式來說，由我發號施令。我認爲，這表示如果我們犯了錯，例如讓整個行省從地球表面完全消滅，就是我的錯。

好吧，莎蒂從來不會眞的爲了那樣的事責怪我，但我的感受就是如此。

你想建立的任何一切都會崩落。

一切似乎很不可思議。莎蒂和我第一次到布魯克林之家時，完全搞不清楚我們所繼承的家族和能力，從那時到現在甚至還不滿一年。目前我們管理這裡，訓練一群年輕魔法師運用神之道這種數千年沒用過的魔法來對抗阿波非斯。我們進步得很快，然而從今晚與阿波非斯對決的情況來看，我們的努力還不夠。

你會失去你最寶貝的東西……

我已經失去了這麼多人。我媽在我七歲時過世，我爸去年犧牲自己，成爲俄塞里斯[26]的宿主。這個夏天以來，我們許多盟友都去投靠阿波非斯，或是遭到不願接受阿摩司成爲新任大儀式祭司的魔法師叛徒突襲而「消失」。

我還能失去誰呢……莎蒂？

不，我不是在諷刺什麼，雖然我們成長過程中有大半時候是分開生活（我和爸爸四處遊歷，莎蒂則跟著外公、外婆住在倫敦），但她終究是我妹妹。我們去年開始變得比較親近，就算她很煩，我還是需要她。

哇，這樣想想還眞令人難過。

（我正等著手臂被揍一拳。噢，好痛。）

或許阿波非斯說的是別人，難道是姬亞．拉席德……

我們的船在達拉斯燈光閃閃的郊區上空上升。怪胎發出激動的叫聲，把我們拉進杜埃。我們的船籠罩在大霧中，氣溫立刻下降到快冷死人，我感覺胃裡有種熟悉的不舒服感，就像坐雲霄飛車從最上面往下墜的感覺。還有些虛幻飄渺的聲音在霧中低語。

就在我開始認爲我們迷路時，我不覺得頭暈了。大霧散開，我們回到美國東岸，在紐約港航行，朝著布魯克林水域的夜晚燈光和家的方向而去。

第二十一行省的總部坐落在靠近威廉博格橋的海岸上，一般凡人什麼都看不到，只會看

㉕生命之屋（House of Life）是古埃及神廟中的重要組織，集合了圖書館、學校、抄寫文書等多種功能，並訓練不同人員學習醫藥、魔法等不同知識。參《紅色金字塔》七十一頁，註⑯。

㉖俄塞里斯（Osiris），埃及神話中統治冥界的神，掌管所有生死之事，也是農業之神。參《紅色金字塔》三十九頁，註⑫。

見一棟巨大的破舊倉庫位在工業作業場的中央，但是對魔法師而言，布魯克林之家就和燈塔一樣顯而易見。這棟五層樓高、用石灰岩塊蓋成並有著鋼框玻璃的大房子出現在倉庫上方，發出黃綠相間的光芒。

怪胎降落在屋頂上，貓女神巴絲特[27]在那裡等著我們。

「我的小貓咪都還活著！」她抓住我的手臂，仔細打量我全身上下，看看是否有傷口，然後也一樣檢查莎蒂。當她看到莎蒂綁著繃帶的手，就嘖嘖不停地責備。

巴絲特發亮的貓眼讓人有點不安，她一頭烏黑長髮綁成辮子，身上那套連身運動衣的花紋隨她移動而變化，虎斑、豹紋或花斑貓的斑紋輪流出現。雖然我非常愛她、也很信任她，但她像母貓那樣檢查我的時候，還是讓我有點緊張。她的刀藏在袖子裡，只要她手腕一揮，致命的鐵刀就能滑進她手裡；我總是很害怕她可能會失手、拍拍我的臉頰，然後讓我人頭落地。不過，至少她沒有試圖從我們頸背叼起我們，或是幫我們洗澡。

「發生什麼事了？」她問，「大家都平安無事嗎？」

莎蒂顫抖地吸了口氣說：「嗯……」

我們把發生在德州行省的慘劇告訴她。

巴絲特發出低沉的喉音。她的頭髮整個膨了起來，但因為綁成辮子，所以頭髮全壓著沒有豎直，也因此看起來像個裝了爆米花並且已經加熱的鍋子。「我應該去那裡才對，」她說：「我能幫得上忙！」

「你幫不上忙的，」我說：「那間博物館戒備森嚴。」

神幾乎無法以實際形體進入魔法師的地盤。數千年來，魔法師研究發明咒語來阻止神接近，我們費了一番工夫重新改造布魯克林之家的防禦咒，好讓巴絲特可以自由出入，不至於讓這裡門戶大開而受到不懷好意的神的攻擊。

要帶巴絲特去達拉斯博物館，就像想帶火箭筒通過機場安檢一樣困難；這麼做並非完全不可能，但至少會很慢、很複雜。此外，巴絲特是我們布魯克林之家的最後一道防線，我們需要她在這裡保護我們的基地和生徒。這間房子曾經兩度差點遭敵人毀滅，我們不希望發生第三次。

巴絲特的運動衣變成全黑，她在情緒不穩時也會這樣。「不過，我絕對不會原諒我自己，要是你們……」她看了看我們又累又飽受驚嚇的隊員。「好吧，至少你們平安歸來。下一步要做什麼？」

華特步履不穩，艾莉莎和菲力斯扶著他。

「我沒事。」他堅決地說，雖然他看起來一點也不好。「卡特，如果你想的話，我可以把大家召集過來。在露天平台上集合好嗎？」

㉗巴絲特（Bast）是埃及神話中的貓女神，象徵家庭溫暖與喜樂的意象，廣受埃及人歡迎。她也被視為逝者的靈魂守護神，在古埃及的墓室壁畫上常可見其身影。

華特看起來像快昏倒一樣。他從來都不承認，但我們主要的治療師潔絲曾經告訴我，華特現在的疼痛程度已經到了隨時無法承受的狀態。他還能夠站著，是因爲潔絲不斷在他胸口畫上有止痛功效的象形文字，還給他喝藥水。儘管如此，我還是要求他和我們一起去達拉斯，這是另一個讓我很難受的決定。

我們其餘的隊員也都需要睡覺。菲力斯的眼睛哭得好腫，艾莉莎看起來像是快休克了。如果我們現在開會，我不知道要說什麼。我沒有計畫。我無法站在整個行省的人面前而不崩潰。在達拉斯造成這麼多人喪命之後，我沒辦法。

我瞄了莎蒂一眼，我們默默達成共識。

「我們明天再集合開會，」我告訴大家，「你們都需要睡一覺。德州人的遭遇……」我穩住自己的聲音，「聽我說，我知道你們的感受，我也有相同感覺，但這不是你們的錯。」

我不確定他們有沒有聽進我的話。菲力斯抹掉臉頰上的淚水，艾莉莎用手臂環抱著他，帶他往樓梯走去。華特看了莎蒂一眼，我不知道那是什麼意思，有可能是渴望或懊悔，然後跟在艾莉莎後面走下樓梯。

「啊？」古夫拍了拍金盒子。

「對了，」我說：「你可以把它拿去圖書室嗎？」

那裡是整棟大房子防護最嚴密的地方，在我們做了這麼多犧牲去拯救這個盒子之後，我可不想冒險搞丟。於是古夫帶著盒子搖搖晃晃地走了。

怪胎累翻了，還沒走到牠的窩就睡著了，牠在原地蜷起身體，開始打呼，而那艘船還綁在牠的脖子上；穿越杜埃花了牠很大的力氣。

我解開牠的繩索，搔搔牠的羽毛頭。「謝了，夥伴，祝你夢到肥滋滋的火雞大餐。」

牠在睡夢中發出咯咯叫聲。

我轉向莎蒂和巴絲特。「我們需要談一談。」

現在將近午夜時分，大廳房裡還是鬧哄哄的。朱利安、保羅和其他幾個男生癱坐在沙發上看體育頻道，小娃娃（我們有三個年紀最小的生徒）正在地板上著色。洋芋片袋子和汽水罐散落在咖啡桌上，鞋子隨處亂擺在蛇皮地毯上。房間中央立著一尊兩層樓高的透特㉘雕像，朱鷺頭的知識之神手拿紙草卷和筆看著我們的生徒。有人把阿摩司的一頂舊紳士帽擺在雕像頭上，這讓透特看起來像是舉行足球比賽時接受下注的記錄員。其中一個小娃娃用粉紅色和紫色蠟筆塗抹雕像的黑曜石腳趾。在布魯克林之家，我們都很重視尊敬這裡。

莎蒂和我走下樓時，坐在沙發上的男生全都站起來。

「事情進行得如何？」朱利安問，「華特剛才經過這裡，但是他不肯說……」

「我們的隊員都平安無事，」我說：「第五十一行省……就沒這麼幸運了。」

㉘透特（Thoth）是埃及神話中的智慧及知識之神，象徵的動物為朱鷺和狒狒。

朱利安皺起眉頭，他很清楚不要在小小孩面前問細節。「你們找到有用的東西嗎？」

「我們還不確定。」我坦承。

我想要就此打住，但我們年紀最小的生徒雪比拿著她的蠟筆畫傑作，搖搖晃晃地朝我走過來。「我殺了一條蛇，」她大聲說：「殺殺殺。大壞蛇！」

她畫了一條大蛇，有一大堆刀子穿過蛇背，眼睛還被畫了叉叉。如果雪比是在學校裡畫這張圖，她大概會被老師叫去找輔導員談話；然而在這裡，就連年紀最小的小孩都知道有重大事情即將發生。

她對我露齒一笑，把蠟筆當做長矛揮動。我後退一步。雖然雪比還在念幼稚園，她已經是很優秀的魔法師了。她的蠟筆有時會變成武器，而她畫出來的東西很容易與紙張分離，比方說在七月四日那天，她就召喚出一隻紅白藍相間的獨角獸。

「雪比，你畫得眞好。」我感覺我的心被木乃伊的亞麻裹屍布緊緊纏繞住。就像這裡所有年紀最小的小孩，雪比有她父母的同意才會住在這裡。她父母明白世界的命運岌岌可危，他們知道布魯克林之家是可以讓雪比精進力量的最好、也最安全的地方。可是，像這樣傳輸會傷害大多數成人的魔法、學習會讓人作惡夢的怪物知識，她過的是什麼樣的童年啊？

朱利安搔弄雪比的頭髮。「來吧，小甜心。你再畫一張畫給我，好不好？」

雪比說：「殺？」

朱利安把她帶開，莎蒂、巴絲特和我往圖書室走去。

打開沉重的橡木門，眼前是一座樓梯，往下通到一間有如水井的巨大圓筒狀房間。圓頂天花板上畫的是天空女神努特㉙，她深藍色的身體是閃閃發亮的銀色星辰；地板上則是她丈夫大地之神蓋伯的馬賽克拼貼，身上布滿了河流、山丘和沙漠。

雖然時間很晚了，那位自己決定當圖書室管理員的克麗約仍舊要她的四尊薩布堤繼續工作。這些陶土雕像四處穿梭，撢掉書架灰塵，重新排列紙草卷，將沿著牆面排放的蜂巢式櫃子裡的書分類。克麗約自己坐在工作桌前，一邊在紙草卷上寫筆記，一邊和古夫說話，而古夫蹲坐在她面前的桌上，拍拍我們剛拿到的古董盒，用狒狒語嘀咕著，像是在說：「嗨，克麗約，想不想買個金盒子？」

克麗約的膽子很小，記憶力卻很驚人。她會說六種語言，包括英語、她的母語葡萄牙語（她是巴西人）、古埃及語和一些狒狒語。她自己攬下了製作所有紙草卷主索引的工作，而且從全球各地收集了更多紙草卷，幫助我們找尋有關阿波非斯的資訊；就是她發現了巨蛇最近的攻擊事件與傳奇魔法師薩特納所撰寫的紙草卷有所關聯。

她幫了我們很大的忙，不過當「她的」圖書室得挪出空間放我們的上課教材、網路工作站、大型文物和巴絲特的寵愛貓過期雜誌，就會變得很暴躁。

㉙ 努特（Nut）是埃及神話中的天空女神。她是大地之神蓋伯的妻子，生下了俄塞里斯、艾西絲、賽特和奈弗絲（Nephthys）等重要的埃及神。參《紅色金字塔》一一七頁，註㉕。

克麗約看到我們走下樓時，她立刻跳起來。「你們還活著！」

「你的口氣不要這麼驚訝好不好？」莎蒂喃喃地說。

克麗約咬咬嘴唇。「抱歉，我只是……我很開心。古夫獨自進來，所以我很擔心。牠想告訴我有關金盒子的事，但盒子是空的。你們找到《打倒阿波非斯之書》了嗎？」

「紙草卷燒掉了，」我說：「我們沒有救到。」

克麗約看起來像是要驚聲尖叫。「但那是最後一份耶！阿波非斯怎麼能破壞這麼有價值的東西？」

我想提醒克麗約，阿波非斯是要出來消滅全世界的，不過我知道她不喜歡想這件事，這會嚇得她很不舒服。

對她來說，對紙草卷的遭遇發脾氣還比較能控制。只要想到有人會破壞任何一本書，就會讓她想一拳打在阿波非斯的臉上。

其中一個薩布堤跳到桌上，它試著將掃描標籤貼在金盒子上，但克麗約把陶土人趕走。

「你們全都回到自己的地方去！」她拍拍手，四尊薩布堤都返回各自的底座，變回堅固的陶土，雖然其中一尊還戴著橡膠手套、拿著雞毛撢子，看起來有點奇怪。

克麗約靠過來端詳這個金盒子。「裡面什麼都沒有，爲什麼你們要帶回這個盒子？」

「這正是莎蒂、巴絲特和我要好好談一談的事。」我說：「克麗約，如果你不介意的話。」

「我不介意啊。」克麗約繼續檢查盒子，然後發現我們大家都盯著她看。「噢……你是說你們要私下談。當然沒問題啦。」

她對於被趕出去有點難過，她牽起古夫的手。「來吧，小狒狒。找點零食給你吃。」

「啊！」古夫高興地說。牠很喜歡克麗約，大概是因爲克麗約（Cleo）的名字是以字母O結尾。爲了某種我們都不了解的原因，古夫熱愛所有名稱以字母O結尾的東西，比方酪梨（avocado）、奧利奧餅乾（Oreo）和犰狳（armadillo）。

克麗約和古夫一離開，莎蒂、巴絲特和我立刻圍在剛拿到的金盒子旁。

這個盒子的形狀就像迷你的學校置物櫃。外層是黃金，但那一定是薄薄一層金箔包覆著木頭，因爲整個盒子並不重。盒子側面和上方都刻有與法老及其妻子相關的象形文字和圖像，前面則裝著大小剛好的有栓雙扇門，打開之後發現……這個嘛，幾乎沒什麼東西。有一個迷你的底座刻有金腳印，彷彿有個古埃及芭比娃娃曾在上面站過。

莎蒂研究盒子側面的象形文字。「這是在說圖坦卡蒙王和他的皇后，祝福他們從此過著幸福快樂的日子之類。還有一張他去獵鴨的圖。眞的嗎？這就是他理想中的天堂？」

「我喜歡鴨子。」巴絲特說。

我來回扳動上了栓的小門。「不知道爲什麼，我就是覺得鴨子不重要。不管以前裡面放過什麼東西，現在都沒了。說不定是盜墓者拿走了，或是……」

巴絲特笑了。「被盜墓者拿走，當然啦。」

我皺眉看著她。「這有什麼好笑？」

她先對我笑，再笑著看看莎蒂，才恍然大悟我們不懂笑點在哪裡。「噢，我懂了。你們真的不知道這是什麼東西。我想，你們不懂也是情有可原，畢竟流傳到現在的已經不多了。」

「什麼已經不多了？」我問。

「影子盒。」

莎蒂動了動鼻子。「那不就是一種學校作業㉚嘛？我以前上英文課時做過一次，簡直無聊得要命。」

「我哪知道學校作業的事，」巴絲特不屑地說：「聽起來就像工作一樣。但現在擺在我們面前的可是貨眞價實的影子盒，這是用來裝影子的盒子。」

巴絲特的口氣聽起來不像在開玩笑，但要分辨貓是不是在開玩笑很難。

「影子就在裡面，」她很堅持，「難道你們沒看見嗎？裡面還有一點點圖坦卡蒙的影子。圖坦卡蒙的影子，你好呀！」她對著空盒子動動手指。「所以你說可能是盜墓者偷走時，我才會笑。哈！那麼做一定有鬼。」

我努力想弄懂這整個概念。「但是……幾乎所有可能的埃及文物都聽我爸上課說過，卻從來沒聽他提過影子盒。」

「就像我之前告訴過你的，」巴絲特說：「沒有很多影子盒流傳下來。通常影子盒會被深埋，遠離靈魂其餘部分。圖坦卡蒙把這個東西放在自己的墳墓裡實在很笨。大概是某個心懷不軌的祭司違抗他的旨令，把影子盒放在墓裡。」

我現在完全搞不懂這到底是怎麼一回事。讓我訝異的是，莎蒂竟然頻頻點頭。

「阿努比斯說的一定就是這個了。」她說：「他告訴我：『看一看有什麼東西不在那裡。』我進入杜埃查看時，看到盒子裡一片黑暗。凡尼叔叔說，那就是打倒阿波非斯的線索。」

我比出一個暫停的手勢。「莎蒂，你先倒帶一下。你是在哪裡看到阿努比斯？還有，我們什麼時候多了一個凡尼叔叔？」

她看起來有點不好意思，不過她開始描述碰見牆上那張臉、看見媽媽和艾西絲的預視，以及她那個快要變成男朋友的阿努比斯神。我知道我妹的注意力經常到處亂晃，但即便是我，也對她光是走過博物館就能進行這麼多趟神秘小旅行而感到佩服。

「牆上的臉有可能是詭計。」我說。

「有可能……但我覺得不是詭計。那張臉說我們會需要他的幫忙，而且在他發生事情之前，我們只剩下兩天時間。他告訴我，這個盒子會讓我們知道我們所需要的東西。阿努比斯暗示我去搶救這個盒子，方向是對的。還有媽……」莎蒂有點哽咽。「媽說這是我們唯一能再看到她的方法。亡靈將會遇到大麻煩。」

突然間，我感覺自己像是回到了杜埃，被冰冷的大霧團團包圍。我盯著盒子看，還是什麼都沒看到。「影子如何與阿波非斯和亡靈有所關聯？」

30 美國學生有時會進行一項名為「影子盒」的作業，利用盒子裝設布置出一個主題。

我看著巴絲特，她的指甲戳進桌子裡，把桌子當貓抓柱來用。每次她一緊張就會這樣，我們已經換過很多張桌子了。

「巴絲特？」莎蒂溫柔地問。

「阿波非斯和影子，」巴絲特若有所思地說：「我從來沒想過……」她搖搖頭。「這些真的是你該去問透特的問題，他的知識比我更淵博。」

我的記憶漸漸浮現。我曾在某個大學聽爸爸講述有關的課程，是在哪裡呢？……也許是慕尼黑？有學生問他關於埃及人對靈魂的觀念，靈魂包含許多的部分，而我爸提過影子之類的事。

我爸說：「就像一隻手有五根手指，一個靈魂有五個部分。」

我舉起手指，試圖回想。「靈魂的五個部分……是什麼？」

巴絲特保持沉默。她看起來非常不安。

「卡特？」莎蒂問我，「和那些有什麼關聯？」

「儘管笑我吧，」我說：「第一部分是『巴』，對吧？代表我們的人格。」

「小雞的造型。」莎蒂說。

莎蒂很會用家禽來命名一部分的靈魂，但我知道她的意思。「巴」可以在我們睡夢中離開身體，或是在我們死後以魂魄的形式返回人間。「巴」進行這些動作時，是以人首鳥身的造型出現，是隻巨大發光的鳥。

「對，」我說：「就是個小雞的樣子。然後還有『卡』，這是當肉身死去後會離開肉身的生命力。還有『伊比』，這是心臟……」

「是善行與惡行的紀錄，」莎蒂同意地說：「這就是他們在死後放上公理秤去測量重量的部分。」

「而第四個……」我遲疑了一下。

「是『仁』，」莎蒂補充說：「是你的祕密名字。」

我困窘得不敢看她。春天時，她因爲說出我的祕密名字救了我一命，基本上就是讓她能接觸我最私密的想法和最黑暗的情緒。打從那時候起，她對此事絕口不提，不過……那可不會是你想讓妹妹擁有的影響力。

「仁」也是靈魂的一部分。六個月前，我們的朋友貝斯在一場和月神孔蘇[31]的賭注中，爲了我們放棄他的「仁」。現在貝斯成了一個只具空殼的神，坐在冥界天神安養院的輪椅上。

「你說得對，」我說：「但是第五部分……」我看著巴絲特。「就是『影子』，對嗎？」

莎蒂皺起眉頭。「影子？影子怎麼可能是你靈魂的一部分？那不只是個陰影嗎？是光線的問題。」

[31] 孔蘇（Khons），第一代月神。他以小孩造型出現時是代表新月，以鷹首人身的成年男子且頭上帶月亮圓盤造型出現時則表示滿月。

巴絲特舉起手放在桌子上方。她的手指在木頭上投射出微弱的影子。「你無法脫離你的影子，這稱為你的『舒特』。所有具生命的生物都有影子。」

「石頭、鉛筆和鞋子也一樣有影子，」莎蒂說：「那表示它們也有靈魂嗎？」

「你應該很清楚才對，」巴絲特責罵著，「具生命力的生物和石頭不同……嗯，總之大部分是這樣啦。『舒特』不只是形體上的影子，這是一種魔法防護，是靈魂的陰影。」

「所以這個盒子……」我說：「你說這是保管圖坦卡蒙王的影子……」

「我的意思是，這個盒子保管他五分之一的靈魂。」巴絲特證實我的想法。「它裝載法老的『舒特』，這樣死後『舒特』才不會迷失。」

我的腦袋感覺像要爆炸。我知道有關影子的事情很重要，可是我看不出來有多重要，這就像是我拿到一小塊拼圖，卻不是我在拼的這一份。

我們沒救到正確的那一塊，那份無法取代、可以幫我們打敗阿波非斯的紙草卷，而且我們無法拯救一整個行省的友善魔法師。我們從這趟旅行能拿回來的東西，就是一個有鴨子圖案的空盒子。我想要把圖坦卡蒙王的影子盒丟到房間對面。

「迷失的影子，」我喃喃地說：「這聽起來像是《小飛俠彼得潘》的故事。」

巴絲特的眼睛像紙燈籠般發光。「卡特，你認為是什麼給了彼得潘失落影子的故事靈感？幾世紀以來一直都有關於影子的民間傳說，這些全都是從埃及流傳下來的。」

「但這又能怎樣幫助我們？」我質問，「《打倒阿波非斯之書》可以幫我們的忙，不過現在已經沒了！」

好吧，我的口氣聽起來很氣憤。我的確是在生氣。

回想起我爸上過的課，讓我想再次當個小孩和他一起環遊世界。我們一起經歷過一些奇怪怪的事，但我總是覺得很安全，而且受到保護。他總是知道要怎麼做。從前那些日子所留下的只剩我的行李箱，放在我樓上房間的衣櫃裡積灰塵。

這不公平，然而關於這點，我知道我爸會怎麼說。他會說：「公平指的是大家都得到自己需要的。能得到你所需要東西的唯一方法，就是要靠自己去實現。」

說得眞好，爸。我現在正面對一個不可能打倒的敵人，而我需要用來打敗他的東西剛剛被毀了。

莎蒂一定是讀出了我的表情。「卡特，我們會想出辦法的。」她保證。「巴絲特，你先前要說有關阿波非斯和影子的事。」

「不，我沒有。」巴絲特喃喃說著。

「你爲什麼對這件事那麼緊張？」我問，「神有影子嗎？阿波非斯有影子嗎？如果有的話，影子有什麼作用？」

巴絲特用指甲在桌子上鑿出幾個象形文字。我很確定這個訊息的內容是「危險」。

「孩子們，說眞的，這個問題要問透特才對。沒錯，神有影子，我們當然也有。但是……這並不是我們想要去談論的事。」

我很少看到巴絲特這麼不安，我不確定是什麼原因。眼前這位女神曾在有魔法保護的監牢裡，與阿波非斯面對面並廝殺纏鬥了數千年。她爲何這麼害怕影子？

「巴絲特，」我說：「假如想不出更好的解決辦法，我們就要進行B計畫了。」

女神皺著眉。莎蒂沮喪地盯著桌子看。B計畫只有莎蒂、巴絲特、華特和我四個人討論過，其他生徒不知道這件事，我們甚至沒把這件事告訴阿摩司叔叔。這件事就是這麼可怕。

「我……我會很討厭這麼做。」巴絲特說：「但是卡特，我眞的不知道答案。況且如果你開始打聽影子的事，你可能會落入更危險的……」

有人敲著圖書室的門。克麗約和古夫出現在上層樓梯。

「抱歉打擾了，」克麗約說：「古夫剛才從你的房間走下來，牠似乎有事急著想跟你說。」

「啊！」古夫很堅持。

巴絲特翻譯了狒狒的話。「卡特，牠說占卜碗傳來急電要你去接，而且是私人電話。」

好像我的壓力還不夠大似的。只有一個人會透過占卜碗傳送畫面給我，如果她這麼晚還跟我聯絡，一定是有很糟的消息。

「現在休會，」我告訴她們，「明天早上見。」

4 戰鴿的提議

我愛上一個小鳥浴盆。

大部分的男生會檢查手機簡訊，或是對女生在網路上發表對他們的意見而念念不忘。我呢，則是與占卜碗形影不離。

這不過是一個立在石頭基座上的青銅碟子，就放在我臥室外的陽台上。但每當我待在房間時，發現自己都會偷瞄這個碟子，努力壓抑住想跑去外面看看能否見到姬亞的衝動。

奇怪的是，我甚至不能說她是我的女朋友。當你愛上一個女生的薩布提複製人，然後趕去救了本尊之後，才發現她對你沒有意思，這樣你要怎麼稱呼她呢？而且莎蒂覺得，她的感情關係已經夠複雜了。

自從姬亞六個月前去第一行省協助我叔叔之後，這個碗成爲我們這段時間唯一的聯繫管道。我花了許多時間凝視著碗、和姬亞交談，要是沒有魔法油在她臉上蕩起波紋，我幾乎記不得她的長相。

等我趕到陽台時，我幾乎喘不過氣來。在魔法油的表面，我看見姬亞瞪著我。她的雙手交叉，眼神憤怒得像要噴出火一樣。（華特做的第一個占卜碗確實起火燃燒，不過那是另一個故事了。)

「卡特,」她說:「我想掐死你。」

她威脅說要殺我的樣子很美。經過這個夏天,她的頭髮變長,披在肩膀後面有如一道有光澤的黑色波浪。她不是我第一次愛上的薩布堤,但她的臉龐還是有一種宛如雕像的美。她有精緻的鼻子、豐潤的紅唇、閃亮的琥珀色眼睛,肌膚如同剛從窯裡燒出的陶土般發光。

「你已經聽說在達拉斯發生的事了。」我猜,「姬亞,我很抱歉……」

「卡特,每個人都聽說發生在達拉斯的事了。其他行省在過去一個鐘頭內不斷派出『巴』的使者來找阿摩司,要求知道眞相,連遠在古巴的魔法師都感應到在杜埃的波動。有些人說你炸毀半個德州,也有人說整個五十一行省都毀了。還有人說……說你死了。」

她的聲音透露出對我的關心,讓我的心情比較好一點,但也加深了我的罪惡感。

「我本來想先告訴你的,」我說:「可是等到我們發現阿波非斯的目標是達拉斯時,我們必須立刻動身。」

我把在圖坦卡蒙王展覽發生的事情經過一五一十告訴姬亞,包括我們所犯下的錯誤和死傷情況。

我試著想看出姬亞的表情。即使相處這麼多個月之後,還是很難從她的臉上看出她在想什麼,畢竟光是看著她就很容易讓我的腦袋短路了,我有一半的時間幾乎不記得要怎麼用完整句子說話。

最後她喃喃說了一些阿拉伯話，大概是在咒罵什麼吧。

「很高興你活了下來，但第五十一行省被摧毀……？」她不可置信地搖搖頭。「我認識安．葛里森，她在我還小的時候教我使用治療魔法。」

我記得這位和樂團合奏的美麗金髮女士，以及在爆炸外圍所發現壞掉的琴弓。

「他們都是好人。」我說。

「也是我們最後的盟友之一。」姬亞說：「叛徒已經將他們的死都怪罪到你身上，如果再有行省背棄阿摩司……」

她不用把她的想法全部說完。春天時，生命之屋最壞的惡人組織了一支突擊隊攻擊布魯克林之家，我們擊敗了他們，阿摩司當上新任大儀式祭司之後，甚至還特赦這些人，可是其中有些人拒絕跟隨阿摩司。這些叛徒仍舊逍遙在外，集結力量，蠱惑其他魔法師背離我們。好像我們的敵人還不夠多似的。

「他們怪我？」我問，「他們有和你聯絡嗎？」

「更糟。他們向你廣播一段訊息。」

魔法油泛起些許波動。我看見另一張不同的臉，那是叛徒的領袖莎拉．雅各比。她有著乳白色的肌膚，一頭有如短髭的黑髮，還有一雙用太多化妝墨畫上眼線、總是令人不安的黑色眼睛。她穿著一身純白袍子，看起來活像是萬聖節的鬼。

她站在一個立有大理石柱的房間裡。在她身後有六名面帶慍色的魔法師，他們都是雅各比手下的頂尖殺手。我認得身穿藍袍的光頭男子，他叫做桂，因爲謀殺一位魔法師而被北韓的行省放逐。站在他旁邊的是派卓維克，這個疤面烏克蘭人曾在我們以前的敵人弗拉迪·緬什科夫手下做事，是他的殺手之一。

我不認得其他人，但我不確定他們之中有誰像莎拉·雅各比一樣邪惡。在被緬什科夫釋放之前，她因爲引發印度洋海嘯、奪走二十五萬人性命，而被流放至南極洲。

「卡特·凱恩！」她大吼著。

因爲是播放出來的訊息，我知道一切都是用魔法錄製的畫面，不過她的聲音還是讓我嚇得跳起來。

「生命之屋命令你投降，」她說：「你罪可不赦，必須血債血償。」

我的心還來不及往下沉，魔法油上立刻閃過一連串暴力影像。我看見羅塞塔石碑[32]在大英博物館裡爆炸。去年耶誕節，那場意外釋放了賽特，我爸也因此喪生。雅各比是怎麼弄到這段影像的？我看到春天時在布魯克林之家發生的混戰，當時莎蒂和我搭著拉的太陽船擊退雅各比的突擊隊，她呈現的影像使我們看起來就像是侵略者，一群有著神力的流氓混混在欺負可憐的雅各比和她的同伴。

「你釋放了賽特和他的同夥。」雅各比繼續說：「你打破最神聖的魔法規則，與神往來合作。這種行爲使得瑪特失衡，讓阿波非斯得以壯大興起。」

「胡說八道！」我說：「阿波非斯不管怎樣都會興起！」

然後我想起我是在對著一段錄影畫面大叫。

影像不斷轉換，我看到東京的涉谷區有一棟摩天大樓著火，那裡是第二百三十四行省的總部。一個頂著武士刀頭、正在飛行的惡魔衝破窗戶，抓住一個正在尖叫的魔法師。

我看到前任大儀式祭司米歇爾．狄賈登的家，那棟位在巴黎市區金字塔路上的美麗房子如今變成廢墟；屋頂已經崩塌，窗戶也破裂，被撕爛的紙草卷和溼透的書籍散落在了無生機的花園裡，代表「混沌」的象形文字在前門上燃燒，有如牛身上的烙印一般。

「這些全都是你引起的，」雅各比說：「你將大儀式祭司的披肩交給惡魔的僕人；你教導神之道給年輕魔法師，腐化他們的心靈；你削弱了生命之屋的力量，讓我們成為阿波非斯的待宰羔羊。對於這一切我們不會袖手旁觀，任何追隨你的人都會受到懲罰。」

影像轉換到位在倫敦的斯芬克斯之家，這是英國行省的總部。莎蒂和我夏天時曾去那裡拜訪，經過好幾個鐘頭的談判交涉，總算與他們談和。我看見桂猛然闖入圖書室，砸毀了神像，並將所有書從架上掃下。十二名魔法師被鎖鏈綁住，站在他們面前的是征服者莎拉．雅各比，她拿著一把亮晶晶的黑刀。英國行省的領導人是一位名叫萊斯特爵士的溫和老人，他被要脅跪在地上。莎拉．雅各比舉起刀來，刀一落下，場景就轉換了。

㉜羅塞塔石碑（Rosetta Stone）是一塊刻有埃及國王托勒密五世（Ptolemy V）詔書的石碑，為近代考古學家解讀出失傳千年的埃及象形文字關鍵。參《紅色金字塔》三十三頁，註❽。

雅各比像鬼一般的臉在魔法油上瞪著我，她的眼睛和骷髏的眼窩一樣黑暗。

「凱恩家族是場瘟疫，」她說：「一定要消滅你們才行，叫你們家的人投降接受處決吧。至於你們的追隨者，只要他們放棄神之道，我們都會赦免他們。我無意尋求大儀式祭司一職，但我必須爲了埃及的福祉而接任。當凱恩家族消失，我們就會再次強大團結起來。我們會修復你們所造成的傷害，並將神及阿波非斯送回杜埃。卡特・凱恩，正義很快就會得到伸張。這會是你唯一的警告。」

莎拉・雅各比的影像在魔法油裡漸漸消失，又只剩下我和姬亞的影像。

「是啊，」我顫抖地說：「對一個殺人無數的凶手來說，她的確很有說服力。」

姬亞點點頭。「我們大多數在歐洲和亞洲的盟友不是被她消滅，就是被她洗腦而背離我們。許多最近發生在巴黎、東京和馬德里的攻擊事件都是雅各比的傑作，但她把這些事情全怪罪在阿波非斯或是布魯克林之家。」

「眞是荒唐可笑。」

「這你和我都知道。」她認同地說：「可是魔法師們很害怕。雅各比告訴他們，如果凱恩家族被消滅了，阿波非斯就會回到杜埃，而一切都會恢復正常。他們想要相信這種說法。她告訴他們，追隨你就會被處死。在經過達拉斯的大滅絕事件……」

「我知道。」我生氣地打斷她。

對姬亞發脾氣很不公平，不過我感到非常絕望。我們所做的一切都變成錯的。我能想像阿波非斯正在冥界大笑，或許這正是他還沒有全力攻擊生命之屋的原因。他正津津有味地欣賞我們自相殘殺。

「爲什麼雅各比不把她的訊息直接傳給阿摩司？」我問，「他現在是大儀式祭司。」

姬亞往旁邊掃視一番，像是在查看附近有沒有人。我不太能看到她身處的地方，但她似乎不在她第一行省的宿舍房間裡，也不像是在時代廳。「就像雅各比說的，他們認爲阿摩司是惡魔的僕人。他們不願意和他說話。」

「因爲他曾經被賽特附身吧。」我猜。「那不是他的錯。他已經治好了，現在沒事了。」

姬亞皺了眉頭。

「怎麼了？」我問，「他現在沒事了，對吧？」

「卡特，事情……很複雜。聽著，雅各比才是主要的問題。她接管了緬什科夫以前在聖彼得堡的基地，那裡幾乎和第一行省一樣是個堡壘。我們不知道她要做什麼，也不清楚有多少魔法師替她工作。我們也不知道她何時或是要在哪裡發動攻擊，但她很快就會出擊了。」

「正義很快就會得到伸張，這會是你唯一的警告。」雅各比這麼說過。

我有預感雅各比不會再次攻擊布魯克林之家，在她上次被羞辱之後。然而，如果她想接管生命之屋並消滅凱恩家族，她的攻擊目標會是哪裡？

我與姬亞眼神相對，了解她現在心中的念頭。

「不，」我說：「他們永遠不會攻擊第一行省，那簡直就是死路一條。第一行省已經存在五千年了。」

「卡特……我們現在的力量比你知道的還要弱。我們這裡的人手一直不夠，而現在許多優秀的魔法師都不見了，大概是投效了另一邊吧。這裡只剩下老人和一些害怕的小孩，還有阿摩司和我。」她忿忿地雙手一攤。「而且我有大半時間被困在這裡……」

「等等，」我說：「你現在在哪裡？」

姬亞的左方傳來一個男人的聲音，抖著喉嚨說：「你……好呀！」

姬亞嘆口氣。「他午睡剛睡醒。」

一個老人把頭探進占卜碗裡。他笑一笑，露出兩顆牙齒。他布滿皺紋的光頭使他看起來像個老娃娃。「斑馬在這裡！」

他張開嘴巴，想要吸吮碗裡的油，這讓影像畫面起了波動水紋。

「我的天啊，不行！」姬亞把他往後拉開。「你不可以喝魔法油啦，我們已經說過這件事了。來，這片餅乾拿去吃。」

「餅乾！」他尖叫說：「耶！」這個老人手裡拿著美食，開心地跳著舞離開。

他是姬亞瘋癲的祖父嗎？不是。那是拉，太陽神，是埃及第一位神聖法老，也是阿波非斯的死對頭。春天時，我們冒險去找拉，將沉睡多年的他喚醒，相信他會回到他的全盛狀態，替我們對抗混沌巨蛇。

結果，醒來的拉反而是個神智不清的老頭子。他很會用牙齦啃餅乾，流口水，唱著毫無意義的歌。要他對抗阿波非斯？不太可能。

「你又在照顧他了嗎？」我問。

姬亞聳聳肩。「現在這裡已經日出了。晚上大部分是荷魯斯和艾西絲在太陽船上照顧他。但是白天的時候……如果我不去看拉，他會很難過，而且也沒有別的神想要照顧他。卡特，說眞的……」她降低音量。「要是我把拉單獨留給他們照顧，我擔心會發生事情。他們已經對他厭煩了。」

「耶！」後面傳來拉的聲音。

我的心一沉。這是另一件讓我很有罪惡感的事：我把看管照顧太陽神的責任全交托給姬亞。她每個白天困在神的王座廳裡，晚上還要協助阿摩司治理第一行省，根本就沒有時間睡覺，更別說是約會，就算我有勇氣開口邀她也沒時間。

當然啦，如果阿波非斯毀滅世界或是莎拉·雅各比和她的魔法師殺手先殺了我，這一切都無所謂了。我曾經一度猜想，如果雅各比是對的，如果這個世界是因爲凱恩家族而失去平衡，那麼沒有我們或許一切會變得更好。

我覺得非常無助，一度想要召喚荷魯斯的力量。我大可借用一點戰神的勇氣和信心，但我懷疑聯合我和荷魯斯的想法會是好主意。腦袋裡沒有別的聲音催促我做東做西，我的情緒就已經夠混亂了。

「我知道你這表情是什麼意思。」姬亞責罵我，「卡特，你不能怪你自己。要不是你和莎蒂，阿波非斯早已毀掉世界了。我們還是有希望的。」

我心想，要啓動B計畫了。除非我們能夠解開這個有關影子的祕密，想出該如何用影子來對付阿波非斯，否則就只能用B計畫，而這也表示如果B計畫成功，莎蒂和我必死無疑。不過我不會告訴姬亞的，她現在不需要再聽到更令人沮喪的消息。

「你說得對，」我說：「我們會想出辦法。」

「我今晚會回到第一行省，你到時再聯絡我，好嗎？我們應該好好談談……」

她背後有東西發出隆隆聲響，像是有塊石板從地上拖過去。

「索貝克來了，」她用氣音說：「我討厭那傢伙。晚點再跟你說。」

「姬亞，等一下，」我說：「你要跟我談什麼事？」

可是魔法油變暗，姬亞已經離開了。

我需要睡覺，但我反而在房間裡走來走去。

布魯克林之家的宿舍房間棒呆了，有舒服的床、高畫質電視、高速無線網路，還有用魔法重新補滿東西的小冰箱；一大批被施法的掃把、拖把和抹布清掃大隊保持著屋內整潔；衣櫃裡總是放滿乾淨、剪裁合身的衣服。

不過，我的房間感覺像個籠子，或許是因爲我有個狒狒室友。古夫不常待在這裡（牠通常和克麗約待在樓下，或是讓小小孩梳理牠的毛），但牠床上總是有狒狒形狀的壓痕，床頭櫃上擺著一盒圈圈餅，房間角落還裝了一個輪胎鞦韆；那個鞦韆是莎蒂弄來惡作劇的，可是古夫很喜歡，所以我不能拆掉。重點是，我很習慣牠在我旁邊。牠現在大部分時候都和小小孩在一起，我很想念牠。我愈來愈受牠的影響，既讓人喜歡又惹人討厭，有點像我妹妹那樣。

【對，莎蒂，你看著它發生的。】

螢幕保護程式的照片在我的筆記型電腦螢幕晃過去，有張照片是我爸身穿卡其迷彩裝且一臉悠閒，在埃及一處考古挖掘地點主導工作進行。他的袖子捲起來，露出黝黑、強壯的手臂，正在展示某個法老雕像已經斷裂的石像頭。爸爸微笑時，他的光頭和山羊鬍使他看起來有點邪惡。

另一張照片是阿摩司叔叔在一家爵士俱樂部登台演奏薩克斯風。他戴著一副深色圓框眼鏡，頭上戴著一頂藍色的紳士帽，身穿一套顏色相搭的絲質西裝，總是非常合身。他的玉米辮用藍寶石編飾。我從來沒有眞的看過阿摩司叔叔在台上表演，但我喜歡這張照片，因爲他看起來充滿活力又快樂，與現在肩負領導使命的他很不一樣。可惜這張照片也讓我想起德州魔法師安・葛里森和她的琴弓，她在今晚喪生前也曾經有過歡樂時光。

螢幕保護程式的畫面又變了。我媽抱著還是嬰兒的我，讓我在她的膝上蹦跳。我以前留著很可笑的爆炸頭，莎蒂總是嘲笑我。在照片裡，我穿著一件藍色連身衣，上面沾有番薯泥汙漬。當媽媽讓我跳上跳下時，我抓著她的兩隻大拇指，看起來一臉驚恐，心裡像是在說：「快讓我下去！」我媽就算是穿著舊T恤和牛仔褲、用頭巾把頭髮綁起來，還是一樣美麗。她低著頭對我微笑，彷彿我是她生命中最美好的一件事。

看這張照片很痛苦，但我還是沒有轉移視線。我記得莎蒂告訴我，有某種東西在影響死人的靈體，除非我們找出答案，否則可能再也看不到媽媽。

我深吸一口氣。我爸爸、叔叔和媽媽全都是法力高超的魔法師，全都爲了恢復生命之屋而做了這麼多犧牲。

他們比我年長、有智慧，而且有力量。他們使用魔法有幾十年的時間，莎蒂和我只學了九個月。然而，我們必須去做一件沒有魔法師成功做到的事，那就是打敗阿波非斯。

我走到衣櫃，拿下我的舊旅行箱，這只是一個黑色皮製的手提箱，就和你在機場看過的上百萬個手提箱沒什麼不同。多年來，我拎著這個箱子跟我爸走遍全世界，他訓練我只用自己能提得動的東西生活。

我打開旅行箱，裡面現在是空的，只剩下一樣東西：一個用紅色花崗岩雕成的蜷曲大蛇雕像，上面刻有象形文字。「阿波非斯」的名字被畫掉，上面還寫有強力的束縛咒語，但這個雕像仍是整個房子裡最危險的東西，它代表著敵人。

莎蒂、華特和我偷偷做了這個東西（儘管巴絲特大力反對）。我們只能信賴華特，因爲我們需要他製作護身符的技術。這是連阿摩司都不會同意的危險實驗，只要發生一個錯誤、弄錯一個咒語，這個雕像就能從對付阿波非斯的武器，變成讓他自由進出布魯克林之家的通道。可是我們必須冒這個險，除非能找到其他打敗大蛇的方法，莎蒂和我會把這個雕像用在

B計畫上。

「愚蠢的點子。」陽台傳來一個聲音說。

一隻鴿子停在欄杆上，牠的眼神很沒有鴿子的感覺，看起來毫無畏懼，幾近危險；況且我認得那個聲音，比你平常從鴿子家族成員聽到的聲音更陽剛、更好戰。

「你是荷魯斯？」我問。

鴿子點點頭。「我可以進來嗎？」

我知道他這麼問不是出於禮貌，而是因爲這棟房子設下重重魔法保護，嚴禁任何像是老鼠、白蟻之類的害蟲進入，還有埃及的神。

「我允許你進來，」我正式地說：「荷魯斯，呃……以鴿子的形體進入。」

「謝謝。」鴿子從欄杆上跳下，搖搖擺擺走進屋內。

「你爲什麼變成鴿子？」我問。

荷魯斯搔搔羽毛。「這個嘛，我本來想找一隻隼，但紐約根本沒幾隻。我想找個有翅膀的東西，顯然鴿子是最好的選擇，牠們在城市適應得很好，一點都不怕人。你不覺得牠們是種很高尚的鳥嗎？」

「是很高尚。」我同意，「當我想到鴿子，腦海裡出現的第一個詞就是『高尚』。」

「完全正確。」荷魯斯說。

古埃及顯然沒有諷刺這件事，因爲荷魯斯似乎不懂我話中有刺。他拍拍翅膀飛到我的床上，啄了幾顆古夫午餐時留下的圈圈餅。

「喂，」我出聲警告，「如果你在我的毯子上大便……」

「拜託，戰神才不會在毯子上大便。嗯，除了有一次……」

「忘了我剛才說過的話。」

荷魯斯跳到我的旅行箱邊緣，低頭看著阿波非斯的雕像。「很危險，」他說：「卡特，這太危險了。」

我還沒告訴他B計畫是什麼，但他會知道我也不覺得訝異。荷魯斯和我一起共享想法太多次了，我愈能傳輸他的力量，我們就愈了解彼此。神之魔法的缺點，就是我無法切斷這種連結。

「這是我們的緊急備案，」我說：「我們正在努力找出別的方法。」

「你是說找到那份紙草卷，」他回憶著，「最後一份今晚已經在達拉斯燒掉了。」

我克制住一股想戳死這隻鴿子的衝動。「沒錯，可是莎蒂找到這個影子盒，她認爲這是某種線索。你不會知道有關用影子來對付阿波非斯的事吧？」

鴿子把頭轉向一邊。「我不是很清楚。我對魔法的認識很直截了當，就是拿刀子不斷攻擊敵人，直到他們嚥下最後一口氣爲止。如果他們再活過來，那就繼續殺。有需要的話就一直重複攻擊。這招對付賽特很管用。」

「那是在打了多少年之後？」

鴿子凶狠地瞪我。「你想說什麼？」

我決定不跟他爭辯。荷魯斯是戰神，他熱愛戰鬥，但他花了很多年時間才打敗邪惡之神賽特。和阿波非斯這種原始的混沌力量相比，賽特只不過是個小角色罷了。拿刀劍揮砍阿波非斯起不了作用。

我想起巴絲特之前在圖書室裡說過的話。

「透特會比較知道影子的事嗎？」我問。

「大概吧。」荷魯斯抱怨說：「透特這傢伙沒什麼用處，只會研究他那些又老又破的紙草卷。」他打量著大蛇雕像。「很有趣……我剛想起一件事，從前古埃及人用同一個字表示雕像和影子，因爲這兩者都是同一件東西的縮小版。兩者都被稱爲『舒特』。」

「你想告訴我什麼？」

鴿子搔動羽毛。「沒什麼，只是你剛才在講影子的事，而我看著雕像，臨時想到而已。」

我的肩胛骨之間突然有股涼意。

影子……雕像。

春天時，莎蒂和我看著前任大儀式祭司狄賈登將毀滅咒語用在阿波非斯身上；就算是對付小惡魔，使用毀滅咒語也是很危險的事。你要是摧毀了敵人的小雕像，這麼做會完全消滅敵人，使對方完全從這世界消失；但只要犯一個錯，一切都會爆炸，包括施法的魔法師。

在冥界，狄賈登曾使用代替的雕像來對付阿波非斯，但大儀式祭司在施法時過世，只將阿波非斯推回杜埃一點點。

莎蒂和我希望有一個更強的魔法雕像，然後我們兩人同心協力就能完全詛咒阿波非斯，或至少將他遠遠丟入杜埃深處，讓他永遠不會回來作怪。

這就是我們的B計畫。但我們知道這麼一個強力的咒語需要用到很多能量，會要了我們的命，除非找到別的方法。

雕像是影子，影子是雕像。

C計畫開始在我心中成形，這個想法瘋狂到我不想用白紙黑字寫下來。

「荷魯斯，」我小心翼翼地說：「阿波非斯有影子嗎？」

鴿子眨眨紅眼睛。「這是哪門子問題！為什麼你要……？」他往下瞄了紅色雕像一眼。「噢……喔，原來如此。其實這想法很聰明。根本就是瘋了，不過很聰明。薩特納版的《打倒阿波非斯之書》，就是阿波非斯急於摧毀的那本……你認為裡面寫有祕密咒語是用來……」

「我不知道，」我說：「這值得拿去問問透特，也許他知道些什麼。」

「或許吧，」荷魯斯忿忿地說：「但我還是認為，正面攻擊才是辦法。」

「你當然是這麼認為啦。」

鴿子點點頭。「你和我現在的力量夠強大了。卡特，我們可以結合彼此的力量，讓我像從前一樣共用你的形體。我們可以領導神和凡人大軍打敗大蛇。我們一起，將統治世界。」

如果我沒有看著這隻羽毛沾著圈圈餅碎屑的胖鳥，這個想法會很令人心動。讓鴿子統治世界，聽起來是個很糟的主意。

「我晚點再回覆你這個提議，」我說：「首先我應該找透特談一談。」

「哼。」荷魯斯拍動翅膀。「他還在曼菲斯，就待在他那間滑稽可笑的體育館裡。不過如果你想去找他，我要是你就不會等太久。」

「爲什麼？」

「我就是來告訴你這件事。」荷魯斯說：「眾神之間的狀況變得很複雜。阿波非斯在分化我們，一個一個分別對付我們，就和他對你們魔法師做的一樣。透特是第一個被他折磨的。」

「怎樣……折磨？」

鴿子鼓脹起來，一縷煙從鳥喙冉冉升空。「噢，老天。我的宿主正在自我毀滅，牠不能再負擔我的靈體了。卡特，動作要快，我很難讓眾神繼續團結下去，而那個老頭拉也無法鼓舞士氣。如果你和我沒辦法盡早率軍出征，我們最後可能會沒有軍隊可以帶領。」

「但是……」

鴿子打嗝又吐出一縷煙。「我得走了，祝你好運。」

荷魯斯飛出窗外，留下我和阿波非斯的雕像及幾根灰羽毛。

我睡得和木乃伊一樣死沉，這是就好的一面來看；不好的部分則是巴絲特讓我一路睡到下午。

「爲什麼你不叫醒我？」我質問，「我有很多事要忙耶！」

巴絲特雙手一攤。「莎蒂堅持要讓你好好睡覺。你昨晚很累又不好過，她說你需要好好休息。況且，我是一隻貓，我尊重睡眠的神聖性。」

我還是很生氣，但有一部分的我知道莎蒂是對的。我昨晚用了許多魔法能量，而且很晚才睡覺，或許（只是或許）莎蒂非常爲我著想。

（我剛才逮到她對我做鬼臉，所以可能她根本沒有爲我想。）

我沖了澡，穿上衣服。等到其他小孩都放學回來，我感覺幾乎又恢復成人類了。

對，我剛才說「學校」，就是平常說的學校。在布魯克林之家，我們整個春天都在教導所有生徒，然而等秋季新學期開始，巴絲特決定讓所有小孩都過點普通的凡人生活。所以現在他們白天都去附近布魯克林的一所學校上課，下午和週末學習魔法。

我是唯一留在家裡的人，一直都是在家上課。在管理第二十一行省之外，如果還得處理學校置物櫃、課程表、課本和餐廳食物，我哪能應付得來？

你可能認爲其他小孩會抱怨要去上學，尤其是莎蒂，但其實大家都還頗能接受去上學的事。女生很高興可以認識更多朋友（她們說有比較多沒那麼呆的男生可以打情罵俏）；男生可以和眞正的體育團隊一起運動，而不是和古夫一對一，用埃及雕像當做籃網來打球。至於巴絲特，她很高興屋子有了安靜的時刻，好讓她在地板上盡情伸展四肢、做日光浴打盹。

無論如何，等到其他人都回家時，我已經想了很多有關我和姬亞及荷魯斯的談話。我昨晚構思的計畫似乎還是很瘋狂，但我認爲這是我們最好的機會。在向莎蒂與巴絲特簡報後，她們（不安地）同意我的看法，我們決定該是告訴其他朋友的時候了。

我們在主要陽台上一起享用晚餐。這是個很好的用餐地點，四周有無形的屏障擋住風，又有絕佳的東河和曼哈頓的風景可以欣賞。食物都是用魔法變出來的，總是非常美味可口。不過，我很不喜歡在陽台吃飯。九個月來，我們都在這裡舉行所有重要會議，我會把坐下來吃晚餐和災難聯想在一起。

我們從自助餐檯上拿食物裝滿各自的盤子，而我們的守護者，那隻名叫「馬其頓的菲利普」的白子鱷魚，正開心地在自己的泳池裡濺起水花。坐在一隻身長六公尺的鱷魚旁邊吃飯需要花時間適應，但菲利普訓練有素，牠只吃培根、野生水禽和偶爾入侵這裡的怪物。

巴絲特坐在餐桌一頭享用精緻貓食罐頭，莎蒂和我一起坐在餐桌另一頭。古夫跑去照顧小小孩，我們有些新進成員還在屋裡做功課，或是加緊練習施咒技巧，但大多數主要的人（十二位資深生徒）都在場。

有鑑於昨晚的事情最後變成災難一場，大家的心情似乎都出奇得好。我有點高興他們還不知道莎拉·雅各比的死亡威脅影片。朱利安一直在椅子上跳來跳去，毫無來由地露齒而笑。克麗約和潔絲竊竊私語，咯咯笑個不停。就連菲力斯都從在達拉斯的驚嚇中恢復，他用馬鈴薯泥雕塑出迷你的企鵝薩布堤，並且讓這些薩布堤都動了起來。

只有華特面帶愁容。這個大個兒的晚餐盤裡什麼都沒裝，只有三根紅蘿蔔和一罐 Jell-O

牌果凍（古夫堅持認爲 Jell-O 牌果凍有很重要的療效）。從華特眼睛四周緊繃的線條和他的動作僵硬程度來看，我猜想他的疼痛甚至比昨晚更厲害。

我面向莎蒂。「發生什麼事了？大家似乎都……心不在焉。」

莎蒂瞪著我看。「我一直忘記你沒去上學。卡特，今晚是第一場舞會，還有三所其他學校的人會來參加。我們可以趕快開會吧？」

「你在開玩笑吧，」我說：「我在想世界末日的計畫，而你在擔心舞會會遲到？」

「這件事我已經跟你說過十幾次了，」她很堅持，「而且我們需要找點東西來鼓舞士氣。就是現在，把你的計畫告訴大家，我們有些人還沒決定要穿什麼衣服出門呢。」

我想跟她爭論，其他人卻一臉期待地看著我。

我清了清喉嚨。「好吧，我知道有舞會，但是……」

「七點開始，」潔絲說：「你會去參加，對吧？」

她對我微笑。她是在……跟我打情罵俏嗎？

（莎蒂剛才說我遲鈍。喂，我心裡可是有很多事要思考啊。）

「呃……總之，」我結結巴巴地說：「我們要談一談在達拉斯發生的事，以及接下來會發生什麼事。」

這破壞了大家的興致，每個人臉上的笑容都不見了。我的朋友們仔細聽我重述我們到第五十一行省的任務、銷毀《打倒阿波非斯之書》，以及拿回影子盒的事。我把莎拉．雅各比要求我投降的事告訴他們，還有荷魯斯跟我說眾神之間的不合。

莎蒂接著跟進，她說明她碰到牆上那張怪臉、兩個神以及我們母親的鬼魂這幾場奇遇。她也提到，她直覺我們打倒阿波非斯的最佳機會和影子有關。

克麗約舉手。「所以……魔法師叛徒對你發出死亡通緝令。神不會幫我們。阿波非斯隨時可能復活，而最後一份可能幫我們打敗他的紙草卷已經毀了。不過我們不用擔心，因爲我們有一個空盒子和對影子有著模糊不清的預感。」

「哇，克麗約，」巴絲特讚嘆地說：「你也有毒舌的一面！」

我雙手壓在桌上。只要花一點點力氣召喚荷魯斯的力量，就可以把桌子劈成木柴生火，但我想這麼做不能幫我贏得冷靜沉著的領袖名聲。

「這不單單是個直覺而已。」我說：「大家聽好，你們都學過詛咒咒語吧？」

我們的鱷魚菲利普發出抱怨吼聲，牠的尾巴拍打池子，水花像下雨般濺溼了我們的晚餐。魔法生物對於「詛咒」這個詞有點敏感。

朱利安輕輕拍掉他烤起司三明治上的水。「老兄，你詛咒不了阿波非斯。他太強了。狄賈登試過，還丟了性命。」

「我知道，」我說：「標準的詛咒程序是毀掉敵人的雕像，但如果你能消滅一個力量更強的代表物來唸咒，比方說是個與阿波非斯更有關係的東西？」

華特往前坐，突然對這話題很感興趣。「他的影子？」

菲力斯很害怕，弄掉了湯匙，砸壞一隻剛才用薯泥做的企鵝。「等等，你們說什麼？」

「我這個想法是從荷魯斯來的，」我說：「他告訴我古時候的雕像被稱爲影子。」

「但那只是個象徵意義吧，」艾莉莎說：「不是嗎？」

巴絲特放下她的貓食空罐，看來她對於影子這個話題仍然很緊張，但當我向她解釋我們要不這麼做、要不莎蒂和我會犧牲性命，於是她同意支持我們。

「也有可能不是，」貓女神說：「我要提醒你，我可不是詛咒方面的專家。這是個很棘手的事。不過，詛咒用的雕像一開始是要用來代表目標的影子，而影子是靈魂的重要部分，這麼說也不無可能。」

「那麼，」莎蒂說：「我們可以對阿波非斯施行詛咒，但我們沒有要打破雕像，而是摧毀他眞正的影子。這計畫很棒吧？」

「瘋了，」朱利安說：「你要怎麼摧毀影子？」

華特把一隻薯泥企鵝從他的果凍旁趕走。「這個想法一點都不瘋狂。感應魔法就是要用小的複製品去操控眞正的目標，完全用小雕像來代表人和神的傳統是可能的，也許那些雕像曾經眞的都帶有目標的『舒特』。有關神的靈魂住在雕像裡的故事很多。如果影子被困在一尊雕像裡，你就有可能摧毀影子了。」

「你能做出那樣的雕像嗎？」艾莉莎問，「或是某種可以束縛……阿波非斯的影子？」

「或許可以。」華特瞄了我一眼。坐在桌子旁的很多人都不知道我們已經做了一個阿波非斯的雕像，可以用來當做這個目標。「就算我做得出來，我們還是需要找到影子，然後我們需要更高階的魔法來抓到影子、消滅影子。」

「找影子？」菲力斯緊張地笑，一副希望我們在開玩笑的樣子。「影子不就在他身體底下嗎？你們要怎麼抓到他的影子？踩上去嗎？用燈光照嗎？」

「比那些都複雜得多，」我說：「古代的魔法師薩特納寫了他自己的《打倒阿波非斯之書》，我認為他一定創造了一個抓住並消滅影子的咒語，所以阿波非斯才這麼急著要銷毀證據，那是他的祕密弱點。」

「可是紙草卷已經沒了。」克麗約說。

「我們還有一個人可以問，」華特說：「就是透特。如果有人知道答案，那一定是他。」

餐桌上瀰漫的緊張氣氛似乎漸漸散開。就算機會渺茫，至少我們給了生徒一些希望。我很感激華特站在我們這邊，他製作護身符的能力可能是我們將影子綁在雕像上的唯一希望，他對我們投下信任的一票，對其他小孩來說很具分量。

「我們必須立刻去找透特，」我說：「今晚出發。」

「對，」莎蒂同意，「舞會結束後就去。」

我狠狠瞪著她看。「你在開玩笑吧。」

「噢，親愛的哥哥，我可是很認真的呢。」她露出促狹的笑容，有那麼一瞬間，我怕她會說出我的祕密名字、逼我就範。「我們今晚要去參加舞會，而且，你要跟我們一起去。」

5 與死神共舞

不錯唷，卡特。至少你還知道遇到重要的事情時，應該把麥克風交給我。

說眞的，他一直在那裡碎碎唸要如何面對世界末日，卻對參加學校舞會根本沒有計畫。我哥安排事情的先後順序，實在很變態。

我不認爲想去參加舞會是自私的做法。當然我們都有正事要做，這也是我堅持要先瘋狂玩樂的原因。我們的生徒士氣低落，需要激勵一下。他們需要有個機會當一般的小孩，可以擁有布魯克林之家以外的朋友和生活，而這些就是値得大家去奮鬥的一切。甚至戰場上的敵人在放鬆休息過後都打得比較好，我很確定某個將軍這麼說過。

到了黃昏，我已經準備帶著我的部下前進戰場。我挑了一件漂亮的無袖黑色洋裝，把我的金髮做了黑色挑染，再上一點暗色妝，畫出剛從墳墓爬出來的樣子。爲了方便跳舞，我穿了一雙樸素的平底鞋（不管卡特怎麼說，我並沒有一天到晚穿著戰鬥靴，大概只有百分之九十的時間啦），再戴上我媽珠寶盒裡的銀色切特[33]護身符，還有華特在我上次過生日時送的墜子，那是一個「生」的圖案，是埃及人用來代表永生的符號。

華特自己的護身符收藏裡也有個一模一樣的墜子，可以在我們之間建立起魔法連線，甚至能在危急時將對方召喚到身邊。

可惜，「生」這種護身符並不單指約會，根本就沒有約會的意思。如果華特開口約我，我想我一定會答應。華特這麼溫柔大方，很完美，眞的，就他自己的方式來說。如果他能表達自己更多一點，或許我會愛上他，也就可以放下另一個男孩，就是那個神。

但華特快死了，他有個愚蠢的念頭，認爲如果我們在這種情形下開始交往，對我很不公平。他彷彿以爲那樣就會阻止我愛上他。於是我們就被困在這瘋狂的中間地帶，打情罵俏、聊上個把鐘頭，卸下心防時甚至接吻過幾次，不過最後都是華特先放開，然後不理我。

爲什麼事情不能簡單一點？

我提起這件事，是因爲我下樓梯時撞上華特。

「噢！」我說。然後我注意到他身上還是穿著舊的運動衣、牛仔褲，而且沒穿鞋。「你還沒準備好嗎？」

「我不去。」他大聲宣布。

我嘴巴張得好大。「什麼？爲什麼？」

「莎蒂……你和卡特去找透特時會需要我幫忙。如果我要幫得上忙，就得休息。」

㉝ 切特（tyet），即艾西絲結。這個結代表了艾西絲女神的血，象徵健康和生命。參《紅色金字塔》二四一頁，註61。

「可是……」我強迫自己閉上嘴。要我對他施壓是不對的，我不用魔法也看出他很痛苦。有幾世紀歷史悠久的治療魔法知識隨我們使用，但我們試過的方法似乎沒有一樣對華特管用。我問你，如果你不能揮揮魔棒就讓喜歡的人好過一點，那麼當魔法師又有什麼用？

「你說得對，」我說：「我……我只是希望……」

不管我說什麼，聽起來都像在耍任性。我想和他一起跳舞。埃及的神啊，我可是為了他而盛裝打扮啊，我認為學校裡的凡人男生都還可以，可是和華特相比似乎就顯得很膚淺（或者是說，對啦，好吧，和阿努比斯相比也是）。至於布魯克林之家的其他男生，和他們跳舞會讓我覺得有點怪，感覺像是在和自己的表兄弟跳舞。

「我可以留下來。」我提議，但我想我的口氣聽起來很沒說服力。

華特勉強露出淺淺微笑。「不，莎蒂，你去吧。眞的。我確定等你回來以後就會好多了。好好玩吧。」

他從我旁邊經過，走上樓梯。

我深呼吸幾口氣。有一部分的我眞的很想留下來照顧他。沒有他一起去舞會似乎很怪。然後我往樓下大廳房看了一眼。年紀較大的生徒彼此有說有笑，準備好要出發，如果我不去，他們可能也覺得自己應該留下來。

我的胃裡像是擺了沉甸甸的溼水泥，今晚我所有的喜悅和刺激感突然全部消失。在倫敦生活許多年後，這幾個月來，我一直努力適應在紐約的生活，被迫要在年輕魔法師和平凡女學生的挑戰之間取得平衡。現在，當這場舞會似乎給了我一個結合兩個世界、並在外有個快樂夜晚的機會，我的希望卻落空了。我還是得去舞會，而且要假裝樂在其中。不過我現在去只是出於職責，是要讓大家好過一點。

我猜想這是否就是當個大人的感覺。太可怕了。

卡特是唯一能讓我開心的事。他從他的房間走出來，打扮得像個年輕教授，他穿外套、打領帶，襯衫從頭扣到尾，還穿了西裝褲。當然，這可憐的男孩從來沒去過舞會，更沒上過學。他什麼都不懂。

「你看起來……好極了。」我努力不笑出來。「你知道我們要去參加的不是喪禮吧？」

「閉嘴啦，」他抱怨說：「我們趕快弄一弄結束啦。」

生徒們和我就讀的學校是布魯克林資優學院（Brooklyn Academy for the Gifted），因為學校名稱縮寫就是「袋子」（BAG）的意思，所以我們有說不完的笑話。這裡的學生被稱做「袋袋」；鼻子整形過、嘴唇打了肉毒桿菌的美豔女生叫做「塑膠袋」；我們的校友叫做「舊袋子」。當然啦，我們的校長萊爾德女士就被叫做「袋子夫人」。

雖然名字很可笑，但是這所學校整體來說還不錯。這裡所有學生在藝術、音樂或戲劇等方面都很有才華。我們的課表很彈性，有很多獨自研究的時間，這對我們魔法師來說再好也不過了。我們有需要時，可以隨時離開去打怪物，而且身為魔法師，要我們裝出有才華並不難。艾莉莎用她的土之魔法來做雕塑；華特專精珠寶工藝；克麗約是位了不起的作家，因爲她可以重述自古埃及以來就被遺忘的故事。至於我呢，我根本不需要使用魔法，我天生就具有戲劇才華。

【卡特，不要再笑了。】

你可能不會想到布魯克林中央有這麼一大片地，但我們的校園就像座公園，有好幾英畝草地、修剪整齊的樹木和圍籬，甚至還有個小湖裡面有鴨子和天鵝。

舞會舉行的地點是行政大樓前搭好的帳篷裡，有樂團在高台上演奏；樹上張燈結綵。老師執行監護行動，在四周巡邏監視，確定沒有高年級學生偷溜到灌木叢裡。

我試著不去想，然而音樂和人群都讓我想起前一晚在達拉斯發生的事，那是個很不一樣的派對，最後慘烈收場。我記得JD·葛里森跑去救他太太之前握住我的手，祝我好運。

我心裡充滿可怕的罪惡感，我努力壓抑這種感覺；在舞會中哭泣，對葛里森沒有任何幫助，當然也不會讓我的朋友玩得更開心。

當我們這批人漸漸融入人群中，我轉向卡特，看到他正在玩領帶。

「沒錯，」我說：「你需要跳舞。」

卡特一臉驚恐地看著我。「你說什麼?」

我找了一個凡人朋友過來，這個可愛的女生名叫蕾西，她小我一歲，所以她很崇拜我（我知道，不崇拜我是很難的）。她一頭金髮綁成可愛的馬尾，戴著牙套，而且很可能是這場舞會中唯一比我哥還緊張的人。她以前看過卡特的照片，似乎覺得他帥得不得了。我對她喜歡我哥這點沒意見；在很多方面，她的品味非常好。

「這位是蕾西，這位是卡特。」我替他們介紹彼此。

「你和照片長得一模一樣！」蕾西笑著說。她牙套上的橡皮筋是粉紅色和白色相間，十分搭配她的衣服。

卡特說：「呃……」

「他不會跳舞，」我對蕾西說：「如果你願意教他跳舞，我可眞是感激不盡。」

「沒問題！」她尖叫著說。她抓住我哥的手，把他帶走。

我開始覺得好過一點，或許我今晚終究還能享樂一番。

然後我轉過身去，發現自己正和一個不怎麼喜歡的凡人面對面，那是田中珠兒，一個受歡迎的女生小團體領袖，還有她的超級模特兒在前頭領隊。

「莎蒂！」珠兒雙手環抱住我，她身上的香水混和了玫瑰和催淚彈的味道。「親愛的，眞高興你來了。我要是知道你會參加，就可以和我們一起坐禮車來！」

她的朋友們發出「噢！」的惋惜聲，並露出一點也不同情的笑容。她們每個人的打扮都差不多，穿著最新款的設計師絲質禮服，絕對是她們父母同意她們在上一個時裝週買的。珠兒是這些人當中個子最高也最豔麗的（我用這個詞是要羞辱她），臉上還畫了可怕的粉紅色眼線，那一頭毛躁的黑色鬈髮，顯然是她個人想讓八〇年代的髮型再度流行。她配戴的墜子是一個亮晶晶的英文字母D，材質應該是白金和鑽石，這可能是代表她名字珠兒（Drew）的縮寫，或是她的平均成績。

我對她露出僵硬的微笑。「哇，是禮車耶，眞是謝謝你。不過，在你和你的許多朋友以及你的自大之間，我想應該沒有多餘空間讓我坐。」

珠兒嘟起嘴巴。「甜心，你這麼說太毒啦。華特在哪呢？這可憐孩子的病還沒好嗎？」

在她背後有些女生握起拳頭，對著拳頭咳嗽，模仿華特的樣子。

我想把我放在杜埃裡的魔杖拿出來，把她們通通變成蟲給鴨子吃。我非常確定做得到，而且我想不會有人想念她們，可是我努力控制住脾氣。

上學第一天，蕾西就警告過我有關珠兒的事，顯然她們兩人以前一起參加過夏令營，然後發生這個那個等等等的事，我沒有眞的注意聽細節，反正珠兒到哪裡都是女暴君就對了。

然而，這不表示她就可以欺負我。

「華特在家休息，」我說：「我告訴他你今天會來。好笑的是，這似乎沒讓他提起多大動力。」

「眞可惜，」珠兒嘆氣說：「你知道的，也許他不是眞的生病。親愛的，他可能只是對你過敏罷了。這種事的確會發生。我應該帶點雞湯什麼的去探望他。他住在哪裡？」

她甜甜一笑。我不知道她是眞的喜歡華特，還是因爲討厭我而假裝喜歡他，不管怎樣，把她變成一隻蚯蚓的想法愈來愈吸引我。

在我做出任何衝動的舉動前，背後響起一個熟悉的聲音說：「嗨，莎蒂。」其他女生一同發出驚訝聲。我的脈搏從「慢慢走」加速到「五十公尺短跑衝刺」。我轉過身，然後看到……沒錯，的確是他，阿努比斯神闖入我們的舞會。

他竟敢讓自己帥到不行，就和平常一樣。他那樣子眞的很討厭。他穿著薄薄的黑褲子搭配黑皮靴，上半身穿了一件加拿大樂團「拱廊之火」的T恤，外頭罩了一件機車騎士夾克。他一頭黑髮亂糟糟的樣子很自然，彷彿剛睡醒似的，而我努力克制自己想用手指梳他頭髮的衝動。他的棕色雙眼閃著笑意，可能是他很高興看到我，也可能是他看到我手足無措的樣子而覺得有趣。

「喔……我……老天，」珠兒結結巴巴地說：「這是誰……」

阿努比斯完全忽視她（他做得好），向我伸出手肘，這是一種傳統的親切舉動。「可以和我跳這支舞嗎？」

「我想可以。」我說，盡可能表現得自然。

我將手勾住他的手臂，把一群「塑膠袋」拋在身後。她們全都在喃喃說著：「喔，我的神啊！喔，我的神啊！」

我想要說：「不對，其實他是我一個人的帥哥神。去找你們自己的神啦！」

不平整的鋪石地板是很危險的舞池，在我們四周跳舞的人都不斷絆倒彼此。阿努比斯一點忙也沒幫上，當他領著我穿過人群，所有女生都轉過頭來目不轉睛盯著他看。

我很高興阿努比斯挽著我。我現在的心情亂七八糟，覺得有點頭暈，他在這裡讓我開心得不得了。可憐的華特獨自留在家裡，而我現在挽著阿努比斯散步，眞是讓我非常愧疚。但華特和阿努比斯沒有同時出現在這裡，也讓我鬆了一口氣。如果眞是那樣，可不只是尷尬而已。這種放心感又讓我更感到罪惡，如此反覆不已。埃及的神啊，我眞是一團亂。

樂團原本在演奏舞曲，我們走到舞池中央時，突然換成抒情歌曲。

「這是你做的嗎？」我問阿努比斯。

他微微一笑，根本不算回答。他一手放在我的腰上，然後握住我另一隻手，就像一位舉止得宜的紳士。我們一起輕舞搖擺。

我聽過在空中漫舞這句話，然而我跳了幾步才發現我們眞的飄了起來，離地面只有幾公釐，不會讓其他人注意到，這高度也夠讓我們輕鬆滑行在石頭地上，而不像其他人那樣跌跌撞撞。

蕾西在幾公尺外的地方教卡特怎麼跳慢舞，卡特看起來一臉彆扭。【卡特，跳舞眞的不是量子物理學。】

我抬頭凝視阿努比斯溫暖的棕色雙眼，和他細緻的嘴唇；他曾經吻過我一次，在春天，因爲我生日，而我一直無法忘懷。你可能會以爲死神的嘴唇大概是冰冷的，但根本不是這麼回事。

我試圖釐清思緒。我知道阿努比斯來這裡一定有原因，不過我實在很難專心。

「我以為……呃……」我大口吸氣，實在很難不流口水在自己身上。

我心想：「噢，莎蒂，你真是太了不起了。好了，再試一次說出完整句子，好不好？」

「我以為你只能出現在有死亡的地方。」我說。

阿努比斯輕聲笑了出來。「莎蒂，這裡的確是有死亡的地方。一七七六年發生了布魯克林高地之戰㉞，上百個美軍和英軍就在我們現在跳舞的地方戰死。」

「真浪漫啊，」我喃喃地說：「所以我們現在是在他們的墳墓上跳舞嗎？」

阿努比斯搖搖頭。「大部分士兵被草率埋葬，所以我才決定來這裡見你。這裡的鬼魂也可以享樂一晚，就像你的生徒們一樣。」

突然間，鬼魂在我們四周旋繞，全是穿著十八世紀服裝的發亮靈體；有些穿著英軍普通士兵的紅制服，其他則是民兵的打扮，他們與一身樸素農莊打扮或穿著華美絲綢衣服的女鬼共舞，一些高雅的仕女鬼魂甚至有著會讓珠兒嫉妒的超蓬鬆髮。這些鬼魂伴舞的音樂似乎和我們不同，我豎耳傾聽，可以微微聽見小提琴和大提琴的樂聲。

看起來沒有一個凡人察覺到有鬼魂在身邊，就連我那些布魯克林之家的朋友都渾然不覺。我看著一對鬼魂跳著華爾滋，直接穿過卡特和蕾西。阿努比斯與我共舞的時候，布魯克

㉞布魯克林高地之戰（The Battle of Brooklyn Heights）是美國獨立戰爭期間最大的一場衝突戰役。英軍在此地擊敗由華盛頓所領導的美國反抗軍。

林學院似乎漸漸褪去，鬼魂反而變得更加眞實。

一名士兵的胸口上有著那時慣用的滑膛槍造成的槍傷；一名英國軍官的假髮上則插了一把印第安人的戰斧。我們在兩個世界之間共舞，身旁舞伴是面帶笑容、死狀可怕的鬼魅。阿努比斯可眞知道如何讓女生玩得盡興啊。

「你又這麼做了，」我說：「我不知道你是怎麼說的，但就是像這樣把我帶離平常的世界。」

「是暫時離開一下。」他承認，「我們需要在隱密的地方談事情。我答應過你，我會親自來看你……」

「你眞的來了。」

「……可是這樣會引起麻煩。這可能是我最後一次來看你了，我們目前的情況出現很多不滿的聲音。」

我瞇起眼睛。死神臉紅了嗎？

「我們的情況。」我複述一遍。

「我們。」

聽到這個詞讓我的耳朵嗡嗡作響，我努力讓聲音保持鎭定。「就我所知，並沒有所謂『我們』的正式關係。爲什麼這會是我們最後一次交談呢？」

他現在絕對是臉紅沒錯。「拜託，請聽我說話就好，我有好多事情必須告訴你。你哥哥的想法是對的，阿波非斯的影子是你們最大的希望，但只有一個人能教你所需的魔法。透特或許能指引一些方向，不過我猜他不會告訴你們祕密咒語，因爲實在太危險了。」

「等等，慢點。」我還在消化剛剛那段有關「我們」的對話，以及這次可能是我最後一次看到阿努比斯的事……這一切讓我的腦細胞進入驚慌模式，幾千個小莎蒂在腦袋裡跑來跑去，一邊亂揮手、一邊尖叫。

我試著專心。「你是說阿波非斯眞的有影子嗎？這可以用來詛咒……」

「請不要用那個詞。」阿努比斯露出難過的表情。「不過，沒錯，一切有靈性的實體都有靈魂，也都有影子，就連阿波非斯也一樣。身爲亡者的引導，所以我才知道這麼多，我必須把靈魂當成我的工作。阿波非斯的影子可以用來對付他自己嗎？理論上來說是可行的，但也充滿許多危險。」

「這是當然的。」

阿努比斯帶著我旋轉穿過一對殖民時期的鬼魂，其他學生都在看我們，我們跳舞時他們在竊竊私語，但他們的聲音聽起來既遙遠又奇怪，彷彿在瀑布遠遠的另一端。

阿努比斯帶著一絲歉意溫柔地端詳著我。「莎蒂，要是有別的方法，我絕不會讓你走上這條路。我不希望你死。」

「這我可以同意。」我說。

「連談論魔法的事都被禁止。」他警告我。「但你需要知道你要對付的是什麼。『舒特』

是靈魂最不被了解的部分，這是……該怎麼解釋……這是靈魂最後的依靠、一個人生命力的殘影。你聽說過在審判廳[35]裡壞人的靈魂會被摧毀……」

「阿穆特[36]會把他們的心臟一口吃掉。」我說。

「對。」阿努比斯壓低聲音。「我們說這樣會完全摧毀靈魂，但其實是不對的。影子還會繼續徘徊遊蕩。俄塞里斯偶爾會決定……嗯，重審判決，可是不常發生。如果有人被發現有罪，而且出現新的證據，就必須要有方法將靈魂從虛無中帶回來。」

我試著理解他說的話，感覺到我的思緒和我的腳一樣暫停在半空中，無法與任何具體事物連結。「那麼……你是說影子可以用來……嗯，使靈魂重新作用？就像電腦的備份硬碟？」

阿努比斯一臉狐疑地看著我。

「啊，抱歉，」我嘆口氣，「我跟我那怪胎哥哥混在一起的時間太久了。他說話就像一台電腦一樣。」

「不……不用抱歉，」阿努比斯說：「其實這個比喻很好，只是我從來沒這麼想過罷了。的確，影子被消滅前，靈魂不算完全消滅，在極罕見的情況下，只要用對魔法，就有可能用『舒特』讓靈魂復活。相對來說，如果你要以摧毀神的影子、甚至是阿波非斯的影子作爲其中一種消滅他們的方法……嗯，就是你之前提過的咒語……」

「『舒特』會比一尊普通的雕像更有力量，」我猜測，「我們有可能在不讓自己喪命的情況下消滅他。」

阿努比斯緊張地瞄著四周。「你說得對，但你也明白這種魔法爲什麼會是祕密。神永遠不希望凡人魔法師得知這種知識，也因此我們總是隱藏自己的影子。要是有魔法師能夠抓住神的『舒特』，並且用來威脅我們……」

「你說得對。」我覺得嘴巴很乾。「但我站在你們這邊，我只會把這種咒語用在阿波非斯身上，透特當然會諒解。」

「或許吧。」阿努比斯聽起來沒什麼信心。「至少先跟透特打聽看看，希望他會了解有幫助你們的必要。不過，恐怕你們還是需要更好、也更危險的引導。」

我倒抽一口氣。「你說過，只有一個人能教我們使用這種魔法，是誰？」

「只有一個魔法師瘋狂到研究這種咒語，他的審判將在明天黃昏開始。在那之前，你必須去見你父親。」

「等等。你說什麼？」

一陣風吹過帳篷，阿努比斯緊緊握住我的手。

「我們要快一點了，」他說：「我還有很多事要告訴你。亡者的靈魂發生事情了，他們被……你看那裡！」

㉟在埃及傳說中，人死之後要進入接受審判的地點就叫做審判廳（Hall of Judgement）。

㊱阿穆特（Ammit）是埃及神話中的奇異動物，傳說有著鱷魚頭，前腳是獅子腳，後腳是河馬腳。牠總是蹲在審判廳的天秤旁，等待吃掉犯下惡行的亡者心臟。

他指著附近的一對舞者。那女子身穿簡單的白色亞麻洋裝，打著赤腳在跳舞，男子就像殖民時期的農夫打扮，穿著馬褲及雙排釦長大衣外套，但是他的脖子彎成一個奇怪的角度，彷彿是被吊死的。黑色濃霧如同藤蔓纏繞在男子的腿上，他跳了三步，就被黑霧團團包圍，混濁的濃霧將他拉入地底，然後他就消失了。白衣女子繼續獨自跳舞，顯然完全不知道她的舞伴已經遭邪惡的霧手消滅了。

「那……那到底是什麼？」我問。

「我們不知道，」阿努比斯說：「隨著阿波非斯的力量愈來愈強，這種情況發生的頻率便愈來愈高。亡者靈魂正在消失中，被拉入杜埃更深的地方。我們不知道他們去了哪裡。」

我差點站不穩。「我媽還好嗎？」

阿努比斯痛苦地看了我一眼。我知道答案。媽警告過我，我們可能再也看不到她，除非能找到打敗阿波非斯的方法。她告訴我這個訊息，催促我要找到阿波非斯的影子。這一定和她目前的危機有關係。

「她失蹤了。」我猜，我的心跳得好快。「一定和影子這件事有關吧？」

「莎蒂，真希望我知道答案。你父親正在……盡一切努力找到她，可是……」

這時吹來一陣風，打斷了他的話。

你有沒有在坐車時把手伸出車外，感覺風吹打在你手上的經驗？現在就有點像那樣，只不過力道強了十倍。一股強大力量將阿努比斯和我分開。我踉蹌後退，腳已經不再飄浮在空中。

「莎蒂……」阿努比斯伸出手，但那陣風把他吹得更遠了。

「住手！」我們兩人之間響起一個尖銳的聲音說：「在我的監看下，不准在公開場合有親暱行爲！」

空氣化爲人形，起先只是一個模糊的陰影，然後變得更加具體且有顏色。站在我前面的是一個穿著老式飛行員服裝的男人，他戴著皮製頭盔、大眼鏡、圍巾和飛行夾克，這身打扮就和我看過照片上的二次大戰時期皇家空軍一樣，不過他不是血肉之軀。他的形體不斷旋轉變化。我發現他是由一堆咖啡色的垃圾組合而成，像是土塊、紙張碎片、一些蒲公英花絮、乾枯的葉子等，這些東西轉個不停，卻由風緊緊組合在一起，從遠處看絕對會以爲是一個普通凡人。

他對阿努比斯搖搖手指。「小鬼，這是你最後一次侮辱我！」他的聲音聽起來像是氣球漏氣的嘶嘶聲。「你已經被警告很多次了。」

「等一下！」我說：「你是誰？而且阿努比斯根本不是一個小男孩，他已經五千歲了。」

「說得更精確一點，」飛行員大聲打斷我的話，「他只是個毛頭小子。而且，丫頭，我並沒有准許你說話！」

飛行員整個爆炸。這股爆炸威力強到讓我耳朵嗡嗡作響，還一屁股跌坐在地上。在我四周的其他凡人，包含我的朋友、老師和所有學生，全都倒在地上。阿努比斯和其他鬼魂似乎不受影響。飛行員又再次組合成形，低頭凶狠地瞪著我。

我掙扎著起身，試圖從杜埃召喚出我的魔杖，但運氣很差。

「你做了什麼？」我質問他。

「莎蒂，沒事的，」阿努比斯說：「你的朋友們只是失去意識。蘇[37]只是降低氣壓而已。」

「書？」我問，「哪個書？」

阿努比斯的手指壓在太陽穴上。「莎蒂……這位是蘇，我的曾祖父。」

然後我想起來了，蘇就是我以前聽過那個超級可笑的神名。我努力回想他是管什麼的神。「啊，是翻翻書之神。不對，等一下。是漏氣氣球之神。不對……」

「是空氣！」蘇氣呼呼地說：「空氣之神！」

他的身體化為一陣夾雜各種殘垣碎片的龍捲風，當他再次成形，他變成古埃及裝扮，打著赤膊，穿著一條白色纏腰布，一根超大的鴕鳥羽毛插在他綁成辮子的頭上。

他又變回皇家空軍的打扮。

「你還是繼續穿飛行員服裝吧，」我說：「鴕鳥羽毛眞的不適合你。」

蘇發出不友善的呼呼聲。「多謝你了，我還是寧可隱形。但你們這些凡人嚴重汙染空氣，現在要隱形起來愈來愈困難。你們過去幾千年來做的一切實在太可怕了！難道你們這些人沒聽過「空氣友善日」[38]？汽車共乘？油電混合引擎？別讓我又開始講牛的事。你知不知道每隻牛每天打嗝放屁所排放出來的沼氣超過三百公升？而全世界總共有十五億頭牛，你曉得這對我的呼吸系統有什麼影響嗎？」

「呃……」

蘇從他的夾克口袋裡掏出一個吸入器，大口吹氣。「太糟糕了！」

我挑起一邊眉毛看著阿努比斯，他看起來就像一般凡人般困窘（或者該說是像一般神一樣窘。）

「蘇，」阿努比斯說：「我們只是在說話而已。如果你能讓我們把話講完……」

「喔，說話！」蘇大吼大叫，無疑也排放出他那一份沼氣。「還一邊牽手、跳舞，做出低級沒品的行爲。小鬼，別裝無辜。你曉得我從以前就在監管小孩子，我讓你的祖父母永生永世分開。」

突然間，我想起有關天空之神努特和大地之神蓋伯的故事。拉命令努特的父親蘇拆散這對戀人，使他們永遠無法生出可能篡奪拉的王位的孩子。這個計謀沒有奏效，但蘇還是這麼做了。

空氣之神露出一副厭惡的神情，對著失去意識的凡人揮揮手，有些人開始呻吟，身體動

㊲蘇（Shu）是埃及神話中的風神，他是太陽神拉的兒子，掌控空氣，也是聽覺與思考的支配者。

㊳空氣友善日（Spare the Air）是在美國加州發起的空氣汙染防制運動，呼籲民眾在這天搭乘大眾交通工具或改以乘車共乘方式等等，來減少廢棄排放。

了起來。「好了，阿努比斯，我發現你在充滿罪惡的場所做出大有問題的行爲，在這個……」

「學校？」我建議他這個詞。

「對！」蘇點頭點得超用力，他的頭漸漸分散成爲一團葉子形狀的雲。「小鬼，你聽說過神的規定吧，你和這個凡人變得太親近了，你被禁止以後繼續跟她往來！」

「什麼？」我大叫，「這太可笑了！這誰規定的？」

蘇發出一陣很像輪胎扁掉的聲音。他要不是在大笑，就是給我一個超大的呸聲。「丫頭，這是荷魯斯殿下和艾西絲殿下所領導的眾神議會規定的！」

我感覺自己好像變成一堆廢物。

艾西絲和荷魯斯？眞不敢相信，我被兩個算是朋友的神在背後捅了一刀。艾西絲和我可要好好談一談。

我轉向阿努比斯，希望他告訴我這一切是謊言。

他難過地舉起手。「莎蒂，我一直試著想告訴你這件事。神不允許直接……嗯，與凡人有所牽連。只有當神寄宿在凡人身體時才可以，而且……你知道，我從來沒有這樣做過。」

我咬牙切齒。我想與阿努比斯爭辯說他有個很棒的身體，但他常常告訴我，他只能出現在夢裡或是有死亡的地方。他不像其他的神，從來沒有寄宿過凡人體內。

這眞是太不公平了。我們甚至還沒有好好約會過呢。六個月前接吻一次，然後阿努比斯就被禁止永遠不能來看我了？

「你不會是認眞的吧。」我不確定到底是難搞的風神保母還是阿努比斯讓我更火大。「你不會眞的就這樣讓他們管束你吧？」

「他沒得選擇！」蘇大喊。結果這一喊讓他咳得太厲害，以致胸腔爆開變成蒲公英種子。他又拿起吸入器猛吸一口氣。「布魯克林的臭氧層……太悲慘了！阿努比斯，你現在給我離開這裡，不准再跟這個凡人接觸。這樣不對。至於你，小ㄚ頭，離他遠一點！你還有更重要的事要做。」

「喔，是嗎？」我說：「那麼垃圾龍捲風先生，你又要怎樣呢？我們正準備開戰，而你所能做的最重要事情，就是阻止人們不要跳舞嗎？」

氣壓突然明顯升高，血液直衝我的腦門。

「小ㄚ頭，你聽好，」蘇咆哮著，「我早就幫了你好大的忙。我注意到那個俄國小子的禱告，把他一路從聖彼得堡帶來這裡跟你談話。好了，你快閃開！」

一陣大風把我吹得往後退，鬼魂如同煙霧般吹散開來。失去意識的凡人開始動了起來，從斷垣殘壁中抬起頭。

「俄國小子？」我在狂風中大喊問他，「你到底在說什麼啊？」

蘇開始分解變成一堆垃圾，繞著阿努比斯旋轉，把他從地上抬起。

「莎蒂！」阿努比斯試圖掙扎想朝我這邊走，但是風暴太強了。「蘇，至少讓我告訴她華特的事！她有權知道！」

在風之上，我幾乎聽不見他的聲音。「你是不是說『華特』？」我大喊，「他怎麼樣？」阿努比斯說了幾句話，可是我聽不出來他在說什麼。接著，一陣滿是垃圾碎屑的大風完全擋住了他。

當風停止的時候，兩位神都消失不見了。我獨自站在舞池中，周圍有幾十個大人和小孩正在甦醒。

我準備跑去卡特身邊，看看他是否沒事。

【對，卡特，我是真的想這樣做。】

然後，就在帳篷邊，一個年輕男子走到光線下。

他身穿灰色軍裝，還套了一件羊毛外套，在這溫暖的九月夜晚，他這樣穿太多了。他的大耳朵似乎是唯一能撐得起他過大帽子的東西。他肩膀上斜掛著一把來福槍，樣子看起來應該沒超過十七歲。雖然他絕對不是來參加舞會的他校學生，但看起來有點面熟。

蘇曾提過「聖彼得堡」。

沒錯，我在春天時碰過這個男生，當時卡特和我從隱士廬博物館39逃出來，這個男生想要阻止我們。他偽裝成守衛，卻又亮出他是俄國行省的魔法師身分。他是邪惡的弗拉迪．緬什科夫的手下。

我從杜埃裡拿出我的魔杖。這次成功了。

這個男生舉手投降。

「不！」他懇求著，然後用他的破英語結結巴巴地說：「莎蒂．凱恩。我們……需要……談一談。」

❸⑨隱士廬博物館（Hermitage Museum），原是俄國歷代沙皇的住所，起先只開放貴族及上流人士參觀，後來才開放一般民眾進入參觀。

6 魔法戰略地圖

他名叫列歐尼德，我們雙方都同意不殺彼此。

我們坐在表演台的階梯上談話，而周圍的學生和老師正掙扎著醒過來。

列歐尼德的英語不太流利，而我根本不會說俄語，不過他所說的事情經過中，光我能理解的部分就足以讓我提高警覺了。他從俄國行省逃出來，想辦法說服蘇把他帶來這裡找我。他記得我們上次入侵隱士廬的事，顯然我讓這個年輕人印象深刻。這一點都不令人意外。我很令人難忘。

【噢，卡特，不要再笑了。】

列歐尼德一邊說、一邊比手畫腳，再加上聲效，試著向我解釋從緬什科夫過世後在聖彼得堡發生的事。我沒辦法聽懂全部，但聽得懂底下這麼多：桂、雅各比、阿波非斯、第一行省、死了很多人、快、很快。

老師們開始集合學生並聯絡家長，顯然他們擔心可能是劣質水果酒或有毒氣體（很可能是珠兒的香水）引起眾人集體昏倒，所以他們決定撤離這裡。我想警察和醫護人員很快就會來到現場，我希望能在他們抵達之前先離開。

我拖著列歐尼德去找我哥，他整個人還搖搖晃晃、揉著眼睛。

「發生什麼事了？」卡特問，他皺起眉頭看著列歐尼德。「他是誰……？」

我給了他一分鐘簡報：阿努比斯來了、蘇插手干預、俄國男生現身。「列歐尼德握有即將對第一行省發動攻擊的情報，」我說：「叛徒們要追殺他。」

卡特搔搔頭。「你想把他藏在布魯克林之家？」

「不，」我說：「我要立刻帶他去見阿摩司。」

列歐尼德差點說不出話來。「阿摩司？他會變成賽特……把臉吃掉？」

「阿摩司不會吃掉你的臉，」我向他保證，「雅各比亂編故事騙你們的。」

列歐尼德看起來仍然很不安。「阿摩司沒有變成賽特？」

要怎麼說才不會愈解釋愈糟呢？我不知道要如何用正確的俄語說明如下事情：他被賽特附身，但那不是他的錯，而且他現在好多了。

「不是賽特，」我說：「阿摩司是好人。」

卡特仔細打量這個俄國人，他一臉擔憂地看著我。「莎蒂，如果這是陷阱怎麼辦？你信任這傢伙嗎？」

「喔，我應付得了列歐尼德，他可不希望我把他變成香蕉蛞蝓。列歐尼德，你想變成蛞蝓嗎？」

「不，」列歐尼德一臉嚴肅地說：「不要香蕉蛞蝓。」

「你看到了吧?」

「那去見透特的事怎麼辦?」卡特問,「不能再等下去了。」

我看見他眼裡的憂慮。我想我們想的是同一件事:我們的媽媽有麻煩了。亡者的靈魂正在消失,這與阿波非斯的影子有關,我們必須查出這之間的關聯。

「你去找透特,」我說:「帶華特一起去。還有,呃,多注意他一點好嗎?阿努比斯想要告訴我有關他的事,可是來不及說;而且在達拉斯的時候,我從杜埃裡看著華特……」

我沒辦法逼自己把話說完,光是想到華特被裹在木乃伊亞麻布裡的樣子,就已經讓我熱淚盈眶。幸好,卡特似乎了解大致情況。「我會讓他平安無事的。」他保證。「你們要怎麼到埃及去?」

我考慮過這件事。列歐尼德是搭了風神蘇航空班機來到這裡,不過我很懷疑這個大驚小怪的風神會願意幫我,況且我也不想開口求他。

「我們要冒險使用通道。」我說:「我知道通道有點靠不住,但這只要很快地跳進去就行了,哪有可能出問題?」

「你們可能會被困在牆壁裡,」卡特說:「或是在杜埃裡變成數百萬個小碎片。」

「噢,卡特,你真的關心我啊!但說真的,我們會沒事的。我們沒有太多選擇。」

我很快抱了他一下。我知道,我真是太多愁善感了,可是我想表現出團結一心的樣子。然後在我改變心意前,我抓起列歐尼德的手一起飛奔過校園。

先前與阿努比斯的交談還讓我暈頭轉向。艾西絲和荷魯斯竟敢拆散我們，我們根本還沒有在一起啊！還有，阿努比斯想要告訴我關於華特的什麼事情？或許他想要結束我們這段命運多舛的關係，祝福我和華特在一起（眞差勁）；或者是他想表白自己對我無止盡的愛，並向華特挑戰，以博得我的感情（非常不可能，而且我也不喜歡被當做籃球般搶來搶去）。又或者是（最有可能的是），他想告訴我壞消息。

我知道阿努比斯去看過華特幾次，他們對於彼此談論了什麼都不肯說，而且因爲阿努比斯是亡者的引導神，所以我猜他是在替華特做死亡準備。阿努比斯可能是想要警告我時候快到了，彷彿我需要別人提醒我這件事。

阿努比斯，我根本碰都碰不到；華特，已經站在鬼門關前了。如果我失去這兩個我喜歡的男生，那麼……拯救世界就沒什麼太大意義了。

好吧，這麼說是有點誇張，但就只是誇張一下嘛。

最重要的是，我媽有麻煩，而莎拉．雅各比的叛徒正在策畫要對我叔叔的總部發動恐怖攻擊。

那麼，爲何我覺得充滿……希望？

我心裡開始浮現一個拋不開的念頭，冒出一種微弱的可能性，不只是我們可能會找到打敗巨蛇的方法，阿努比斯說的話一直在我心中迴盪：「影子繼續徘徊遊蕩。一定有方法可以將靈魂從虛無中取回。」

如果影子可以用來帶回已經被消滅的凡人靈魂，同樣方式是否也可以用在神的身上？

我完全沉浸在自己的思緒中，幾乎沒注意到我們已經來到了藝術大樓。列歐尼德要我停下來。

「用這個當通道？」他指著庭院中一塊切割過的石灰岩。

「對，」我說：「謝了。」

長話短說。當我開始在布魯克林資優學院上課，我發現在這裡附近擺放一個埃及文物來應付緊急狀況應該不錯，於是我就做了合乎邏輯的事：我從附近的布碌崙博物館㊵借了一塊石灰岩雕飾板。眞的，博物館裡的石頭夠多了，我覺得他們不會在乎少了一塊。

我在博物館原本放置的地方擺了一個複製品，請艾莉莎將這塊眞正的雕飾板當做她的上課作業交給美術老師，作爲她模仿古代藝術形式的作品。老師對這個作品大爲激賞，他把「艾莉莎的作品」放在教室外的庭院。上面的雕刻呈現了喪禮上哀悼的人們，我覺得很適合拿來當做學校的擺設。

這不是一件力量強大或重要的藝術品，然而所有古埃及文物都具有某種力量，有如魔法電池。經過正確的訓練，魔法師可以利用這些文物去進行原本不可能使用的咒語，比方說開啓通道。

我愈來愈擅長使用這種特殊的魔法。我開始唸咒，列歐尼德替我把風。

大多數魔法師都會等待「良辰吉時」來開啓通道大門，他們花費多年時間記住重要紀念節日的時刻，例如每位神出生的時間、星辰的排列等資訊。我想我是應該擔心這種事，但我毫不在乎。想想埃及有幾千年的歷史，有這麼多良辰吉時讓我只要唸誦就可以唸中一個。當然啦，我希望我的通道不會在不吉利的時刻打開，那可能會引起許多可怕討厭的副作用；不過誰的生活沒有冒過險？

（卡特一邊搖頭、一邊嘀咕，我不知道爲什麼。）

空氣在我們面前波動。出現了一扇圓形的門，是一個旋轉的金沙漩渦，列歐尼德和我一躍而入。

我很想說我的咒語十分有用，而我們最後進入第一行省。可悲的是，我有點失準了。通道把我們吐出來的地方大約在開羅上方一百公尺高處，我發現自己呈自由落體式地穿過涼爽的夜空，往下墜入燈火通明的城市。

我沒有驚慌失措。我大可唸出一堆咒語來解救自己目前的處境；我大可以化身成鳶的模樣（我指的是獵食的鳥，不是綁了繩子的紙鳶），雖然這不是我喜歡的旅行方式。在我決定要採取什麼行動之前，列歐尼德抓住我的手。

㊵布祿崙博物館（Brooklyn Museum）位於美國紐約市布魯克林區，是世界上僅次於大英博物館與開羅博物館收藏最多埃及文物的地方。

風向改變了。突然間，我們以受到控制的降落方式輕鬆滑翔過這座城市，輕緩地降落在城市外圍、靠近一堆廢墟的沙漠，而我從以往的經驗得知，這裡藏著通往第一行省的入口。

我驚訝地看著列歐尼德。「你召喚了蘇的力量！」

「蘇，」他嚴肅地說：「對，有這個必要。我做了……被禁止的事。」

我開心地微微笑。「你真聰明！你靠自己學習神之道？我就知道我沒有理由把你變成香蕉蛞蝓。」

列歐尼德的眼睛瞪得好大。「不要香蕉蛞蝓！拜託！」

「傻瓜，那是讚美你啦，」我說：「被禁是好事！莎蒂喜歡被禁！好了，我們走吧。你得見見我叔叔。」

卡特絕對會鉅細靡遺地描述這座地下城市，說明每個房間的精確面積大小，解說每一尊雕像和象形文字的無聊歷史，敘述生命之屋魔法總部的建造背景資料。

我會讓你免於這種折磨的。

很大。充滿魔法。地下城。

好了，我說完了。

在入口隧道底部，我們穿過一座橫跨縫隙的石橋，我在那裡遇到一個「巴」來挑戰。這發光的鳥靈（他的頭是一位我或許應該知道的著名埃及人士）問了我一個問題：「阿努比斯的眼睛是什麼顏色？」

棕色啊。拜託。我想他是打算用簡單的問題來唬我。

「巴」讓我們通過，進入城裡。我已經六個月沒來這裡，看到只有少數魔法師在這裡，我很難過。第一行省從來沒有人擠人過。埃及魔法已經凋零了幾世紀，愈來愈少年輕生徒學習埃及魔法這門藝術。然而現在城裡大多數商店都已經關門，市場的攤子裡，沒有人在對著安卡或蠍子毒液討價還價。一個看來百般無聊的護身符商人一看到我們就精神振奮，等我們走過之後，他又懶洋洋沒了力氣。

我們的腳步聲迴盪在靜悄悄的隧道裡。我們穿過其中一條地下河，然後蜿蜒通過圖書館區和鳥禽室。

（卡特說我應該告訴你爲什麼那個地方叫做鳥禽室。這是一個裡面布滿各種鳥類的洞穴。又來了，又是這種想也知道的事。【卡特，你爲什麼要用頭去撞桌子？】）

我帶著我的俄國朋友走過長廊，經過一條封閉的隧道，那裡曾經可以通往吉薩的大獅身人面像，最後我們來到時代廳的銅門前。現在這個大廳歸我叔叔管，於是我邁開腳步走進去。

這是個令人嘆爲觀止的地方嗎？當然囉。如果你用水灌滿這裡，這個大廳會大得足夠容納一群鯨魚。延伸到房間中央，一條長長的藍色地毯如尼羅河般閃閃發光。沿著大廳兩側排了石柱，柱子之間有發亮的光幕，顯示埃及過去種種可怕、美妙、令人痛心事件的畫面。

我試著不去看那些景象。根據以往的經驗，我知道這些影像會很危險地把人吞噬掉。我有次誤觸了這些光，那次經驗差點就讓我的腦袋變成燕麥。

第一區的光幕是金色的，這是神的時代。接下去更遠處，舊王國時期發出銀色光芒，而中王國則是古銅般的棕色，以此類推。

我們往前走的時候，好幾次我得把列歐尼德從吸引他目光的畫面前拉開。老實說，我也沒有比他好到哪裡去。

當我看到貝斯穿著纏腰布、做出翻轉動作娛樂其他神的這一幕，我眼眶泛淚。（我會哭，是因爲我想念他這副充滿生命力的樣子；我的意思是，雖然光看到穿纏腰布的貝斯就足以燒掉一個人的眼睛了。）

我們通過青銅色光幕的新王國時期。我突然停下腳步。在不停轉換的影像裡，一個穿著祭司袍的瘦削男人將魔棒和刀舉在一頭黑牛上方。這個男人嘴裡唸唸有詞，像是在祝福這隻動物。這畫面我知道的不多，但我認得這個人的臉，尖尖的鼻子、高額頭，當他將刀子劃過可憐動物的喉嚨時，薄嘴唇扭曲成邪惡的微笑。

「就是他。」我喃喃說著

我往光幕走過去。

「不！」列歐尼德抓住我的手臂。「你跟我說光不好，要離遠一點。」

「你……你說得對，」我說：「但那個人是凡尼叔叔。」

我很確定這就是出現在達拉斯博物館牆上的同一張臉，但怎麼可能？我現在看到的畫面一定是幾千年前的事。

「不是凡尼，」列歐尼德說：「他叫做凱姆瓦薩特。」

「抱歉，你說什麼？」我不確定是否聽得正確，甚至不確定他剛剛說的是什麼語言。「那是一個名字嗎？」

「他是……」列歐尼德用俄語說了幾句，然後莫可奈何地嘆口氣。「很難解釋。我們去見不會把我的臉吃掉的阿摩司吧。」

我逼自己不要再去看那影像。「好主意，我們繼續走。」

在大廳盡頭，代表現代的紅色光幕顏色轉變為深紫色，這應該標示著新世界的開始，雖然我們沒有人知道這到底會是什麼時代。如果阿波非斯毀滅了世界，我猜這就會是「非常短命的時代」。

我以為會看到阿摩司坐在法老王位的底座邊，那是傳統上大儀式祭司坐的地方，象徵他擔任法老主要顧問的角色。當然啦，法老現在很少需要建言，他們全都死了好幾千年。

平台上沒人。

這給了我一個難題。我從來沒想過，如果大儀式祭司沒有出現，他會在什麼地方。他是不是有個更衣室，門上說不定還掛著他的名牌和小星星之類？

「在那裡。」列歐尼德指著說。

再一次證明我聰明的俄國朋友是對的。就在後面牆上、王座的後面，一道微弱的光線長長的一條照在地板上，一扇門的底部。

「這是一個陰森的祕密入口。」我說：「列歐尼德，做得好。」

我們在另一邊找到一個類似作戰室的地方，阿摩司和一名身穿迷彩裝的年輕女子分別站在一張大桌子的兩側，上面攤開一張全彩的世界地圖。桌上擺滿微小的模型，有彩繪的船、怪物、魔法師、汽車，還有象形文字記號。

阿摩司和穿迷彩裝的女子聚精會神於他們的工作，在地圖上移動小模型，一開始並沒注意到我們。

阿摩司穿著傳統的亞麻袍，除了膚色較黑、髮型較酷，亞麻袍使他的水桶身形看起來有點像塔克修士㊶。他的頭髮綁成一條條髮辮，以金色珠子裝飾。他仔細研究地圖時，圓框眼鏡閃了閃。披在他肩膀上的是代表大儀式祭司的豹皮披肩。

至於那位年輕女子……噢，埃及的神啊，那是姬亞。

我以前從來沒看過她穿現代風格的衣服。她穿著迷彩花紋工作褲以及映襯她古銅色肌膚的橄欖色背心，腳蹬戰鬥靴。她的黑髮比我記憶中還長，看起來比六個月前更加成熟漂亮。很高興卡特沒有跟著來，要不然他一定驚訝到沒辦法合攏嘴。

【沒錯，卡特，你一定會是這種反應。她看起來非常豔麗動人，就是那種女突擊隊員的氣勢。】

阿摩司移動了一個小模型到地圖另一邊。「這裡。」他告訴姬亞。

「好吧，」她說：「但這樣巴黎就沒有人防守了。」
我清了清喉嚨。「能打擾你們一下嗎？」
阿摩司轉過頭來，露出笑容。「莎蒂！」
他緊緊抱住我，然後慈愛地摸摸我的頭。
「噢，好痛。」我說。
他笑了。「抱歉，我看到你太高興了。」他看了看列歐尼德。「這位是……」
姬亞咒罵一聲，擠到阿摩司和列歐尼德中間。「他是其中一個俄國人！他爲什麼會在這裡？」
「冷靜點。」我告訴她，「他不是敵人。」
我向他們說明列歐尼德出現在舞會的事。列歐尼德想要幫忙解釋，但是他不知不覺就變成用俄語說話。
「等等，」阿摩司說：「我們來簡化一下。」
他輕碰列歐尼德的額頭，說：「梅德—瓦。」
在我們頭頂上，代表「說話」的象形文字發出紅光。

---

41 塔克修士（Friar Tuck），英國民間傳說中人物羅賓漢的從眾之一，據說他因為不尊重教會而遭逐出修院，後來成為羅賓漢的夥伴。通常以和善快樂的形象出現。

「好了，」阿摩司說：「這應該會有點幫助。」

列歐尼德瞪大眼睛。「你會說俄語？」

阿摩司微笑。「其實在接下來的幾分鐘，我們全都會說古埃及語，但在每個人耳裡聽起來都像是自己的母語。」

「太讚了，」我說：「列歐尼德，你最好把握時間說明。」

列歐尼德摘下軍帽，不斷扭著帽簷。「莎拉·雅各比和她的中尉桂……他們想攻擊你。」

「我們知道這件事。」阿摩司冷冷地說。

「不，你不懂！」列歐尼德的聲音害怕到發抖。「他們很邪惡！他們和阿波非斯聯手！」

或許只是巧合，然而當他說了那個名字，地圖上的幾個模型都冒出火花然後熔化。我的心也差不多有同樣感覺。

「等等，」我說：「列歐尼德，你怎麼知道這件事？」

他的耳朵變紅。「緬什科夫過世之後，雅各比和桂來到我們的行省。我們收留他們。雅各比很快就接手掌控，但我的同伴都沒有反對。他們，呃，痛恨凱恩家的人。」他愧疚地看著我。「你們在春天侵入我們的總部之後……嗯，其他俄國人把緬什科夫的死及阿波非斯的興起壯大，歸咎到你們身上。他們把一切都算到你們頭上。」

「我們已經很習慣這種事了，」我說：「你和他們的想法不一樣嗎？」

他捏緊他那頂過大的帽子。「我見識過你的力量，你打敗了怪物翠蘇西魯。你當時大可以殺了我，可是你沒有動手。你不像壞人。」

「眞是多謝了。」

「那次會面之後，我就變得很好奇，開始研讀古代紙草卷，學習如何傳輸蘇的力量。操縱空氣一直是我的本事。」

阿摩司咕噥著。「列歐尼德，這需要很大的勇氣。在俄國行省靠自己摸索神之道？你眞是勇氣可嘉。」

「我很笨的。」列歐尼德滿頭是汗。「雅各比爲了很小的罪就殺害魔法師。我有個年長的朋友叫米夏爾，有一次他犯了一個錯，說凱恩家並非全是壞人，結果雅各比以叛亂罪名逮捕他。她把他交給桂，而桂用閃電魔法……做了很可怕的事。米夏爾過世前，我聽到他在地牢裡連續大叫了三個晚上。」

阿摩司和姬亞互看一眼，兩人眼神沉重。我感覺他們並不是第一次聽說桂的嚴刑拷打。

「我很遺憾。」阿摩司說：「但你怎麼能確定雅各比和桂是替阿波非斯工作？」

年輕俄國人看看我，尋求心安。

「你可以信任阿摩司，」我向他保證，「他會保護你。」

列歐尼德咬著唇。「昨天我在隱士廬地下深處的一個房間裡，那是我以為很祕密的地方，我正在研讀一份召喚蘇的紙草卷，這是被嚴格禁止的事，聽到雅各比和桂接近的聲音，於是躲了起來。我偷聽到他們兩人交談，但他們的聲音……分裂了。我不知道怎麼解釋。」

「他們被附身了？」姬亞問。

「比那更糟。」列歐尼德說：「他們兩人都各傳了十幾個聲音，像是在開作戰會議。我聽到很多怪物和惡魔的聲音，而主持會議的只有一個，比其他聲音更低沉、更有力量。我從來沒聽過那種聲音，就像黑暗本身在說話。」

「是阿波非斯。」阿摩司說。

列歐尼德臉色變得慘白。「請你要了解，在聖彼得堡的魔法師大多數都不壞，他們只是很害怕，急著想保命而已。雅各比讓他們相信她可以拯救他們，她用謊言誤導他們，說凱恩家的人是惡魔。可是她和桂……他們是怪物，他們已經不是人了。他們在阿布辛貝建了一個軍營，會從那裡率領叛徒攻打第一行省。」

阿摩司轉頭看著地圖，他的手指沿著尼羅河往南指到一座小湖。「我沒有感覺到阿布辛貝那裡有什麼動靜。如果他們在那裡，他們把自己隱藏得很好，躲過了我的魔法。」

「他們在那裡。」列歐尼德保證。

姬亞皺著眉。「就在我們的地盤上，而且是這麼容易的攻擊距離。我們之前有機會的時候，就該在布魯克林之家殺了他們。」

阿摩司搖搖頭。「我們是瑪特的隨從，代表秩序和公正，不會為了敵人未來可能做的事而殺了他們。」

「但我們的敵人現在會殺了我們。」姬亞說。

地圖上又有兩個小模型在西班牙的位置冒出火花並熔化，一艘模型船在日本海岸邊被擊成碎片。

阿摩司神情凝重。「又有更多傷亡。」

他從韓國的位置選了一個眼鏡蛇模型，往前推到船難發生的地方。他將熔化的魔法師模型從西班牙的位置掃開。

「那是什麼地圖？」我問。

姬亞將一個象形文字記號從德國移往法國。「是伊斯坎德的戰略地圖。我以前跟你說過，他精通雕像魔法。」

我記得這件事。這位前任大儀式祭司非常厲害，他曾親自做了一個姬亞的複製人……不過我決定現在還是不要提起這件事。

「那些記號代表實際武力吧。」我猜。

「對，」阿摩司說：「這張地圖讓我們能看到敵人的動向，至少是他們大多數人的動向。

也讓我們可以用魔法派遣人力前往需要援助的地方。」

「呃，那我們現在狀況如何？」

他的表情告訴了我所想知道的一切。

「我們被分得太散，」阿摩司說：「雅各比的追隨者攻擊我們最弱的地方，阿波非斯派出他的惡魔去恫嚇我們的盟友，這些攻擊行動似乎配合得天衣無縫。」

「因爲這些攻擊彼此配合，」列歐尼德說：「桂和雅各比受到巨蛇的控制。」

我不可置信地搖搖頭。「桂和雅各比怎麼這麼笨？他們不知道阿波非斯要毀滅世界嗎？」

「混沌蠱惑人心，」阿摩司說：「阿波非斯一定是答應了會給他們權力。他在他們耳邊悄悄說話，使他們相信自己是最優秀厲害的人才，不能被消滅。他們相信自己能創造一個比以往更美好的新世界，而這種改變值得付出任何代價，即使大屠殺都在所不惜。」

我無法理解有人會這麼神經錯亂，但阿摩司說話的語氣像是他能體會一樣。當然，阿摩司曾經歷過這個狀況，他被邪惡及混沌之神賽特附身；與阿波非斯相比，賽特根本只是個小麻煩，不過賽特還是將我叔叔（全世界最厲害的魔法師之一）變成一個毫無力量的玩偶。如果卡特和我沒有打敗賽特並逼他返回杜埃……後果會不堪設想。

姬亞拿起一個隼的模型，將它往阿布辛貝移動，但這個小雕像開始冒煙。她被迫放棄。

「他們架起力量強大的防護，」她說：「我們沒辦法竊聽。」

「他們在三天之內就會發動攻擊，」列歐尼德說：「同時，阿波非斯會興起，就在秋分的清晨。」

「秋分？」我抱怨說：「上次那亂七八糟的事不是在春分發生嗎？你們埃及人對春秋分的執念未免太不健康了。」

阿摩司嚴厲地看了我一眼。「莎蒂，我很確定你曉得，春分及秋分是很重要的魔法時刻，在這兩天，晝夜的時間均等。而且，過了秋分這一天，黑夜就長過白天。這也是拉引退升天的紀念日。我擔心阿波非斯可能會趁此時動手。這是最不吉利的時刻。」

「不吉利？」我皺眉。「但不吉利是不好的呀。爲什麼他們會……噢，我懂了。」

我恍然大悟，對混沌的力量而言，我們不好的日子，相對來說，就是他們的好日子，這表示他們大概有很多好日子。

阿摩司拄著他的魔杖，他的頭髮似乎在我眼前變成灰白。我想起了前任大儀式祭司米歇爾．狄賈登也曾一下子就變得好老。我無法忍受這種事發生在阿摩司身上。

「我們沒有力量打敗敵人，」他說：「我得使用其他方式。」

「阿摩司，不要這麼做，」姬亞說：「拜託。」

我不確定他們兩個在說什麼，姬亞的語氣聽起來很害怕，而任何會嚇到她的事，我都不想知道。

「其實，」我說：「卡特和我有個計畫。」

我告訴他們有關我們打算用阿波非斯自己的影子來攻擊他的想法。在列歐尼德面前說出這個主意或許太大意，但他冒了生命危險前來警告我們莎拉．雅各比的計畫，我能做的至少就是還他一個人情。

我解釋完之後，阿摩司凝視著地圖。「我從未聽說過這種魔法。就算有可能……」

「這是有可能的，」我很堅持，「否則爲什麼阿波非斯要延後世界末日的攻擊，好追查並摧毀由這個薩特納所寫的每一份紙草卷？阿波非斯害怕我們會想通這個咒語，並且阻止他的計畫。」

姬亞交叉雙臂。「可是你沒辦法這麼做。你剛才說所有相關的紙草卷都被毀了。」

「我們會請透特幫忙，」我說：「卡特現在正往他那裡去。同時……我有件事要去辦。我可能需要先試驗一下我們的影子理論。」

「要怎麼試驗？」阿摩司問。

我把我的想法告訴他。

他看起來想要反對，但他一定是看見我眼裡的執拗，畢竟我們是親戚，他知道凱恩家的人在下定決心之後有多麼固執。

「很好，」他說：「不過你得先吃點東西、好好休息。你可以在日出時候出發。姬亞，我要你跟她一起去。」

姬亞看起來有點吃驚。「我嗎？但我可能……我是說，這樣明智嗎？」

我又有那種錯過一段重要對話的感覺。阿摩司和姬亞到底在討論什麼啊？

「你會沒事的，」阿摩司向她保證，「莎蒂需要你幫忙。我會安排人在白天來看著拉。」

她看起來很緊張，這實在不像她。姬亞和我在過去很不一樣，但她一向充滿自信。現在我幾乎要為她擔心了。

「高興點，」我告訴她：「會很好玩的。短短一趟冥界小旅行，去厄運火焰湖。哪會出什麼差錯呢？」

7 體育館對戰

事情就是這樣了。

莎蒂和某個男生進行一趟小冒險，把想出如何拯救世界的無聊工作丟給我做。爲什麼這聽起來很耳熟？喔，對了，莎蒂做事老是這樣。如果是該往前移動的時候，她就會以自己的過動症來反應，然後岔去別的方向。

【莎蒂，你幹嘛謝我？那句話不是在讚美你。】

在布魯克林學院的舞會之後，我覺得很不爽。被迫和莎蒂的同學蕾西跳慢舞已經夠糟了，但是在舞池上昏倒，醒來後看到蕾西躺在我的臂彎裡打呼，然後發現自己錯過兩位神的造訪，眞是丟臉。

莎蒂和俄國人離開之後，我把所有成員都叫回布魯克林之家。華特看到我們這麼快就回去，感到很困惑。我把他和巴絲特拉到旁邊，在露天平台上召開緊急密會，向他們解釋莎蒂告訴我的那些有關蘇、阿努比斯、俄國人列歐尼德的事。

「我會帶怪胎去曼菲斯，」我說：「和透特談完就會盡快趕回來。」

「我和你一起去。」華特說。

當然，莎蒂曾告訴我要帶華特一起去，但現在看著他，我有了不同的想法。華特的臉頰凹陷，眼神呆滯，我警覺到他的模樣和昨天相比已經更糟了。我知道這個念頭很可怕，但我就是忍不住想到埃及人的喪葬儀式，想到他們是怎麼用防腐鹽塞滿身體，讓身體從裡到外慢慢乾燥。華特現在的模樣就好像這道程序已經開始進行。

「老兄，你聽好了，」我說：「莎蒂要我注意你的安全。她很擔心你，我也是。」

他咬緊牙關。「如果你打算將影子用在咒語中，就得用那個小雕像來抓住影子。你需要一名『燒』，而你所能找到最優秀的『燒』就是我。」

遺憾的是，華特說得對。如果抓住影子這件事是可行的，莎蒂和我都沒有抓住影子的技能，只有華特擁有製作護身符的才能。

「好吧，」我咕噥說：「你就……低調一點，我可不想讓我妹對我大發雷霆。」

巴絲特戳了一下華特的手臂，就像貓去戳弄蟲子看看是否還活著。她嗅了嗅他的頭髮。

「你的光環很微弱，」巴絲特說：「不過去旅行應該沒什麼大礙。試著不要消耗自己的力量，等到非用魔法不可的時候才用。」

華特翻了個白眼。「是的，母親大人。」

巴絲特似乎很喜歡這樣子。

「我會留意其他小貓，」她向我們承諾，「呃，我是說生徒。你們兩個小心一點。我不怎麼喜歡透特，不過我也不希望你們兩個捲入他的麻煩裡。」

「什麼麻煩？」我問。

「你會知道的。你們一定要回到我身邊。這些護衛工作會減少我的午睡時間！」

她趕我們去怪胎的窩，然後轉身下樓，嘴裡還嘀咕什麼貓薄荷的事。

我們把船綁在怪胎身上。怪胎吱吱叫，鼓動翅膀，急著想起飛。牠看起來像是已經充分休息了，而且牠知道出遠門表示可以吃到更多冷凍火雞。

我們很快就飛在東河上空。

我們通過杜埃的航程比平常顛簸，就像飛機遇到亂流一樣，只不過這裡還有鬼魅哭號和濃霧。我很慶幸晚餐只吃了一點點，因爲我的胃不停翻攪。

怪胎把我們帶離杜埃時，船身晃動。在我們底下展開完全不同的夜景，這裡是田納西州曼菲斯市，光線沿著密西西比河岸蜿蜒閃耀。

在河岸邊矗立著一座黑色玻璃金字塔，那是一棟廢棄的體育館，透特挪用來當做自己的家。空中到處都有五彩繽紛的火花爆炸，將整座金字塔映照得閃閃發光，起先我以爲是透特在舉行煙火展覽，接著才發現他的金字塔正遭受攻擊。

各種可怕的惡魔正整群費勁地爬上金字塔。他們的身體像人類，卻長有雞爪、獸掌或昆蟲腿，有些全身是毛有些身上有鱗片或龜殼。該是頭部的地方，許多惡魔從脖子上長出了武器或工具，有榔頭、劍、斧頭、鏈鋸，甚至還有一些是螺絲起子。

至少有一百個惡魔在往上爬，他們的爪子深深插在玻璃縫隙中。有些惡魔想打破玻璃攻進去，然而不管攻擊哪裡，金字塔只是發出藍光抵擋他們的攻勢。長有翅膀的惡魔在空中盤旋，發出尖銳刺耳的叫聲，並且往一小群守衛者衝去。

透特站在金字塔頂端，看起來像個邋遢的大學研究助理，身穿醫護人員的白袍、牛仔褲、T恤，鬍子彷彿一整天沒刮似的，頭髮也像愛因斯坦一樣亂糟糟。他這副模樣看起來根本不具威脅性，但是你該看看戰鬥中的他，他把發光的象形文字當手榴彈一樣扔擲，在四周造成七彩爆炸；同時他的助手、也就是一群狒狒和名爲朱鷺的長嘴鳥，並與敵人捉對廝殺。狒狒把籃球扔在惡魔身上，讓他們跌落到金字塔底。朱鷺在怪物的兩腳之間跑來跑去，用長喙盡其所能地猛啄怪物最敏感的部位。

我們飛近時，我將視線放低看進杜埃，那裡的場景更可怕。一道道紅色能量光串連起這些惡魔，形成一條半透明巨蛇。這個怪物包圍了整座金字塔。在金字塔頂端，透特以古代造型現身，一個穿著白色短裙、有著朱鷺頭的巨大男子光芒四射，對著敵人投擲能源彈。

華特吹起口哨。「凡人怎麼可能沒注意到這樣的戰爭？」

我不確定，不過我記得最近發生的一些災難新聞。巨大風暴在密西西比河沿岸引發洪水，包括曼菲斯市，造成上百人無家可歸。魔法師可能會知道眞正發生的事，但一般還待在城裡的凡人，大概會認爲這只是一場超強暴風雨。

「我去幫透特，」我說：「你留在船上。」

「不，」華特說：「巴絲特說我應該只有在緊急的時候使用魔法，現在正好符合她所說的情形。」

如果讓華特受傷，我知道莎蒂一定會宰了我。另一方面，華特的語氣告訴我，他絕不會退縮。當他想要這麼做時，幾乎和我妹一樣固執。

「好吧，」我說：「抓穩了。」

一年前，要是我碰到現在這樣的打鬥場面，一定會縮成一團、想找個地方躲起來。惡魔軍團俯衝轟炸，我們沒有後援，只有一個病患和一隻稍微不正常的葛萊芬，相形之下，就連去年耶誕節的紅色金字塔之戰似乎都只是小意思而已。

但過去這一年來發生了很多事，現在，這只是凱恩家的生活中很衰的一天罷了。

怪胎尖叫著從夜空往下俯衝，再用力朝右邊飛，迅速掠過金字塔一側。牠吞下幾個小惡魔，並用牠宛如電動圓鋸的翅膀將大惡魔削成碎片。有些惡魔僥倖逃過一劫，卻又被我們的船輾過。

怪胎又開始往上飛的時候，華特和我跳出船外，急忙在玻璃斜坡上找到立足點。華特拋出一個護身符，在一道閃光中，出現一隻有著獅子身體和女人頭的金色斯芬克斯。在有過達拉斯博物館的經驗後，我不太喜歡斯芬克斯，但幸好這隻站在我們這邊。

華特跳到斯芬克斯背上，騎著牠衝入戰場。斯芬克斯大吼，撲向一個長得像爬蟲類動物的惡魔，將他撕成碎片，而其他怪物四處逃散。我不能責怪他們膽小，一隻大金獅已經夠嚇人了，這個發光的女人頭讓他顯得更可怕，再加上一對冷酷無情的翠綠眼珠、一頂閃亮的埃及皇冠，還有滿是尖牙且擦太多口紅的嘴巴。

至於我呢，我從杜埃叫出我的卡佩許劍。我召喚荷魯斯的力量，發光的藍色戰士化身在我四周成形。很快的，我被包圍在一個約六公尺高的鷹首戰士化身中。

我往前一站，化身跟著反映我的動作。我拿劍往離我最近的惡魔一揮，化身手持的超大光劍將他們全部砍倒，就像保齡球瓶那樣；其實，這當中有兩個惡魔的頭就是保齡球瓶，所以我想這麼說也算合適吧。

狒狒和朱鷺緩緩前進，抵擋一波波惡魔大軍。怪胎在金字塔四周飛來飛去，猛咬有翅膀的惡魔，或是用綁在身上的船將惡魔從空中打下。

透特不斷扔出象形文字手榴彈。

「膨脹！」他大喊。意思相同的象形文字飛過天空，打中一個惡魔的胸部，炸出一團火花。這個惡魔很快就像水球般膨起，一邊尖叫、一邊從金字塔上滾落。

「扁平！」透特又擊中另一個惡魔。惡魔癱軟下來，縮成一個怪物形狀的腳踏墊。

「腸胃不適！」透特大喊。一個被擊中的可憐惡魔臉色發青，身體彎得站不起來。

我穿過怪物大軍，將他們往旁邊扔並切成碎屑。一切都很順利，直到一個有翅膀的惡魔以神風特攻隊的自殺式俯衝撞上我的胸部，我步履跟蹌後倒，猛力撞上金字塔，讓我閃了神無法專注。我的魔法盔甲消失了，要不是有個惡魔緊緊抓住我的喉嚨，我早就從金字塔滑落下去了。

「卡特．凱恩，」他發出嘶嘶聲說：「你還在堅持，眞是笨哪。」

我認得這張臉，那有如解剖課上的屍體般有肌肉和筋，卻沒有皮膚。他沒有眼瞼的眼睛發出紅光，並露出凶殘的笑容，張嘴露出尖牙。

「是你。」我咕噥著。

「沒錯，」惡魔笑了起來，我脖子上的爪子又收得更緊，「是我。」

是恐怖臉。他之前在紅色金字塔是賽特的隊長，同時也是阿波非斯的祕密傳聲筒。我們在華盛頓紀念碑的陰影下殺了他，但我猜那並不具任何意義。現在他回來了，況且從他的沙啞聲和發紅雙眼看來，他仍然被那條我最討厭的蛇附身。

我不記得他會飛，可是現在他的肩膀處伸出一對蝙蝠皮翅膀。他用自己的雞腿困住我，雙手用力掐住我的咽喉，他呼出來的氣混雜了發酵果汁和臭鼬噴霧的味道。

「我有很多機會可以殺了你，」惡魔說：「但是卡特，我覺得你很有意思。」

我試著想反抗掙脫，手臂變得像鉛塊一樣重，幾乎握不住劍。

在我們四周，打鬥聲漸漸變小。怪胎飛在上方，可是牠翅膀的拍打速度慢了下來，慢到我竟然可以看見牠的翅膀。一個象形文字有如倒入水中的顏料以慢動作爆開。阿波非斯把我拖進杜埃深處。

「我感覺得到你的痛苦，」這個惡魔說：「你爲什麼要打這場不可能贏的仗？難道不知道會發生什麼事嗎？」

許多影像迅速在我腦中閃過。

我看見一個景象，那裡有不停移動的山丘和間歇噴發的火焰泉。有翅膀的惡魔在充滿硫磺的空中翻轉。亡靈飛掠過山丘，絕望地哭嚎，並尋找可用手抓住的地方。他們全都被拉往同一方向，朝著水平線上一個黑點而去。不管那個黑點爲何，它的引力就和黑洞一樣強。黑點吸入亡靈，強大的吸力使山丘和火焰朝它的方向傾斜，就連飛在空中的惡魔都拚命掙扎。

一個發光的白色形體女子瑟縮在一處峭壁下躲藏，試著穩住自己來抵抗黑潮。我想哭，這女子是我母親。其他鬼魂飛過她身邊，無助地哭泣。我母親想伸手抓住他們，卻救不了。

景象變了。我看見位在埃及開羅邊緣的一處沙漠，烈日當空。沙漠突然爆炸，一條紅色巨蛇從地底竄出。他撲向天空，不可思議地竟一口吞下太陽。世界陷入黑暗，冰霜蔓延過沙丘，地上出現裂縫，整個地貌全部瓦解。整個開羅附近地區全掉入深坑峽谷中。象徵混沌的紅海從尼羅河暴漲，吞噬整座城市和沙漠，沖走已矗立千年的金字塔。這裡很快就空無一物，只剩下一片滾燙的海洋在沒有星星的天空下。

「卡特，沒有神能救得了你。」阿波非斯一副簡直是同情我的口吻。「天地開闢之時，就已經決定了命運。向我投降，我會饒恕你和你心愛的人，你將在混沌之海遨遊，成爲自己命運的主宰。」

我看見一座小島在滾燙的海洋上漂浮，那是有如綠洲般的一小塊綠地。我和家人可以一起在島上生活，我們可以活下來，能夠光憑想像便擁有任何東西。死亡對我們來說毫無意義。

「我要的是一個善意的表示。」阿波非斯催促我。「把拉交給我。我知道你恨他。他代表你那凡人世界的所有麻煩。他變得瘋癲、腐敗、軟弱、無能。把他交給我，我會饒你一命。卡特．凱恩，好好想一想，那些神有沒有答應過你這種好事？」

這個景象漸漸消失。恐怖臉堆滿笑容看著我，但他的臉突然痛苦扭曲。一個火焰象形文字燃燒他的額頭，那個字表示「乾燥脫水」，接著惡魔就瓦解成灰。

我大口喘氣呼吸，喉嚨難受得像是裝滿了發燙的煤炭。

透特高高站在我面前，神情凝重、疲累不堪。他的眼睛宛如萬花筒色彩般繽紛炫麗，有如通往另一個世界的通道。

「卡特．凱恩。」他伸手拉我一把，幫我站起來。

其他惡魔全都消失了。華特站在金字塔頂端，狒狒及朱鷺們也在那裡，牠們從金色斯芬克斯小姐身上爬過去，把牠當成活生生的旋轉木馬。怪胎在附近盤旋，看起來因爲吃了很多惡魔而開心滿足。

「你不該來這裡的。」透特責備我，他拍掉T恤上的惡魔灰塵，T恤上的圖案是一顆火熱的心，寫著「藍調之家」。「這裡太危險了，特別是華特。」

「不用客氣，」我沙啞地說：「你看起來需要幫忙。」

「你是說那些惡魔嗎？」透特不耐煩地揮揮手。「他們在日出前就會回來。在過去這週，他們每六個小時就攻擊一次，實在很煩。」

「每六小時？」我試圖想像這個情形；如果透特這一週來每天都要對付那樣的大軍好幾次……就算他是神，不知道他哪來這麼強大的力量。

「其他神呢？」我問，「他們不是應該來幫你嗎？」

透特皺皺鼻子，像是聞到一個腸胃不適的惡魔臭味。「或許你和華特該進來坐坐。既然你們來了，我們有很多事得談一談。」

我要替透特說句話。他眞的很懂得怎麼裝潢金字塔。

之前運動館的籃球場還在那裡，絕對是留著好讓他的狒狒們可以打球（狒狒喜歡籃球）。超大螢幕電視仍舊掛在天花板上，播放一連串象形文字，寫著像是「球隊加油！防守！」之類的口號，或是用古埃及語寫的「透特二十五分—惡魔零分」的文字。

運動場的座位換成一層層包廂平台，有些與電腦工作站對齊，有如火箭發射的地面指揮中心；其他則擺了化學實驗桌檯，上面堆滿了燒杯、本生燈、裝了冒煙黏稠物的瓶子、浸泡防腐器官的罐子，還有許多更稀奇古怪的東西。原本最遠、最高的座位區現在是紙草卷架，這間圖書館大概就和第一行省的一樣大。在左邊籃板後面是一個三層樓高的白板，上面寫滿了算式和象形文字。

掛在大梁上的不是冠軍旗幟和退休球員的號碼錦旗，而是繡有金色咒語的黑色掛毯。

籃球場邊是透特的生活起居所在，一個獨立式的美食廚房、一堆沙發和休閒椅的收藏、一疊疊書、一桶桶樂高積木和萬能工匠組合玩具、十二台播放不同新聞節目和紀錄片的平面電視，還有一小堆電吉他和擴音機。這裡的所有東西讓思想不集中的神可以一次做二十件事。

透特的狒狒帶怪胎去置物間，替牠梳洗打理，讓牠休息。我想狒狒可能擔心牠會把朱鷺吃掉，因爲朱鷺看起來有點像火雞。

透特轉向我和華特，仔細打量我們全身上下。「你們需要休息，我會弄晚餐給你們。」

「我們沒時間了，」我說：「我們得……」

「卡特．凱恩，」透特責罵我，「你才剛和阿波非斯打了一仗，你體內的荷魯斯被打了出去，還被拖著通過杜埃，差點被勒死。在你睡上一覺之前，對任何人都沒用處。」

我想抗議，但透特把手壓在我的額頭上，我立刻感到疲累不堪。

「休息。」透特堅持。

我倒臥在離我最近的一張沙發椅上。

我不確定自己睡了多久，不過華特先醒來。我醒來時，他正和透特認眞討論事情。

「不，」透特說：「以前從來沒有人做過，而且恐怕你的時間不多……」他注意到我坐起來時，講話變得呑呑吐吐。「啊。很好，卡特，你醒了。」

「我錯過了什麼？」

「沒事。」他說，似乎太高興了點。「過來吃東西吧。」

他的廚房流理台上擺滿了現切的雞胸肉、臘腸、肋排、玉米麵包，還有一台裝滿冰茶的大型飲料機。透特曾說過烤肉是一種魔法，我想他是對的。食物的味道讓我暫時忘了麻煩。

我狼吞虎嚥地吃掉一個雞胸肉三明治，喝了兩杯茶。華特啃了一份肋排，但他似乎沒什麼胃口。

此時透特拿起一把吉普森吉他[42]，彈了一個強而力有的和弦，撼動整個體育場的地板。比起上次我聽他彈的吉他，他現在彈得愈來愈好了。和弦聽起來就是和弦，而不像山羊被折磨的慘叫聲。

我拿著玉米麵包比畫著四周。「這裡看起來很棒。」

透特笑了起來。「比我上次的總部好多了吧？」

我和莎蒂第一次遇到知識之神時，他窩居在一所本地大學校園裡。他派我們去大肆破壞貓王的家（說來話長）來考驗我們的能耐，但希望我們現在已經通過測試階段。我比較想待在這球場邊吃烤肉。

然後我想到恐怖臉讓我看到的情景：我媽現在身陷危險、黑暗吞噬亡靈、世界消融在混沌之海中，除了那一座漂浮在海上的小島。這段記憶有點破壞我的胃口。

「那麼……」我推開盤子，「告訴我有關惡魔攻擊的事，還有你剛剛跟華特說了什麼？」

---

[42] 吉普森（Gibson）為知名樂器品牌，創立於一九〇二年，是第一個發明電吉他的公司。

華特盯著他吃了一半的豬肋排。

透特彈了一段小調和弦。「該從哪裡說起呢?攻擊是從七天前開始的,我與其他神的聯繫被中斷。我可以想像得到他們沒辦法來幫我,因爲他們也遇到類似問題;分化並征服,阿波非斯了解基本的軍事作戰原則。就算我的同胞能幫我……嗯,他們也有其他優先要做的事。就像你記得的,拉最近被帶回人間。」

透特嚴厲地看了我一眼,彷彿我是他算不出來的算式一樣。「太陽神的夜間旅程需要護衛,那需要借助很多神力才行。」

我的肩膀垮下來。我不要再來一件會讓我愧疚的事,也不認爲透特對我這麼嚴苛很公平。把太陽神帶回來,透特或多或少站在我們這邊,或許是七天來不斷的惡魔攻擊開始改變了他的想法。

「你不能離開這裡嗎?」我問。

透特搖搖頭。「或許你看不見杜埃非常深處的地方,不過阿波非斯的力量完全包圍住這座金字塔,我被困在這裡。」

我抬頭看看體育館的天花板,突然覺得似乎變低了。「這表示……我們也被困住了嗎?」

透特不認爲這是問題。「你們應該可以通過。巨蛇的網子只設計用來捉神,你和華特不夠大、也不夠重要,是不會被抓住的。」

我在想他說的話到底對不對,或者阿波非斯讓我來去自如,是爲了讓我擁有把拉交出去的選擇。

「卡特，我覺得你很有意思，」阿波非斯這麼說過，「向我投降，我會饒了你。」

我深呼吸一口氣。「但是透特，如果你靠你自己……我是說，你還能撐得了多久？」

神拍拍他的實驗袍，上面寫滿十幾種語言的文字。「時間」這個字從他的袖子上飛走，透特抓住這個字，突然看了看一只金懷錶。

「我們來看看。從金字塔的防護罩開始衰弱，以及我的力量被擴大使用，我認爲我可以擋得住九次攻擊，或是再兩天，然後就到了秋分清晨。哈！那不可能是巧合。」

「然後呢？」華特問。

「然後我的金字塔就會傾倒，我的手下會被殺光。我猜，事實上世界末日會一下就發生。秋分對阿波非斯的復活來說是個很合適的時間點，他大概會把我丟進無底深淵，或是把我的本質斷成十億碎片，散落在全宇宙。嗯……神之死的物理學。」他的懷錶變成了一枝筆。他在吉他的琴頸處寫了些字。「這會是一篇很精彩的研究報告。」

「透特，」華特提議說：「把你跟我說的事告訴卡特，就是有關你爲什麼被當做攻擊目標的事。」

「我以爲這很明顯了，」透特說：「阿波非斯想讓我不要幫你，所以你才會來這裡，對不對？想要知道巨蛇影子的事？」

我一下子驚訝得說不出話來。「你怎麼知道？」

「拜託，這種事還用問嗎？」透特彈了一段吉米．漢崔克斯[43]的重複和弦，然後放下吉他。「我可是知識之神。我知道你很快就會發現，你勝利的唯一希望就是影子咒。」

「影子咒，」我重複說：「那就是眞正的咒語和實際名稱嗎？眞的管用嗎？」

「理論上可行。」

「爲什麼你不主動提供這項訊息？」

透特哼了一聲。「知識不論價值爲何都不是用給的，必須透過尋找才能取得。卡特，你現在是老師，你應該知道這一點。」

我不確定我到底是要勒死他還是擁抱他。「那麼，我正在尋找這個知識，正在取得這個知識。我要怎麼擊敗阿波非斯？」

「眞高興你問了這個問題！」透特用五顏六色的眼睛對我微笑。「可惜我不能告訴你。」

我瞄了華特一眼。「你想殺了他，還是由我動手？」

「好了，好了，」透特說：「我可以指點你一些方向。但就像大家說的，你必須自己將所有的斑點連起來。」

「是『所有的點』。」我說。

「沒錯，」他說：「你現在的方向是對的。『舒特』能夠用來擊敗一個神，甚至阿波非斯本身。沒錯，如同所有具情感的生物，阿波非斯也有影子，不過他把自己的影子藏得很好，也保護得很好。」

「那是在哪裡？」我問：「我們要怎麼用？」

透特雙手一攤。「我無法回答第二個問題。第一個問題我被禁止回答。」

華特把盤子掃到一旁。「卡特，我之前一直試著要從他那裡問出來；就一個知識之神來說，他實在沒什麼用處。」

「好啦，透特，」我說：「我們不是替你出了趟任務還是什麼的嗎？難道我們不能再把貓王的家炸了？」

「很吸引人，」知識之神說：「但你必須了解，把一個永生者的影子（甚至是阿波非斯的影子）所在之處告訴一個凡人，這是很嚴重的罪。其他神已經認爲我是背叛者了。幾世紀以來，我告訴人類太多祕密。我教導你們書寫的藝術。我教導你們魔法，並成立生命之屋。」

「這也是爲什麼魔法師到今天依然會尊奉你。」我說：「所以再幫我們一次吧。」

「告訴人類可以用來消滅神的知識？」透特嘆氣。「你能了解爲何我的同伴可能會反對這種事嗎？」

我握緊拳頭，想到母親的靈體瑟縮在一處峭壁邊，努力留在那裡不被吸走。那股黑暗力量一定是阿波非斯的影子，阿波非斯讓我看到這個景象，想讓我絕望。隨著他的力量日漸增

43 吉米．漢崔克斯（Jimi Hendrix, 1942-1970）是著名的美國吉他手、歌手與作曲家。他以高超的吉他彈奏技巧及音樂創作而聞名，迄今仍被視為最具影響力的搖滾歌手之一。

強，他的影子也愈來愈強大，並且不斷吸入亡靈，使他們枯竭殆盡。

我可以猜到影子就在杜埃某處，但這沒什麼用，因為這就像是說「在太平洋某個角落」一樣。杜埃大得不得了。

我生氣地看著透特。「你的另一個選擇就是不幫我們，讓阿波非斯毀滅世界。」

「你說的我明白，」他承認，「所以我現在還在跟你談。你有個方法可以找到影子的所在之處。很久以前，在我年輕又天真時寫了一本書，算是一本田野調查，叫做《透特書》㊹。」

「書名很好記。」華特喃喃地說。

「我也這麼覺得！」透特說：「總之，這本書描述神會採用的每一種形體和偽裝，記錄他們最祕密的藏身之處，各種尷尬細節通通都有。」

「也包含如何找到神的影子？」我問。

「我無可奉告。總之，我本來無意要讓人類看這本書，但在古時候被一個手段厲害的魔法師偷走了。」

「這本書現在在哪裡？」我問，然後舉起手。「等等……讓我猜猜。你不能告訴我們。」

「說真的，我不知道書在哪裡。」透特說：「這個詭計多端的魔法師把書藏起來。幸好他在能完全利用這本書之前就死了，不過他的確用了裡面的知識去發明許多咒語，包含影子咒。他將自己的想法寫在一本特別的《打倒阿波非斯之書》改編版裡。」

「是薩特納，」我說：「他就是你說的魔法師。」

「完全正確。他的咒語當然只是理論上有用，就連我也從來不知道那種事。而且如你所知，所有他寫的紙草卷通通銷毀了。」

「那麼，已經沒希望了。」我說：「死路一條。」

「喔，不會的，」透特說：「你可以問薩特納本人。是他寫了咒語，他藏了《透特書》，嗯，上面可能有寫到影子的所在處。如果他願意，他就能幫你。」

「可是薩特納不是已經死了好幾千年嗎？」

透特露出笑容。「對，而那只是第一道難題而已。」

透特告訴我們有關薩特納的事，他在古埃及顯然是個超級名人，有如羅賓漢[45]、梅林[46]和匈奴王阿提拉[47]的結合。我聽得愈多，就愈不想見到他。

---

[44]《透特書》（Book of Thoth）是傳說中由知識之神透特所撰寫的書，內容包含許多咒語、魔法與知識，讀完的人甚至可以通曉動物的話，或與神溝通。更有一說此書為塔羅牌的起源之一。

[45] 羅賓漢（Robin Hood）是英國民間傳說人物，擁有出眾的武藝，擅長射箭與劍術，以劫富濟貧的俠盜故事聞名。此傳說原型也衍生出多部影視作品與電玩遊戲。

[46] 梅林（Merlin）是英國傳說中法力高強且聰明睿智的魔法師，能預知未來及變形，因幫助亞瑟王（King Arthur）登基的種種事蹟而著名。

[47] 匈奴王阿提拉（Attila the Hun），約西元五世紀時期的匈奴領袖，驍勇善戰，曾多次率兵入侵歐洲各地，使匈奴帝國版圖達到極盛，史學家稱他為「上帝之鞭」。

「他是個神經兮兮的騙子，」透特說：「是一個鼠輩、叛徒、小偷，而且還是個聰明的魔法師。他對自己偷了知識書籍引以爲傲，包括我的書在內。他和怪物打鬥、進入杜埃冒險、征服神、潛入神聖墓地，他發明無法破解的詛咒咒語，挖掘出應該永遠埋葬起來的祕密。他實在是個邪惡的天才。」

華特拉著自己的護身符。「聽起來你很崇拜他。」

知識之神側著臉對他微微一笑。「這個嘛，我欣賞追求知識，但不認同薩特納的做法。他不惜一切代價想擁有宇宙的祕密。他想成爲神，而不僅是凡人與神完美結合的『神之眼』。他想要永生不死。」

「這是不可能的事。」我猜。

「很難做到，但並非不可能。」透特說：「第一位凡人魔法師印和闐[48]死後就成爲神。」透特轉向他的電腦。「這倒提醒了我，我已經好幾千年沒見到印和闐了，不知道他在忙些什麼。或許我該用 Google 來找他一下……」

「透特，」華特說：「請你專心。」

「對，好的，剛才說到薩特納。他創造了這個用來消滅任何人，甚至是神的咒語。我從來不贊成這樣的知識落入凡人手裡，但假設來說，如果你需要這個咒語來打敗阿波非斯，你可能有辦法說服薩特納教你使用這個咒術，並且帶你去找到阿波非斯的影子。」

「只不過薩特納已經死了，」我說：「我們一直回到這一點。」

華特坐直了身體。「除非……你是建議我們去冥界找他的靈魂。但如果薩特納這麼邪惡，俄塞里斯在審判廳不就已經懲罰他了嗎？阿穆特會吃掉他的心臟，他根本不會存在。」

「通常是這樣沒錯，」透特說：「不過薩特納是個特殊案例。他非常……具有說服力。就連在冥界法庭前，他都能夠，呃，操控司法系統。有許多次俄塞里斯要判他進入空無，薩特納就是有辦法躲開這項懲罰。他得到比較輕的判刑，或是他協商求饒，又或者他根本就脫逃成功。這些年來，他總是能活下來，至少是以靈魂的狀態。」

透特將他旋轉不停的眼睛看向我。「卡特．凱恩，不過最近你父親成了俄塞里斯，他一直在懲處萬惡不赦的鬼魂，試圖恢復冥界的瑪特秩序。下次太陽下山時，大約是現在算起四小時，薩特納要進行新審判。他會去見你父親。而這一次……」

「我爸不會放過他。」我感覺惡魔的手又再次掐緊了我的脖子。

我父親公正但嚴厲。他不聽任何人的藉口。我們在一起旅行的這些年來，我甚至從來無法僥倖讓襯衫不塞進褲頭。倘若薩特納如透特所說的這麼壞，我爸不會對他手下留情，他會把這傢伙的心臟當做狗餅乾扔給阿穆特吃。

華特雙眼充滿興奮之情，我很久沒看到他這麼開心的樣子。「我們可以請求你父親。」他

㊽印和闐（Imhotep，約2650-2600BC）是埃及第三王朝的要臣及建築師，也是重要的醫生、天文學者及發明家，對後世留下深遠影響。到了新王國時期，甚至被當做神祇崇拜。

說：「我們可以讓薩特納的審判延期，或是請求減刑以換取薩特納的協助。冥界的律法允許這種事。」

我皺起眉頭。「你怎麼懂得這麼多死人法庭的事？」

我馬上後悔我說了這句話。我了解他大概一直在準備面對那個法庭吧，也許那就是他先前與透特討論的事。

「恐怕你的時間不多。」透特曾經說過。

「老兄，抱歉。」我說。

「沒關係，」華特說：「但我們一定要試試看才行。如果可以說服你爸饒恕薩特納……」

透特大笑。「那會很有意思，不是嗎？如果薩特納又逃掉，竟然因爲他的邪惡是拯救世界的唯一方法？」

「是很可笑。」我說，雞肉三明治在我胃裡不太安穩。「所以你建議我們去我爸的法庭，挽救一個神經兮兮的邪惡魔法師的鬼魂。然後我們請這個鬼帶我們去找阿波非斯的影子，並告訴我們如何消滅影子，同時信任他不會逃跑、殺了我們，或是把我們出賣給敵人。」

透特拚命點頭。「一定是瘋了才會這麼做。我當然希望你是瘋了。」

我做了個深呼吸。「我猜我是瘋了。」

「好極了！」透特歡呼。「卡特，還有一件事。要讓這件事成功，你會需要華特的協助，可是他時間不多了，他唯一的機會是……」

「沒事，」華特突然打斷他的話，「我會親口告訴他。」

我還來不及問他說的話是什麼意思，體育場擴音器裡大聲響起時間到的警示聲。

「快天亮了，」透特說：「你們兩個最好在惡魔返回之前離開。祝你們好運。無論如何，替我問候薩特納，當然啦，如果你們能活到那時候的話。」

8 花盆薩布堤

這趟行程一點都不好玩。

華特和我緊抓著船，牙齒打顫，眼睛震動。魔幻大霧轉爲血紅色。鬼魅低語充滿憤怒，彷彿決定要引發暴動或打劫這個異世界。

怪胎用力飛出杜埃的速度比我預期得還快。我們正飛過紐澤西碼頭，怪胎疲憊地劃過天空，我們的船在後面留下一道蒸氣雲。在遠方，曼哈頓的天際線在日出中散發金色光芒。

華特一路上都沒和我說話。杜埃很容易讓對話冷場。華特現在有點怯懦地看著我。

「我應該跟你解釋一些事。」他說。

我無法假裝自己不好奇。隨著他的病情持續惡化，他的行爲變得愈來愈神祕。不知道他和透特到底談了什麼。

不過這不關我的事。春天時，莎蒂得知了我的祕密名字，免費參觀我內心的最深處，從那之後，我就對於尊重他人隱私這件事很敏感。

「華特，你聽著，這是你的私事，」我說：「如果你不想說……」

「但這不只是私事。你需要知道到底發生什麼事。我……很快就不在了。」

我低頭看著港口，我們剛飛過自由女神像。我知道華特快不行了這件事已經好幾個月，可是這並沒有讓我變得比較容易接受事實。我想起阿波非斯在達拉斯博物館說的話：「華特活不到目睹世界末日那一天。」

「你確定嗎？」我問，「難道沒有別的……」

「阿努比斯很確定。」他說：「我活在這世上的時間，最遲到明天傍晚。」

我不想再聽到另一個不可能達成的期限。在今天傍晚前，我們要拯救一個邪惡魔法師的靈魂。到了明天傍晚，華特就死了。到了後天早上，如果我們真的幸運得不得了，就可以準備迎接世界末日。

我總是討厭挫敗。無論何時，只要我覺得有事情是不可能做到，我通常會因爲固執而更加努力嘗試。

然而在這個節骨眼，我覺得像是阿波非斯在嘲笑我的付出。

「喔，你不是這麼容易就放棄的人啊！」他似乎這麼問我，「那現在呢？如果我們再多給你幾件不可能的任務，你現在就要放棄嗎？」

憤怒使我胸口鬱結。我踢了船的一邊，差點弄傷自己的腳。

華特眨眨眼。「卡特，這……」

「別跟我說這沒什麼！」我憤怒地說：「明明就有什麼。」

我不是在氣他。我氣的是他那個白癡詛咒很不公平，也很氣自己一直讓依賴我的人失望。我父母犧牲自己的性命給了莎蒂和我挽救世界的機會，而我們卻笨手笨腳做不好。在達拉斯，幾十位善良的魔法師全因爲想幫忙我而喪命。還有現在，我們就快失去華特了。

當然，他對莎蒂來說很重要，我也很需要他。華特是我在布魯克林之家的非正式代理人，其他小孩都會聽他的話。每一次出現危機狀況，他的現身能讓人冷靜下來，是每一場辯論具決定性的關鍵一票。我可以把自己任何祕密託付給他，甚至必須祕密製作詛咒阿波非斯的雕像這件不能告訴叔叔的事情在內。如果華特死了……

「我不會讓這種事發生，」我說：「我拒絕接受。」

許多天馬行空的想法從我內心閃過：也許是阿努比斯騙華特說他很快就會死，他想要把華特從莎蒂身邊趕走。（好吧，這不可能。莎蒂根本就不是一個大獎。）

【對，莎蒂，我是眞的這麼說，就是想試試你是不是還有在專心聽。】

或許華特可以戰勝逆境。有人罹癌之後奇蹟般的活了下來，既然如此，被下了古老詛咒爲什麼不能活下來。也許我們可以使他暫停活動，就像伊斯坎德在我們找到破解方法前對姬亞做的一樣。沒錯，他的家族幾世紀來一直在尋找解藥卻毫無斬獲，我們最優秀的治療師潔絲試過許多方法仍舊失敗，但或許是我們忽略了什麼。

「卡特，」華特說：「你可以讓我把話說完嗎？我們得訂定計畫。」

「你怎麼能夠這麼冷靜？」我問他。

華特用手指摸著他的「生」護身符項鍊，他給了莎蒂這組項鍊的另一個。「我知道我身上的詛咒很多年了，我不會讓詛咒阻礙我要做的事。不管怎樣，我要幫你打敗阿波非斯。」

「怎麼做?」我說：「你剛才告訴我……」

「阿努比斯有一個主意，」華特說：「他一直在幫我了解我的力量。」

「你是說……」我瞄了華特的雙手一眼。我有幾次看到他只是單純摸了一下，東西就變成灰，就像他在達拉斯博物館對兩隻庫力歐斯芬克斯做的事一樣，這種力量不是來自他的任何魔法物品，我們沒有人了解來源到底爲何。隨著華特的病情惡化，他似乎愈來愈不能控制這種力量，這也讓我在跟華特擊掌前會遲疑一下。

華特動了動手指。「阿努比斯認爲他了解我爲何有那種能力。還有，他認爲有方法可以延長我的壽命。」

這眞是好消息。我顫抖地笑了一下。「你怎麼不早說?他能治好你嗎?」

「不，」華特說：「不是治好，而且很冒險，以前沒有人做過。」

「那就是你和透特在討論的事。」

華特點點頭。「就算阿努比斯的計畫成功，還是可能會有……副作用。」他降低了音量。

「莎蒂可能會不喜歡。」

可惜我的想像力太豐富了；我想像華特變成某種不死的生物，像是乾枯的木乃伊、鬼魅似的「巴」，或是扭曲變形的惡魔。施行埃及魔法，副作用的強度可能超乎一般。

我試著不動聲色。「我們希望你能活著。別擔心莎蒂了。」

我從華特的眼神中看出來，他非常擔心莎蒂。說眞的，他到底看上我妹哪一點？

【莎蒂，不要再打我了，我只是說實話而已啊。】

華特伸展一下手指。或許那是我的想像，但我以爲自己看到幾縷灰色蒸氣從他的手掌往上升，彷彿我們光談論他的神祕力量就啓動了它。

「我還沒做決定，」華特說：「要等我嚥下最後一口氣再說。我想先跟莎蒂談一談、解釋給她聽……」

他把手放上船的一側。這眞是個要命的錯誤。編織在一起的蘆葦被他摸了之後，全都變成灰色。

「華特，把手拿開！」我大叫。

他立刻把手拿開，但是太遲了，整艘船粉碎變成灰燼。

我們撲向繩索，幸好這些繩索還沒開始碎裂，或許是因爲華特這次比較注意。船消失的時候，怪胎哇哇大叫，突然間，華特和我在葛萊芬的肚子下盪來盪去，爲了保命緊緊抓住繩索，而當我們飛在曼哈頓的摩天大樓上方時還撞在一起。

「華特！」我在風中大叫，「你眞的得好好控制一下你的力量！」

「抱歉！」他扯開嗓子回答。

我的雙臂很痛，但我們總算安全返回布魯克林之家，沒有直接墜落地上變成肉醬。怪胎把我們放在屋頂上。巴絲特在那裡等著，驚訝得張大了嘴。

「為什麼你們抓著繩子盪來盪去？」她質問我們。

「因為這樣很好玩。」我沒好氣地說：「有什麼消息嗎？」

煙囪後面傳來一聲微弱發抖的聲音說：「哈──囉！」

古老的太陽神拉跳出來，他張開沒有牙齒的嘴對我們笑，然後在屋頂上蹦來蹦去，嘴裡喃喃說著：「黃鼠狼、黃鼠狼。餅乾、餅乾、餅乾！」他伸手進褲襠，把餅乾碎屑當成五彩繽紛的碎紙片往空中灑；沒錯，實際畫面和聽起來一樣噁心。

巴絲特雙臂僵直，刀子啪地出現在手裡，這大概只是她的自然反應吧，不過她看起來像是很想用刀子砍人，隨便誰都行。她很不情願地把刀收回袖子裡。

「你問我有什麼消息？」她說：「要感謝你叔叔阿摩司啊，他拜託我幫忙，所以我一直忙著當保母。莎蒂的薩布提正在樓下等你。我們趕快下去吧？」

要解釋莎蒂和她的薩布提，需要另外錄一整卷錄音帶才說得清楚。

我妹妹沒有製作魔法雕像的才能，但這點無法阻擋她去嘗試。她有個瘋癲的想法，認為自己可以創造一個完美的薩布提來當她的化身，用她的聲音說話，像個遙控機器人替她做完所有分內工作。她以前做過的所有嘗試最後不是爆炸、就是故障抓狂，把古夫和其他生徒嚇得半死。上週她做了一個有著一對凸眼的魔法保溫瓶，在空中到處飄浮，不停狂喊著「消滅！消滅！」，直到它敲到我的頭之後才停下來。

莎蒂的最新薩布堤成果是「小莎蒂」。這眞是園丁的惡夢。

莎蒂沒有什麼藝術天分，她在紅陶土花盆上加些東西，做出一個隱約的人形，再用魔法、繩子和膠帶固定。她還用黑色麥克筆在倒放的花盆上畫了一個笑臉。

當我和華特走進我房間，等在房裡的陶盆生物說：「你們也該回來了。」陶盆的嘴巴沒動，莎蒂的聲音卻從盆子臉傳出來，彷彿她被困在薩布堤裡。這樣想讓我非常開心。

「不要再笑了！」她說：「卡特，我看得見你。噢……呃，嗨，華特。」

盆子怪物站直的時候發出刺耳的嘎吱聲響，有一隻手臂匡啷舉起來，想整理莎蒂不存在的頭髮。莎蒂遇到男生時很明顯有所自覺，就連用陶盆和膠帶做成的莎蒂都還會這樣。

我們交換彼此的經過。莎蒂告訴我們第一行省即將遭受攻擊，預計在秋分的日出時候展開。而莎拉·雅各比的軍力將和阿波非斯結盟。眞是好消息。實在太好了。

接著我告訴莎蒂我們去拜訪透特的經過。我提到阿波非斯將我們母親在杜埃的悲慘境況展示給我看（結果讓盆子怪物顫抖），還有世界末日的事（這似乎一點也沒讓她吃驚）。至於只要我放棄拉、阿波非斯就會饒我一命這點，我沒告訴莎蒂，因爲拉就站在門外高唱餅乾之歌，要我大聲說出這件事讓我覺得很不舒服。不過我告訴她，今天日落在審判廳將進行邪惡靈魂薩特納的審判。

「凡尼叔叔。」莎蒂說。

「什麼？」我問。

「就是那張在達拉斯博物館跟我說話的人臉，」她說：「那個顯然就是薩特納本人。他警告我，如果我們想要了解影子咒的咒語，就需要他的幫忙。他說過我們得想辦法在今天黃昏之前把他救出來，他指的就是審判這件事。我們必須說服爸爸放了他。」

「我剛才提過透特說這個人是危險的神經病，對吧？」

盆子怪物發出匡啷聲。「卡特，沒問題的，跟神經病當朋友是我們的專長之一。」

她把花盆臉轉向華特。「你也會一起來吧？希望如此。」

她的語氣帶著責備的口吻，彷彿她還在氣華特沒去參加學校舞會，或是集體昏倒派對。

「我會去的，」他保證，「我很好。」

他用眼神警告我不要亂說，而我也不打算跟他唱反調。不管他和阿努比斯在計畫什麼，我可以等到他向莎蒂解釋過再知道就好。捲入莎蒂、華特和阿努比斯這段三角關係，就跟跳進食物處理器一樣混亂好玩。

「好的，」莎蒂說：「今晚黃昏前，我們就在審判廳和你們兩個會合，這樣我們應該會有時間把手頭的事做個結束。」

「做個結束？」我問，「還有，『我們』又是誰？」

要看懂笑臉花盆的表情實在不容易，但是莎蒂的猶豫已經告訴我答案了。「你現在不在第一行省了吧。」我猜，「你在做什麼？」

「一件小事，」莎蒂說：「我去看貝斯。」

我皺起眉頭。莎蒂幾乎每週都去安養院看貝斯，這是很好啦，但為什麼是現在去看他？「呃，你知道我們現在在趕時間吧。」

「有這個必要。」她很堅持。「我有個點子，或許可以幫助我們進行影子計畫。你不要翹嘴巴，姬亞現在和我在一起。」

「姬亞？」現在輪到我有所自覺。如果我是花盆，大概也會檢查一下頭髮。「所以巴絲特今天才會照顧拉？到底爲什麼你和姬亞……」

「不要擔心了，」莎蒂責備我，「我會好好照顧她。而且卡特，沒有，她並沒有一直在講你的事。我不知道她對你有什麼感覺。」

「什麼？」我眞想一拳打在小莎蒂的陶土臉上。「我又沒說過這種話！」

「唉唷，好了啦，」她罵我說：「我認爲姬亞才不管你穿什麼呢，又不是約會。只是拜託你好好刷刷牙齒。」

「我要宰了你。」我說。

「親愛的哥哥，我也愛你。再見！」

陶盆破碎，留下一堆陶片和對著我微笑的紅色陶土臉。

華特和我走出房外加入巴絲特。我們斜靠在欄杆上眺望大廳房，拉正在陽台上來來回回跳個不停，一邊用古埃及語唱兒歌。

在樓下，我們的生徒正準備去上學。朱利安在翻找他的背包，早餐吃的臘腸仍有一截露在嘴巴外面。菲力斯和尙恩正爲了到底是誰偷走誰的數學課本而爭執不休。小雪比抓了一手會發出五顏六色火花的蠟筆，到處追著其他小小孩。

我從來沒有擁有過大家庭，但住在布魯克林之家，感覺像是有了十幾個兄弟姊妹。雖然一切很瘋狂，不過我很喜歡這樣……這也讓我接下來更難做出決定。

我把我們要去審判廳的計畫告訴巴絲特。

「我不喜歡這個計畫。」她說。

華特勉強哈哈一笑。「那有你比較喜歡的計畫嗎？」

她歪著頭。「既然你問起，不，我沒有。我不喜歡計畫。我是貓。如果我所聽過關於薩特納的事有一半是事實的話……」

「我知道，」我說：「但這是我們唯一的機會。」

她皺了皺鼻子。「你不要我跟你們一起去嗎？你確定嗎？也許我可以找努特還是蘇來幫忙看著拉……」

「不，」我說：「阿摩司在第一行省很快就需要援助。他那裡人很少，不足以抵抗來自魔法師叛徒和阿波非斯的雙重攻擊。」

巴絲特點點頭。「我不能進入第一行省，但我可以在外圍巡邏。如果阿波非斯現身，我會跟他對戰。」

「到時他的力量就會達到巔峰，」華特警告，「他現在的力量每小時都在增強。」她驕傲地抬起下巴。「華特．史東，我以前和他交手過，我比誰都了解他。況且，我欠卡特家人一份情，還欠陛下拉。」

「小貓！」拉出現在我們身後，拍拍巴絲特的頭，然後又蹦蹦跳跳離開。「喵喵喵！」

看著他到處跳來跳去，我想放聲尖叫、亂摔東西。我們冒一切風險救回這個老太陽神，希望我們會有一位神聖的法老能與阿波非斯正面對戰，結果卻找到一個滿是皺紋、只穿一塊纏腰布的老山怪。

「把拉給我，」阿波非斯曾這麼催促我，「我知道你討厭他。」

我試著把這個想法從腦中趕走，但是我無法甩開在混沌之海中的小島景象，那是一個私人天堂，我喜愛的人在那裡都很安全。我知道這是謊言。阿波非斯絕對不會履行他的諾言，不過我可以了解爲何莎拉．雅各比和桂會被誘惑。

而且，阿波非斯知道如何打動人心。我的確討厭拉這麼軟弱。荷魯斯也同意我的看法。

「我們不需要這個老傻瓜。」戰神的聲音在我腦海中響起。「我不是說你應該把他交給阿波非斯，但是他毫無用處。我們應該把他晾在一旁，然後自己登上神的王座。」

荷魯斯的話聽起來這麼吸引人，而且顯然是個解決方法。

但，並非如此。如果阿波非斯要我放棄拉，那麼拉一定具有某種價值。太陽神還有他的角色要扮演，只是我必須找出是什麼樣的角色。

「卡特？」巴絲特皺眉。「我知道你擔心我，但你父母把我從無底洞救出來是有原因的。你母親預見我在最後一役會有決定性的影響。有必要的話，我會和阿波非斯交戰，直到嚥下最後一口氣爲止。他過不了我這一關的。」

我動搖了。巴絲特已經幫了我們這麼多。她之前和鱷魚神索貝克交戰時差點沒命，她找了她的朋友貝斯來幫我們，卻看到他變成一個空殼；她幫助我們找回她的舊主人拉、把他帶回這個世界，現在被困在這裡當他的保母。我不想要求她再次與阿波非斯面對面，但她說得對。她比任何人都了解這個敵人，或許除了拉以外吧，當他神智還是清醒的時候。

「好吧，」我說：「巴絲特，可是阿摩司更需要你的幫忙。他會需要魔法師。」

華特皺眉。「誰？在達拉斯那場災難之後，我們剩下的朋友不多了。我們可以聯絡聖保羅和溫哥華那裡，他們還是支持我們，但他們也沒辦法分出許多人力。他們也會擔心要保護自己的行省。」

我搖搖頭。「阿摩司需要懂得神之道的魔法師。他需要我們，我們全部的人。」

華特靜靜地消化這些話。「你的意思是說，放棄布魯克林之家。」

樓下的小小孩們開心地尖叫，因爲雪比想用她那會冒火花的蠟筆在他們身上寫字。古夫坐在壁爐架上吃著圈圈餅，看著十歲大的塔克把籃球從透特雕像彈開。潔絲在艾莉莎的額頭上綁繃帶（她大概被莎蒂的流氓保溫瓶打到，這個保溫瓶現在還四處亂竄）。在一切喧嚷之中，克麗約坐在沙發上聚精會神地看書。

對某些人來說，布魯克林之家是他們這輩子第一個眞正的家。我們保證會讓他們安全，並教導他們使用自己的力量。然而現在我卻讓他們在毫無準備的情況下，把他們送上有史以來最危險的戰場。

「卡特，」巴絲特說：「他們還沒準備好。」

「他們必須準備好。」我說：「如果第一行省垮了，那就全都完了。阿波非斯會在埃及攻擊我們，直接攻打我們的力量來源。我們必須和大儀式祭司並肩作戰。」

「最後一戰。」華特悲傷地凝望大廳房，也許是在想自己是否會在開戰前死去。「我們是不是應該把這個消息告訴大家？」

「還不要。」我說：「魔法師叛徒要到明天才會攻擊第一行省，就讓大家去上最後一天課吧。巴絲特，等他們今天下午放學回家後，我要你帶他們去埃及，看是要用怪胎或任何你必須用的魔法都行。如果在冥界一切順利，莎蒂和我會在敵人攻擊前加入你們。」

「如果一切進行順利，」巴絲特冷冷地說：「對，常常都是一切順利啊。」

她瞥向太陽神，他現在正要吃掉莎蒂房間的門把。「那拉怎麼辦？」她問，「如果阿波非斯在兩天內發動攻擊……」

「拉必須繼續進行他的夜間航行，」我說：「那是瑪特的一部分，我們不能破壞，但是拉必須在秋分早上來到埃及，他得面對阿波非斯才行。」

「以那個樣子去？」巴絲特指指老太陽神。「穿著纏腰布？」

「我知道，」我承認，「這聽起來很瘋狂，不過阿波非斯仍然認爲拉具有威脅性。也許在戰場上面對阿波非斯會讓拉想起自己是誰，他可能迎向挑戰，變成……他以前的樣子。」

華特和巴絲特都沒說話，我從他們的表情看出他們不相信。其實我自己也不信。拉正抱著除掉門把的決心，用牙齦磨啃莎蒂的門把，然而我不認爲他面對混沌主宰會有多大用處。

不過，有行動計畫的感覺還是不錯的，總比只是站在四處不斷去想我們的情況有多麼無望要好得多。

「利用今天重整組織，」我告訴巴絲特：「把最有價值的紙草卷、護身符、武器等任何可以用來幫助第一行省的東西都收集起來。告訴阿摩司你們會過去。華特和我要去冥界與莎蒂會合，我們會跟你們在開羅碰面。」

巴絲特嘟著嘴。「好吧，卡特，但是要小心薩特納。不管你覺得他有多壞，都比你想的還要糟上十倍。」

「嘿，我們可是打敗過邪惡的神耶。」我提醒她。

巴絲特搖搖頭。「賽特是神，他不會改變。就算是掌管混沌的神，你都可以預測他的行動。可是說到薩特納，就必須從另一方面來看……他同時具有神與人的力量及人類的無法預測性。不要相信他，向我發誓。」

「那很簡單啊。」我說：「我發誓。」

華特交叉雙臂。「那我們要怎麼去冥界？通道現在不穩定。我們要把怪胎留在這裡，而且船也毀了……」

「我心裡想的是另一艘船。」我說，並試著相信這是個好主意。「我要召喚一個老朋友過來。」

9 姬亞玩火秀

關於拜訪天神安養院這件事，我已經可以算得上專家了。這樣說我的生活眞是悲慘。卡特和我第一次找到路去那裡時，我們通過夜之河，從火焰瀑布直流而下，差點死在一座熔岩湖裡。從那次之後，我發現不管去哪裡，只要請艾西絲送我去就行了，因爲她可以開啓通往杜埃許多地方的通道。不過說眞的，和艾西絲打交道就和在火裡游泳一樣討厭。

在我的薩布提和卡特談過之後，我跑去和姬亞一起坐在眺望尼羅河的石灰岩峭壁上。現在的埃及已經是中午，通道時差的恢復所需時間比我預期得還久。我換上比較方便行動的衣服，快速吃完午餐，在地底深處的時代廳與阿摩司再談了一下戰略，然後姬亞就和我一起爬回地面。我們正站在河邊一處艾西絲祭壇的廢墟前，這裡位在開羅南方，是個召喚女神的好地點，但我們時間不多了。

姬亞還是同樣穿著迷彩工作褲和橄欖綠背心的戰鬥打扮。她背著魔杖，把魔棒繫在腰帶上。她在背包裡東翻西找，最後一次檢查她的裝備。

「卡特說什麼？」她問。

【沒錯，親愛的哥哥。在我和你聯絡前，我先走到姬亞聽不到的地方，所以她沒聽到我取

笑你的話。其實，我沒那麼惡劣啦。】

我把我們討論的內容告訴她，但沒辦法跟她說我媽的靈魂現在遇到多麼危險的處境。當然，在我與阿努比斯談過之後，我一直知道大致的情況，然而知道我們母親的魂魄瑟縮在杜埃某處峭壁下抵擋巨蛇的陰影，唉，光是這一丁點資訊就像一顆子彈射中我的胸口那樣。要是我試圖去碰觸這顆子彈，恐怕會直接射進我心臟、要了我的命。

我也向她解釋了我那個邪惡的鬼朋友凡尼叔叔，以及我們如何想找他來幫忙。

姬亞一臉震驚。「薩特納？就是故事裡的那個薩特納[49]？卡特知不知道……？」

「對。」

「透特建議的？」

「對。」

「你眞的同意要這麼做？」

「對。」

她低頭注視著尼羅河，或許她是在想以前住的村子就位在這條河的河岸，後來被阿波非斯的力量摧毀了；也或許她在想像她整個家園瓦解粉碎、掉入混沌之海的情景。

我以爲她會說我們的計畫瘋了。我想她可能會拋下我回去第一行省。

但我猜想，她已經習慣凱恩家人的行事風格了，可憐的女孩。她現在一定曉得我們所有的計畫都很瘋狂。

「好。」她說：「我們要怎麼到這個……天神安養院？」

「等等。」我閉上眼，全神貫注。

「哈囉，艾西絲？」我心裡想，「你在嗎？」

「莎蒂。」女神立刻回答。

她在我腦海裡以一名有著一頭烏黑髮辮的皇室女子模樣出現，她穿著薄紗般的白裙，七彩翅膀閃亮得有如陽光灑落在清澈水裡的粼粼波光。

我想揍她。

「唉呀呀，」我說：「這不就是那位決定我可以和誰約會的好朋友嘛。」

她竟敢露出一副很吃驚的樣子。「你是在說阿努比斯嗎？」

「對，第一次就猜對了！」因爲我需要艾西絲幫忙，話應該說到這裡就好。可是看到她飄浮在這裡，一身耀眼裝扮又具女王氣勢，這下讓我更火大。「你哪來的膽子？竟敢在我背後搞鬼，遊說其他人禁止阿努比斯接近我。這關你什麼事啊？」

令人訝異的是，艾西絲沒有生氣。「莎蒂，有些事你不了解，這是有規定的。」

「規定？」我質問她，「這個世界就要滅亡，你們還在擔心哪個男生是社會認可適合我？」

㊾古埃及歷史中的薩特納（Setne）在後世被當做魔法師尊奉，因而流傳了許多以他為主角的故事，記載這些故事的紙草卷有部分仍保存至今。

艾西絲兩手手指輕觸，手掌形成尖塔狀。「有兩件事比你想的還更有關係。瑪特的傳統必須遵守，否則混沌會勝利。神和凡人只能以特定、有限的方式互動。況且，你不能分心。我可是在幫你忙呀。」

「幫忙！」我說：「如果你真的想幫我，我們需要前往夜之第四屋，也就是休憩之屋、陽光田野，隨便你要怎麼叫的那個地方。你帶我們過去之後，就給我滾出我的私人生活！」

我那樣子或許很無理，但艾西絲越界了。而且，為什麼我要對一個之前在我腦袋裡當房客的女神客客氣氣？艾西絲應該很了解我才對！

女神嘆口氣。「莎蒂，你也知道，接近神很危險，一定要非常小心。你叔叔因為之前被賽特附身的經驗仍舊有創傷，就連你的朋友姬亞也在掙扎。」

「你這是什麼意思？」我問。

「如果你加入我，你就會了解，」艾西絲保證，「你的心靈就會清晰。我們會再次攜手，結合彼此的力量。」

又來了，業務推銷的賣點。每次我召喚艾西絲，她就會試圖說服我像以前那樣與她結合一起，就是凡人和神在同一個身體內，以單一意志行動。而我每一次都拒絕。

「那麼，」我進一步大膽地說：「接近神很危險，你卻又急著要再次與我力量結合。真高興你注意我的安危。」

艾西絲瞇起眼睛。「莎蒂，我們的狀況不同。你需要我的力量。」

當然這非常誘人。能擁有女神全部的力量來隨意使用實在很刺激。身爲艾西絲之眼，我會覺得有自信、無人能擋、毫無畏懼。人很容易對這種力量上癮，而那就是問題所在。

艾西絲可以是很好的朋友，但她所關心或所做的事對凡人世界並非總是好的，對莎蒂．凱恩也是。

她對兒子荷魯斯的忠誠驅使她有所行動；她會爲了看他登上神的王位而做出任何事情。她野心勃勃、滿心復仇、渴望權力，嫉妒任何法力比她還強的人或神。

她說如果我讓她進駐體內，我的心靈會變得更清晰；她眞正的意思是，我會開始以她的方式看待事情。要將她和我的想法完全分開會更不容易，我可能甚至會相信她拆散我和阿努比斯是對的（這想法眞可怕）。

可惜，艾西絲所說的結合力量有一點是對的。我們很快就必須結合在一起，我沒有其他方法能擁有挑戰阿波非斯的力量。

但不是現在。我要盡可能維持莎蒂．凱恩的身分久一點。沒有搭便車的神，只有我這個很完美的自己而已。

「我們很快就會合為一體，」我對艾西絲說：「可是我有事情要先做，我需要確定這些決定是我自己要的。現在，關於前往休憩之屋的大門……」

艾西絲非常擅長同時露出受傷又不贊同的表情，這一定使她成爲很難搞的母親。我幾乎要替荷魯斯感到難過了。

「莎蒂．凱恩，」她說：「你是我最喜歡的凡人，是我挑選出來的魔法師，但你還是不信任我。」

我懶得反對她。艾西絲知道我的感受。

女神雙手一攤表示放棄。「好吧。不過神之道是唯一的答案，對所有凱恩家族，以及對那個人而言。」她朝姬亞的方向點點頭。「莎蒂，你要建議她，她必須快點學會神之道才行。」

「什麼意思？」我又問了她一次；眞希望她不要再打啞謎了，神老是這樣，眞的很煩。

姬亞是一個比我更有經驗的魔法師，我不知道該如何建議她；況且，姬亞是操弄火元素的魔法師。她容忍我們凱恩家的人，但她從沒表示過一丁點對神之道的興趣。

「祝你好運，」艾西絲說：「我會等你的聯絡。」

女神的影像泛起漣漪，然後消失。當我睜開眼睛，一個像門一樣大的黑暗方塊懸在空中。

「莎蒂？」姬亞問，「你安靜了好久，我有點擔心。」

「不用擔心。」我試著露出微笑。「艾西絲喜歡聊天。下一站，夜之第四屋。」

我會誠實。我從來都不了解，魔法師用埃及文物召喚出的飛沙通道和神所變出的黑暗之門有何不同。或許神用的是更先進的無線網路。或許他們只是對準的目標比較好。

不管什麼原因，艾西絲的通道比我之前用來去開羅的通道更牢靠。通道直接就把我們送進了陽光田野的大廳。

我們一踏進裡面，姬亞環視周遭，皺起了眉頭。「大家都到哪裡去了？」好問題。我們抵達正確的天神安養院，裡面有相同的盆栽、同樣寬敞的大廳，從窗外望去可以眺望火焰湖，一排排相同的石灰岩柱上貼滿了海報，上面印著面帶微笑的老人照片，旁邊寫著：「這是你的黃金世紀！」

然而護理站空蕩蕩。吊掛點滴袋的支架擠在一處角落，彷彿在開會似的。沙發上也是空的，咖啡桌上散落著玩到一半的跳棋和施奈特棋[50]。哼，我討厭施奈特棋。

我盯著一張空空如也的輪椅看，猜想輪椅主人去了哪裡。突然間，輪椅冒出火焰，燒毀成一堆焦黑的皮和熔了一半的鋼鐵。

我踉蹌後退。在我身後，姬亞手裡握著一顆白熱的火球，她的眼睛就如被逼入絕境的動物般狂野。

「你瘋了嗎？」我大喊，「你這是在……？」

她將第二顆火球丟進護理站。一個裝滿雛菊的花瓶炸開，著火花瓣和陶瓶碎片灑落一地。

「姬亞！」

她似乎沒聽到我說話。她召喚出另一顆火球，瞄準沙發。

---

[50] 施奈特棋（senet）是一種古老的埃及棋戲。考古學家在挖掘古埃及墳墓時發現這種遊戲，確切規則已經失傳，但考古學家從出土的文物拼湊出部分規則。

我應該跑去躲起來，我不打算爲了拯救一張破爛家具而喪命。可是我卻撲向她，抓住她的手腕。「姬亞，住手！」

她狠狠地看著我，眼裡冒著熊熊火焰，我是說她的眼睛眞的在冒火。她的眼睛虹膜變成橘紅的火焰盤。

這當然太可怕了，但我還是堅定腳步。過去一年來，我已經很習慣任何意外的出現，比方說我的貓其實是位女神、我哥變成老鷹，還有菲力斯一週有好幾次會在壁爐裡變出企鵝。

「姬亞，」我堅定地說：「我們不能燒掉安養院。你是怎麼了？」

她臉上出現困惑迷惘的神情。她停止掙扎，眼睛也恢復正常。

她盯著熔毀的輪椅，然後看著地毯上還在悶燒的剩下花束。「我剛才……？」

「決定要解決掉那些雛菊嗎？」我替她把話說完。「對，你眞的這麼做了。」

她將火球滅了，好險，因爲火球開始在烤我的臉了。「抱歉，」她囁嚅著說：「我……我以爲我已經控制住……」

「控制住？」我放開她的手。「你是說你最近一直隨便丟了許多火球嗎？」

她看起來還是一頭霧水，視線在大廳四周飄移。「不……也許吧。我一直有突然昏倒的情形一醒過來就不記得做過什麼。」

「像現在這樣子嗎？」

她點點頭。「阿摩司說……起先他以爲這可能是我之前待在墓地的副作用。」

啊，墓地。姬亞有好幾個月被困在一具水棺木裡，而她的薩布堤分身跑來假扮她。大儀式祭司伊斯坎德認爲這樣可以保護眞正的姬亞，保護她不受……賽特的傷害？還是阿波非斯？對這點我們還不確定。總之，我不認爲這是一位應該很睿智的兩千歲魔法師所想出來的好主意。姬亞在沉睡時作了可怕的惡夢，夢到自己的村莊被燒毀，還有阿波非斯毀滅世界，我想這可能引起了某種很糟的創傷壓力症候群。

「你說阿摩司起先以爲是這樣，」我注意到她說的話，「你還沒說完吧，然後呢？」

姬亞看著熔毀的輪椅。從外面照射進來的光線使她的髮色變成鐵鏽色。

「他以前在這裡，」她喃喃說：「他被困在這裡好幾千年了。」

我花了一會兒工夫才知道她在說什麼。「你是說拉。」

「他在這裡既孤單又可憐。」她說：「他被迫放棄王位。他離開人類的世界，喪失活下去的意志。」

我用力跺腳踩熄地毯上悶燒的雛菊。「姬亞，我不知道。我們叫醒他的時候，他看起來很快樂，他一邊唱歌、一邊傻笑之類的。」

「不。」姬亞走到窗邊，彷彿被美麗的岩石景致所吸引過去。「他的心還在沉睡。莎蒂，我和他相處了一段時間。他休息時，我看著他臉上浮現的表情，也聽到他喃喃自語。那副老舊的身體是個籠子、監牢，眞正的拉被困在裡面出不來。」

我現在開始擔心她了。火球我還能應付，而那些沒頭沒腦的話就不太行了。

「我想，你同情拉是可以理解的，」我進一步說：「你是操弄火元素的魔法師，而他是某種與火有關的神。你被困在那個墓穴裡，拉被困在安養院裡，或許那就是剛才造成你昏厥的原因。這個地方讓你想起自己被囚禁的經歷。」

沒錯，我是年輕心理學家莎蒂．凱恩。有何不可呢？我以前在倫敦的時候，常常分析我那兩個瘋癲的朋友麗茲和艾瑪。

姬亞往外眺望燃燒的湖泊，我感覺我所嘗試的治療可能沒什麼用。

「阿摩司試著想幫我，」她說：「他知道我正在經歷的狀況。他在我身上施了一個咒要讓我專心，但是……」她搖搖頭。「情況愈來愈糟。這是幾週來第一次我沒有照顧拉，我愈常陪他，思緒就變得愈混亂。我現在召喚火的時候，無法順利控制火焰，就連已經施行許多年的簡單咒語都有困難。我傳輸太多力量了。如果是發生在我昏厥的時候……」

我了解為什麼她聽起來這麼害怕。魔法師一直很小心翼翼地使用咒語，如果我們傳輸太多力量，很可能完全耗盡自己的魔法儲量，然後咒語會直接取用魔法師的生命力，造成令人不愉快的後果。

「你要建議她，」艾西絲之前告訴過我，「她必須快點學會神之道。」

一個不舒服的想法開始成形。我記得拉第一次見到姬亞的時候有多麼開心，還有他想把自己最後僅剩的聖甲蟲給她的模樣。他一直胡言亂語，老是在說「斑馬」……那大概是指姬亞吧。而現在姬亞開始同情這位老太陽神，甚至想要燒了這間困住他這麼久的安養院。

眞的不妙。但我自己都不曉得發生什麼事，要怎麼建議她？

艾西絲的警告在我腦海中響起：神之道是所有凱恩家族的答案。姬亞在掙扎。阿摩司仍舊爲先前被賽特附身的經歷而有創傷。

「姬亞……」我遲疑了一下。「你說過阿摩司知道你所經歷的事，所以他今天才會請巴絲特去照顧拉嗎？好讓你有時間可以離開太陽神一陣子？」

「我……我想是吧。」

我試著穩住呼吸，然後問了她一個更困難的問題：「作戰室的時候，阿摩司說他可能得用其他方式來對抗敵人。他沒有……呃，他和賽特沒有什麼麻煩吧？」

姬亞不願面對我的視線。「莎蒂，我向他保證過……」

「噢，埃及的神啊！他在召喚賽特？在賽特對他做了那些事之後，他還試著傳輸自己的力量？拜託不要。」

姬亞沒有回答，但這已經是答案了。

「他會無法承受這股力量！」我大喊，「如果魔法師叛徒發現大儀式祭司和邪惡之神有所往來，就像他們懷疑的……」

「賽特不只是邪惡之神，」姬亞提醒我，「他是拉的左右手。他護衛太陽神，抵擋阿波非斯的攻擊。」

「你認爲這樣會比較好嗎？」我不可置信地搖頭。「而現在阿摩司認爲你和拉有麻煩？他認爲拉想要……」我指著姬亞的頭。

「莎蒂，拜託……」她的聲音難過得愈來愈小。

我想我一直逼問她也很不公平，她似乎比我更困惑。

不過，都快到了我們最後決一死戰的時候，我討厭姬亞這樣無法專心，她昏倒、亂丟火球、無法控制自己的力量；更糟的是，阿摩司可能和賽特有某種關聯，他可能眞的選擇讓那個可怕的神再次回到他腦袋裡。

這個想法讓我內心打了好幾個切特，也就是艾西絲結。

我想像從前的敵人米歇爾．狄賈登狠狠地看著我說：「莎蒂．凱恩，你難道沒看見嗎？這就是學習神之道的結果，就是這種魔法被禁止的原因。」

我踢了熔毀輪椅的剩餘一角，一個已經彎折的輪子發出嘎吱聲、搖搖晃晃。

「我們得先暫停一下，之後再說。」我決定，「我們時間不多了。現在……那些老人家到底去哪裡了？」

姬亞指著窗外。「在那裡，」她冷靜地說：「他們全都在沙灘上休息。」

我們走到火焰湖旁的黑沙灘。這裡不會是我度假的首選，但年紀最老的神都在鮮豔遮陽傘下的躺椅上休息，其他神則躺在浴巾上打呼，或是坐在輪椅上凝視滾燙的熔岩。

一位滿是皺紋的鳥頭女神穿著一件式的泳衣，正在搭蓋一座沙子金字塔。兩個老人（我猜是火神吧）站在熾熱浪潮及腰處放聲大笑，把熔岩潑在彼此臉上。

負責照護的托爾特[51]看到我們的時候露出微笑。

「莎蒂！」她大喊，「你這星期來早了！而且還帶了朋友來。」

正常情況下，有隻滿臉笑容的母河馬衝過來抱我，我才不會站在那裡不逃開，但我已經習慣了托爾特。

她把高跟鞋換成了拖鞋，除此之外，她還是穿著平常那套白色護士制服。就一隻河馬來說，她的睫毛膏和口紅都擦得很漂亮，一頭烏黑亮麗的黑髮夾在護士帽底下。她那件不合身的上衣敞開，蓋在一個大肚子上。這大概是永遠懷孕的徵兆，因爲她是生產女神，不過也可能表示她吃了太多杯子蛋糕。我從來不確定是哪一種情形。

她擁抱我，非常感謝她沒有把我壓碎。她的百合香水讓我想起外婆，衣服上的刺鼻硫磺味令我想起外公。

「托爾特，」我說：「這位是姬亞·拉席德。」

托爾特臉上的笑容消失了。「噢……這樣啊。」

我從來沒看過河馬女神如此不安。她是否知道姬亞熔毀了她的輪椅，還燒掉她的雛菊？

---

[51] 托爾特（Tawaret），家庭照護與生產女神。她有河馬般的外形，並有著獅子前腳、鱷魚背和尾巴。因為具有母性的守護特質，所以廣受埃及民眾歡迎。

當沉默時間一久，變得愈來愈尷尬，托爾特恢復了笑容。「抱歉，對了，你好，姬亞。我只是因爲你看起來……唉，別介意！你也是貝斯的朋友嗎？」

「呃，不算是。」姬亞承認，「我的意思是，我想我是吧，可是……」

「我們帶著任務前來，」我說：「上面世界不太平靜，有點怪怪的。」

我告訴托爾特有關魔法師叛徒的事、阿波非斯的攻擊計畫，以及我們想找到巨蛇影子並踩死影子的瘋狂計謀。

托爾特緊握兩隻河馬手。「噢，老天。明天就是世界末日了嗎？賓果遊戲之夜要在週五舉行。這些可憐的神會很失望的……」

她往海灘看了一眼那些神智不清的老人，有些睡著還流口水，或是吃著黑沙，或是想跟熔岩說話。

托爾特嘆氣。「我想，還是不要告訴他們世界末日到了比較好。他們已經在這裡許多年，被凡人世界遺忘。現在，他們卻必須和大家一起消失。他們不該有這種命運。」

我想提醒她，沒有人應該碰到這種命運，不該是我的朋友，也不該是我的家人，當然更不該是一個叫做莎蒂．凱恩、有著大好前程等著探索的年輕女性。但托爾特這麼善良和藹，我不想讓自己聽起來像個自私鬼。她似乎一點都不在乎自己，只擔心那些她所關心的垂垂老矣的神。

「我們還沒有放棄。」我保證。

「但是你的這個計畫，」托爾特抖了一下，造成河馬水花的小海嘯。「是不可能實行的！」

「就像之前喚醒拉的計畫嗎？」我問。

她聳聳肩同意。「很好，親愛的。我承認你以前完成了原本做不到的事。儘管如此……」

她看了姬亞一眼，好像我朋友出現在這裡令她很緊張。「嗯，我確定你知道你自己在做什麼。我要怎麼幫你？」

「我們可以見見貝斯嗎？」我問。

「當然可以……不過恐怕他沒什麼起色。」

她帶著我們往下走去海灘。過去幾過月來，我至少每週會來看貝斯一次，所以我光用看的就認識了這裡很多年長的神。我看見青蛙女神赫凱特[52]蹲踞在一把遮陽傘的頂端，彷彿把遮陽傘當做蓮葉。她吐出舌頭抓住空中的某樣東西；在杜埃也有蒼蠅嗎？

再往下走，我看見鵝神根根渥[53]，這個名字的意思是「偉大的喇叭手」；我可沒有跟你開玩笑喔，托爾特第一次告訴我的時候，我差點把嘴裡的茶噴出來。偉大的吹喇叭殿下沿著海灘搖搖擺擺走著，對其他天神嘎嘎叫個不停，把他們從睡夢中驚醒。

然而我每一次來訪，這群神都會有些改變。有些神消失了，有其他的神出現，那些都是

---

[52] 赫凱特（Heket）是埃及神話中的青蛙女神，專門保護生產中的婦女。

[53] 根根渥（Gengen-Wer）是埃及神話中的鵝神，專門守護代表生命的蛋。他的形象通常是持蛋的鵝，也象徵創造能量的力量。

已經不存在城市的守護神、被其他神取代前只被尊奉了幾世紀的神，還有年紀大到已經忘了自己名字的神。大多數文明留下的是陶器碎片或紀念碑或文學，而埃及如此古老，留下的是許許多多的神。

在海灘上繼續走，半路經過的兩個怪老頭一直在熔岩裡玩耍。現在兩個人在湖水深及腰的地方扭打起來，一人用安卡打了另一人，還大叫著：「那是我的布丁！是我的布丁！」

「噢，老天，」托爾特說：「擁火者和燙腳又來了。」

我忍住不要大笑。「燙腳？這是哪種神的名字啊？」

托爾特仔細打量火焰，像是在研究如何接近而不被燒到。「親愛的，他們兩個都是來自審判廳的神，可憐的小東西。以前審判廳有四十二位天神，每一位負責判決一種不同的罪行。即使在古代，我們都沒辦法搞清楚他們是誰。現在……」她聳聳肩。「悲傷的是，沒有人記得他們了。擁火者，就是手裡拿著安卡的那位，以前是掌管搶劫的神。恐怕是這樣才讓他很神經質，總是認為燙腳偷了他的布丁。我得去把他們兩個分開，不要再繼續打架。」

「讓我來。」姬亞說。

托爾特全身僵硬。「你，親愛的……？」

我感覺她要說的不只有「親愛的」而已。

「火對我沒有影響。」姬亞向她保證。「你們兩個先走吧。」

我不確定姬亞怎能這麼有信心，或許她只是比較喜歡在火裡游泳，而不是看到現在這個樣子的貝斯。倘若如此，我不能怪她，這種經驗實在太令人難受了。

不管是哪種原因，姬亞大步邁向湖邊、涉水而過，有如電視影集《海灘遊俠》裡的防火救生員。

托爾特和我繼續沿著海灘走。我們走到碼頭；我和卡特第一次來到這裡時，就是把拉的太陽船停靠在這個碼頭。

貝斯坐在碼頭底端一張舒服的皮椅上，托爾特一定是特別替他把椅子搬來這裡。他穿著紅藍相間的乾淨夏威夷衫和卡其短褲，臉龐比今年春天時看起來還瘦，除此之外，他的樣子沒有改變，同樣頂著亂糟糟的黑髮鳥窩頭，鬍子的地方還是短粗的鬃毛，一樣可愛的怪臉讓我想到哈巴狗。

但是貝斯的靈魂已經消失了。他茫然地看著湖，當我跪在他旁邊，緊握著他毛茸茸的手、和他說話，他一點反應也沒有。

我記得他第一次救我的情形，當時他開著一輛滿是垃圾的禮車來接我，載我到滑鐵盧橋，嚇走兩個一直在追我的神。他從車裡跳出來時全身光溜溜的，只穿了一條泳褲，然後大喊：「噗！」

對，他一直都是眞正的朋友。

「親愛的貝斯，」我說：「我們要試著幫你。」

我把自從上次來看他之後所發生的事情通通告訴他。我知道他聽不到我說的話，因爲他的祕密名字被偷走，他的心已經不在這裡，可是和他說話讓我覺得好多了。

托爾特啜泣著，我知道她一直深愛著貝斯，雖然貝斯沒有回應她的感情。他找不到比她更好的看護了。

「噢，莎蒂……」河馬女神拭去眼淚。「如果你眞的能幫他，我……我什麼都願意做。但眞的有可能嗎？」

「用影子，」我說：「這個叫做薩特納的傢伙……發現使用影子來當做咒語的方法。如果『舒特』是靈魂的備分副本，如果薩特納的魔法可以倒過來使用……」

托爾特的眼睛睜得好大。「你相信可以用貝斯的影子帶他回來？」

「對。」我知道這件事聽起來很瘋狂，但我必須相信。把這計畫大聲說給比我還在乎貝斯的托爾特聽……我不能讓她失望。況且，如果我們能爲貝斯做到，誰曉得呢？或許我們可以用同樣的魔法讓太陽神恢復到可以作戰的狀態。不過，事情要按先後順序一樣一樣來，我想要遵守我對侏儒神的諾言。

「比較棘手的部分是，」我說：「希望你能幫我確認貝斯影子的下落，我對神的『舒特』之類的事了解不多，我知道你們常把影子藏起來？」

托爾特緊張地動了一下，她的腳踩在碼頭木板上發出嘎吱聲。「呃，沒錯……」

「我希望那種東西就像祕密名字，」我接著說：「既然無法問貝斯本人把影子藏在哪裡，我想就問問與他最親近的人。我認爲你最有可能知道。」

看見河馬臉紅很怪。以這麼大的個子來說，托爾特臉紅，使她幾乎顯得脆弱精巧。

「我……我曾經看過他的影子，」她坦言，「是我們在一起的最美好時光。我們當時坐在塞斯城裡一座神廟的牆上。」

「你說哪裡？」

「這座城位在尼羅河三角洲，」托爾特解釋，「我們的一個朋友住在那裡，就是狩獵女神妮特[54]。她喜歡邀請我和貝斯加入她的打獵旅行。我們呢，會替她引出獵物。」

我想像著托爾特和貝斯這兩位擁有超級可怕力量的神，手牽手走過沼澤大喊「噗！」去嚇跑一群鵪鶉。我決定保留內心浮現的這個景象，不告訴任何人。

「總之，」托爾特繼續說：「有一晚吃過晚飯之後，貝斯和我單獨坐在妮特神廟的牆上，看著月亮從尼羅河升起。」

她充滿愛意地看著侏儒神，我忍不住想像自己坐在那面神廟牆上，和阿努比斯共度浪漫的一夜……噢，不，不，我是說和華特一起……不是……唉，我的生活太可怕了。

我不高興地嘆口氣。「請繼續說下去。」

「我們沒有特定在聊什麼，」托爾特回憶著，「我們握著手，僅此而已。但我感覺非常靠

[54] 妮特（Neith）是埃及神話中的狩獵與戰爭女神，通常被描繪為手持弓箭或盾牌的女子，也因為她專司戰爭等事，常被崇尚武力的埃及法老尊為國家的守護神，古埃及城市塞斯（Sais）裡便建有供奉她的神廟。

近他。就那麼一下子，我注視著我們身旁的土牆，在火炬的光照下看見貝斯的影子。通常神不會讓自己的影子一直存在附近，他一定是非常信任我才會顯露他的影子。我問他這件事，他哈哈大笑，說：『這個地方拿來放我的影子很好，我想就把影子留在這裡好了，這樣就算我不快樂，它也會永遠開開心心。』」

這個故事既甜蜜又悲傷，我幾乎承受不住。

就在岸邊再過去一點的地方，老神擁火者尖叫著有關布丁的事。姬亞站在浪花裡，試圖將兩位神分開，他們正從兩邊分別將熔岩潑到她身上。令人驚訝的是，姬亞似乎不受影響。

我轉頭看著托爾特。「在塞斯的那一晚，是多久以前的事？」

「幾千年了。」

我的心一沉。「影子還有可能在那裡嗎？」

她無助地聳聳肩。「塞斯在幾世紀前就已經變成廢墟。神廟沒了，農夫拆掉古老建築，將泥磚用來當做肥料。大多數土地都恢復成沼澤了。」

沒望了。我從來沒喜歡過埃及的遺蹟；我自己偶爾還想動手拆掉一些神廟。然而就這一次，我眞希望廢墟還存在。眞想好好賞那些農夫幾個耳光。

「那麼已經沒希望了嗎？」我問。

「噢，永遠都有希望的，」托爾特說：「你可以在那裡搜尋，呼喚貝斯的影子。你是他的朋友，如果影子還在那裡，可能會對你現身。如果妮特還在那裡，她或許可以幫忙；也就是說，如果她沒有把你當成獵物的話……」

我決定不要一直去想這件事的可能性，我的麻煩已經夠多了。「我們得試一試才行。如果能找到影子、並想出正確咒語……」

「可是，莎蒂，」女神說：「你剩下的時間不多了，你必須阻止阿波非斯！你要怎麼同時拯救貝斯呢？」

我看著侏儒神，然後彎下腰吻了他長滿疣的額頭。「我發過誓要救貝斯，」我說：「況且，如果我們想打贏這一仗，我們會需要他。」

我眞的相信這番話嗎？我知道就算貝斯穿著泳褲有多醜，也無法光是大喊「噗！」就嚇走阿波非斯。就我們所面對的這種戰爭來說，我不確定多一個神會不會有什麼不同，而且甚至更不確定這個逆轉影子的點子是否對拉有用，但我必須在貝斯身上試試看。如果這個世界過了明天就會滅亡，我也要先認知到自己已經盡一切努力去救朋友，才能死去。

所有我遇過的女神當中，托爾特最有可能了解我的動機。

她以保護的姿態將手放在貝斯肩上。「那樣的話，莎蒂．凱恩，祝你幸運。爲了貝斯，也爲了我們大家。」

我將她留在碼頭。她站在貝斯身後，兩位神看來像是正在共享浪漫的日落時分。

在海灘上，我回到姬亞旁邊，她拍掉頭髮上的灰塵，除了褲子上有一些燒焦的洞，她看起來很好。

她指著正在熔岩裡玩耍的擁火者和燙腳。「他們並不壞，」姬亞說：「他們只是需要被關心注意。」

「就像寵物一樣，」我說：「或是我哥。」

姬亞真的笑了。「你有沒有找到你需要的消息？」

「我想有吧。」我說：「不過首先，我們得去審判廳一趟。薩特納差不多快開庭了。」

「我們要怎麼去那裡？」姬亞問，「用另一個通道嗎？」

我凝視整片火焰湖，思索這個問題。我記得審判廳是在這座湖的某個小島上，但杜埃的地理有點不可靠。就我所知，審判廳是位在杜埃裡完全不同的一層，或是這座湖有九十億公里寬。我沒有幻想要穿越未知的領域沿著岸邊走，或是游泳過去。我當然更不想再和艾西絲吵來吵去。

然後我看見有個東西穿過火焰波浪；一個熟悉的汽船剪影正在接近，光亮的金色煙霧從船上的雙管煙囪排出飄在後面，蹼輪在熔岩裡轉動。

我哥（保佑他的心臟）徹底瘋了。

「問題解決了，」我告訴姬亞：「卡特會載我們一程。」

10 冥界審判

快要抵達碼頭的時候，卡特和華特站在埃及女王號船頭向我們揮手。船長血跡刀站在他們旁邊，身穿輪船駕駛員制服的他看起來英挺帥氣，只不過他的頭其實是一把沾滿血跡的雙刃斧。

「那是一個惡魔。」姬亞緊張地說。

「沒錯。」我同意。

「安全嗎？」

我看著她，揚起一邊的眉毛。

「當然不安全，」她喃喃自語，「我是和凱恩家的人一起旅行。」

發光的火球船員在船上穿梭，拉起繩索，放下步橋。

卡特看起來一臉疲累。他穿著牛仔褲和一件沾有烤肉醬汙漬又皺巴巴的T恤，他的頭髮是溼的，全倒向一邊，彷彿洗澡洗到一半睡著似的。

華特看起來就好多了。嗯，眞的，根本就不用比。他穿著平常的無袖上衣和運動褲，勉強爲我擠出微笑，不過從他的姿勢看得出他現在痛得不得了。

我掛在項鍊上的「生」護身符似乎開始發燙，或許是因爲我體溫升高的關係。

姬亞和我爬上登船的跳板。血跡刀向我們鞠躬，這實在令人不寒而慄，因爲他的頭可以把西瓜剖成兩半。

「凱恩小姐，歡迎登船。」他的聲音嗡嗡響，像是從前頭斧刃邊緣發出的金屬振動聲。「在下聽候差遣。」

「非常感謝你。」我說：「卡特，我可以跟你說句話嗎？」

我擰他耳朵，把他拉到甲板室。

「好痛！」他在我拖著他走的時候抱怨說。我想，在姬亞面前這麼做不太好，但我覺得這或許也能告訴她一些對付卡特的重點。

華特和姬亞跟著我們一起進入餐廳。和往常一樣，桃花心木桌上擺滿了一盤盤新鮮的食物。水晶吊燈照亮了四周繪有埃及神的色彩鮮豔壁畫，也點亮了鍍金的柱子和華麗造型的天花板。

我放開卡特的耳朵，大罵他：「你瘋了嗎？」

「噢！」他又大叫一聲，「你有毛病啊？」

「我的毛病，」我放低音量說：「就是你又召喚了這艘船和惡魔船長。巴絲特警告過我們，他只要一有機會就會割斷我們的喉嚨！」

「他受到魔法束縛。」卡特爭辯著，「他上次也好好的沒事啊。」

「上次有巴絲特和我們在一起。」我提醒他，「如果你認爲我可以完全信任一個名字叫做『血跡刀』的惡魔……」

「各位。」華特出聲打斷我們。

血跡刀走進餐廳，頭上的斧頭低斜一下才能進門。「凱恩少爺、凱恩小姐，從這裡出發的旅途很短，我們大約會在二十分鐘內抵達審判廳。」

「血跡刀，謝了，」卡特一邊搓揉耳朵、一邊說：「我們很快就會過去甲板。」

「很好，」惡魔說：「等我們抵達之後，請問還有什麼吩咐？」

我全身緊繃，希望卡特之前有先想過這個問題。巴絲特曾警告我們，要控制惡魔，就要給他們非常清楚的指示。

「我們前往審判廳時，你就在那裡等我們回來，」卡特宣布，「等我們回來時，你會載我們前往想去的地方。」

「悉聽尊便。」血跡刀的語氣帶有一點失望，還是那只是我的想像？

他離開之後，姬亞皺起眉頭。「卡特，在這件事情上，我同意莎蒂的看法。你怎麼能信任他？你是從哪裡弄來這艘船的？」

「這艘船是我們爸媽的。」卡特說。

他和我交換了一個眼神，彼此默默同意不需要再多說什麼。在我們的媽媽將巴絲特從無底深淵釋放出來而喪生的那一夜，爸媽就是搭乘這艘船在泰晤士河上航行到克麗奧佩特拉之針[55]。之後，爸爸就坐在這個房間裡哀傷慟哭，旁邊只有貓女神和惡魔船長爲伴。

血跡刀接受我們成爲他的新主人。他以前服從我們的命令，但實在不怎麼能讓我心安。我不信任他。我不喜歡待在這艘船上。

另一方面，我們需要去審判廳一趟。我又餓又渴，如果這趟航行代表能享用冰涼的英國果汁和一盤搭配印度烤餅的坦都里烤雞[56]，我想我是可以忍受二十分鐘的航程。

我們四個人坐在餐桌旁，一邊吃、一邊交換故事。整體來說，這可能是史上最尷尬的雙重約會了。我們不乏可怕的緊急事件經歷可說，但是房裡的氣氛緊繃得和開羅瀰漫的煙霧一樣厚重。

卡特已經好幾個月沒看到姬亞本人，我看得出他很努力不要盯著她看。姬亞對於坐得離卡特這麼近顯然不太舒服，她的身體不斷斜開，這樣絕對讓他很受傷；或許她只是擔心又會發生丟火球的插曲吧。至於我呢，很開心可以坐在華特旁邊，然而同時我也非常擔心他。我忘不了他被包裹在發光木乃伊亞麻布裡的樣子，而且阿努比斯說要告訴我有關華特的情況，不知道他要說什麼。華特想要掩飾病情，不過一看就知道他現在承受極大的疼痛，他拿起花生醬三明治的雙手抖個不停。

卡特告訴我布魯克林之家目前尚未撤離，巴絲特會監督協助進行。一想到小雪比、可愛的小傻瓜菲力斯、害羞的克麗約以及其他人都要出發去捍衛第一行省，抵擋難以應付的攻擊，我的心幾乎要碎了。但我知道卡特是對的，我們別無選擇。

卡特說話一直吞吞吐吐，像是在等待華特開口提供資訊。華特保持沉默，顯然他有事瞞著不說。不管怎樣，我得想辦法讓華特落單，然後逼問他細節。

接下來換我告訴卡特我們去拜訪休憩之家的事，以及我懷疑阿摩司可能在召喚賽特以尋求更多力量。姬亞沒有反駁我，這個消息讓我哥坐立難安。他在房裡踱步、咒罵了幾分鐘後，終於冷靜下來，開口說：「我們不能讓這種事發生。他會害死自己的。」

「我知道，」我說：「但我們能幫他的最好方法就是繼續前進。」

我沒說姬亞在安養院昏倒的事。以卡特現在的心理狀態，我想那可能會讓他負荷不了，不過我把托爾特說可能找得到貝斯影子的地點告訴他了。

「塞斯遺跡……」他皺起眉頭，「我想爸以前提過這個地方，他說這裡現在已經沒有什麼東西遺留下來了。就算找得到影子，我們也沒有時間。我們一定要阻止阿波非斯。」

「我發過誓。」我很堅持，「況且，我們需要貝斯。把這件事當做測試。在這種魔法用在阿波非斯身上之前，拯救貝斯的影子讓我們有機會先練習看看……嗯，我的意思當然是要顛倒過來用啦，這甚至可能是我們讓拉復甦的一種方法。」

---

55 克麗奧佩特拉之針（Cleopatra's Needle）是十九世紀從埃及分別搬到倫敦、巴黎及紐約的三座方尖碑。此處指的是位於倫敦的那一座。參《紅色金字塔》二十五頁，註3。

56 坦都里烤雞（tendori chicken）是一道廣受歡迎的印度料理。做法是先以優格、檸檬汁加上各種香料去醃製雞，之後再放入陶爐或一般烤箱燒烤。

「可是……」

「她說得有道理。」華特插嘴說。

我不確定是卡特還是我比較吃驚。

「就算我們得到薩特納的幫助，」華特說：「要把影子捉進雕像裡也不容易。我們要是能夠先找一個簡單溫和的目標試驗，我會比較安心一點。我可以教你怎麼做，趁我……趁我還有時間的時候。」

「華特，」我說：「拜託，不要那樣說。」

「當你面對阿波非斯時，」他繼續說：「說對這道咒語的機會只有一次。能做些練習會比較好。」

他說「當你面對阿波非斯時」的語氣非常平穩，但言下之意很清楚：我們進行這道咒語的時候，他已經不在了。

卡特輕推一下他吃一半的披薩。「我只是……我不知道我們怎麼來得及完成這麼多事。莎蒂，我知道對你來說這是個私人任務，不過……」

「她必須去做。」姬亞溫柔地說：「卡特，你不是也曾經在危急情況中進行私人任務嗎？結果也成功了。」她將一隻手放在卡特手上。「有時你必須聽從你的心。」

卡特看起來一副像是努力要吞下一顆高爾夫球的模樣。就在他開口說話之前，船上的鈴聲響起。

在餐廳一角，擴音器傳來血跡刀的聲音：「各位少爺小姐們，我們已經抵達審判廳。」

黑色神廟看起來就和我記憶中的一樣。我們從碼頭踩著階梯走上去，經過一排排隱沒在黑暗中的黑曜石柱，看起來很邪門的冥界生活景象，在地板和圍繞柱子旁的火爐裡閃閃發光，這些黑色石頭上的設計圖樣通通是黑色的。雖然每隔幾公尺就點燃了蘆葦做成的火炬，但因爲混雜了火山灰，這裡的空氣還是非常朦朧，我幾乎看不到我們前方有什麼。

當我們走入神廟深處，周遭出現了低語呢喃聲。我從眼角餘光看見一群群亡靈飄過帳篷，虛無飄渺的身形隱藏在霧濛濛的空氣中。有些亡靈漫無目標地移動，他們輕輕哭泣，或是絕望地拉扯自己的衣服；有些亡靈的懷裡抱著好多紙草卷，他們看起來更具體、更有目標，彷彿在等待事情發生。

「他們是來請願的，」華特說：「他們帶來自己的案件資料，希望能見到俄塞里斯。他之前消失這麼久……現在一定累積了很多案子。」

華特的腳步似乎比較輕，眼神看來更加警覺，身體的疼痛似乎也減少一些。他如此接近死亡，我原本害怕這趟冥界之旅對他來說會太辛苦，不過如果遇到什麼情況，他似乎比我們其他人都還放鬆。

「你怎麼知道？」我問。

華特遲疑了一下。「我不確定。只是覺得那樣才是……正確。」

「那些手裡沒有紙草卷的鬼魂呢？」

「是難民，」他說：「他們希望這裡可以保護他們。」

我沒問是要保護什麼。我記得在布魯克林學院舞會上的鬼，他被黑色的濃霧包圍，並拖進地底下。我想到卡特說過，我們母親藏在杜埃一處峭壁下，抵抗遠方黑暗力量的吸引。

「我們動作要快了。」我開始往前衝，但姬亞抓住我的手臂。

「那裡，」她說：「你看。」

煙霧散開來。前方二十公尺的地方矗立著兩扇黑曜岩大門，有一隻和格雷伊獵犬一般大的動物蹲坐在大門前，這是一隻超大的胡狼，有著厚厚的黑色毛皮、毛茸茸的尖耳，以及一張介於狐狸和野狼之間的臉，牠那顏色如月亮般的眼睛在黑暗中發光。

牠對我們狂吠，可是我毫不退卻。或許是我有偏見吧，儘管胡狼在古埃及以挖掘墳墓聞名，我卻覺得牠們可愛又討喜。

「這就是阿努比斯啦，」我滿懷希望地說：「我們上次就是在這裡碰到他。」

「那不是阿努比斯。」華特警告。

「牠當然是阿努比斯，」我對他說：「看著。」

「莎蒂，別過去！」卡特說，但我還是走向這個守衛。

「哈囉，阿努比斯。」我叫他，「是我呀，莎蒂。」

這隻毛茸茸的可愛胡狼露出尖牙，嘴巴開始出現泡泡，可愛黃眼睛發出很明白的訊息：

「再走過來一步，我就咬斷你的頭。」

我全身僵住。「對……那不是阿努比斯，除非他今天過得很糟。」

「我們之前就是在這裡碰到他的，」卡特說：「爲什麼他不在這裡？」

「這是他的手下之一，」華特說明，「阿努比斯一定是在……別的地方。」

又一次，他的語氣非常肯定，而我心裡出現一種奇怪的嫉妒感。華特和阿努比斯似乎經常聊天，他們一起度過的時間比和我相處還久。華特突然變成所有死亡相關事物的專家。而且，甚至我想接近阿努比斯就一定會激怒他的監護人，也就是熱氣之神蘇。眞是不公平！

姬亞走到我旁邊，緊握住她的魔杖。「那現在呢？我們是不是要打敗牠才能通過？」

我想像著她扔出一些燒掉雛菊的火球。那正是我們需要的，一隻不停吠叫、身上著火的胡狼在我爸的庭院裡跑來跑去。

「不，」華特說，一邊往前站。「牠只是負責看門，牠要知道我們是爲了什麼事而來。」

「華特，」卡特說：「如果你弄錯的話……」

華特舉起雙手，慢慢走近胡狼。「我是華特．史東，」他說：「這兩位是卡特．凱恩和莎蒂．凱恩。而這位是姬亞……」

「拉席德。」姬亞補充。

「我們有事要到審判廳。」華特說。

胡狼發出叫聲，但聽起來比較像是好奇，而不是要把你的頭咬斷的敵意。

「我們要提供證詞，」華特繼續說：「是有關薩特納審判的資料。」

「華特，」卡特輕聲說：「你什麼時候變成少年律師了？」

我要他安靜。華特的計畫似乎管用了。胡狼歪著頭，彷彿在聆聽，然後站起來，腳步輕快地跑進了黑暗之中。兩扇黑曜岩大門靜靜地打開。

「華特，做得好，」我說：「你是怎麼……？」

他面對我，我的心像是翻了一圈跟斗。就在那一刻，我認為他看起來像……不。顯然我混亂的情緒影響了我的思考。「呃，你怎麼知道要說什麼？」

華特肩膀一聳。「我猜的。」

大門開得很快，現在開始要關上了。

「快點！」卡特警告。我們拔腿奔向死人法庭。

在秋季這學期剛開始、也就是我第一次在美國上學的時候，老師要我們寫下父母的聯絡資料以及所從事的工作，以便在職業介紹日可以請他們協助。我從來沒聽過什麼職業介紹日，等我明白之後，忍不住笑了起來。

「能不能請你爸爸來談談他的工作？」我想像校長問我這個問題。

我可能會說：「萊爾德女士，有這個可能。不過他已經死了。嗯，也不完全死了，不如說是個重新復活的神。他審判凡人的亡靈，將壞人的心臟拿去餵他的寵物怪獸吃。喔，他的膚色是藍色的。我很確定在職業介紹日那天，他一定會讓大家印象深刻，所有長大後想成爲古埃及神的學生會大爲佩服。」

審判廳的樣子在我們上次來訪之後就變了。這個法庭會反映俄塞里斯的想法，所以通常看起來很像我們家在洛杉磯舊公寓的冥界複製品。住在洛杉磯時，我們全家人一起生活，非常快樂。

現在，可能是因爲爸爸在値勤的緣故，這裡的裝潢完全走埃及路線。圓形房間裡排著刻有蓮花圖案的石柱，魔法火爐的火焰使得牆壁籠罩在綠色和藍色的光芒下。房間中央豎立著公理之秤，兩個金色碟子平衡在T形鐵架兩端。

一名穿著條紋衣的男人亡靈跪在公理之秤前，緊張地朗讀一份紙草卷。我知道爲什麼他這麼緊張；在他的兩側各站有一個大塊頭的爬蟲類惡魔，有著綠色肌膚、眼鏡蛇頭，頭上還架有一根看來很嚇人的長柄武器。

爸爸坐在法庭另一端的金色平台上，身旁有位藍皮膚的埃及侍從。在杜埃看到父親總是感覺很不眞實，因爲他看起來同時是兩個人。一方面他看起來就像在世時的樣子，英俊、健美，有著巧克力膚色、光頭以及修剪得非常整齊的山羊鬍；他總是穿著優雅的絲質西裝和深色的旅行用外套，看起來像準備搭乘私人飛機的生意人。

然而，在更深一層的眞實情況下，他的模樣是亡者之神俄塞里斯。他一身法老打扮，腳蹬涼鞋，身上穿了一條刺繡的亞麻布短裙，赤裸的胸膛還掛著一條條純金和珊瑚項鍊。他的膚色有如夏日天空般的湛藍，大腿上擺著彎柄手杖和連枷，這是埃及國王的象徵物。

看到父親有著藍皮膚並穿著短裙實在很怪，不過我還是很高興可以再次靠近他，我完全忘了法庭審理程序。

「爸！」我朝他跑過去。

（卡特說我很笨，但爸不是法庭裡的國王嗎？爲什麼我不可以跑過去打招呼呢？）

我跑到一半，蛇惡魔交叉他們的長柄武器擋住我。

「沒關係。」爸爸說，他看起來有點嚇到。「讓她通過。」

我衝入他的懷裡，撞掉他腿上的彎柄手杖和連枷。

他熱情擁抱我，慈祥地笑了笑。有那麼一下子，我覺得自己又變回小女孩，安全地躲在他懷裡。然後他將我稍微推離，我才看到他有多麼疲累。他有眼袋，臉也變得很憔悴。即使俄塞里斯的強力藍色光環如星星光暈般正常圍繞在他身邊，現在也已經開始微弱地晃動著。

「莎蒂，我的寶貝，」他以一種壓抑的聲音說：「你爲什麼來這裡？我正在工作。」

我試著不要有受傷的感覺。「可是，爸，這件事很重要！」

卡特、華特和姬亞都走向平台，父親的表情轉爲凝重。

「我知道，」他說：「先讓我結束這場審判吧。孩子們，站在我右邊。還有，請你們不要打斷我。」

我爸的侍從用力跺腳。「陛下，這有違常理！」

他是個長相奇怪的傢伙，一個捧了好大一份紙草卷的藍皮膚老埃及人。他太具體而不像個鬼，皮膚太藍不像人。他幾乎和拉一樣老，身上只繫了纏腰布，穿著涼鞋，還戴了一頂不適合的假髮。我想，以古埃及風格來說，那一頂發亮的黑色楔形假髮很有男子氣概，但加上用化妝墨畫的濃濃眼線，還有臉上的腮紅，這位老先生看起來像是模仿埃及豔后的怪演員。

他手上的紙草卷眞的很大一捲。幾年前我曾和我朋友麗茲去過猶太教堂，那裡收藏的猶太律法書[57]相形之下顯得好迷你。

「騷動使，沒關係，」父親告訴他，「我們現在可以繼續進行。」

「但是，陛下……」這個老人（他的名字眞的是「騷動使」嗎？）激動到拿不住他手中的紙草卷。底下那捲掉了出去，滾下階梯，攤開得像一張紙草卷地毯。

「噢，討厭、討厭、討厭！」騷動使努力想把文件捲起來收回。

父親忍住不笑了出來。他轉頭看著那個身穿條紋衣、還跪在天秤旁的鬼魂。「抱歉，羅勃．溫德漢，你可以繼續說完你的供詞。」

這個鬼魂右腳後退，鞠躬敬禮。「是……是的，俄塞里斯陛下。」

他參考筆記，開始唸了一長串他其實是清白的罪行，有謀殺、竊盜、詐欺販牛。

[57] 猶太律法書（Torah）是猶太教所遵奉的聖典，其內容即《舊約聖經》的前五卷，包含〈創世紀〉、〈出埃及記〉、〈利未記〉、〈民數記〉和〈申命記〉，又稱為《摩西五經》。

我轉過去小聲問華特：「他不是現代人嗎？在俄塞里斯的法庭裡幹嘛？」

我對於華特能再次回答這種問題感到有點憂心。

他說：「依照各自的信仰，每個靈魂看到的來世都不同。對這個人來說，埃及一定令他印象深刻，也許他小時候讀過和埃及有關的故事。」

「如果有人不相信來世呢？」我問。

華特哀傷地看了我一眼。「那他們的經驗也就是那樣了。」

在平台的另一端，藍色的神騷動使發出噓聲要我們安靜。爲什麼大人要小孩安靜時所製造出來的噪音，比他們要人家停止的噪音還大聲？

這個叫做羅勃．溫德漢的鬼似乎快說完他的供詞了。「我沒有要鄰居做僞證。呃，抱歉，我看不懂最後一行……」

「魚！」騷動使不高興地大吼，「你有沒有在聖湖裡偷過魚？」

「我以前住在堪薩斯州，」這個鬼回答，「所以……我沒偷過。」

父親從王座上站起來。「很好，現在來秤他的心臟。」

其中一個蛇惡魔拿出一個和小孩拳頭差不多大的亞麻布包裹。

卡特在我旁邊猛吸一口氣。「他的心臟在裡面？」

「噓！」騷動使的聲音大到幾乎使他的假髮掉下來。「把靈魂終結者帶過來！」

在房間遠處的牆壁上，一扇狗門立刻打開。阿穆特非常興奮地跑進來。這個可憐的小男生身體很不協調，有著迷你的獅子胸膛，光溜溜的前腳很敏捷，但下半身就是一個肥肥短短又不靈活的河馬屁股。牠不斷滑到旁邊、撞到柱子、打翻火爐，每次一跌倒，就會甩一甩獅子鬃毛和鱷魚嘴，而且開心地吠叫。

（卡特老是責備我，他說阿穆特是母的。我承認無法證明牠的性別，但總覺得阿穆特就是一個怪物男孩，牠太好動，不像女生，而且在自己地盤做記號的方式……算了，別說好了。）

「這是我的小寶寶！」我大叫，完全欣然忘我。「這是我的小親親！」

阿穆特朝我跑過來，跳到我懷裡，用牠粗粗的口鼻碰我。

「俄塞里斯陛下！」騷動使再次弄掉最底下的紙草卷，紙草卷攤開滾到他的腳邊。「這太過分了！」

「莎蒂，」爸爸堅定地說：「請不要把靈魂吞噬者叫成『小親親』。」

「對不起。」我咕噥著說，然後放下阿穆特。

一個蛇惡魔把羅勃．溫德漢的心臟放在公理天秤上。我看過阿努比斯執行這項工作的許多圖畫，眞希望他現在就在這裡。看著阿努比斯，會比看這些蛇惡魔有趣得多。

在天秤的另一端，眞理羽毛[58]出現了。（不要又叫我開始講起眞理羽毛的事。）

---

[58] 真理羽毛（Feather of Truth）是代表真理與秩序的瑪特女神頭上的一根羽毛。這根羽毛決定了接受審判的死者是否能獲得永生。

天秤搖晃。兩個碟子停了下來，剛剛好一樣平。穿著條紋衣的鬼魂喜極而泣，阿穆特失望地嗚咽。

「很令人佩服，」我爸說：「羅勃．溫德漢，雖然你是銀行投資者，但你被判定擁有足夠的美德。」

「捐助紅十字會太棒了！」鬼魂大喊。

「很好，」爸爸冷冷地說：「你可以進入來世。」

平台左邊的大門打開。蛇惡魔把羅勃．溫德漢拉起來站好。

當惡魔護送他走出去，他大喊：「謝謝你！俄塞里斯陛下，如果您需要財務建議，我仍相信市場長期發展……」

大門在他身後關上。

騷動使不屑地哼了一聲。「可怕的傢伙。」

父親聳聳肩。「這個現代人喜歡古埃及作風，不可能壞到哪裡去。」爸爸轉向我們。「孩子們，這位是騷動使，是我的顧問之一，也是審判神之一。」

「抱歉？」我假裝之前沒聽過。「你說他叫『騷動死』？」

「我的名字是『騷動使』！」天神生氣地大叫，「我都審判那些亂發脾氣的人！」

「對。」雖然父親很憔悴，他的眼中還是閃現著饒富趣味的光芒。「那是騷動使傳統的職責。他現在是我最後一位官員，協助我處理所有的案子。以前一共有四十二位審判神負責不同的罪行，但是……」

「就像燙腳和擁火者。」姬亞說。

騷動使倒抽口氣。「你怎麼會認識他們？」

「我們在夜之第四屋看到他們。」姬亞說。

「你……看到……」騷動使手上的紙草卷幾乎要掉下來。「俄塞里斯陛下！我們一定要立刻去救他們！我的同伴……」

「我們之後再討論這件事。」爸爸保證。「我想先聽聽是什麼風把我的孩子吹來杜埃。」

我們輪流解釋，說了叛徒魔法師的事以及他們與阿波非斯祕密結盟，準備攻擊第一行省，還有，我們希望找到或許能永遠阻擋阿波非斯的新詛咒。

我們帶來的有些消息使父親大感訝異與苦惱，比方許多魔法師背離第一行省，使那裡的防守變得微弱，以至於我們必須從布魯克林之家派出生徒前去幫忙，還有阿摩司似乎輕率地使用賽特的力量。

「不，」爸爸說：「不，他不可以這麼做！這些遺棄他的魔法師，不可原諒！生命之屋必須力挺大儀式祭司。」他準備起身。「我應該去找我弟弟……」

「陛下，」騷動使說：「您已經不再是魔法師了。您是俄塞里斯。」

爸爸一臉難過，但他坐回王座上。「沒錯，當然是這樣。孩子們，請繼續說下去。」

有些消息爸爸已經知道了。我們提到死者亡靈正在消失中，在預視裡看見我們的媽媽迷失在杜埃深處，努力對抗黑暗力量的強大吸力，而我和卡特確定那就是阿波非斯的影子。他聽到這裡的時候，肩膀垂落。

「我一直到處找尋你們的母親，」爸爸垂頭喪氣地說：「這股吸取亡靈的力量，無論它是巨蛇的影子或其他東西，我都阻止不了。我甚至找不到它。你們的母親……」

他的表情變得如同冰塊一樣冷。我了解他現在的感受，多年來他一直懷著罪惡感活著，因為他無法阻止我們的媽媽喪生。現在她又遇到危險，儘管他統治亡者，卻因爲救不了她而感到無助。

「我們能找到她。」我保證。「爸，這一切都有所關聯。我們有一個計畫。」

卡特和我一起解釋了「舒特」的事，以及如何用在一個超級無敵大的詛咒上。

父親往前坐，瞇起眼睛。「阿努比斯告訴你的嗎？他把『舒特』的本質告訴一個凡人？」

他的藍色光環搖動，看起來很危險。我從來沒這麼怕過我爸，但我承認我後退了一步。

「嗯……不是只有阿努比斯。」

「透特有幫忙，」卡特說：「還有一些是我們自己猜的……」

「透特！」我爸厲聲說：「孩子們，知道這些很危險。太危險了。我不會讓你們……」

「爸！」我大喊一聲。我想我嚇了他一跳，但是我的耐心終於到達極限。我已經受夠這些神告訴我什麼不該做、什麼不能做。「就是阿波非斯的影子在吸取亡靈。它必須要這麼做！它靠這些亡靈維生，隨著阿波非斯準備復活，它也跟著變得愈來愈強大。」

我之前沒有真的理解這個想法，但當我說出來時，感覺就像是事實，雖然很可怕，可是千眞萬確。

「我們一定要找到影子並抓住它，」我很堅持，「然後就能用影子來驅趕巨蛇。這是我們唯一的機會，除非你想要我們使用『標準』的詛咒方式。我們也已經準備好需要用到的雕像了，對吧，卡特？」

卡特拍了拍他的背包。「這道咒語會害死我們，」他說：「而且大概不會成功。但如果這是我們唯一的選擇……」

姬亞一臉驚恐。「卡特，你沒跟我說！你做了他……他的雕像？你要犧牲自己去……」

「不。」父親說，他已經不再憤怒。他向前癱坐，把臉埋在手心。「不，莎蒂，你說得對。機會渺茫總比什麼都沒有來得好。我只是一想到就無法忍受，萬一你們……」他坐直身體，深呼吸一口氣，試圖恢復鎮靜。「我要怎麼幫忙？我想，你們來這裡是有原因的，但我沒有你們所要求的魔法。」

「嗯，是啊，」我說：「這就是棘手的地方。」

我還來不及繼續說下去，鑼聲響起，迴盪在整個房間。主要的大門開始敞開。

「陛下，」騷動使說：「下一場審判要開始了。」

「現在不行！」我爸厲聲說：「難道不能延後嗎？」

「陛下，不行。」藍神放低音量。「這是『他』的審判，您曉得的……」

「噢，夜之十二大門啊。」爸爸咒罵，「孩子們，這場審判很重要。」

「對，」我說：「其實這就是……」

「我們之後再談，」爸爸打斷我的話，「還有，不管你們做什麼，千萬不要和被告說話，或是與他有眼神的接觸。這個亡靈特別會……」

房裡再次響起鑼聲。一隊惡魔護衛踩著大步前進，將被告團團包圍。我不必問被告是誰。

薩特納已經到了。

六個守衛的模樣很嚇人，他們是頭頂斷頭台刀的紅皮膚戰士。

就算沒有他們，從那些林林總總的魔法措施看來，我也知道薩特納是個危險人物。發光的象形文字如土星光環般繞著他轉，都是反制魔法符號的大集合，像「壓制」、「抑制」、「不准動」、「閉嘴」、「無力」，還有「想都別想」。

薩特納的手腕被粉紅色的布條綁起來，還有兩條粉紅色帶子綁在腰際。有一條帶子繞住他的脖子，另有兩條帶子連接他的兩邊腳踝，所以他才會拖著腳走路。對一般人來說，粉紅色絲帶可能看起來像凱蒂貓監禁遊戲組，但我從個人經驗得知，這些是世界上力量最強大的魔法束縛。

「哈托爾七絲帶[59]，」華特輕聲說：「真希望我能做出這種東西。」

「我有一些，」姬亞喃喃地說：「不過重新充電的時間真的很長。我的要到十二月才能再使用。」

華特敬畏地看著她。

斷頭台惡魔成扇形分開，站在被告兩旁。

薩特納本人看起來不像個麻煩人物，當然也不像值得投入這麼多安全措施的罪犯。他個子很小；提醒你一下，不是貝斯那種矮小，不過，還是一個小矮子啦。他的四肢骨瘦如柴，胸口看得到成排的肋骨。但是他抬起下巴，露出充滿自信的微笑，彷彿擁有了全世界；一個身上只繫著纏腰布、綁了一些粉紅色絲帶的人，要做到像他這樣實在不容易。

毫無疑問，這張臉和我在達拉斯博物館牆上以及後來在時代廳看到的一模一樣。在新王國那段發光影像裡，他一直是祭司，殺了公牛獻祭。

他有同樣的鷹勾鼻、厚厚的眼皮、凶殘的薄唇。古時候大多數的祭司都是光頭，但薩特納的頭髮又黑又粗，用髮油往後梳，看起來像五〇年代的硬漢。如果我是在皮卡迪利廣場[60]看到他（希望他有多穿一點衣服），我一定會遠遠閃開，認定他是在發送廣告傳單，或是想賣倫

[59] 哈托爾七絲帶（Seven Ribbons of Hathor）是古埃及傳說中七位哈托爾女神的紅色或粉紅色髮帶，具有正面的魔法力量，可以用來束縛危險的惡靈。

[60] 皮卡迪利廣場（Piccadilly Circus）是位於倫敦西區的圓形廣場，多條重要繁榮的道路匯聚於此，所以又有「倫敦的肚臍」之稱，是知名觀光景點。

敦西區[61]表演的黃牛票。他看起來粗俗又討厭嗎？沒錯。危險嗎？不盡然。

斷頭台惡魔推他一把要他跪下。薩特納似乎覺得這樣很有趣。他的眼睛掃視法庭上的人，記住我們每一個人。我試著不去接觸他的目光，可是很難。薩特納認出我來，對我眨眨眼。不知道爲什麼，我知道他很清楚我心裡亂七八糟的情緒，而且他還覺得很有趣。

他的頭歪向王座。「俄塞里斯陛下，這樣大費周章就爲了我嗎？你不該這麼做的。」

父親沒有回答。他臉色凝重，向騷動使示意。騷動使正不停翻動紙草卷，直到找到正確的地方。

「薩特納，又名爲『凱姆瓦薩特王子』……」

「喔，哇……」薩特納對我露齒而笑，我努力克制想要對他回以微笑的衝動。「有好一陣子沒聽到那個名字了，那都已經是陳年往事啦，就是你手上寫的那些。」

騷動使氣鼓鼓地說：「你被指控犯下滔天大罪。你褻瀆神達四千零九十二次。」

「是九十一次，」薩特納糾正他，「有關荷魯斯陛下的笑話純粹是一場誤會。」他對卡特眨眼。「小老弟，我說得對吧？」

他到底是怎麼知道卡特和荷魯斯的事？

騷動使翻了翻他的紙草卷。「你爲了邪惡的目的使用魔法，包含二十三件謀殺案……」

「那是自我防衛！」薩特納想要把手一攤，但絲帶緊緊綁住他。

「……還包括一件你受雇以魔法殺人的事。」騷動使說。

薩特納肩膀一聳。「那是在幫我雇主自我防衛。」

「你策畫反叛三位不同的法老，」騷動使繼續說：「並試圖推翻生命之屋六次。最令人髮指的是，你洗劫死者墓穴偷走魔法書。」

薩特納輕鬆大笑。他瞄了我一眼，彷彿在說：「你相信這傢伙說的嗎？」

「聽著，騷動使，」他說：「這是你的名字，對吧？像你這樣一個英俊聰明的審判神，不但得超時工作，又很少有人感謝你。我同情你，眞的。比起挖掘我過去的陳年歷史，你可以做更好的事。此外，所有這些指控，我在之前的審判都已經回答過了。」

「喔。」騷動使一臉迷惘。他有意識地調整假髮，轉向我爸說：「那麼陛下，我們應該放了他嗎？」

「不行，騷動使！」我爸傾身向前坐。「這個犯人使用神聖文字來影響你的心智，嚴重扭曲瑪特的神聖魔法。就算他被綁住，仍然是個危險人物。」

薩特納故作無聊地檢查起自己的指甲。「俄塞里斯陛下，您這番話眞讓我受寵若驚，但說眞的，這些指控……」

「安靜！」爸爸朝著犯人伸手一揮。不停旋轉飄動的象形文字在他身邊變得更亮。哈托爾絲帶變緊了。

61 倫敦西區（West End）一如紐約的百老匯，是英國的表演重鎮，許多劇院坐落於此。

薩特納開始被掐住，說不出話來。他臉上沾沾自喜的表情消失，取爲代之的是絕對的憎恨。我可以感覺到他的憤怒，他想殺了我父親，殺了我們所有人。

「爸！」我說：「拜託你不要這麼做！」

我爸對我皺起眉頭，顯然因爲被打斷而不高興。他手指一彈，綁住薩特納的絲帶放鬆了些。這位鬼魂魔法師咳了幾聲，露出痛苦的樣子。

「凱姆瓦薩特，拉美西斯[62]之子，」父親冷靜地說：「你被大赦不止一次。你第一次請求減刑成功，自願用你的魔法爲法老效力……」

「沒錯。」薩特納聲音沙啞地說。他想要恢復鎮靜，笑容卻因痛苦而扭曲。「陛下，我是有專長技能的工人。殺了我是有罪的。」

「但你中途逃脫，」父親說：「你殺了你的守衛，在接下來的三百年內，使得全埃及動盪不安。」

薩特納肩膀一聳。「沒那麼糟啦。只是好玩而已。」

「你再次被捕並判刑，」父親繼續說：「還有三次之多。你每一次都祕密策畫脫逃。因爲神一直不在人世，你更是橫行霸道，高興做什麼就做什麼，繼續犯罪，恐嚇凡人。」

「陛下，這不公平。」薩特納抗議，「首先，我很想念你們這些神。眞的，這幾千年來沒有你們好無趣喔。至於那些所謂的罪行，這個嘛，有些人可能會說法國大革命是第一流的派對！我知道我個人就很樂在其中。至於斐迪南大公[63]呢？這個人根本無趣得很，如果你認識他，也會想暗殺他。」

「夠了！」爸爸說：「你已經完了。我現在是俄塞里斯的宿主。就算你是亡靈，我也不會容忍像你這種惡徒存在世上。這一次，你的伎倆玩完了。」

阿穆特開心地吠叫。斷頭台惡魔動了起來，刀子不停升起、放下，像是在鼓掌。騷動使說：「說得好！」

至於薩特納……他仰頭大笑。

我父親看起來先是震驚，然後大怒。他舉起手拉緊哈托爾絲帶，但薩特納說：「等等，陛下。事情是這樣的，我的伎倆還沒玩完。問問站在那邊你的孩子們，問問他們的朋友，那些孩子需要我的幫忙。」

「不准再說謊，」父親怒吼，「你的心要再次秤重，而阿穆特會吞下……」

「爸！」我尖叫說：「他說得對！我們的確需要他。」

父親轉過來看我。我真的可以看到他心裡翻騰不已的哀傷和憤怒。他再次失去妻子。他無力幫助弟弟。一場世界末日之戰就要開打，而他的孩子站在前線。爸爸需要在這個鬼魂魔

---

62 拉美西斯（Ramesses），即拉美西斯二世，是史上第一位簽署和平協定的國王。參《紅色金字塔》一八一頁，註51。

63 斐迪南大公（Archduke Ferdinand, 1863-1914）是奧匈帝國王儲，於一九一四年六月二十八日偕其夫人遭到塞爾維亞民族主義者暗殺身亡。此一事件成為引發第一次世界大戰的導火線。

法師身上執行正義公理，他需要去感覺自己可以把事情做好。

「爸，拜託你聽我說。」我說：「我知道這很危險。我知道你討厭這樣，但我們是因爲薩特納才來到這裡。關於我們先前告訴你的計畫……薩特納有我們需要的知識。」

「莎蒂說得對。」卡特說：「拜託，爸。你剛才問我們你要怎麼幫忙，就是把薩特納的監管權力交給我們。他是打敗阿波非斯的關鍵。」

一說到這個名字，一陣冷風吹過法庭，火爐裡的火焰劈啪作響。阿穆特發出嗚咽聲，把腳掌放在嘴巴上，就連斷頭台惡魔們也都緊張地動了動身體。

「不行，」爸爸說：「絕對不行。薩特納在用他的魔法影響你們。他是混沌的僕人。」

「陛下，」薩特納說，他的語調突然變得柔和、充滿敬意，「我有很多身分，但您說我是那條巨蛇的僕人？不，我不希望世界毀滅，這對我沒好處。聽聽這丫頭說吧，讓她把她的計畫說給您聽。」

這番話漸漸影響我的心智。我發現薩特納在使用魔法，命令我說話。我堅定意志，對抗這股想開口的衝動。可惜，薩特納命令我做的，就是我最喜歡的事——說話。我就這樣滔滔不絕說了起來，從我們如何試圖挽救在達拉斯的《打倒阿波非斯之書》、薩特納是怎麼在那裡和我交談、我們如何找到影子盒，直到我們是怎麼想到要用「舒特」這個方法。我解釋我希望讓貝斯復活並消滅阿波非斯。

「這是不可能的。」爸爸說：「就算可能，也不能信任薩特納。我絕不會釋放他，尤其不會把他交給我的孩子。他一有機會就會殺了你們！」

「爸，」卡特說：「我們已經不是小孩子了。這件事我們辦得到。」

爸爸臉上的痛苦神情看了令人難受。我硬是把淚水逼回去，走向王座。

「爸，我知道你愛我們。」我握住他的手。「我知道你想要保護我們，但你犧牲一切，給予我們拯救世界的機會。現在該輪到我們出手了，這是唯一的方法。」

「她說得對。」薩特納讓自己的口氣聽起來充滿懊悔，彷彿他對自己會被斥責而感到難過。「況且，陛下，這是阿波非斯的影子消滅所有亡靈之前唯一可以拯救他們的方法，包含尊夫人在內。」

父親的臉色由天藍轉為深青。他緊緊抓住王座，像是要把扶手拆掉一樣。

我想薩特納說得過頭了。

然後父親的雙手放鬆，眼裡的憤怒轉為焦急和渴望。

「守衛，」他說：「把真理羽毛拿給犯人。他替自己解釋的時候要握著羽毛。如果他說謊，將會燒成灰燼。」

一個斷頭台惡魔從公理之秤抽出羽毛。當發亮的羽毛放在薩特納手裡，他看起來一臉無所謂的樣子。

「對！」他開始說：「你的孩子們說得沒錯，我的確發明了影子詛咒的咒語。理論上是可以用來消滅神，甚至是阿波非斯。我從來沒試過。可惜，這道咒語只能由活著的魔法師來施行，我在可以試驗之前就已經死了。陛下，我並不是想要殺了神，只是認爲可以藉此來勒索神，要他們聽命於我。」

「勒索……神。」爸爸厲聲說。

薩特納露出帶有罪惡感的笑容。「這是我年少荒唐的事了。總之，我將咒語內容記錄在好幾份《打倒阿波非斯之書》裡面。」

華特抱怨。「這些全都被銷毀了。」

「好吧，」薩特納說：「但是我原始的筆記還寫在我……我偷來的《透特書》的頁緣。明白嗎？老實說，我可以向你們保證，就連阿波非斯都還沒找到那本書。我把它藏得太好了，我可以帶你們去找。這本書會解釋要如何找到阿波非斯的影子、如何捕捉它，以及如何施行詛咒。」

「你現在不能告訴我們嗎？」卡特問。

薩特納的嘴翹得老高。「小主人，我樂意之至，可是我沒有把整本書都背起來，而且從我寫下這道咒語到現在也幾千年了。如果我跟你說錯一個字，那麼……我們可不想犯下任何錯誤。但我可以帶你們去找這本書。我們一拿到的時候……」

「我們？」姬亞問，「爲什麼你不直接告訴我們要怎麼取得這本書？爲什麼你也需要跟著一起來？」

鬼魂笑了笑。「小姑娘，因爲只有我才拿得到這本書啊。有陷阱、詛咒……你曉得的。況且，你們也需要我幫忙解讀筆記。這道咒語很複雜！可是不用擔心，你們只要將這些哈托爾絲帶用在我身上就夠了。你叫姬亞對吧？你用哈托爾絲帶很有經驗吧？」

「你怎麼知道……？」

「如果我害你們遇到任何麻煩，」薩特納繼續說：「你們可以把我五花大綁成收穫祭的禮物。但我不會想辦法逃走，至少在我帶你們找到《透特書》、並將你們安全送到阿波非斯的影子那裡之前都不會。沒有人像我那麼了解杜埃最深層的地方。我是你們的最佳導遊。」

真理羽毛一點動靜都沒有。薩特納沒有起火燃燒，所以我猜他沒有說謊。

「我們有四個人，」卡特說：「他只有一個人。」

「可是他上次殺了他的守衛。」華特指出這一點。

「所以我們要更小心，」卡特說：「我們所有人一起，應該可以制得住他。」

薩特納臉部抽搐。「噢，只不過啊……莎蒂還有她那個小任務要去做，對吧？她必須找到貝斯的影子，而且其實這個主意滿好的。」

我眨眨眼。「是嗎？」

「當然啦，小姑娘，」薩特納說：「我們時間不多了。說得更精準些，你這位朋友華特的時間也不多了。」

我想殺了這個鬼，不過他早就已經死了。我突然很討厭他那沾沾自喜的笑臉。

我咬牙切齒。「繼續說下去。」

「華特．史東，抱歉啦，小老弟。不過要拿到《透特書》、長途跋涉去找阿波非斯的影子，然後唸咒，你活不到那時候的。你的時間所剩無幾。可是呢，去找貝斯的影子不用那麼久，這會是個很好的魔法試驗。如果有用的話，棒透了！如果沒用……嗯，我們也不過是少了一位侏儒神而已。」

我想要踩扁他的臉，但是他示意我們要有耐心。

「我在想呢，」他說：「我們要兵分二路。卡特和姬亞，你們兩個跟我去拿《透特書》，同時莎蒂帶華特去塞斯廢墟找侏儒的影子。我會告訴你們捕捉影子的重點，但這個咒語只是理論而已。在實際操作上，你會需要華特製作護身符的技巧來使咒語成功。如果有任何閃失，他得要隨機應變。如果華特成功了，那麼莎蒂就會知道如何捕捉影子。如果之後華特死了，抱歉，可是施行那樣的咒語大概會要了他的命，這樣莎蒂就能在杜埃與我們會合，我們就可以追捕到巨蛇的影子了。皆大歡喜！」

我不確定到底要流淚還是尖叫。我只能保持冷靜不動，因爲我感覺到薩特納會覺得任何反應都好笑得不得了。

他面對我父親。「俄塞里斯陛下，您意下如何呢？這是一個好機會，可以救回您的妻子、打敗阿波非斯、修復貝斯的靈魂、拯救全世界！我唯一的請求就是，等我回來之後，在您要判刑的時候，法庭可以把我的善行納入考量，這樣很公平吧？」

法庭一片靜默，只聽見火爐裡火焰劈啪作響的聲音。

最後，騷動使似乎不再恍惚，清醒過來。

「陛下……您的判決是？」

爸爸看著我。我看得出來他討厭這個計畫，但薩特納用了他無法拒絕的那一點來誘惑他，就是有機會拯救我們的媽媽。這個惡鬼還向我保證，我有最後一天可以單獨和華特相處，這是我最想要的；也有機會拯救貝斯，這是我第二想要做的。他把卡特和姬亞放在一起，向他們保證有機會拯救世界。

他在我們所有人身上都放了魚鉤，然後把我們當做聖湖裡的魚一樣，收起魚線一條條釣起來。雖然我知道我們被他玩弄於股掌之間，我仍然找不到拒絕的理由。

「爸，我們必須這麼做。」我說。

他低下頭。「對，我們要這麼做。願瑪特保護我們所有人。」

「喔，我們會玩得很開心！」薩特納高興地說：「要出發了嗎？世界末日不會等人的！」

11 遇見河神

老樣子。

莎蒂和華特出發去找一個友善的影子，而姬亞和我要護送一個神的鬼魂前往他那機關重重、收藏存放了被禁用魔法的地方。咦，這場交易到底對誰比較划算？

埃及女王號如躍出水面的鯨魚般從冥界破浪而出，駛進尼羅河。蹼輪在藍色河水裡轉動前進，金色的煙從煙囪冒出，飄進沙漠的空中。在習慣陰鬱黑暗的杜埃之後，陽光顯得刺眼，我的眼睛重新適應光線，並發現我們的船正發出嘎嚓聲往下游前進，向北航行，所以我們一定是在靠近曼菲斯南邊的地方浮出水面。

在河流兩側的綠色溼地河岸，岸邊成排的棕櫚樹伸展在潮溼的薄霧中。幾間房子點綴在這景色之間，一輛破舊的小卡車轟隆隆行駛在河邊的路上，一艘帆船從我們左側滑行而過。沒有人注意到我們。

我不是很確定我們到底在哪裡，有可能是尼羅河的任何一個地方。但從太陽的位置來看，現在已經快到中午了。我們先在我父親的領地用餐、睡了一覺，料想著一旦取得薩特納的監管權，就不可能闔眼。感覺上沒有休息多久，但顯然我們待在下面的時間比我以為的還久。白天的時間正在流逝。明天日出時，叛徒會攻擊第一行省，而阿波非斯會復活。

我站在船頭，姬亞在我旁邊。她已經沖過澡，換上另一套戰鬥服，上半身是迷彩無袖上衣，下半身穿著橄欖綠的休閒褲，褲腳塞進戰鬥靴裡。這種打扮聽起來或許一點也不華麗耀眼，但沐浴在早晨的陽光中，她看起來好美，而最棒的是，此時此刻她本人就在這裡，既非占卜碗裡的影像，也不是薩布堤。風向改變時，我聞到她那檸檬洗髮精的香味。我們倚靠在欄杆上，上臂輕觸，但她似乎不在意。她的肌膚暖呼呼的。

「你在想什麼？」我問。

她無法直視著我。靠近一點看，她那雙琥珀色眼珠裡的綠黑斑點有些令人恍惚著迷。「我在想拉，」她說：「不曉得今天是誰照顧他。」

「我相信他沒事。」

不過我覺得有點失望。就我個人而言，剛才想到姬亞昨晚在餐廳拉著我的手、對我說：「有時你必須聽從你的心。」而這可能是我們在世上的最後一天，倘若如此，我真該把我對姬亞的真正感覺告訴她；我是說，我想她知道，但我不知道她知不知道，所以……噢，老天，頭好痛。

我開口說：「姬亞……」

薩特納出現在我們旁邊。「這樣好多了！」

在白天，他看起來幾乎就像個活生生的人，然而當他轉了一圈、炫耀他的新衣服，他的臉和手像立體投影畫面般閃動。我允許他除了纏腰布之外可以穿上其他衣物，事實上，是我堅持要他這樣，卻沒料到他的打扮這麼令人驚恐。

也許他是不想辜負莎蒂替他取的「凡尼叔叔」綽號吧。他穿了一件有墊肩的黑色西裝外套、一件紅色T恤、一條筆挺的牛仔褲，腳上穿著白到發亮的慢跑鞋。他的脖子上掛著一條沉甸甸的金項鍊，上面繫滿安卡墜飾；兩手的小指都戴著彈珠糖大小的鑲鑽戒指，戒指的外型都是代表力量的符號「瓦思」。他把頭髮全往後梳攏，但抹了太多油；眼睛四周則塗上化妝墨。他看起來就像古埃及版的黑手黨。

然後我注意到他這身打扮少了一樣東西。他似乎沒有綁著哈托爾絲帶。

坦白說，我嚇死了。我大喊出姬亞教過我的咒語：「塔司！」

代表「綁縛」之意的符號閃耀在薩特納臉上：

哈托爾絲帶重新出現盤繞在他的脖子、手腕、腳踝、胸口和腰際。絲帶拚命延長，將薩特納纏繞在一團粉紅色龍捲風底下，最後把他緊緊包成一個木乃伊，只露出兩個眼睛。

「呃！」他抗議著。

我深呼吸一口氣，然後手指一彈，綁帶恢復成普通大小。

「剛才那是做什麼？」薩特納質問。

「我沒看到絲帶。」

「你沒看到……」薩特納大笑，「卡特呀卡特。唉呀，好兄弟，剛才那只是幻術，只是改變妝容而已。我沒辦法眞正甩開這種玩意兒的。」

他伸出手腕。絲帶消失，然後又出現。「你看吧？我只是把它們藏了起來。因爲粉紅色和我的衣服不搭。」

姬亞哼了一聲。「那身打扮和什麼都不搭。」

薩特納惱怒地瞧了她一眼。「小姑娘，沒必要人身攻擊吧。放輕鬆點，好嗎？你自己也看到了，只要你說一個字，我馬上就被牢牢綁住。沒問題的。」

他的語氣聽起來非常合理。薩特納不是問題。他會合作。我儘管放心就好。

然而在我心裡深處，傳來荷魯斯的聲音說：「小心。」

我立刻有所防備。突然間，我察覺到有象形文字飄浮在我身邊，是一縷縷有點朦朧的煙。我用意志力要這些字消失，它們卻有如蟲子碰到捕蚊拍一樣滋滋作響。「薩特納，停止用這些魔法文字。等我們的事情處理完，把你帶回去給我爸監管，我才會放心。現在，我們要去哪裡？」

薩特納的臉上閃過一瞬訝異的神情，但他以微笑掩飾。「那當然沒問題。很高興看到神之道的魔法對你有用。荷魯斯，你在那裡好不好呀？」

姬亞不耐煩地大罵：「你這個小人，乖乖回答問題，否則我讓你燒到笑不出來。」

她伸出手，火焰在她指間盤繞。

「哇，姬亞。」我說。

我以前看過她發脾氣的樣子，不過用「讓你燒到笑不出來」這招，就算是她，似乎也有點太狠了。

薩特納一副不在乎的樣子。他從外套口袋掏出一支白色梳子，（那是用人的手指骨頭做的嗎？）開始梳起他油亮亮的頭髮。

「可憐的姬亞，」他說：「那個老頭影響你了，對吧？你最近是不是，呃，沒辦法控制溫度？我看過幾個你這種狀況的人自燃而亡，那樣子不是很好看。」

他的話顯然讓姬亞心神不寧。她眼裡滿是厭惡，但她握起拳頭，熄滅了火焰。「你這個下流卑鄙的……」

「小姑娘，放輕鬆，」薩特納說：「我只是表達關心而已。至於我們要去的地方，是開羅南邊，曼菲斯遺跡。」

不知道他剛才說姬亞的事是什麼意思。我想現在不是問這問題的時候，我可不希望姬亞點火的手指在我臉上揮舞。

我試著回想我所知道的曼菲斯。記得這裡是埃及的舊都城之一，但幾世紀前就已經衰亡了。如今大多數的遺跡都埋藏在現代的開羅地底下，有些散布在南方的沙漠。我爸可能曾帶我去過那裡的考古挖掘地點一、兩次，但我沒什麼清楚的印象。過了幾年之後，所有的挖掘地點都有點混在一起了。

「到底是哪裡？」我質問，「曼菲斯這地方很大。」

薩特納的眉毛動了動。「你說得對。哎，我以前在賭場的時候啊……別管了。老弟，你知道的愈少愈好，我們可不想讓我們的蛇朋友混沌從你的腦袋擷取情報，是吧？說到這個，他還沒看出你的計畫並派出可怕的怪物來阻止你，還眞是個奇蹟。你眞的需要好好加強你的心理防禦能力，要看出你心裡的想法眞是太簡單了。至於你這位女朋友嘛……」

他露出笑容靠近我。「你想不想知道她在想什麼？」

姬亞比我更懂得哈托爾絲帶的用法。薩特納脖子上的絲帶立刻縮緊，變成一個有牽繩的可愛粉紅色項圈。薩特納無法呼吸，抓著他的喉嚨。姬亞抓住繩子的另一頭。

「薩特納，你跟我到駕駛室去，」她說：「關於我們前往地點的資訊，你要一五一十地告訴船長，否則你再也無法呼吸，懂嗎？」

她沒有等他回話，而他也回答不了。她把他當成一隻壞狗般一路拖過甲板，上了樓梯。他們很快就消失在駕駛室裡，有人在我身旁咯咯笑。「提醒我不要惹火她。」

荷魯斯的本能反應立即出現。在我知道發生什麼事情之前，我將我的卡佩許劍從杜埃裡召喚出來，將彎曲的刀刃抵在訪客的喉嚨上。

「玩眞的嗎？」混沌之神說：「這就是你歡迎老朋友的方式？」

賽特穿著一套三件式西裝，頭戴黑色紳士帽，隨興地倚靠在欄杆上。他血紅色的膚色使得這身打扮很引人側目。我上次看到他的時候，他是個光頭，現在他的頭髮編成玉米鬚辮子，上面裝飾著紅寶石。他的黑色眼珠在一副小圓框眼鏡後面骨碌碌轉。我發現他是在模仿阿摩司，不禁打了個寒顫。

「住手。」我把刀押在他的喉嚨上。「不准再嘲笑我叔叔！」

賽特露出一副被冒犯的樣子。「嘲笑？我親愛的孩子，模仿是最誠懇的一種恭維方式！現在，拜託，我們能不能像個文明的半神好好談一談？」

他用一根手指把卡佩許劍從他脖子上推開。我放下劍。我從一開始的震驚中漸漸恢復，不得不承認我很好奇他想要幹嘛。

「你爲什麼來這裡？」我質問他。

「噢，隨便挑個理由吧。明天就是世界末日，或許我想道別。」他笑一笑，又揮揮手。「再見了！也或許我是想要解釋，或是要警告你。」

我往駕駛室瞄了一眼。我看不見姬亞。警鈴沒有響。似乎沒有人注意到邪惡之神突然出現在我們船上。

賽特的視線跟隨著我的目光。「薩特納這傢伙怎麼樣啊？我喜歡他。」

「你會喜歡他的，」我喃喃地說：「他的名字是照你的名字取的嗎？」

「不，那只是他的綽號，他的本名是凱姆瓦薩特。所以，你能了解他爲什麼比較喜歡『薩特納』這個名字吧。我希望他不會立刻殺了你，他這個人很有趣……在他殺了你之前。」

「這就是你想解釋的事？」

賽特推一推他的眼鏡。「不，不是。我要說的事與阿摩司有關。你一直都搞錯了。」

「你是說你以前附身在他身上，然後想毀了他的事嗎？」我問，「就是你差點讓他精神崩潰那一次？而你現在又要再來做一次？」

「前兩項是對的，最後一項是錯的。小鬼，這次是阿摩司召喚我。你得明白一件事，要不是他也具有我的一些特質，我一開始也動不了他的心智。他了解我。」

我握緊了劍。「我也了解你。你很邪惡。」

賽特放聲大笑。「這是你自己想通的嗎？邪惡之神很邪惡？我當然很邪惡沒錯，但不是純粹的邪惡，也不是純粹的混沌。我待在阿摩司的腦袋裡一陣子後，他就很了解這點。我就像是他喜愛的即興爵士音樂，讓混亂存在於秩序之中，這就是我們倆彼此的連結。卡特，我仍然是個神。我是……你們是怎麼說的？忠心的反對黨。」

「忠心，是啦，對啦。」

賽特對我露出狡猾的微笑。「好吧，我是想統治世界。想消滅掉任何擋我路的人嗎？那當然。但是阿波非斯那條蛇做事都太極端，他想把一切宇宙萬物通通拉進巨大混濁的原始混亂之中。那樣子哪有什麼樂趣可言？如果要從拉或阿波非斯兩者之中選一個，我選擇爲拉而戰，所以阿摩司和我才有約定。他正在學習賽特之道，我要幫助他。」

我雙臂顫抖。我想砍下賽特的頭，但不確定自己是否有這能耐，也不確定這麼做是否傷得了他。我從荷魯斯那裡學到，神對於砍頭之類的輕微傷害只是一笑置之罷了。

「你希望我相信你會和阿摩司合作，而不是想要制伏他？」我問。

「我當然會試試看啦。可是你應該對你叔叔更有信心，他比你所想的更強，不然你以為是誰派我來這裡解釋這些呢？」一陣電流穿過我的身體。我想相信阿摩司的確掌控一切，但現在是賽特在說話。他的確讓我想到鬼魂魔法師薩特納，而這不是一件好事。

「你已經解釋完了，」我說：「現在你可以走了。」

賽特肩膀一聳。「好吧。不過好像還有一件事……」他拍拍下巴。「啊，對了。警告。」

「警告？」我複述他的話。

「因為通常荷魯斯和我對打的時候，要殺你的人就是我。可是這次不一樣，我想你應該知道。阿波非斯真的很愛學我的招數，但就像我剛剛說過的……」他脫下紳士帽鞠躬，點綴在他玉米鬚髮辮上的紅寶石閃閃發亮，「模仿是恭維。」

「你是在說什麼……？」

我們的船像是撞上了沙洲，船身不但傾斜，還發出嘎吱聲。在上面的駕駛室，警鈴聲叮噹作響。光球船員在甲板上驚慌失措、橫衝直撞。

「發生什麼事？」我抓住欄杆。

「喔，一定是那隻大河馬吧，」賽特一派輕鬆地說：「祝你好運！」

他消失在一陣紅色煙霧中，而一個怪物模樣的東西從尼羅河中浮出。

你可能不認爲一隻河馬會讓人嚇破膽，畢竟大喊「河馬」沒有像大喊「鯊魚」那樣的效果。但我告訴你，埃及女王號歪向一邊，蹼輪整個被抬離水面，然後我看見那個怪物從深水浮出，我差點明白了「我褲子裡發生意外」的象形文字怎麼寫。

這個怪物和我們的船一樣大，皮膚閃爍著紫灰色。牠浮出來靠近船頭時與我對望，眼神明顯帶有惡意，並且張開如停機棚大小的嘴巴。牠下排那釘子般的牙齒比我的人還高。往怪物的喉嚨看下去，感覺像是看見一條直通冥界的粉紅通道。這怪物大可直接把我連同整艘船的前半部一口吃掉，而我整個人也會嚇得麻痺，無法動彈。

相反的，怪物只是大吼。想像一下有人發動一輛越野車，猛按喇叭，然後再想像這些聲音的音量被放大了二十倍，而且是對著你吼出來，還夾帶一股死魚和池塘綠藻的臭氣。大河馬的戰吼就像這樣。

姬亞在我身後大喊：「河馬！」我覺得現在才叫有點太遲了。

在搖來晃去的甲板上，她腳步踉蹌地朝我走來，魔杖頂端還冒出火焰。我們的鬼朋友薩特納跟在她後面飄來飄去，高興地露齒而笑。

「就是牠！」薩特納晃著小指上的鑽石戒指。「跟你說過阿波非斯會派怪物來殺你。」

「你還眞是聰明！」我大叫，「我們要怎麼樣才能阻止牠？」

「吼——」河馬將牠的臉壓在埃及女王號上。我往後一跌，整個人撞上甲板室。

我從眼角餘光瞄到姬亞對著怪物的臉射出一道火柱，火焰往上直衝牠左邊鼻孔，這樣只是讓牠更火大。怪物噴出煙霧，更用力打擊船身，將姬亞彈入河裡。

「不！」我搖搖晃晃站起來，試著召喚荷魯斯的化身，但頭痛得要命，注意力無法集中。

「想聽個建議嗎？」薩特納飄到我旁邊，完全不受船身晃動的影響。「我可以給你一個咒語用用。」

他邪惡的笑容讓我完全沒有信任感。

「給我在旁邊待著別動！」我指著他的雙手大喊：「塔司！」

哈托爾七絲帶將他的手腕一起綁起來。

「噢，別這樣嘛！」他抱怨著，「這樣我要怎麼梳頭？」

河馬從欄杆另一頭注視我，牠的眼睛很像油膩膩的黑色晚餐盤。在上面的駕駛室，血跡刀猛搖警鈴，對船員拚命大喊：「左滿舵！左滿舵！」

在附近某個位置，我聽見姬亞咳嗽並且在水裡拍打的聲音，至少這表示她還活著，但我必須讓河馬不去靠近她，並且替埃及女王號爭取時間抽身。我抄起我的劍，衝上傾斜的甲板，直接跳到怪物頭上。

我的第一個發現是：河馬很滑。我急忙找一個可以抓穩的地方，但揮劍的同時實在不容易做到，然後就在我把另一手扣住牠的耳朵之前，差點從河馬頭的另一邊滑下去。

河馬怒吼，把我當做垂掛式的耳環拚命甩。我瞥見一艘漁船安穩地從旁邊駛過，彷彿這裡什麼事都沒有發生一樣。埃及女王號的光球船員在船尾一處很大的裂縫四周飛來飛去，短短一下子，我看見姬亞在往下游大約十六公尺的水面掙扎晃動，然後她的頭就沉入水裡。我召喚我所有的力量，並將劍插入河馬的耳朵。

「吼——」怪物用頭猛撞。我的手一滑，整個人像三分球一樣飛過河面。

我原本會重重摔進水裡，但我在最後一秒鐘變身為一隻隼。

我知道……這聽起來很瘋狂：「喔，對了，我剛好就是能變身成一隻隼。」但對我來說，這眞的是很簡單的魔法，因為隼是荷魯斯的神聖動物。突然間我不再下墜，而是在尼羅河上方飛翔。我的視力變得很銳利，看得見溼地裡的田鼠。我看到姬亞在水裡掙扎，就連河馬巨大口鼻部位的每一根硬毛都看得一清二楚。

我往怪物的眼睛俯衝而去，用爪子亂抓。可惜河馬怪物的眼睛有厚重眼瞼，還被一層膜之類的東西蓋住。牠眨眨眼，不耐煩地咆哮，不過我看得出來並沒有眞的傷到牠。

怪物撲向我，我的動作比牠更快。我飛到船上，停在駕駛室的屋頂上想好好喘口氣。埃及女王號總算有辦法轉向，慢慢地拉開與怪物之間的距離，然而船尾受到嚴重損傷，船身出現的多處裂縫在冒煙。我們往右邊傾斜，血跡刀不斷地拉警鈴，眞的很煩。

姬亞努力保持漂浮在水面上，不過她往下游漂去，遠離了河馬，似乎沒有立即的危險。

她試圖召喚火焰；當你在河裡載浮載沉時，要這樣做可不太容易。

河馬來回緩慢地移動，顯然是在找尋戳了牠眼睛的討厭小鳥。雖然怪物的耳朵還在流血，我的劍卻已經不在那裡，也許是掉到河底某處了。最後河馬把注意力轉向船。

薩特納出現在我旁邊。他的手臂還是被綁住，但看起來像是很自得其樂。「朋友，你準備好要聽我的建議嗎？因爲我已經死了變成鬼，沒辦法使用咒語，不過我可以教你要唸什麼。」

河馬發動攻擊。牠在不到五十公尺的地方迅速接近我們。如果牠以那樣的速度撞船，埃及女王號會斷成一堆引火柴。

時間似乎慢了下來。我試著專心；情緒會妨礙魔法，而我正驚慌失措，但我知道我只有一次出手的機會。我張開翅膀，直接朝河馬飛去。飛到半路，我變回人形，如一顆石頭般往下墜，並且召喚荷魯斯的化身。

如果這個方法沒用，我就會變成進攻的河馬胸口上那塊不起眼的油漬，結束我的一生。

幸好，藍色的光環在我四周閃耀。我降落在河裡，全身上下被一個大約六百公尺高的閃亮鷹首戰士形體所包覆。與河馬相比，我的個子還是很迷你，但當我一拳揮打在牠的嘴巴，還是引起了牠的注意。

那一拳發揮了大約兩秒鐘的效果，怪物完全忘記了船。我閃到一邊，讓牠朝我這邊來，但我動作太慢。以化身的形體在河裡涉水而行，就像跑過一間擺滿跳跳球的房間一樣輕鬆。

怪物撲向我。牠轉頭，用嘴巴緊緊咬住我的手腕。我用力搖晃，試圖掙脫，但牠的下顎就像一把萬能鉗，牙齒深深插入我的魔法防護罩。我身上沒有劍，只能用發光的藍色拳頭拚命打牠的頭，可是我的力量正快速消失。

「卡特！」姬亞尖叫。

我大概還有十秒鐘可活，然後化身就會消失，而我會被一口吞掉或是咬成兩半。

「薩特納！」我大喊，「你說的咒語是什麼啊？」

「喔，你想知道這個咒語啦，」薩特納在船上喊著，「跟我唸：哈皮，烏——赫黑帕！」

我不知道這是什麼意思。薩特納有可能欺騙我，害我自行毀滅或變成一塊瑞士起司，但我別無選擇。我大喊：「哈皮，烏——赫黑帕！」

藍色的象形文字出現在河馬頭頂上，光芒比我所召喚過的文字更閃耀。

看著這些字被寫出來，我突然明白這句咒語的意思了：「哈皮，起來攻擊。」可是這又意味著什麼呢？

至少這些字分散了河馬的注意力。牠放開我，猛咬象形文字。我的戰士化身消失。我沉入河裡，耗盡魔法，也失去防禦，只剩下在一萬多公斤河馬影子底下的小小卡特．凱恩。

怪物吞下了象形文字並噴氣，牠拚命搖頭，像是剛吞下了一條辣椒。

「好極了，」我心想，「薩特納的厲害魔法替邪惡的河馬開了胃。」

然後，薩特納從船上高喊：「先等一下！三、二、一……」

我四周的尼羅河水沸騰了起來，在我底下的一大團棕色水草於是噴發，把我抬往空中。我出於本能反應抓緊，並漸漸了解那些水草並非水草，而是一個巨大頭頂的頭髮。一個大巨人從尼羅河浮出，愈升愈高，直到河馬相形之下變成可愛的小傢伙。從頭頂看不出巨人的身分，不過他的藍膚色比我父親的還深。他頂著一頭滿是河泥的蓬亂頭髮，肚子巨大臃腫，除了一件用魚鱗做的纏腰布，似乎什麼都沒穿。

「吼——」河馬衝過來，但藍巨人抓住牠的下排牙齒，使牠無法動彈，這股強勁的力道差點把我從牠頭上晃下去。

「耶！」藍巨人低吼說：「丟河馬！我喜歡這個遊戲！」他以打高爾夫球的姿勢揮動雙臂，將怪物從水裡往外拋出去。

接下來發生了幾件比看到巨大河馬飛還詭異的事。河馬無法控制地歪斜飛越溼地，短胖的腿在空中亂踢，最後撞上遠方一處石灰岩峭壁，引發了小山崩。巨石崩落壓在河馬上面。等到塵埃落定，已經不見怪物的蹤跡。汽車繼續在河邊的路上行駛，漁船也繼續他們的作業，彷彿尼羅河上的藍巨人和河馬大戰一點也不稀奇。

「好玩！」藍巨人很開心。「好了，是誰召喚我？」

「在上面這裡！」我大喊。

巨人僵住了。他小心地輕拍頭皮，直到發現我，然後用兩根手指把我夾起來，涉水到河岸邊，輕輕將我放下。

他指指奮力游向岸邊的姬亞，以及漂往下游、船身傾斜且船尾冒煙的埃及女王號。「那些是你的朋友？」

「對，」我說：「你能幫他們嗎？」

巨人笑一笑。「我馬上回來！」

幾分鐘之後，埃及女王號安全靠岸，姬亞坐在我旁邊的岸上，擰乾她被尼羅河水浸溼的頭髮。

薩特納盤旋在我們身旁，看起來很得意，雖然他的雙手還是被綁著。「卡特．凱恩，或許你下次就會信任我了！」他對著巨人點點頭，而巨人高高站立在我們面前，臉上仍舊掛著笑容，彷彿他眞的很興奮能夠在這裡。「讓我來向你們介紹我的老朋友哈皮[64]！」

藍巨人向我們揮手。「嗨！」

---

[64] 哈皮（Hapi）是埃及神話中的尼羅河神。尼羅河每年週期性的氾濫帶給埃及人肥沃的可耕土壤，因此尼羅河神象徵了收穫與歡樂。哈皮通常被描繪成有著大肚子的男神，這些特徵也意謂了豐饒與豐收。

他的眼睛整個變大，牙齒白得發亮。一團溼滑的棕髮垂落在肩上，皮膚泛出不同層次的水藍色。就他的身體來說，他的肚子實在太大了，大到垂掛在魚鱗裙子上，看起來就像是懷了身孕或吞下了一艘飛船。他絕對是我所見過最高、最胖、膚色最藍、最開心的嬉皮巨人。

我試著回想他的名字，但就是想不起來。

「你是哈皮嗎？」我問。

「對呀，我很快樂！」哈皮微笑。「因爲我叫哈皮，所以總是很快樂！你快樂嗎？」

我瞄了一眼薩特納，他似乎覺得現在這樣子有趣得不得了。

「哈皮是尼羅河之神，」這個鬼魂解釋著，「連同其他的工作事項，哈皮提供大豐收和所有美好的事物，所以他總是很……」

「快樂。」我猜。

姬亞抬頭皺眉看著巨人。「他一定得以這麼巨大的樣子出現嗎？」

河神大笑。他立刻縮小成一般人類大小，不過臉上的瘋癲愉快神情還是令人很不安。

「那麼！」哈皮充滿期待地摩擦雙手。「孩子們，還有什麼我可以替你們做的嗎？距離我上次被召喚，到現在已經有好幾個世紀了。自從蓋了那座愚蠢的亞斯文水壩[65]，尼羅河就不像從前那樣年年氾濫，再也沒有人依賴我。我大可以殺掉那些凡人！」

他臉上掛著笑容說了這些話，彷彿在提議要拿些手工餅乾給凡人吃。

我很快地想了一下。要神替你效勞不是常有的事，就算他咖啡因過量到神經質也一樣。

「其實有件事要請你幫忙，」我說：「你看，是薩特納建議我召喚你來對付河馬，但是……」

「噢，薩特納！」哈皮咯咯笑了起來，鬧著玩似地推了推這個鬼魂。「我討厭這傢伙。根本就瞧不起他！他是唯一知道我祕密名字的魔法師。哈！」

薩特納聳聳肩。「那眞的沒什麼，而且我得說，從前有好幾次你很管用。」

「哈，哈！」哈皮的笑容從微笑拉長變成大笑。「薩特納，我會很高興扯斷你的手腳。那就太棒了！」

薩特納的表情仍然一派鎭定，但他稍微飄開，離面帶笑容的神遠一點。

「嗯，總之，」我說：「我們在找個東西，是一本能讓我們打敗阿波非斯的魔法書。薩特納帶我們去曼菲斯城廢墟，但現在這艘船毀了。你認爲……」

「喔！」哈皮興奮地拍了一下手。「世界明天就要滅亡。我都忘記了！」

姬亞和我對看一眼。

「對……」我說：「所以，如果薩特納明白地告訴你我們要去的地方，你能不能帶我們去？還有，要是他不告訴你，那你可以扯斷他的四肢，那樣也不錯。」

「耶！」哈皮大喊。

---

65 亞斯文水壩（Aswan Dam）分為低壩與高壩，低壩於一九〇二年完工，因設計不足，於一九四六年幾乎遭洪水漫淹，於是另建高壩，歷時十年，於一九七〇年完工。水壩的興建是為了防止尼羅河的氾濫以保護河谷的居民，對於埃及人的政治及民生方面都有深遠的影響，但也帶來許多隱憂。

薩特納狠狠瞪了我一眼。「是，當然啦。我們要去塞拉比尤姆[66]，也就是阿庇斯聖牛[67]的神廟。」

哈皮大力拍了一下膝蓋。「我早該想到的！眞是一個藏東西的好地方。那是位在很遠的內陸地區，不過當然啦，如果你想要去，我可以送你們過去。你要知道的是，阿波非斯派了惡魔巡守河岸，沒有我幫忙，你永遠到不了曼菲斯，你們會被撕爛，變成百萬個小碎片！」

他似乎眞的很開心和我們分享這則消息。

姬亞清清喉嚨。「好吧，這樣的話，我們希望你能幫忙。」

我轉身面向埃及女王號，血跡刀站在桅欄旁等候進一步指示。「船長，」我大喊，「在這裡等著，並繼續把船修好。我們會……」

「喔，船也可以一起去！」哈皮打岔，「沒有問題。」

我皺起眉頭，不確定河神要怎麼移動船隻，尤其因爲他告訴我們曼菲斯位在內陸，不過我決定不多問。

「停止剛才的命令，」我對船長大喊，「這艘船和我們一起走。等我們到了曼菲斯，你再繼續修理，並且等候進一步命令。」

船長猶豫了一下，然後低下他的斧頭刀鞠躬。「主人，我遵從您的命令。」

「很好！」哈皮說。

他伸出手掌，裡面握有兩顆像魚卵般又滑又黑的小圓球。「把這個吞下去，一人吃一顆。」

姬亞皺起鼻子。「這是什麼？」

「可以讓你去任何想去的地方！」河神保證，「這些叫做『哈皮丸』。」

我眨眨眼。「那現在呢？」

鬼魂薩特納清了清喉嚨，他看起像是在努力不笑出來。「對呀，你知道的，哈皮創造了這些丸子，所以才這樣命名。」

「吃下去就對了！」哈皮說：「你們會懂的。」

姬亞和我很不情願地吞下藥丸，嘗起來的味道比外型還要噁心。我立刻感到天旋地轉，世界像水一樣閃著微光。

「很高興認識你們！」哈皮大喊。他的聲音變得好遙遠，非常模糊不清。「你真的知道你們正一步步踏入陷阱吧？祝你們好運！」

就這樣，我眼前變得一片湛藍，全身融化成液體。

---

66 塞拉比尤姆（serapeum）是安葬阿庇斯聖牛的地下墓穴。歷史上也記載，凱姆瓦薩特王子對保存維護塞拉比尤姆很感興趣，據說他的墓穴離塞拉比尤姆不遠。

67 阿庇斯聖牛（Apis Bull）是畜養在曼菲斯城的神聖動物。要成為阿庇斯聖牛，小牛的胸前必須有白色三角或鑽石形狀等特徵，並且居住在祀奉普塔神的神廟內接受敬拜。牠死後會得到極為隆重的喪禮，並做成木乃伊安葬。祭司會尋找新的小牛來成為下一任阿庇斯聖牛。

12 公牛木乃伊

成為液體被清理掉一點也不好玩。我以後經過「清倉大拍賣」的牌子時，一定會有暈船的感覺，還會覺得自己的骨頭變得像被木薯粉勾芡過一樣。

我知道接下來要講的話聽起來像是政府宣告公文，但我還是要提醒你們這些沒見過世面的小孩：如果有人拿哈皮丸給你吃，只要說「不」就對了。

我感覺自己以驚人的速度通過泥巴，一點一滴地滲入內陸。我一碰到熱燙的沙子就蒸發了，變成一朵充滿溼氣的雲從地上升起，任風往西吹入沙漠。我沒有眞的看到，可是我感覺得到移動和熱氣。在太陽使我消散時，我的粒子騷動起來。

突然間，溫度再次下降，我感覺到四周有冰涼的石頭，或許這裡是一個洞穴或地底的房間吧。我聚合成水，潑濺到地上形成一灘水窪，然後升起，再次固體化成卡特．凱恩。

我接下來的表演是：膝蓋一彎，雙腿一軟，把早餐全吐了出來。

姬亞站在我旁邊，抱著她的肚子。我們似乎是站在一個墓穴的隧道入口，在我們下方，石階通往黑暗深處，而在上面幾公尺的地方，沙漠陽光熾烈。

「剛才好可怕。」姬亞喘著氣。

我只能點頭附和。現在我了解我爸之前在家幫我上自然課時，教過我物質的三種形態：固體、液體和氣體。在剛才那幾分鐘，我已經歷過這三種形態，而我不喜歡這樣。

薩特納就出現在入口，面帶微笑地往下看著我們。「所以啊，我是不是又說對了呢？」

我不記得鬆綁了他的帶子，但他現在兩手自由擺動。要不是我感覺這麼不舒服，這一定會讓我緊張得不得了。

因爲姬亞和我剛才在尼羅河裡游泳，所以全身溼漉漉並沾滿泥巴，薩特納看起來卻乾乾淨淨，他穿著牛仔褲和剛燙好的T恤，頂著完美的貓王髮型，腳上的白色慢跑鞋連個汙漬都沒有。這眞讓我感到噁心，我搖搖晃晃走到陽光下，吐在他身上。可惜，我的胃裡現在幾乎什麼都沒有，而且他是個鬼，所以什麼事也沒發生。

「喂，小老弟！」薩特納調整他的金色安卡項鍊，並整理他的夾克。「放尊重點，好嗎？我可是幫了你一個忙。」

「幫忙？」我把嘴裡那可怕的味道吞回肚子。「再也……不要……」

「不要用哈皮的旅行方法，」姬亞替我把話說完，「永遠不要。」

「唉唷，拜託！」薩特納攤開雙手。「剛才那趟旅行很順利呀！瞧，就連你們的船都熬過來了。」

我瞇起眼睛看。我們周遭主要是平坦且充滿岩礫的沙漠，有如火星表面，但有艘輕微破損的船擱淺在附近沙丘上，那是埃及女王號。船尾的火已經撲滅，不過這艘船似乎在轉運途中受損得更嚴重。有部分欄杆斷了，一根煙囪歪歪斜斜的，很危險。不知爲何，有一大塊用魚鱗做的黏滑防水布掛在駕駛室外面，像個被鉤破的降落傘。

姬亞喃喃地說：「噢，埃及的神，拜託那可不是哈皮的纏腰布啊。」

血跡刀面向我們站在船頭。因爲他的頭是把斧頭，所以看不出表情，但從他雙臂交疊的樣子來看，我知道他現在很不爽。

「你可以把船修好嗎？」我對他喊道。

「可以，少爺，」他哼哼地說著，「花幾個鐘頭就能修好。可惜，我們似乎被困在沙漠裡動彈不得。」

「這我們晚點再來想辦法，」我說：「把船修好，在這裡等我們回來，到時候會有更多事要交代你做。」

「謹遵吩咐。」血跡刀轉過身去，用一種我聽不懂的語言嗡嗡地對著發光火球說話。全體船員紛紛忙碌起來。

薩特納微笑。「看到沒？一切都很好！」

「除了我們快要沒時間以外。」我看著太陽，猜想現在大概是下午一、兩點，而我們在明天早上世界末日來臨前還有很多事要做。「那條隧道通往哪裡？什麼是『塞拉比尤姆』？爲什麼哈皮說這是陷阱？」

「問題眞多啊，」薩特納說：「來吧，你會了解的。你們會愛上這個地方！」

我一點都不愛這個地方。

往下的階梯通往一個從金色岩床開鑿出來的寬廣走廊，圓拱形的天花板很低，我不用伸長手臂就搆得到。從那些將影子投射在拱頂上的無燈罩電燈泡看來，我知道考古學家曾來過這裡。金屬梁架支撐著牆壁，但天花板上的裂縫讓我很沒有安全感；我在幽閉的空間向來很不自在。

大約每隔九公尺，主要廊道的兩側就會出現方正的壁龕，每一個從牆壁挖出的空洞處都擺放著一具獨立的巨大石棺。

走過第四具這樣的石棺後，我停下腳步。「那些棺木用來裝人也太大了。裡面是什麼？」

「公牛。」薩特納說。

「什麼？」

薩特納的笑聲迴盪在走廊裡。我心想，要是這裡有任何沉睡的怪物，現在早就醒過來了。

「這些都是阿庇斯聖牛的墓室。」薩特納自傲地指著四周。「你曉得，在我還是凱姆瓦薩特王子的時候，這個地方是我建造的。」

姬亞的手摸過石棺上的白色棺蓋。「阿庇斯聖牛。我的祖先認爲這是俄塞里斯在凡人世界的投胎化身。」

「認爲？」薩特納哼地一聲說：「小姑娘，聖牛的確就是他的化身，至少某些時候是，例如節慶之類的時候。我們以前可是很認眞看待阿庇斯聖牛的。」

他拍了拍石棺，像是在展示一輛二手車。「比方這個頑皮的孩子好了，牠過了很棒的一生。牠有充裕的食糧，有一大群母牛陪伴，得到了焚燒獻祭的儀式，背上還披了一條特別的金縷布，享盡一切特殊禮遇。一年只需要在大型慶典上公開亮相幾次就夠了。當牠滿二十五歲，便在大型祭典儀式上宰殺，像個國王般被做成木乃伊，然後再放到底下這裡來。之後會有一頭新的公牛接替牠的位子。這工作不賴吧？」

「在二十五歲時被宰，」我說：「聽起來可眞棒。」

不知道這道走廊繼續走下去還會有多少公牛木乃伊。我不想知道。我就是想待在這裡，可以看到出口和外面的陽光。「那麼，爲什麼這裡要叫做……是叫什麼來著？」

「塞拉比尤姆。」姬亞回答。她的臉因爲金色光線而閃閃發亮，可能只是電燈泡反射在石頭上，但看起來她似乎在發光。「我以前的老師伊斯坎德曾告訴我這個地方，阿庇斯聖牛算是裝載俄塞里斯的容器，後來這兩個名字融合在一起，變成『俄塞里斯暨阿庇斯』。之後希臘人將這個名字縮短爲『塞拉比斯』。」

薩特納冷笑。「愚蠢的希臘人。跑到我們的地盤來，接管了我們的神。我告訴你們，我一點都不喜歡那些人。可是沒錯，事情經過就是如此。大家知道這裡叫做『塞拉比尤姆』，是死去的公牛神之屋。我呢，想要把這裡叫做『眞正偉大的凱姆瓦薩特紀念館』，但我爸不肯。」

「你爸？」我問。

薩特納不理會這個問題。「總之，在我死之前，我把《透特書》藏到下面這裡，因爲我知道不會有人來打擾。想要亂搞阿庇斯聖牛墓穴的人，一定是完全瘋了。」

「好極了。」我感覺自己再次變回液體。

姬亞皺眉看著鬼魂。「別告訴我……你把書藏在其中一具有公牛木乃伊的棺木裡，而如果我們打擾了公牛，牠會復活？」

薩特納對她眨眨眼。「小姑娘，我做的比那更厲害。考古學家已經發現了神廟建築群的這一部分，」他指著電燈泡和支撐金屬架，「不過我要帶你們來一趟幕後之旅。」

這個地下墓穴似乎永無止境。走廊在不同方向分叉開來，所有小徑上都擺了整排的聖牛石棺。往下走過一條長斜坡之後，我們低頭穿過一條在假牆後的密道。另一邊沒有電燈，出現裂痕的天花板也沒有鋼架支撐。姬亞召喚出火焰點燃魔杖頂端，還燒掉天花板上一大片蜘蛛網。在滿布灰塵的地板上，我們的腳印是唯一的痕跡。

「我們快到了嗎？」我問。

薩特納咯咯笑著說：「好戲才要上場。」

他帶我們更深入迷宮，三不五時會停下來用觸摸方式或唸咒語來解除陷阱；有時他會要我去做（我猜是因爲他已經死了，有些咒語沒辦法施行），不過我有種感覺，如果我失敗又死掉的話，他會因此而樂不可支。

「爲什麼有些東西你可以碰、有些又碰不了？」我問，「你好像擁有眞正的選擇能力。」

薩特納肩膀一聳。「小老弟，亡靈世界的規則又不是我訂的。我們可以摸到錢或珠寶，但撿垃圾或亂弄有毒的釘刺就不行了。我們可以把苦差事留給活人去做。」

每當陷阱解除，隱藏的象形文字就會發光然後消失不見。有時我們必須從地板上出現的坑洞跳過去，或是在天花板射出箭時突然轉彎。牆上法老與神的畫像剝落，形成鬼影護衛，然後消失。這整段時間中，薩特納一直不停講解。

「那個詛咒會讓你的腳爛掉，」他解釋說：「這邊這一個呢？會召喚一大群跳蚤。而這一個……我的媽呀，這是我的最愛之一，它會把你變成侏儒！我眞討厭那些小矮人！」

我皺起眉頭。薩特納的個子比我還矮耶，不過我決定閉嘴不說算了。

「對，眞的，」他繼續說：「小老弟，有我跟著一起來算你們幸運，否則現在你早就變成被跳蚤狂咬又沒腳的侏儒了。你們還沒看到最恐怖的陷阱呢！往這邊走。」

我不確定薩特納怎麼記得住這地方這麼久以前又那麼多的細節，顯然他對於這些地下墓穴非常自豪；設計這些殺害入侵者的可怕陷阱，一定讓他獲得許多樂趣。

我們轉入另一道走廊，地板再次變成斜坡，天花板變得非常低，我必須彎下腰來。我試著保持冷靜，卻呼吸困難。我所能想到的，就是頭頂上那些幾公噸的石頭隨時可能掉下來。

姬亞牽著我的手。隧道變得很窄，我們只能排成一列行走；但我回頭瞄了姬亞一眼。

「你還好嗎？」我問。

她用嘴型對我說：「看緊他。」

我點點頭。不管哈皮警告我們要小心的陷阱是什麼，感覺上我們都還沒看到，即使我們被陷阱包圍。我們只有兩個人，跟著心狠手辣的幽靈一起深入地底、來到他的地盤上。我再也拿不到卡佩許劍了。不知為何，我沒辦法從杜埃召喚出我的劍，而且在這麼小的隧道裡也沒辦法召喚我的戰士化身。如果薩特納想對我們做什麼，我沒什麼武器好選。

走廊終於變寬。我們走到了盡頭，眼前是一面堅固的牆壁，兩側立有我爸的雕像……我是說俄塞里斯的雕像。

薩特納轉過身來。「好了，兩位，東西在這裡，我要解除咒語來打開這面牆。這個咒語需要花幾分鐘的時間，希望你們不要在進行到一半時發瘋，用粉紅絲帶把我纏住，這樣會把事情搞砸。在這裡魔法只做一半，整條隧道都可能塌下來壓在我們身上。」

我忍住不要像個小女孩般尖叫，只差一點點就叫出聲了。

姬亞讓魔杖上的火光變得更白、更熾熱。「薩特納，你小心點。我知道正確解除咒語聽起來像什麼。如果我懷疑你唸的是別種咒語，就會把你這靈魂炸個粉碎。」

「放輕鬆點，小姑娘。」薩特納扳動他的指關節，他小指上的鑽石戒指在火光中發亮。「你得好好控制那隻聖甲蟲，否則可是會把自己燒成灰喔。」

我皺起眉頭。「聖甲蟲？」

薩特納來回看看我們兩個，然後放聲大笑。「你是說她還沒告訴你嗎？而你還沒搞懂？你們現在這些年輕人啊！我愛死無知了！」

他轉身面對牆壁，開始唸咒。姬亞的火焰退成比較不燙的紅色。我困惑地看了她一眼。

她猶豫了一下，然後摸一摸喉嚨底下。她以前沒有戴項鍊，我很確定，但當她一碰觸到喉嚨，一個護身符一閃而現，一個亮晶晶的金色聖甲蟲掛在一條金項鍊上。她一定是用魔法隱藏了這個護身符，這種魔法幻術就和薩特納之前用來隱藏哈托爾絲帶的方法一樣。

這隻聖甲蟲看起來像金屬，但我發現以前看過它，而且看過的是活著的牠。之前當拉將阿波非斯囚禁在冥界時，他犧牲了自己靈魂的一部分（也就是凱布利[68]的化身，清晨太陽的聖甲蟲）來監禁他的敵人。他將阿波非斯埋在一整山的活甲蟲底下。

等到莎蒂和我在今年春天找到那座監牢時，上百萬隻聖甲蟲已經萎縮變成乾癟的蟲殼。當阿波非斯掙脫出來，只有一隻金色聖甲蟲還活著，牠是凱布利最後殘存的力量。

拉曾試圖吞下那隻聖甲蟲（對，很噁心，我知道），結果不成之後……他把蟲給了姬亞。

我不記得姬亞收下了聖甲蟲，但不知為何，我知道這個護身符就是那隻蟲。

「姬亞……」

她堅決地搖搖頭。「晚點再說。」

她指著正在專心唸咒的薩特納。

好吧，現在大概不是談話的好時機，我可不希望隧道塌下來壓到我們。然而我的思緒不斷旋轉。

「你還沒搞懂嗎？」薩特納剛才這樣嘲笑我。

我知道拉很喜歡姬亞，她是他最喜歡的保母。薩特納提到姬亞在溫度控制上有問題，他說過：「那個老頭影響你了。」而拉也把那隻聖甲蟲給了姬亞（那眞的是他靈魂的一部分），好像將姬亞當成了他的大祭司……或是更重要的人。

隧道搖晃起來。盡頭的這面牆化爲塵埃消失，露出後面的墓室。

薩特納面帶微笑，回頭看了我們一眼。「小鬼們，好戲登場囉。」

我們跟著他走進一個圓形房間，這令我想起布魯克林之家的圖書室。這裡的地板閃閃發亮，以馬賽克拼貼地磚呈現出草地和河流的景色。牆上掛著壁畫，畫中的祭司像是爲了某種節慶，正用花和羽毛頭飾裝飾母牛，而古埃及人揮舞著棕櫚葉，並搖動一種稱爲「叉鈴」的青銅樂器。圓形天花板上繪製了坐在王座上的俄塞里斯，正要判決一頭公牛。我一度可笑地猜想，阿穆特是否會吃掉邪惡母牛的心，還有牠是否喜歡牛肉的滋味。

在墓室中央一個棺木形狀的基座上，立著一尊與實物大小相同的阿庇斯聖牛雕像。它用深色石頭（或許是玄武岩）雕刻而成，而且描繪得十分細緻，看起來栩栩如生。雕像的雙眼似乎隨著我移動。它全身的毛皮黑得發亮，僅胸前有一小塊鑽石形的白色。它的背上蓋了一條金色毯子，上頭繡著類似老鷹的翅膀。在兩隻牛角之間放了一個金飛碟，其實是一個太陽

---

68 凱布利（Khepri），埃及神話中掌管聖甲蟲之神，代表了太陽神拉在早上的模樣。

圓盤的王冠。王冠下的前額突出一個像是彎曲獨角獸角的東西，是一條豎起的眼鏡蛇。

一年前的我會說：「好詭異，不過至少它只是個雕像。」現在，碰到埃及雕像活過來想踩死我，我很有經驗。

薩特納似乎一點都不擔心。他漫步走上平台到石牛旁邊，拍拍它的腿。「阿庇斯的聖殿！我爲我所挑選的祭司和自己建造了這間墓室。我們現在要做的就是等待。」

「等什麼？」姬亞問。她是個聰明的女孩，和我一起在入口等著。

薩特納查看一下他那隻不存在的手錶。「不會很久，只要一下子。進來吧！放輕鬆，不用拘束。」

我慢慢往裡面走，等著背後的入口牢牢關閉，但是它仍然敞開著。「你確定那本書還在裡面嗎？」

「喔，當然。」薩特納繞著雕像走，檢查底部。「我只需要想想這平台上有哪些木板可以撬開。你知道嗎？我本來想用純金打造這個房間，那一定會炫得不得了，可是我爸砍了我的資金。」

「你爸？」姬亞站到我旁邊，將手滑入我手心，對此我一點也不介意。金色聖甲蟲項鍊在她脖子周圍發光。「你是說拉美西斯大帝？」

薩特納的嘴巴扭曲出殘酷的冷笑。「對，他的公關部門是這麼替他塑造品牌形象的。我呢，則喜歡叫他『拉美西斯二世』或『拉美西斯二號』。」

「拉美西斯？」我說：「你爸是拉美西斯？」

我想，我還沒有想好如何把薩特納融入埃及的歷史中。看著眼前這個骨瘦如柴的小矮子，頂著油頭，穿著有墊肩的夾克，全身金光閃閃的打扮十分可笑，我不敢相信他和這麼有名的國王有血緣關係。更慘的是，這表示他和我也算親戚，因爲我媽那邊家族的魔法遺傳可追溯到拉美西斯大帝。

（莎蒂說她在薩特納和我之間可以看到家族的相似處。【莎蒂，你閉嘴啦！】）

我猜，薩特納不喜歡我吃驚的樣子。他的尖鼻子往空中一頂。「卡特．凱恩，你應該知道在一個有名父親陰影下長大是什麼感覺，總是要努力不懈，不辜負他立下的傳奇。看看你，偉大的朱利斯．凱恩博士之子，你終於靠自己建立起了不起的魔法師名聲，而你爸做了什麼？他離開你，變成一個神。」

薩特納冷酷地大笑。我以前從未怨恨過我父親，總覺得能當凱恩博士的兒子是很酷的事。但薩特納的話打擊了我，我心中開始感到憤怒。

「他在玩弄你。」荷魯斯的聲音響起。

我知道荷魯斯說得對，但這並沒有讓我好過些。

「薩特納，書在哪裡？」我問，「拖得夠久了。」

「小老弟，別弄彎了你的魔棒，用不了太多時間的。」他凝視著天花板上俄塞里斯的畫像。「他在那裡！那個藍色的傢伙！卡特，我告訴你，你和我很像。不管我去到埃及的哪裡，到處都看得到我爸的臉。阿布辛貝神廟[69]？我爸拉美西斯在那裡有四尊雕像，每一尊有十八公尺高，都狠狠地往下瞪著我。那就像是場惡夢。至於全埃及一半的神廟？都是他委託興建，還豎立起自己的雕像。我想成爲全世界最了不起的魔法師，這樣很不可思議嗎？」他挺起瘦弱的胸膛。「而我也做到了。卡特．凱恩，我不懂的是，爲什麼你到現在還沒登上法老王位？你有荷魯斯站在你這邊，他渴望得到權力。你應該和神合而爲一，成爲全世界的法老，還有，哈……」他拍拍阿庇斯聖牛雕像，「你要不怕困難，直接抓住牛角去制伏住牛才行。」

「他說得對，」荷魯斯說：「這個凡人有智慧。」

「你要下定決心，對薩特納的看法不要翻來覆去。」我抱怨說。

「卡特，別聽他的。」姬亞說：「薩特納，不管你要做什麼，現在都給我住手。」

「我要做什麼？聽著，小姑娘……」

「不要再這樣叫我！」姬亞說。

「嘿，我可是站在你們這邊，」薩特納保證，「這本書就在平台這裡。只要公牛一動……」

「公牛會動？」我問。

薩特納瞇起雙眼。「我沒說過嗎？我從以前一個叫做『賽德節』[70]的節日得到靈感。那個節眞是超級好玩！你參加過奔牛節嗎？是在那個什麼地方來著？西班牙嗎？」

「在西班牙的潘普羅納。」我說。又有一種怨恨的感覺影響著我。我爸有一次帶我去潘普羅納，然而當公牛在鎭上狂奔時，他不肯讓我上街去看，他說太危險了，好像他當魔法師的祕密生活和那比起來一點都不危險。

「對，是潘普羅納。」薩特納同意。「那你知道這個傳統是緣起於哪裡嗎？是埃及。法老會用阿庇斯聖牛來舉行這個儀式比賽，以便重新宣示他的王權，證明自己的力量，得到眾神庇佑……所有這些鬼扯的玩意兒。後來這個活動變成了比手劃腳的遊戲，沒有真正的危險。不過剛開始時是來真的，生死一瞬間哪。」

當他說到「死」這個字，石牛開始動了。它僵硬地彎下腿，然後低頭怒視著我，鼻子噴出一陣灰塵。

「薩特納！」我伸手想拿劍，不過當然劍不在那裡。「叫這東西停下來，否則我立刻用絲帶把你綁起來……」

「喔，我不會那麼做的，」薩特納警告，「你看，我是唯一可以拿起那本書而不會被大約十六種不同詛咒攻擊的人。」

---

69 阿布辛貝神廟（Abu Simbel）是指拉美西斯大帝在約西元前十三世紀於尼羅河上游西岸建造的兩座神廟。正面排列了四尊巨大的拉美西斯雕像，腳邊則有他的王妃及子女的小型雕像，這也是埃及史上第一位興建神廟獻給自己的法老。後來因興建亞斯文水壩，花了四年時間於一九六八年完成遷移整個阿布辛貝神廟群的浩大工程。

70 賽德節（Festival of Sed）是古埃及用以慶祝法老王權統治持續不斷的儀式慶典。法老在位滿三十年時，便舉行這個盛典來重新宣示自己的正統王權。舉行第一次之後，每三年再舉行一次。

在牛角之間的金色太陽圓盤閃了一下，它額頭上的眼鏡蛇開始扭動活了起來，嘶嘶吐信，還噴出一團團火焰。

姬亞抽出魔棒。是我在想像，還是她的聖甲蟲項鍊開始在冒煙？「薩特納，你叫那個東西暫停，否則我發誓……」

「小姑娘，我辦不到。抱歉。」他從石牛所站的平台後面對我們露齒而笑。「這是安全系統的一部分，懂嗎？如果你們想要那本書，就得轉移這隻牛的注意力並讓它離開這裡，讓我去打開平台，拿走《透特書》。我對你們很有信心。」

公牛用牛蹄在基座上扒了扒，然後跳下來。姬亞把我拉回走廊上。

「就是這樣！」薩特納大喊。「就和賽德節一樣。小鬼，證明你有資格坐上法老王位吧。快跑，要不然就沒命了！」

公牛衝了過來。

如果有把劍可以用就太好了。我也勉強接受有一件鬥牛士的披風和一根長矛，或是一把來福槍也好。但是什麼都沒有，姬亞和我回頭就跑，穿過地下墓穴，很快就發現我們迷路了。讓薩特納帶我們走進迷宮真是太蠢了，我應該沿路丟麵包屑或用象形文字還是什麼的在牆上做記號。

我希望這裡的隧道窄到讓阿庇斯聖牛過不來。沒這麼好運。當阿庇斯牛硬是擠過隧道，在我們身後傳來石牆隆隆作響的聲音。我還聽到另一種我更不喜歡的聲音，是爆炸之後伴隨而來的低吟聲，我不知道那是什麼聲音，但足以當做跑得更快的動力。

我們必定已經跑過了十幾個廳堂，每個廳堂都擺了二、三十具石棺。我不敢相信下面這裡有這麼多阿庇斯聖牛被製作成木乃伊，有好幾世紀的公牛。在我們身後，我們的石像怪物朋友在通過隧道時沿路橫衝直撞，發出怒吼。

我回頭瞄了一眼，卻很後悔這麼做。那隻公牛迅速接近我們，額頭上的眼鏡蛇吐出火焰。

「往這邊走！」姬亞大喊。

她拉我往下走到旁邊的一道走廊。在遠遠的那一端，看起來像是從一個敞開的門口灑落進來的日光。我們拔腿朝那裡狂奔。

我希望那裡是一個出口。結果我們誤闖了另一間圓形墓室，房間的中央沒有公牛雕像，但周邊擺了四具巨大的石棺。牆上畫著牛的天堂，裡面有受人餵養的牛、在草地上嬉戲的牛、被愚蠢的渺小人類膜拜的牛。在約六公尺高的圓形天花板上，日光從通風井流瀉而下。一道陽光穿透充滿灰塵的空氣，如聚光燈般投射在地板中央，但我們沒辦法用這個通風井逃生，就算我可以變身為老鷹，這個開口也太窄小，況且我不會拋下姬亞一個人。

「這是死路。」她說。

「吼！」阿庇斯聖牛赫然出現在門口，擋住了出口。牠裝飾在頭上的眼鏡蛇發出嘶嘶聲。

我們退回墓室，直到退至溫暖的陽光底下。死在這裡似乎太慘了，但困在數千公噸的石頭底下還是能看見太陽。

公牛用牛蹄扒著地板。牠往前走一步，然後遲疑一下，好像陽光會干擾到牠。

「或許我可以和牠談談，」我說：「牠和俄塞里斯有關係，對吧？」

姬亞看著我，好像我瘋了一樣（我眞的瘋了），可是我沒有更好的主意。

她準備好魔棒和魔杖。「我會掩護你。」

我走向怪物，亮出我的雙手，表示什麼都沒有。「帥牛，我是卡特．凱恩，俄塞里斯算是我爸。我們來停戰如何……」

眼鏡蛇朝我的臉噴火。

牠原本會把我變成「特級酥脆卡特」，但姬亞喊了一個咒語命令。在我踉蹌後退的同時，她的魔杖吸收了攻擊的威力，如同吸塵器般吸取火焰。她用魔棒劃過空中，一面發亮的紅色火牆突然竄出圍住阿庇斯聖牛，可惜牠只是站在那裡與對我們怒目而視，完全沒有受傷。

姬亞咒罵著。「在火焰魔法上，我們似乎遭遇到絕境。」

公牛放低牛角。

我的戰神本能取得了控制權。「快找掩護！」

姬亞衝向一邊，我衝入另一邊。公牛的太陽圓盤發出光芒，還帶有嗡嗡聲，接著射出一道金色的灼熱光束，擊中我們剛才所站的位置。我及時躲在一具石棺後面，我的衣服冒出蒸氣，鞋底融化了。而遭這道光束擊中的地板因此變黑還冒泡，彷彿岩石達到沸點一般。

「牛有雷射光？」我抗議，「這一點都不公平！」

「卡特！」姬亞從房間對面喊著，「你還好嗎？」

「我們必須分開行動！」我大聲喊回去，「我來引開牠，你趁機離開這裡。」

「什麼？不行！」

公牛轉往她發出聲音的方向。我必須動作快一點。

我的戰士化身在這種密閉的空間使不上力，但我需要戰神的力氣和速度。我召喚荷魯斯的力量，藍色光芒在我四周閃爍。我的皮膚感覺像鋼一樣厚實，肌肉如液壓活塞般強而有力。我站起來，雙拳打進石棺，將石棺變成一堆石頭和木乃伊灰，然後撿起一塊重達一百三十六公斤的石棺蓋碎片衝向公牛。

我們彼此衝撞。不知道爲什麼，我只不過要站穩腳步，卻用上了每一分魔法力量。公牛大吼一聲並推撞我，眼鏡蛇噴出的火焰竄到我防護罩上方。

「姬亞，快離開這裡！」我大喊。

「我不會離開你的！」

「你一定得走！我不能……」

在我聽見嗡嗡聲響前，甚至連手臂上的汗毛都豎了起來。我手上的石板在一道金色閃光中消失；我整個人往後飛，撞上另一具石棺。

我視線模糊，只聽見姬亞的叫聲。等到眼睛能再次聚焦時，我看見她站在房間中央，整個人被陽光包覆，唸著一道我不認識的咒語。公牛的注意力轉移到她身上，這或許救了我一命。我還來不及大喊，公牛便朝姬亞瞄準了牠的太陽圓盤，直射出超級灼熱的雷射光。

「不！」我大喊一聲。

刺眼的光芒讓我看不清楚；熱度吸光了我肺裡的氧氣。姬亞不可能在受到這樣的攻擊後還能存活。

然而當金色光芒漸漸散去，姬亞仍舊站在那裡。她的四周出現發光的巨大防護罩，形狀就像……聖甲蟲的殼。她的眼中燃燒著橘紅火光，火焰在她身邊流轉。她看著公牛，用一種絕對不是她自己的低沉沙啞聲音說話：「我是凱布利，初昇的太陽。沒有人可以藐視我。」

我後來才發現，她剛剛那段話是用古埃及語說的。

她手一推，一道小彗星朝阿庇斯聖牛射去，怪物起火燃燒，牠轉來轉去、用力跺腳，突然驚慌了起來。牠的腳開始碎裂，最後整個倒在地上，變成一堆正在冒煙的焦黑石塊。

房間突然變得安靜。我不敢隨便亂動。火焰仍然纏繞著姬亞，溫度似乎愈來愈高，燃燒的顏色從黃轉白。她像靈魂出竅般站著，脖子上的金色聖甲蟲現在絕對是在冒煙。

「姬亞！」我頭痛欲裂，卻還是勉強站起來。

她轉向我，舉起另一顆火球。

「姬亞，不要！」我說：「是我，卡特。」

她遲疑了一下。「卡特……？」她的表情由困惑轉為恐懼。眼睛裡的橘色火焰消失，然後癱倒在陽光下。

我跑到她身邊，試著將她抱在懷裡，但是她的皮膚燙得我碰不了。金色聖甲蟲在她的喉嚨上留下難看的燒燙傷口。

「水，」我喃喃地自言自語，「我需要水。」

我一向很不擅長使用神聖文字，可是我大喊：「沬！」

一個符號在我們頭頂上燃燒著：

好幾加侖的水在半空中出現，從我們頭上傾洩而下。姬亞的臉冒出蒸氣，她咳嗽並噴出好幾口水，可是沒有醒過來。她的高燒感覺上相當嚴重。

「我會帶你離開這裡。」我向她保證，並將她抱起來。

我不需要荷魯斯的力量。我體內有這麼多腎上腺素在流動，完全感覺不到自己的傷勢。

當薩特納在廳堂碰到我時，我直接從他身旁跑過去。

「喂，小老弟！」他轉過身，跟在我旁邊小跑步，並揮動一份厚厚的紙草卷。「做得好！我拿到《透特書》了！」

「你差點害死姬亞了！」我怒罵他，「立刻帶我們離開這裡，現在！」

「好好好，」薩特納說：「你冷靜點。」

「我會把你帶回我爸的法庭，」我大吼，「我會親自將你塞進阿穆特嘴裡，就像放進碎木機裡的樹枝一樣。」

「哇，老大。」薩特納帶我走上斜坡，回到先前掛有電燈並已開鑿的隧道。「我們先把你帶離開這裡可以嗎？記住，你還是需要我來解讀這本書，然後找到巨蛇的影子。接著再來處理碎木機的事吧，好嗎？」

「她不可以死。」我堅決地說。

「對，我懂。」薩特納帶我穿過更多隧道，並加快腳步。姬亞似乎一點都不重。我的頭不痛了。終於，我們衝進陽光中，奔向埃及女王號。

我承認我當時沒有想清楚。

我們回到船上時，血跡刀向我報告修船的成果，但他說的我幾乎沒聽進去。我直接走過他身邊，將姬亞抱進最近的船艙裡。我把她放在床上，然後在我背包裡翻找醫藥用品，結果找到了一只水瓶、潔絲給我的一些魔法藥膏、一些寫好的符。我不像潔絲是個治療師，我的治療能力只限繃帶和阿斯匹靈，不過我還是開始進行治療。

「加油啊，」我喃喃說著，「姬亞，加油。你會沒事的。」

她的體溫還是很高，溼透的衣服幾乎乾了。她翻著白眼，開始咕噥說話。我可以發誓，她說的是：「糞球。現在要來推糞球了。」

這本來會很好笑，不過她現在快死了。

「那是凱布利在說話，」薩特納解釋，「他是神聖的糞金龜，滾動太陽運行過天空。」

我不想理解這些，只想到我喜歡的女孩被一隻糞金龜附身，現在還夢到要推著一大團燃燒的糞便穿過天空。

但有一點毫無疑問：姬亞使用了神之道。她召喚拉，或至少是他的化身之一──凱布利。拉選擇了她，就像荷魯斯選擇了我一樣。

突然間，一切都說得通了。阿波非斯在姬亞小時候毀了她的村子，前大儀式祭司伊斯坎德費盡心思訓練她，以魔法把她藏起來陷入沉睡。假使她握有重新喚醒太陽神的祕密……

我在她喉嚨上抹了點藥膏，把一條冰涼的毛巾蓋在她的額頭上，但似乎沒什麼作用。

我轉向薩特納。「治好她！」

「噢，呃……」他皺著眉頭。「這個嘛，療癒魔法真的不是我的強項。不過至少你已經拿到《透特書》啦！如果她死了，也不算白白犧牲……」

「如果她死了，」我警告，「我會……我會……」我想不出一個會痛到不行的折磨方式。

「我知道你需要一點時間，」薩特納說：「沒問題。由我來告訴你的船長我們要去哪裡好嗎？我們應該盡快返回杜埃，回到夜之河上。你允許我去交代他命令嗎？」

「好，」我氣憤地說：「滾離我的視線就好。」

不知道過了多久，姬亞似乎退燒了，她的呼吸開始變得比較順暢，也睡得比較安穩。我吻了她的額頭，待在她身邊，握住她的手。

我微微感覺到船在移動。我們突然往下墜，然後匡噹撞擊水面引起一股震顫，濺起很大的水花。我感覺河水再次在船底下滾動。從胸口的刺痛來看，我猜我們已經返回杜埃。

我身後的艙門嘎吱一聲被打開，但我的目光仍放在姬亞身上。

我等著薩特納開口說話（他大概又要吹噓自己有多厲害，領著我們回到夜之河上），他卻保持沉默。

「怎樣？」我問。

木頭劈開的聲音嚇得我跳起來。

站在門口的並不是薩特納，而是血跡刀赫然出現在我面前。他的斧頭腦袋剛才砍斷了門框，現在他拳頭緊握。

他用一種憤怒、冷酷的嗡嗡聲說：「凱恩少爺，納命來。」

13 狩獵競賽

我懂了。故事說到斧頭殺人魔就停了。你是想讓我要講的故事顯得很無聊嗎？卡特，你怎麼這麼渴望別人注意啊。

你乘坐一艘裝配豪華的船隻行駛在尼羅河上，和你比起來，華特和我的旅行就沒那麼有格調了。

在死人之境，我鼓起勇氣與艾西絲交談，和她商量、請她打開可以前往尼羅河三角洲的通道。艾西絲一定還很氣我（我無法想像箇中原因），因爲她把華特和我放在水深及腰的沼澤，我們的腳完全陷在泥巴裡。

「多謝了！」我對著天空大喊。

我試著移動，但動彈不得。一大群蚊子聚集在我們周圍。河水冒著泡泡，又有水花拍濺的聲音，讓我想起滿嘴尖牙的虎魚，還有卡特以前告訴過我的水中精怪。

「有任何主意嗎？」我問華特。

現在他回到凡人的世界，卻似乎失去了活力。他看起來……用「掏空」這個詞來形容是再適合不過了。他的衣服在身上變得更寬鬆，眼白部分泛著不健康的黃色。他的肩膀下垂，彷彿脖子上的護身符重得讓他站不直。看到他這樣讓我很想哭，而我不常哭。

「有。」他說，在他的包包裡翻找。「我有這個東西。」

他拿出一個薩布堤，是一個白色鱷魚蠟像。

「噢，不會吧，」我說：「你眞是太調皮了。」

華特笑一笑。有那麼一下子，他看起來幾乎就和從前一樣。「既然大家都棄守布魯克林之家，我想把它留在那裡不太對。」

他把蠟像扔進河裡，說了一個指令，馬其頓的菲利普立刻從水裡浮出來。

尼羅河裡突然冒出一隻大鱷魚，通常是你不想遇到的事，這會讓你想要逃跑，不過看到菲利普我倒是很高興。牠露出巨大的鱷魚牙齒對我微笑；牠的粉紅色眼睛發亮，白色鱗片的背部則浮在水面上。

華特和我抓著牠，菲利普馬上把我們從泥巴裡拉出來。我們很快就坐到牠背上，往上游前進。我騎在前面，跨坐在菲利普的肩膀上，華特坐後面，就在菲利普的背脊中央。菲利普是一隻很大的鱷魚，所以華特和我之間還留有很大的空間，這寬度可能比我理想的還要寬。然而這樣的騎乘經驗還不錯，只不過全身會溼答答、滿身泥濘，還被蚊子包圍。

這裡的景致像個迷宮，由多條水路、青草叢生的小島、蘆葦地與淤泥淺灘所組成，想要分辨出河流結束和陸地起始的位置是不可能的。偶爾我們會看到遠處有犁耕過的田地或是小村莊的房屋屋頂，但大多時候這條河上就只有我們兩個人。我們看見幾隻鱷魚，可是牠們都避開我們；牠們除非瘋了才會去惹菲利普。

如同卡特和姬亞，我們很晚才離開冥界。我警覺到太陽爬升到天空已經有多遠了。炎熱使空氣變成濃霾。我的襯衫和褲子都溼透了，眞希望我有帶一套替換的衣服，但這樣也不會有什麼不同，因爲我連背包也溼了。況且華特就在旁邊，沒有地方可以換衣服。

過了不久，我開始覺得看著尼羅河三角洲很無聊。我轉身盤腿而坐，面對華特。「如果有木頭，我們就可以在菲利普的背上升營火了。」

華特大笑。「我想牠不會喜歡的。況且，我不確定我們想要發射煙霧信號。」

「你認爲有人監視我們？」

他的表情變得嚴肅。「如果我是阿波非斯，或甚至是莎拉·雅各比的話……」

他不必把想法全部說完。隨便一個壞人都想致我們於死，他們當然也都在找我們。

華特東翻西找他收藏的項鍊。我完全沒注意到他嘴角的柔和弧線，或在潮溼空氣中，他的襯衫如何貼在胸膛上。沒有，我完全公事公辦，我就是這樣的人。

他選了一個形狀像朱鷺的護身符，而朱鷺是透特的神聖動物。華特低聲對著護身符說了幾句話，然後將它拋到空中。護身符變大成爲一隻美麗白鳥，有著又長又彎的鳥喙，翅膀頂端帶有些許黑色。牠在我們頭頂上盤旋，振翅產生的風打到我臉上，然後慢慢飛走，優雅地越過溼地。牠讓我想到以前卡通裡的鸛鳥，牠們會帶來包袱裡的嬰兒。爲了某種可笑的理由，這個念頭竟然讓我臉紅。

「你派牠出去偵查？」我猜。

華特點點頭。「牠會去找塞斯遺跡。希望就在附近。」

我心想，除非艾西絲把我們錯送到三角洲的另一邊。

艾西絲沒有回應，這點足以證明她還在發脾氣。

我們搭乘鱷魚號郵輪往上流駛去。我不會因為和華特有這麼多面對面相處的時間而感到彆扭，但現在有這麼多話要說，卻沒有適當方法說出來。等到明天早上，無論如何，我們對抗阿波非斯的漫長戰役就會結束了。

我當然擔心我們所有人。我把那個反社會的凡尼叔叔鬼魂留給卡特，甚至還沒辦法鼓起勇氣告訴他，姬亞有時候會變成丟火球的瘋子；我擔心阿摩司，以及他與賽特的抗爭；我擔心我們的年輕生徒，他們在第一行省孤軍奮戰一定非常害怕；我為我父親感到傷心，他坐在冥界王座上，再一次哀慟著我們的母親。當然，我也擔心我媽的靈魂，她正處在杜埃某處的毀滅邊緣。

我最關心的是華特。不管機率多麼渺茫，我們其他人都還可能有存活的機會，就算我們贏了，華特也會完蛋。根據薩特納的說法，華特甚至可能活不到我們這趟塞斯之旅結束。

我不需要別人告訴我這一點，只要把視線降入杜埃去看就一目了然。一個微弱的灰色光環繞著華特，光芒愈來愈弱。我猜想還要多久時間，他就會變成我在達拉斯預視裡看到的木乃伊？

話說回來，我在審判廳看到另一個景像。華特和胡狼守衛說過話之後，他轉過身來面對我，有那麼一下，我以為他是……

「阿努比斯想要過去那裡，」華特打斷我的思緒，「我是說去審判廳。他想過要為了你去那裡一趟，假如那是你在思考的事情的話。」

我罵他：「華特．史東，我在想的是你。你快沒時間了，我們還沒有好好談過這件事。」就算只說了這些，還是很不容易。

華特的腳在水裡划動，他把鞋子放在菲利普的尾巴上晾乾。我覺得男生的腳不怎麼有吸引力，尤其是剛把沾滿泥巴的運動鞋脫掉的時候，然而華特的腳很漂亮，腳趾的顏色幾乎和尼羅河裡晃動的淤泥一樣。

（卡特在抱怨我對華特的腳的評論。好吧，很抱歉。看著他的腳，要比去看他臉上的哀傷表情容易多了！）

「最遲就是今晚，」他說：「不過莎蒂，沒事的。」

我心裡湧出一股憤怒，我自己都嚇了一跳。

「別說了！」我生氣地說：「根本一點都不好！喔，對，你曾告訴我，你覺得自己能夠認識我、在布魯克林之家學習魔法以及協助對抗阿波非斯等這一切多麼感謝。真是非常崇高啊，但這不是……」我講到破聲，「這一點都不好！」

我的拳頭重重打在菲利普布滿鱗片的背上，這對鱷魚不公平，對華特大吼大叫也不公平，可是我受夠了悲劇。我並不是因爲這一切失去、犧牲和可怕的哀傷才被設計出來的，我想要擁抱華特，但我們之間隔了一道牆，也就是知道他會死這件事。我對他的感覺非常混亂，我不知道是因爲純粹被吸引或罪惡感，還是（容我這麼說）愛情……或者是出於不想再失去我關心的人的固執決心。

「莎蒂……」華特凝視沼澤對面。他看起來很無助，我想這不能怪他。現在的我讓人覺得難以相處。「如果我是爲了自己的信仰而死……我覺得沒關係。但死亡不必是結束。我一直在與阿努比斯談，而且……」

「埃及的神，別再提起他！」我說：「請不要再說他的事。我完全明白他告訴你的事。」

華特看起來很震驚。「你知道？而你……不喜歡這個主意？」

「當然不喜歡！」我大喊。

華特看起來非常沮喪。

「噢，拜託你別說了！」我說：「我知道阿努比斯引領亡者，他一直在替你準備進入來世，而他告訴你這會沒事。你會死得很光榮，接受的審判會非常快速，然後直接進入古埃及天堂。好得不得了！你會像我可憐的媽媽一樣變成鬼。這對你來說或許不是世界末日。但我不想聽你說這些。我不需要另一個……另一個不能在我身邊的人。」

我的臉在發燙。我媽是個亡靈已經夠糟了，我從來沒辦法好好擁抱她，不能和她一起逛街，關於女生方面的事也沒辦法聽到她給我的意見。我和阿努比斯之間的聯繫被切斷也夠糟的，而這個帥到不行的神還讓我的心糾結在一起。在我內心深處，有鑑於我們的年齡差距（差不多五千歲），我一直知道和他在一起是不可能的事，但其他神命令他不能和我碰面，根本就是在傷口上灑鹽。

現在一想到華特會變成亡靈，也一樣碰不到……這實在太沉重了。

我抬頭看他，擔心我放肆的舉動會讓他感到更難過。

出乎我意料的是，他先露出微笑，接著哈哈大笑起來。

「什麼啦？」我質問。

他彎著腰，一直笑個不停，我覺得他這樣實在很不體貼。

「你覺得這很好笑嗎？」我大喊，「華特．史東！」

「不是……」他抱著腰。「不，只是……你不懂。事情不是這樣子。」

「好吧，那是什麼樣子？」

他控制住自己不再大笑。當他的白朱鷺從空中飛下來，他似乎在整理思緒。朱鷺停在菲利普頭上，拍動翅膀，發出叫聲。

華特的微笑消失了。「我們到了，這裡是塞斯遺跡。」

菲利普載我們上岸。我們穿上鞋子，涉水穿越溼地。前方延伸出一片棕櫚樹林，在午後的陽光下顯得朦朧。鷺鷥從我們頭上飛過，橘黑色相間的蜜蜂盤旋在紙莎草上。

一隻蜜蜂停在華特的手臂上，還有幾隻在他的頭附近繞行。

華特臉上的表情與其說是擔心，不如說是困惑。「女神應該就住在這附近，妮特……她不是和蜜蜂有關嗎？」

「我不知道。」我坦承。不知爲何，我有種想要輕聲說話的衝動。

【對，卡特。對我來說這是頭一遭。感謝你的詢問。】

我透過棕櫚樹林凝望。在遠方，我以爲看到了一塊空地，地上有一堆泥磚固定在雜草上方，像是爛掉的牙齒。

我向華特指出那地方。「那是神廟的遺跡？」

華特一定也和我一樣有同樣的反應，就是要祕密行事。他蹲在草叢裡，努力壓低身形，然後緊張地回頭瞄了一眼馬其頓的菲利普。「或許我們不該讓一隻超過一公噸重的鱷魚跟著我們走過森林。」

「我同意。」我說。

他輕聲說了一個命令。菲利普縮小變回一個小蠟像。華特把我們的鱷魚放入口袋，我們開始偷偷朝遺跡前進。

愈是靠近遺跡，空中出現的蜜蜂就愈多。當我們抵達那處空地，發現有一整群蜜蜂，就像一塊活生生的地毯，蓋住一排已經傾倒的泥磚牆。

泥磚牆旁一塊歷經風吹雨打的石頭上坐著一名女子，她倚靠著弓，用箭在土地上素描。

她有一種嚴厲的美感，很瘦也很蒼白，有著高高的顴骨、凹陷的雙眼、挑高的眉毛，有如一個超級名模，容光煥發與營養不良只在一線之間。她的頭髮烏黑有光澤，兩邊綁著辮子，還用燧石做成的弓箭頭裝飾。她臉上那副傲慢的神情彷彿在說：「我太酷了，不屑看你。」然而，她的衣服一點也不華麗。她穿著狩獵用的沙漠色迷彩裝，上頭有著米色、棕色和暗橘色。幾把刀插在她的腰帶上。一個箭筒綁在她背上，而且她的弓看起來像是相當厲害的武器，光滑的木頭上刻了有力的象形文字。

最令人不安的是，她似乎正等著我們。

「你們吵死了，」她抱怨著，「我已經有十幾次殺掉你們的機會。」

我瞥向華特，再看看女獵人。「呃……我要謝謝你嗎？我是說，感謝你沒有殺了我們。」

這女人哼了一聲。「別謝我。如果你們想活命，就要有更好的表現。」

我不喜歡她說這句話的口氣，但一般說來，我不會要求全副武裝的女人對她的發言多費點心。

華特指著女獵人畫在地上的圖案，那是一個橢圓形，四邊有像腿一樣的東西。

「你是妮特，」華特猜測，「這就是你的象徵符號，一個上面有弓箭交叉的盾牌。」

女神揚起眉毛。「想太多了吧？我當然就是妮特。而且沒錯，那就是我的象徵符號。」

「看起來像蟲。」我說。

「這不是蟲！」妮特怒視著我。在她身後的蜜蜂變得急躁不安，紛紛爬過泥磚牆。

「你說得對。」我決定了。「這不是蟲。」

華特搖搖手指，彷彿剛冒出了一個想法。「蜜蜂……我現在想起來了，你的神廟有個名字叫做『蜜蜂屋[71]』。」

「蜜蜂是不會感到疲累的獵人，」妮特說：「也是無所畏懼的戰士。我喜歡蜜蜂。」

「呃，有誰會不喜歡蜜蜂呢？」我說：「迷人的小……嗡嗡蟲。可是你看，我們來這裡是有任務在身。」

我開始解釋關於貝斯和他影子的事。

妮特揮了揮她的箭，打斷我說話。「我知道你們來這裡的原因，別人告訴我了。」

我潤溼我的嘴唇。「其他人？」

「俄國的魔法師，」她說：「他們是很糟的獵物。在那之後，幾個惡魔經過這裡。他們也沒好到哪裡去，他們都想殺掉你們。」

我移動一步靠近華特。「我明白了。所以你……」

「當然是消滅他們。」妮特說。

華特發出一種介於咕噥和嗚咽之間的聲音。「消滅他們是因爲……他們很邪惡嗎？」他充滿希望地說：「你知道惡魔和那些魔法師都在替阿波非斯工作吧？這是陰謀。」

「這當然是陰謀，」妮特說：「他們全都有分，那些凡人、魔法師、惡魔、稅務員通通都是。但我看透了他們，任何想侵入我領域的人都要付出代價。」她對我露出嚴厲的笑容。「我會拿走戰利品。」

她從軍用夾克領子底下掏出一條項鍊。我皺起眉頭，以為會看到可怕零碎的……嗯，我甚至連說都不想說。結果出現的是一條綁著破爛布片的繩子，有丹寧布、亞麻布和絲質布。

「這些是口袋。」妮特說，眼裡閃著一絲邪惡。

華特本能地用手摸摸運動褲側邊。「你，呃……拿走他們的口袋？」

「你認為我很殘忍嗎？」妮特問，「喔，是啊，我收集敵人的口袋。」

「真嚇人，」我說：「我不知道惡魔有口袋。」

「喔，有啊。」妮特往兩旁瞄了一下，顯然是要確定沒有人在偷聽。「你只是必須知道要去哪裡找。」

「對啦……」我說：「總之，我們來這裡是要尋找貝斯的影子。」

「沒錯。」女神說。

「而且我知道你是貝斯和托爾特的朋友。」我說。

「是的，我喜歡他們。他們很醜，但我不認為他們也參與了這個陰謀。」

「噢，他們當然沒有！或許，你可以告訴我們貝斯影子的下落？」

---

71 蜜蜂屋（House of the Bee）是妮特的神廟別稱。古埃及人認為神廟是神的住所，會以「家屋」來稱呼神廟。蜜蜂是下埃及的象徵，養蜂業也盛行於下埃及，因妮特是下埃及的守護神，神廟就被稱為「蜜蜂屋」。

「我可以啊，它就在我的土地上，在古代的影子之中。」

「那是在……現在什麼？」

真後悔我問了這個問題。

妮特把箭搭在弦上，往天空射出去。箭往上飛時，空氣起了波動，一股震波蔓延這整片土地，我感到頭暈目眩。

我眨眨眼，發現下午的天空變成更明亮的藍色，上面綴有橘紅色的雲朵。空氣涼爽清新。一群鵝從頭上飛過。棕櫚樹更高大，青草更翠綠……

【沒錯，卡特，我知道這聽起來很蠢，但另一邊的草真的比較翠綠。】

原本是泥磚廢墟的地方，現在矗立了一座雄偉莊嚴的神廟。華特、妮特和我就站在牆外，而這道牆也升高了十公尺，在陽光照射下白得發亮，整個神廟建築群面積至少一定有一平方公里。沿著左邊牆壁過去，上面有金絲雕花的大門閃閃發光。通往河邊的路上排列著斯芬克斯石像，河邊有帆船停靠。

我無所適從嗎？是呀。但我之前有過類似的經驗，就是在時代廳觸摸了光幕那時候。

「我們現在是在過去嗎？」我猜。

「是在過去的影子裡，」妮特說：「是回憶。這是我的避風港，也可能是你的葬身處，除非你能贏得狩獵比賽活下來。」

我全身緊繃。「你是說……你要獵捕我們？但我們不是你的敵人啊！貝斯是你的朋友，你應該幫助我們！」

「莎蒂說得對，」華特說：「阿波非斯是你的敵人，他在明天早上就會毀滅世界。」

妮特哼了一聲。「世界末日？我億萬年來看到許多次世界末日到來。你們這些軟弱的凡人忽視警告，不過我已經準備妥當。我有個地底碉堡，裡面堆滿了食物、乾淨的水，還有足夠的武器和彈藥，可以抵擋殭屍大軍。」

華特眉頭深鎖。「殭屍大軍？」

「你不會知道有什麼事發生！」妮特厲聲說：「重點是，我會安然度過這場浩劫。我可以靠陸地維生！」她用手指戳我一下。「你知道棕櫚樹一共有六個部位可以食用嗎？」

「呃……」

「而且我永遠不會無聊，」妮特繼續說：「因爲我也是編織女神。我有足夠的繩子可以打一千年份的裝飾結。」

我沒回答，我不確定「裝飾結」是什麼意思。

華特舉起雙手。「妮特，那太好了，可是阿波非斯明天就會復活。他會吞下太陽，讓全世界沉入黑暗之中，讓整個地球崩壞回到混沌之海。」

「我待在我的碉堡裡很安全。」妮特堅持。「如果能向我證明你們是朋友而不是敵人，或許我會幫你們找尋貝斯的影子，你們就可以和我一起待在碉堡。我會教你們生存技巧；我們會吃軍用口糧，用我們敵人的口袋織出新衣！」

華特和我互看一眼。這女神是個瘋子，可惜，我們需要她的幫忙。

「所以，你想獵捕我們？」我說：「而我們應該活著……」

「在傍晚之前。」她說：「只要在這麼長的時間內躲過我，你們就可以住在我的碉堡。」

「我有不同的提議，」我很快地說：「不住碉堡。如果我們贏了，你幫我們找到貝斯的影子，而你也要站在我們這邊對抗阿波非斯。如果你真是一位戰爭女神和獵人，應該很享受一場打得漂亮的戰爭。」

妮特露出微笑。「成交！我甚至會多給你們五分鐘早點出發。但我要警告你們，我從來沒輸過。我殺了你們時，會取走你們的口袋！」

「你談了一筆條件苛刻的交易，」我說：「不過好吧。」

華特用手肘推推我。「呃，莎蒂……」

我給了他一個警告的眼神。就我來看，我們逃不過這場狩獵，但我的確有個可以讓我們保命的想法。

「比賽已經開始！」妮特大喊，「在我領域裡的任何地方都可以去，基本上就是整個三角洲。無所謂，反正我會找到你們。」

華特說：「但是……」

「現在剩四分鐘。」妮特說。

我們做了唯一明智的事。我們轉頭起跑。

當我們狂奔的時候，我大喊：「什麼是『裝飾結』？」

「是一種編織技巧，」華特說：「爲什麼要談這個？」

「不知道。」我承認，「只是好……」

整個世界忽然上下顚倒，或者該說是我整個人上下顚倒。我發現自己吊掛在一個用繩索編成的扎人網袋裡，雙腳朝上。

「這就是『裝飾結』。」華特說。

「好極了，快放我下來！」

他從背包裡拿出一把刀子（眞是個實際的男生），在一番努力後幫我逃脫，但我發現我們已經失去領先的時間。太陽在天際線的位置變得較低，然而我們還能活多久？三十分鐘？還是一個小時？

華特在背包裡翻找，短暫地考慮了一下白鱷魚蠟像。「用菲利普嗎？」

「不，」我說：「我們不能和妮特硬碰硬。我們必須避開她。我們可以分開……」

「有老虎、船、斯芬克斯、駱駝，但沒有隱形工具。」華特喃喃說著，解釋他的護身符。

「爲何我沒有隱形用的護身符？」

我打了個冷顫。我前一次使用隱形魔法並不順利。「華特，她是狩獵女神，就算你有，我們大概也沒辦法用隱形咒語騙過她。」

「要不然怎麼辦？」他問。

我把手指放在華特胸膛，敲敲他沒考慮到的護身符。這條項鍊和我身上那條是一對。

「『生』的護身符？」他眨眨眼。「可是這能做什麼用？」

「我們兵分二路，爭取時間，」我說：「我們可以透過這種護身符分享想法，對吧？」

「嗯……沒錯。」

「它們也能以心電感應把我們傳輸到對方那裡，對吧？」

華特皺眉。「我……我是設計來這麼做，但是……」

「如果我們分開，」我說：「妮特就得從我們當中選擇一人追捕。我們盡可能逃得愈遠愈好。如果她先找到我，你就用護身符傳送我來逃離危險，反過來也一樣。然後我們再分開，不斷持續進行。」

「漂亮。」華特承認。「只要護身符反應夠快，還有我們能維持心靈間的聯繫，還有在我們求救之前，妮特沒有殺了我們其中一人，還有……」

我將手指放在他嘴唇上。「說到剛才『漂亮』那裡就夠了。」

他點點頭，然後匆匆給了我一吻。「祝你好運。」

在我需要全神貫注的時候，這個笨男生眞不該做這種事。他往北邊跑，在我頭暈了一下後，我往南邊跑去。

會發出嘎吱聲響的戰鬥靴，不適合躲藏潛伏使用。

我考慮涉水穿過河流，或許水可以掩蓋我的痕跡，但我可不想在不知道水底下有什麼的情況下貿然游泳，可能是鱷魚、蛇、惡靈之類的東西。卡特曾經告訴我，大多數古埃及人都不會游泳，當時聽了覺得很好笑，哪有人住在河邊不會游泳？現在我懂了。沒有一個心智正常的人會想去那樣的水域裡泡一下。

（卡特說，在泰晤士河或東河裡游泳，對你的健康也一樣糟。好吧，這麼說很公平。【親愛的哥哥，你現在閉嘴，讓我繼續說完『了不起的莎蒂成功阻止悲劇發生』這段故事吧。】）

我沿著河岸跑，闖過蘆葦床，並從一隻在曬太陽的鱷魚身上跳過去。我根本沒管牠是否追過來。我還有更危險的敵人需要擔心。

我不確定跑了多久，感覺像是好幾公里。隨著河岸愈來愈寬，我轉向內陸跑去，試圖躲在棕櫚樹下，以此作爲掩護。我沒有聽到任何追蹤的訊號，然而我常覺得肩胛骨中央位置癢癢的，好像那裡等著被射中一箭。

我跌跌撞撞經過一塊空地，那裡有一些繫著纏腰布的古埃及人，正在小茅草屋旁的火堆煮東西。或許這些埃及人也是古時候的影子，不過他們看起來栩栩如生。他們看見一身戰鬥打扮的金髮女孩闖進自己的營地時嚇了一大跳，然後看見我的魔杖和魔棒後立刻趴倒，頭頂在地上，口中唸唸有詞，提到帕安卡，也就是「生命之屋」。

「呃，沒錯，」我說：「帕安卡公事。請各位繼續手邊的事。再見。」

我立刻快速跑開。不知道未來某天我是否會出現在某個神廟壁畫裡：一個金髮挑染紫色的埃及女孩從側邊跑過棕櫚樹林，用象形文字寫著大喊「好噁心」，而妮特在後面追逐。想到某個可憐的考古學家試圖理解這幅壁畫，幾乎讓我的精神為之一振。

我到達棕櫚林邊緣時突然停住腳步。在我前面，從這裡一直延伸到遠處都是已經犁耕的田地。這裡無處可逃，也無處可躲。

我轉過身去。

匡啷！

一支箭射中離我最近的一棵棕櫚樹，力量大到讓果實劈里啪啦掉在我頭上。

「華特，」我焦急地想，「拜託，就是現在。」

在二十公尺外的地方，妮特從草叢中站起來。她將河裡的泥巴抹在臉上。棕櫚樹葉從她的頭髮裡突出來，像兔子耳朵。

「比起你，我用過更多的技巧來狩獵野豬，」她抱怨，「我還曾用更多的技巧來獵捕紙莎草哩！」

「現在，華特，」我心想，「親愛的華特，就是現在。」

妮特不屑地搖搖頭，將箭搭在弦上。我的胃裡有股緊張感，彷彿正坐在車裡，而司機突然踩煞車。

我發現自己坐在華特身邊，就在一棵大懸鈴樹的最矮分枝上。

「這招有用。」他說。

了不起的華特！

我適切地吻了他，或至少是在我們現在這種情況下的適當親吻。他嘴裡有股甜甜的味道，我以前沒注意過，好像他一直在吃蓮花似的。我想起那首古老的校園歌謠：「華特和莎蒂，坐在樹上，親──嘴──嘴。」幸好，任何一個會取笑我的人都遠在五千年後的未來。

華特深呼吸一口氣。「那是在感謝我嗎？」

「你看起來好一點了。」我注意到。他的眼睛沒這麼黃了，移動起來似乎也沒這麼痛苦。我應該高興才對，卻擔心了起來。「那股蓮花的味道……你是不是喝了什麼東西？」

「我很好。」他避開我的目光。「我們最好分開，再試一次。」

我並未因此就比較不擔心，但他說得對。我們沒時間聊天。我們一起跳到地上，往不同的方向跑走。

太陽現在快碰到天際線了。我開始覺得有希望，顯然我們不用再撐更久了。

我差點又踩進一個裝飾結網袋，幸好我特別留意了妮特的美工勞作。我閃開陷阱，穿過一大片紙莎草叢，發現自己回到妮特的神廟裡。

金色大門敞開。寬闊走道有斯芬克斯列隊兩旁，直接通往神廟建築群。沒有守衛……也沒有祭司。或許妮特把他們全都殺了，並且收集他們的口袋；或是他們都躲在地底下的碉堡，爲殭屍大軍進攻做準備。

嗯。我想，妮特自己的地盤應該是她最後一個想到要找我的地方，況且托爾特曾在這裡的城牆上見過貝斯的影子。如果我可以不靠妮特的幫忙找到影子，那更好。

我跑向大門，一直懷疑地看著那些斯芬克斯像。沒有一尊雕像復活。寬廣的庭院裡矗立了兩座獨立的方尖碑，最上頭的地方有鍍金。在兩座方尖碑之間發光的則是穿著古埃及服飾的妮特雕像，她的腳邊堆疊著盾牌和箭，像是戰利品。

我看看四周牆壁，一些樓梯通往城牆。逐漸西沉的太陽投射出許多長長的影子，但沒看到任何明顯的侏儒陰影。托爾特建議我要呼喚影子。我正要開口嘗試，就聽見華特的聲音在我心裡響起：「莎蒂！」

當某人的生命安危全靠你的時候，實在很難專心。

我抓住『生』護身符，喃喃說：「快過來，快點。」

我想像華特就站在我旁邊，希望他身上沒有中箭才好。我眨眨眼……他就在這裡。他抱住我，還差點把我撞倒。

「她……她本來會殺了我，」華特上氣不接下氣，「但是她想先談談。她說她喜歡我們的伎倆，她很榮幸可以殺了我們、取走我們的口袋。」

「太好了，」我說：「再分開吧？」

華特瞥向我身後。「莎蒂，你看。」

他指著城牆的西北角，有一個城垛從牆上突出來。當天空轉爲紅色，影子漸漸從城垛一側消失，但是還剩下一個影子在那裡——一個髻髮、粗壯的小個子影子。

恐怕我們忘了原本的計畫。我們一起跑向階梯，爬上城牆，很快就站在擋牆上盯著貝斯的影子看。

我發現，托爾特說她與貝斯手牽手那晚所坐的地方，就是我們現在的所在位置。貝斯說了實話，他把影子留在這裡，就算他自己不快樂，影子還是可以繼續開開心心。

「噢，貝斯……」我的心像縮小變成了薩布提蠟像。「華特，我們要如何抓住影子？」

我們身後傳來一個聲音說：「你們抓不了的。」

我們轉過身去。在幾公尺外，妮特站在城牆上，她的弓上搭了兩支箭。在這個範圍內，我想她毫無困難可以一次射中我們兩人。

「你們做得好，」她承認，「不過贏得狩獵比賽的人總是我。」

14 多重人格

現在是呼喚艾西絲的好時機嗎？

或許是吧。但就算艾西絲有所回應，我懷疑我召喚魔法的速度可以快過妮特的箭。事實上，我打敗妮特這個獵人的可能性很低，但如果我使用另一位女神的力量來對付她，我覺得她會認爲這算是作弊。她可能認定我是這個「俄國人」或「殭屍」或「稅務官」陰謀的一部分吧。

儘管妮特是個瘋子，我們還是需要她幫忙。比起她坐在自己的碉堡拿我們的口袋來做外套或打繩結，讓她對著阿波非斯射箭攻擊還有用多了。

我思緒飛快。要怎麼樣才能贏過獵人？我對獵人所知不多，除了外公那個住在安養院的朋友麥尼爾少校，他以前常常說故事……啊，對了。

「眞是可惜啊。」我脫口而出。

妮特遲疑了一下，正如我希望的那樣。

「什麼事？」她問。

「棕櫚樹有六個部位可以吃。」我大笑，「其實可以吃的部位有七處。」

妮特皺著眉。「不可能！」

「哦，是嗎？」我揚起眉毛。「你有沒有住過柯芬園的土地？你有沒有跋涉穿過康頓水門[72]的野地，並且存活下來述說自己的經歷？」

妮特的弓箭稍微晃了一下。「我不知道你說的這些地方。」

「我想也是！」我雀躍地說：「噢，妮特，我們大可彼此分享那些故事，還有求生技巧。有一次我整個星期什麼也沒找到，只靠臭酸的餅乾和利賓納[73]的果汁過活。」

「利賓納是一種植物嗎？」妮特問。

「含有各種你需要維生的營養素，」我說：「如果你知道去哪裡買……我是說知道去哪裡採收的話。」

我舉起魔棒，希望她會認爲這個動作只是戲劇化的表現，而不是對她做出威脅。「哎呀，有一次我在我查令十字路車站的碉堡，跟蹤一種名叫果凍寶寶[74]的致命獵物。」

妮特的眼睛張得很大。「它們很危險嗎？」

[72] 康頓水門（Camden Lock）位於倫敦康頓鎮，共有兩座，用以調節攝政運河（Regent's Canal）之水位。後來因運河貿易縮減，於一九七五年成立了臨時市集而重新發展，以手工飾品等個性小店著名。如今已是結合鄰近六個市場的大型流行文化市場，因此康頓水門又稱「康頓市場」。

[73] 利賓納（Ribena）是一款英國知名飲料，其主要成分為黑醋栗果汁。

[74] 果凍寶寶（Jelly Babies）是一種英國知名的娃娃形狀小軟糖，自一九五三年開始長銷至今。

「非常可怕，」我肯定地說：「噢，它們只有在單獨一個的時候看起來小小的，但總是一大群一起出現。很黏，會令人發胖，非常危險。我那次自己一個人，身上只有兩英鎊和一張地鐵票，旁邊還跟了一堆果凍寶寶，當時啊……唉，別說了。當你遇到果凍寶寶……你自己就會知道了。」

她放下弓。「告訴我。我一定要知道如何獵捕果凍寶寶。」

我面色凝重地看著華特。「華特，我訓練你幾個月了？」

「七個月，」他說：「快八個月了。」

「我認為你夠資格跟我去追捕果凍寶寶了嗎？」

「呃……還沒有。」

「你看吧！」我跪下來，開始在城牆地板上用我的魔棒畫線。「就連華特都還沒準備好學習這種知識。我可以在這裡畫一張可怕的果凍寶寶畫像給你，甚至是……老天保佑這不會發生！……甚至是告訴你可怕的英國奶油消化餅的樣子。不過知道這些，可能會毀掉一個不夠格的獵人。」

「我是狩獵女神！」妮特愈靠愈近，讚嘆地看著發光的標示，顯然她沒有發現我寫的是保護性象形文字。「我一定要知道。」

「這個嘛……」我看了一眼天際線。「首先，你得了解時間的重要性。」

「對！」妮特熱切地說：「把這告訴我。」

「例如……」我敲敲象形文字，啓動咒語。「現在是黃昏。我們還活著，所以我們贏了。」

妮特的表情變得嚴峻。「這是詭計！」

她撲向我，但保護性的象形文字發出光亮，將女神擋了回去。她舉起弓，射出箭。

接下來發生的事在許多方面都令人感到驚訝。首先，射出來的箭一定施有很強的魔法，因爲這些箭通通射進了我的防護罩；再來，華特以驚人的速度往前一撲，他用比我的尖叫還快的速度（我也眞的尖叫了）在空中伸手接住了箭。這些箭全都粉碎成灰，消散在風裡。

妮特驚恐地後退。「是你。這不公平！」

「我們贏了，」華特說：「你要遵守約定。」

我完全不了解他們兩人之間所交換的眼神，像是在進行某種意志力比賽。

妮特咬牙切齒，忿忿不平。「很好，你們可以走了。阿波非斯復活時，我會站在你們那邊作戰。不過賽特之子，我永遠不會忘記你是如何侵犯我的領域。至於你……」

她凶狠地瞪著我。「我要在你身上施下獵人的詛咒：有一天你會被你的獵物欺騙，就像我今天被你騙了一樣。希望你會被一大群狂野的果凍寶寶攻擊！」

說完可怕的威脅後，妮特化爲一堆細繩消失。

「賽特之子？」我瞇著眼睛看華特。「到底是……」

「小心！」他警告我。在我們四周，神廟開始坍塌。當魔法震波收縮，空氣產生波動，周遭的景致轉變爲今日現代的埃及。

我們差點走不到樓梯底部。神廟最後的城牆已經變成一堆破舊的泥巴磚塊，然而在磚塊上仍舊可以看到貝斯的影子，隨著太陽下山漸漸消失。

「我們動作要加快了。」華特說。

「沒錯，可是我們要怎麼樣抓到影子？」

在我們身後，有人清了清喉嚨。

阿努比斯靠在附近一棵棕櫚樹上，他的表情嚴肅。「很抱歉打擾你們，但是，華特……時間到了。」

阿努比斯炫耀他的正式埃及裝扮。他脖子上戴著一條金色頸圈，穿了一條黑色短裙和一雙涼鞋，差不多是這樣了；就像我之前說過的，不是很多男生都能做這樣打扮的，尤其還用化妝墨畫了眼線，但阿努比斯做這種打扮就非常成功。

突然間，他警覺起來，立刻朝我們跑過來。此刻我有種荒謬的想法，覺得自己像是外婆那些老舊愛情小說封面上的年輕女子，憔悴地倒在一個半裸肌肉男的懷裡，而另一個帥哥站在旁邊對她投以渴望的眼神。噢，女孩得做出可怕的選擇。真希望我有時間梳洗一下；我全身都是乾掉的泥巴、線團和草，看起來就像被人淋上瀝青並黏上羽毛折磨過。

然後阿努比斯推開我，緊緊抓住華特的肩膀。嗯……沒想到會出現這種場面。

然而我很快發現，是他讓華特沒有整個倒下。華特滿臉是汗，垂著頭，膝蓋無力，彷彿有人割斷了最後一條撐住他的線。阿努比斯輕輕將他放在地上。

「華特，你醒醒看著我，」阿努比斯激動地說：「我們還有事情沒了結啊。」

「事情沒了結？」我大喊。我不確定自己怎麼了，但感覺像是被人用修圖軟體從自己的小說封面上清掉。如果說有什麼事是我不習慣的，那就是被人忽略。「阿努比斯，你在這裡做什麼？你們兩個在搞什麼名堂？到底是什麼事情沒有了結？」

阿努比斯皺眉看著我，好像眞的忘了我的存在。這對我的心情沒什麼幫助。「莎蒂……」

「我試過要告訴她。」華特呻吟著說。阿努比斯幫他坐直身體，不過他的臉色看起來還是很糟。

「我了解，」阿努比斯說：「我猜是因爲你根本沒機會插嘴吧？」

華特勉強露出微弱的笑容。「你應該看看她對妮特說果凍寶寶的樣子。她就像……我不知道，大概像是一列會說話的貨運火車。狩獵女神根本沒勝算。」

「對，我看到了，」阿努比斯說：「那種討人厭的樣子還滿可愛的。」

「抱歉，你說什麼？」我不確定這兩個人到底要先打誰。

「還有她那樣臉紅的時候。」阿努比斯補充，說得我好像是某種有趣的物種。

「很可愛。」華特同意。

「所以你決定了嗎？」阿努比斯問他，「這是我們最後的機會。」

「是的，我無法離開她。」

阿努比斯點點頭，捏緊了他的肩膀。「我也是。但是先處理影子吧？」

華特咳了起來，他的臉痛苦扭曲。「對，免得來不及。」

我無法假裝自己能清楚思考，但有件事很明顯：這兩個人一直在我背後討論了很久，比我所知道的還久。他們到底跟對方說了什麼我的事？忘了阿波非斯要吞噬太陽的事吧，現在這才是我最可怕的惡夢。

他們兩個怎麼能不離開我？從一個快死掉的男生和一個死神嘴裡聽到這種話實在很不吉利。他們在策畫某種陰謀……

噢，老天，我開始像妮特那樣思考了。我很快就會窩在一處地底碉堡吃著軍用口糧，當我把所有令我惱怒的男孩的口袋縫在一起時會咯咯笑不停。

阿努比斯好不容易攙扶華特走到貝斯的影子旁，而這個影子正在昏暗中快速消失。

「你能辦到嗎？」阿努比斯問。

華特喃喃說了些話，但我聽不出他講了什麼。他的雙手顫抖，卻還是從袋子裡拿出一塊蠟，開始捏成一個薩布堤。「薩特納試圖把這件事說得很複雜，不過現在我懂了。其實這很簡單，難怪神不希望這種知識落入凡人手中。」

「抱歉。」我插嘴說。

他們兩個都看著我。

「嗨，我是莎蒂．凱恩，」我說：「我不想隨便打擾你們的親密交談，但是你們到底在做什麼？」

「捕捉貝斯的影子啊。」阿努比斯告訴我。

「可是……」我似乎無法把話說出來。我還眞是一列會說話的貨運火車啊，現在已經變成一列撞壞的多話火車，不知該從何說起了。「可是如果這就是你們一直在談論的事，關於那些『決定』、『離開我』又是什麼……」

「莎蒂，」華特說：「如果我現在不行動，我們就要失去影子了。你需要仔細看好這道咒語如何進行，這樣才能用在巨蛇的影子上。」

「華特．史東，你不會死的。我不准你死。」

「這是一道很簡單的咒語，」他繼續說，無視於我的哀求。「進行一般召喚時要說『貝斯的影子』，而不是『貝斯』。等到吸收了影子，就要用綁縛咒語來固定它，然後……」

「華特，不要說了！」

他抖得好厲害，牙齒不停打顫。他怎麼能想到現在要替我上魔法課？

「……然後就是詛咒的時候，」他說：「你必須站在阿波非斯面前。這個儀式稀鬆平常，薩特納在這部分說了謊，這個咒語根本沒什麼特別，唯一困難的地方是要找到影子。要用在貝斯身上的話，把咒語顚倒過來說就可以了。你應該可以從遠處進行，因爲這是一個善意的咒語。影子會想要幫助你。把『生』放出去找貝斯，這樣它應該……應該能帶貝斯回來。」

「但是……」

「莎蒂。」阿努比斯的雙臂環繞著我，他的棕色雙眼充滿同情。「不要讓他花太多力氣講話，他需要有力氣來進行這個咒語。」

華特開始唸咒。他舉起這個看起來像迷你貝斯的蠟塊，然後用力壓在牆壁的影子上。

我開始啜泣。「但他會死！」

阿努比斯抱著我。他身上有股神廟裡燃燒的香的味道，混和了柯巴脂、琥珀和其他古代香味。

「他在死亡的陰影下出生，」阿努比斯說：「所以我們了解彼此。他原本早就癱瘓了，但潔絲給了他最後一份藥水來延緩痛苦，給他最後一道爆發能量，好應付緊急情況。」

我回想起華特呼吸中的甜甜蓮花香味。「他剛剛喝下去，在我們逃避妮特獵殺的時候。」

阿努比斯點點頭。「藥效已經退了，他只剩足夠的力氣來完成這道咒語。」

「不！」我想要尖叫、打他，卻害怕自己反而會癱軟在地上哭泣。阿努比斯把我擁在懷裡保護我，而我像個小女孩般哭哭啼啼。

我沒有藉口。就算這是爲了救回貝斯，但只要想到會失去華特，我就承受不了。就這麼一次，難道我不能成功做到某件事而不會犧牲許多人的性命？

「你一定要仔細看好，」阿努比斯對我說：「學會使用這道咒語，這是拯救貝斯的唯一方法。而你需要用同樣的咒語去捕捉巨蛇的影子。」

「我不管！」我哭喊著，但還是仔細看了。

當華特唸咒時，小蠟像如同一塊吸滿液體的海綿吸收了貝斯的影子。蠟像變得和化妝墨一樣黑。

「別擔心，」阿努比斯溫柔地說：「死亡不是他的結束。」

我捶打他的胸膛，但沒有用力。「我不想聽這種話！你甚至不該來這裡。神不是對你下了禁足令嗎？」

「我是不該靠近你沒錯，」阿努比斯同意，「因爲我沒有凡人的形體。」

「那你怎麼會出現？這裡沒有墓園，這也不是你的神廟。」

「你說得對。」阿努比斯承認。他朝華特的方向點點頭。「你看。」

華特唸完了他的咒語。他說了一個指令：「海—奈姆。」

代表「合體」的象形文字發出銀色光芒，照耀在深黑的蠟塊上：

我之前就是用這一道咒語指令來修復達拉斯的禮品店，還有阿摩司叔叔去年耶誕節向我們示範如何將一個破掉碟子恢復原狀。而我非常確定，這就是華特最後說的一個咒語。

他往前倒。我跑到他旁邊，用手臂環抱他的頭。他呼吸急促。

「咒語生效了。」他喃喃說著，「現在……把影子送到貝斯那裡。你必須……」

「華特，拜託，」我說：「我們可以送你去第一行省，那裡的治療師或許能……」

「不，莎蒂……」他把蠟像塞進我手裡。「快點。」

我試圖專心，這幾乎是不可能做到的事，但我還是勉強將咒語的字倒著唸。我將力量傳輸進蠟像，並想像貝斯從前的樣子。我催促影子快去找到主人，重新喚醒他的靈魂。我不是要將貝斯從這個世界上抹除，而是努力把他重畫在畫布上，而且這次要用不會褪色的墨水。

蠟像開始冒煙，然後就消失了。

「這……這樣有用嗎？」我問。

華特沒有回答，他的雙眼緊閉，躺在那裡一動也不動。

「噢，拜託……不。」我抱著他的額頭，立刻變得很涼。「阿努比斯，快想點辦法！」

他沒有回答。我轉頭一看，阿努比斯不見了。

「阿努比斯！」我大聲尖叫，聲音大到迴盪在遠方的懸崖。我盡可能輕輕放下華特。我站起來，轉了一圈，緊握雙拳。「就這樣嗎？」我對著空無一物的天空大吼。「你拿到他的靈魂就走了？我恨你！」

突然間，華特大口喘氣，睜開雙眼。

我因爲放心而啜泣。

「華特！」我跪在他旁邊。

「大門。」他催促著說。

我不懂他的意思。或許他看到了某種瀕死前的景象?他的聲音聽起來清楚多了,不再痛苦,但仍然很虛弱。「莎蒂,快點,你現在知道了咒語,這對……巨蛇的影子會管用。」

「華特,發生什麼事了?」我抹去臉上的淚水。「什麼大門?」

他虛弱地指著幾公尺外的地方,一扇黑色大門在空中盤旋。「這整趟追尋冒險是一個陷阱,」他說:「薩特納……我現在知道他的計畫了。你哥需要你幫忙。」

「可是你怎麼辦?跟我一起來!」

他搖搖頭。「我還是太虛弱。我會盡力替你在杜埃召集後援,你會需要援兵的,但我現在幾乎動不了。我會在日出時和你會合,就在第一行省,如果……如果你確定不會討厭我。」

「討厭你?」我完全搞不清楚。「我到底爲什麼會討厭你?」

他悲傷地微笑,這笑容很不像他。

「你看。」他說。

我過了一會兒才明白他的意思。一陣冰冷的感覺襲上我的心頭。華特是怎麼活下來的?阿努比斯在哪裡?他們兩個密謀了半天是在計畫什麼事?

妮特稱呼華特是賽特之子,可是他不是呀;賽特唯一的孩子是阿努比斯。

「我試過要告訴她。」華特曾經說過。

「他在死亡的陰影下出生,」阿努比斯曾告訴我,「所以我們了解彼此。」

我不想這麼做,但還是把視線降入杜埃裡去看。在華特所躺的地方看見一個不一樣的人，有點像是投射上去的影像……一個臉色蒼白的年輕人虛弱地躺在那裡，脖子上戴著金頸圈，身穿一條黑色埃及短裙，臉上有著我非常熟悉的棕色雙眼和悲傷的微笑。在杜埃更深處，我看見一個神散發出灰色光芒，那是阿努比斯的胡狼頭形體。

「噢……不，不。」我站起來，搖搖晃晃地從他身邊走開。是從「他們」身邊走開。有太多塊拼圖碎片同時間拼湊在一起，我的頭開始暈眩。華特那種將東西變成灰燼的能力……那就是阿努比斯之道。他傳輸這位神的力量已經好幾個月了。他們的友誼、討論、阿努比斯暗示另一個拯救華特性命的方法……

「你做了什麼？」我驚恐地看著他，甚至不確定要怎麼叫他。

「莎蒂，是我，」華特說：「還是同一個我。」

在杜埃裡，阿努比斯異口同聲說：「還是同一個我。」

「不！」我的雙腿顫抖，感覺遭人背叛、欺騙，彷彿整個世界已經崩裂毀壞，掉入混沌之海。

「我可以解釋，」他用兩個聲音說：「不過卡特需要你的幫忙。拜託，莎蒂……」

「不要說了！」我對我的行爲感到不光榮，但我轉身逃走，直接跳進黑暗通道。此刻我甚至不管這個通道通往何處，只要能遠離我一直以爲自己心愛的不死生物就好。

15 潛入惡靈之境

果凍寶寶？你是認真的嗎？

我從來沒聽過這一段。我妹總是令我驚奇連連。【不，莎蒂，我這麼說也不是在稱讚你。】

總之，當莎蒂正在上演那齣超自然男友的戲碼，我則面對著一個斧頭殺人魔船長，他擺明了想把名字改成「大開殺戒刀」。

「退下，」我對惡魔說：「這是命令。」

血跡刀發出一陣大概是狂笑的嗡嗡聲。他的頭往左一揮，動作有點像貓王的舞步，然後就在牆上挖了一個洞。之後他再次與我面對面，木屑掉得他滿肩都是。

「我得到其他命令，」他發出嗡嗡聲說：「是要殺人！」

他像一頭公牛般直接衝過來。在塞拉比尤姆經歷過混亂暴動之後，我現在最不想對付的就是公牛。

我伸出拳頭。「哈—威！」

代表「攻擊」的象形文字在我們之間發光：

一個以能量形成的藍色拳頭狠狠揍了血跡刀，將他震出門外，飛過客艙，撞在牆上。若是一般人遭到這樣的重擊，早就昏過去了，不過我可以聽見血跡刀從瓦礫中爬出來的聲音，而且還憤怒地嗡嗡作響。

我努力思考。要是能用剛才那個象形文字不斷出拳揍他就好了，但魔法不是這樣用的。一個神聖文字只要說過一次，就要等幾分鐘後才能再次使用，有時甚至要等上好幾個鐘頭。此外，神聖文字是最頂級的魔法。有些魔法師花費多年光陰，就只爲了鑽研一個象形文字。說太多象形文字會很快消耗你的能量，對此我可是學到深刻教訓，況且我也沒有太多能量可以浪費。

第一個難題是，要阻止惡魔接近姬亞。現在的她仍舊在半夢半醒之間，完全保護不了自己。我盡可能召喚了許多魔法，高聲說「那達」，這是「保護」的意思。

藍色的光在她四周閃耀。我回想起可怕的往事，想到我在春天找到放在水棺裡的姬亞。

假如她醒來發現自己被一團藍色能量包圍，以爲又被囚禁的話……

「噢，姬亞，」我說：「我不是故意要……」

「殺！」血跡刀從對面房間的斷垣殘壁中站起來。他的頭上插了一個羽毛枕頭，輕飄飄的鵝毛從空中落下，沾滿他全身制服。

我衝進大廳，朝樓梯的方向而去，並回頭看了一眼，確定船長跟著我來，而沒有去殺姬亞。我眞幸運，他的確跟著我。

我走到甲板，大喊：「薩特納！」

到處都看不到這個鬼。光球船員都瘋了，激動地到處亂飛、撞牆、繞著柴堆打轉，或是毫無理由地把步橋放下又拉起。我猜這是因爲血跡刀沒有給它們命令，它們不知所措。

船在夜之河上傾斜往下流而去，在水流中東倒西歪地搖晃。我們從兩塊崎嶇不平、能把船身磨碎的岩石中間滑過去，接著從一處瀑布往下掉，讓人下巴打顫。我抬頭看了一眼駕駛室，發現沒人在開船。我們到現在還沒被撞爛眞是奇蹟。我必須讓這艘船受到控制才行。

我往樓梯跑去。

跑到半路時，血跡刀不知道從哪裡冒出來，他的頭朝我胸口砍了一刀，劃開我的襯衫。要是我有個啤酒肚……噢，我不要去想了。我踉蹌後退，把手壓在肚臍上。他只劃傷我的皮膚，然而看到手指上的血時，還是讓我感覺快昏倒了。

「你還眞是個戰士啊。」我責罵我自己。

幸好，血跡刀的頭還插在牆上。他正努力要拔出來，不斷唸唸有詞地說：「接到新命令要殺掉卡特．凱恩。帶他到惡靈之境。確定這是單程之旅。」

惡靈之境？

我一口氣跑上樓梯，衝進駕駛室。

在這艘船的四周，河水捲入白浪激流裡。一根石柱從大霧中赫然出現，擦過船身右舷，扯掉一部分的欄杆。我們往旁邊旋轉，速度加快。在我們前方某處，我聽見幾百萬公噸的水嘩啦啦流入虛無的驚人聲音。我們正向瀑布疾駛而去。

我焦急地環視周遭想找尋河岸。杜埃裡的濃霧和昏暗光線造成視線不佳，但是在離船頭大約九十幾公尺的地方，我想我看到了火在燃燒，還有一條可能是海灘的黑線。

惡靈之境聽起來很不妙，可是不會比從瀑布摔落、撞成碎片要來得糟。我扯下警鈴的繩子，將舵拉穩，領著我們航向河岸。

「殺了凱恩！」

船長擦得發亮的靴子踢中我的肋骨，我整個人從舷窗飛了出去。玻璃碎裂，劃過我的背和雙腿。我從一根發燙的煙囪彈開，重重落在甲板上。

我的視線模糊，肚子被割到的那道傷口開始刺痛，雙腿感覺上像是拿去給老虎磨牙的玩具，而且感到體內有灼熱的疼痛感，有可能是墜落時摔斷了幾根肋骨。

總之，這不是我最棒的戰鬥經驗。

「哈囉？」荷魯斯的聲音在我心裡響起。「有沒有想過要呼救找人幫忙，還是你很高興把自己弄死？」

「對，」我立刻嗆回去。「冷言冷語還真有幫助。」

老實說，就算有荷魯斯幫忙，我也不認爲有足夠能量可以召喚出化身。我和阿庇斯聖牛那一戰幾乎耗盡了所有力氣，而且那還是在斧頭惡魔追著我跑、並把我踢出窗外之前的事。

我可以聽見血跡刀重重踏著腳步，下樓走回這裡。我努力想站起來，卻差點因疼痛而昏過去。

「來個武器吧，」我告訴荷魯斯，「我需要武器。」

我的手伸進杜埃裡，拿出一根鴕鳥羽毛。

「真的就這樣？」我大喊。

荷魯斯沒有回應。

在船急速駛向河岸的同時，光球船員正驚慌失措地在船上橫衝直撞。現在比較容易看到沙灘了，骨頭散布在黑色沙灘上，火山氣體從冒火的裂縫中往上噴發。噢，好極了，這還眞是我希望能撞船的地方。

我扔掉鴕鳥羽毛，再次把手伸入杜埃。

這次我拿出來的是一對很熟悉的武器，即彎柄手杖和連枷，那是法老的象徵物。這支金色與紅色相間的彎柄手杖是牧羊人的棍子，一頭呈彎曲狀；連枷則是一根棍子，上面有三條看起來很可怕的尖刺鏈子。我以前看過許多類似的武器，每一位法老都有一組這種東西，但我手上這一組看起來讓我覺得很不安，它很像最原始的那一組，也就是太陽神的武器，是今年春天我找到被埋在姬亞墳墓裡的那一對。

「這些東西在這裡做什麼？」我質問，「應該在拉那裡才對。」

荷魯斯仍舊不出聲。我感覺他和我一樣驚訝。

血跡刀在駕駛室裡衝來衝去。他的制服被撕破，沾滿了羽毛。他的斧頭刀刃出現一些新的凹痕，而且警鈴還纏在他的左靴上，所以走路時會叮叮噹噹響。不過他看起來還是比我好得多。

「夠了，」他發出嗡嗡聲說：「我已經侍候凱恩家族太久了！」

船頭那裡傳來步橋被放低下來的嘎吱聲響，我瞄了一眼，瞥見薩特納冷靜地從湍急的河水上方走過去。當船急速衝向黑沙灘，他停在步橋邊緣等著，正準備跳船去逃難，而且腋下還夾了一大卷紙草卷，那是《透特書》。

「薩特納！」我大喊。

他轉過身來揮揮手，高興地微笑。「卡特，沒事的！我馬上回來！」

「塔司！」我大喊。

哈托爾絲帶立刻將他包圍住，整個捲成一團，然後薩特納噗通一聲掉入水裡。

我沒有預料到會發生這種事，但沒時間擔心了。血跡刀衝過來，左腳發出沉重的「咚！

咚！」聲響！當他的斧頭往地板砍過來，我滾到一旁，不過他比我更快就重新站好。我的肋骨感覺像是浸泡在鹽酸裡，手臂一點力氣也沒有，根本拿不起拉的連枷。我舉起彎柄手杖想抵擋攻擊，卻不知道要怎麼使用。

血跡刀高高站在我面前，發出邪惡的嗡嗡笑聲。我知道躲不了另一次攻擊。我就要變成被劈兩半的卡特．凱恩了。

「我們之間到此爲止！」他大吼。

突然間，冒出一道火柱使他全身燃燒。他的身體蒸發，金屬頭掉了下來，插在我雙腳間的甲板。

我眨眨眼，猜想這會不會是某種惡魔的詭計，但血跡刀眞的完全消失了，除了那個作爲頭部的斧頭，其餘剩下的還有他擦得發亮的靴子、一個已熔掉一點點的警鈴，還有一些燒焦的鵝毛飄在空中。

在幾公尺外的地方，姬亞靠在駕駛室，她的右手纏繞著火焰。

「對，」姬亞對著正在冒煙的斧頭喃喃地說：「我們之間到此爲止。」

她熄滅火焰，然後拖著腳步走過來擁抱我。我放鬆下來，幾乎忘了體內灼熱的疼痛。

「你沒事了。」我說，在這種情況下講這種話聽起來很蠢，但她對我報以微笑。

「我很好，」她說：「有嚇了一跳。醒來後發現自己被藍色能量光包圍，不過……」

我剛好瞄她的身後一眼，這讓我的胃整個翻轉過來。

「抓緊了！」我大喊。

埃及女王號全速撞到岸上。

我現在了解爲什麼綁安全帶這麼重要了。

「緊緊抓住」聽起來絕對很糟。我們的船以如此力道擱淺到岸上，姬亞和我像人肉砲彈一樣射入空中，我們身後的船身發出砰的一聲巨響裂開。此地的景色倏地從我眼前閃過，我有半秒鐘時間思考我是會撞在地上死掉，還是掉進冒火的裂縫中燒死。接著，姬亞從上面抓住我的手臂，帶著我往空中飛。

我看了她一眼，發現她神情凝重、充滿決心，一手緊緊抓著我，另一手抓著一隻大禿鷹的鳥爪。這是她的護身符。我有好幾個月沒想到這個東西了，不過姬亞的確有一個禿鷹造型的護身符。因爲她就是這麼厲害，不知怎麼就啓動了它。

可惜，禿鷹的力氣不夠大，不能抓著兩個人在天上飛，只能減緩我們墜落的速度，所以姬亞和我沒有摔爛身亡，而是重重滾在黑沙灘上，兩人就在冒出火焰的裂縫旁撞在一起。

我的胸口感覺像是讓人用力踩扁，身體的每一塊肌肉都疼痛不已，看東西會出現疊影。但令我訝異的是，我的右手仍緊握著太陽神的彎柄手杖和連枷，甚至沒發現還拿著它們。

姬亞的狀況一定比我好多了（這是當然啦，我看過有些在路上被車撞死的動物，狀況都比我還要好）。她使出力氣把我從裂縫旁拉開，拖往沙灘的方向。

「噢！」我說。

「躺著別動。」她說了一個咒語命令，她的禿鷹便縮小變回一個護身符。她在背包裡東翻西找。

她拿出一個小陶罐，開始將藍色藥膏塗抹在我上半身所有割傷、燒傷和瘀青的地方。我身上的疼痛立刻緩解，傷口也癒合消失。姬亞的雙手既光滑又溫暖，她使用的魔法藥膏聞起來如盛開的金銀花。這不是我這一整天來最慘的體驗。

她又挖了一團藥膏，看著我肚子上那一道長長的傷口。「呃，這裡你應該自己來塗。」她把藥膏擦在我手指上，讓我自己去塗抹。然後傷口癒合了。我慢慢坐起來，仔細塗抹腿上被玻璃割破的地方。在我胸腔裡，我發誓可以感覺到肋骨正在癒合。我深呼吸一口氣，發現已經不會痛的時候鬆了口氣。

「謝謝，」我說：「那是什麼東西？」

她說：「尼夫帝[75]膏。」

「那是種蛋糕嗎？」

她的笑聲讓我覺得就和那罐藥膏一樣有效。「卡特，這是治療用的藥膏，用藍色蓮花、芫

[75] 尼夫帝（Nefertem）是埃及的香水之神。他頭戴睡蓮頭飾，時常以年輕斯文的美男子造型出現。由於這種睡蓮具有麻醉功效，古埃及人會用來作為麻醉藥。另外，古埃及人認為香水不只具有香氛美化的效果，也具有心靈和身體治療之效，因此尼夫帝亦被視為醫藥之神。

葵、毒蔘茄、磨碎的孔雀石和其他一些特殊原料製成。這種藥膏非常稀有，我只有這麼一罐。所以你不要再受傷了。」

「遵命，小姐。」

很高興我的頭已經不再暈了，視線也恢復正常，不再看到疊影。

埃及女王號的狀況就很糟了，殘存的船身支離破碎，散布在沙灘上，它的木板、欄杆、繩索和玻璃混雜在原本已經遍布沙灘的骨頭堆裡；駕駛室從裡面爆炸，火焰從破掉的窗戶盤繞竄出；掉落的煙囪在河裡吐出金色的煙霧。

我們看著船身斷裂，拖著光球一起滑入河裡。或許那些魔法船員和船被綁在一起，或許它們根本不具生命力，但當它們從混濁的河水表面消失時，我還是替它們感到難過。

「我們沒辦法那樣回去了。」我說。

「沒錯。」姬亞同意。「我們現在在哪裡？薩特納怎麼了？」

薩特納。我殺點忘了這個幽靈敗類，他就算沉到河底我也無所謂，可是《透特書》在他手上。

我環視沙灘。出乎我意料的是，離岸邊大約十八公尺的地方，我看見一個有點破爛的粉紅色木乃伊正在不停扭動，奮力穿過沙灘上的殘骸，顯然試圖靠蠕動奔向自由。

我向姬亞指出他來。「我們大可以像這樣把他扔在那裡不管，但《透特書》在他手上。」

姬亞對我露出一種殘酷的笑容，這讓我慶幸自己並非與她為敵。「不急，他走不遠的。你想不想來野餐？」

「我喜歡你這個主意。」

我們攤開補給品，盡可能清理乾淨。我拿出瓶裝水和能量棒；對，你看看我，是個乖乖牌童子軍。

我們一邊吃喝，一邊看著那個包得像禮物一樣的粉紅色鬼魂努力爬走。

「我們到底是怎麼來這裡的？」姬亞問。她的金色聖甲蟲仍在她喉嚨上發亮。「我記得塞拉比尤姆、阿庇斯聖牛、有陽光的房間。在那之後發生的事，我的記憶一片模糊。」

我盡可能將發生的事描述給她聽，包括她的魔法聖甲蟲防護、她突然間得到凱布利的神奇力量、火炸阿庇斯聖牛，還有差點把自己變成灰燼。我解釋了我是如何把她帶回到船上，以及血跡刀如何突然抓狂變節。

姬亞皺起眉頭。「你准許薩特納分派指令給血跡刀？」

「對，也許那不是我最好的主意。」

「而他把我們帶來惡靈之境，這裡是杜埃最危險的地方。」

我聽說過惡靈之境，但我對這裡的了解不多。現在，我一點都不想知道。我今天已經死裡逃生那麼多次，只想坐在這裡休息、和姬亞聊天，或許欣賞一下裹成蟲繭的薩特納掙扎想逃走的模樣。

「你，呃，還好嗎？」我問姬亞，「我是說，有關太陽神的事……？」

她凝視著由黑沙、骨頭和火焰組成的漆黑景色。在超燙的火山氣體光芒下，不是很多人能像姬亞這樣看起來有好氣色，但她做到了。

「卡特，我想告訴你，可是我不懂發生在我身上的事。我很害怕。」

「沒關係，」我說：「我是荷魯斯之眼。我了解。」

姬亞抿著嘴。「拉卻不一樣。他年紀更大，所傳輸的力量更危險，而且他被困在那一副年老的軀殼裡，他無法重新展開重生的循環過程。」

「所以他需要你，」我猜，「他醒來時一直說著『斑馬』，就是在說你。他第一次見到你就把那聖甲蟲給你，他想要你成爲他的宿主。」

一道裂縫噴出了火焰。火光映照在姬亞眼裡，讓我想起她和凱布利合爲一體時的模樣，那時她的瞳孔充滿橘紅色的火焰。

「當我被埋在……那具石棺裡，」姬亞說：「卡特，我差點瘋了，到現在還是會作惡夢。我取用拉的力量時也有同樣的恐懼。他感覺被囚禁起來，非常無助。對他伸出援手就像……就像拯救一個快要淹死的人。他們會緊緊抓住你，把你一起拖入水裡。」姬亞搖搖頭。「或許那樣說不通。但是他的力量想透過我逃出去，我幾乎控制不了。每次我一昏倒，情況就變得更糟。」

「每次？」我說：「你之前也昏倒過？」

她解釋發生在休憩之屋的事，當時想要用火球摧毀這間天神安養院。這只是一件莎蒂忘記告訴我的小細節。

「拉的力量太強大，」她說：「而我太薄弱，無法控制他。和阿庇斯聖牛一起待在地下墓穴時，我很可能殺了你。」

「但你沒傷害我，」我說：「你再次救了我一命。我知道很難，不過你可以控制這力量。拉需要打破他的監牢。記得莎蒂想要在貝斯身上試驗的那個影子魔法嗎？我覺得這方法對拉沒用。太陽神需要重生，你了解那是什麼樣的過程。我想那就是他把初升的太陽、也就是凱布利交給你的原因。」我指著她的聖甲蟲護身符。「你是帶他回來的關鍵。」

姬亞咬了一口她的能量棒。「這東西吃起來像保麗龍。」

「對，」我承認，「不像玉米脆片那麼好吃。我還欠你一個在購物中心美食街的約會。」

她微微地笑了笑。「真希望我們現在就去。」

「通常女生不會這麼急著想跟我約會。呃……我不是說我從來沒問過……」

她靠過來吻我。

我已經想像這個畫面很多次了，但我毫無準備，表現得一點都不酷。我丟下能量棒，呼吸她的肉桂香氣。當她抽離時，我像魚一樣大口吸氣，還說了些「嗯、啊、呼」之類的話。

「卡特，你很親切，」她說：「而且很有趣。雖然你才剛被踢出窗外、從爆炸中彈出來，卻還是很帥。你一直對我很有耐心，可是我很害怕。我從來無法緊緊留住我關心的人，像是我的父母、伊斯坎德……如果我力量太弱而無法控制拉的力量，我最終會傷害你……」

「不會的，」我立刻說：「不，姬亞，你不會傷害我。拉不是因爲你力量薄弱而選擇你，他選擇你是因爲你的力量強大。而且，呃……」我低頭看著擺在一旁的彎柄手杖和連枷。「這些東西就這樣冒出來……我想它們突然出現一定有原因。你應該拿走它們。」

我想把這兩樣東西交給她，她卻拉我的手去握住它們。

「好好保管，」她說：「你說得對，這兩樣東西出現並非意外，它們出現在你手裡。或許這是拉的東西，但法老必須是荷魯斯。」

這兩樣武器似乎開始發熱，也或許是因爲姬亞握著我的手的緣故。一想到要使用彎柄手杖和連枷，就讓我很緊張。我已經失去我的卡佩許劍，這是法老護衛所使用的劍，而現在卻得到法老本人使用的武器；況且還不是隨便一位法老……我手中握著的武器屬於拉，第一位眾神之王。

而我，卡特．凱恩，是一個在家自學的十五歲男孩，還在學習如何刮鬍子，根本不知道要怎麼打扮去參加學校舞會，卻不知爲何被認爲有資格握有宇宙間最具力量的魔法武器？

「你怎麼能確定？」我問，「這些怎麼可能是給我的？」

姬亞微笑。「或許是我愈來愈了解拉吧。他需要荷魯斯的支持，而我需要你。」

我努力思考該說什麼才好，還有我有沒有膽子再要求一個吻。我從來沒想到第一次約會是在惡靈之境一個滿布骨頭的河岸上，但此刻沒有其他我更想去的地方。

接著我聽見「砰」的一聲，是有人的頭撞到厚木板的聲音。薩特納從包裹住的嘴巴發出模糊的咒罵聲。他拚命扭動身體，正好撞到船上斷裂的龍骨。他頭昏眼花，失去平衡，滾入水中開始下沉。

「我們最好把他撈出來。」我說。

「對，」姬亞同意，「我們可不想讓《透特書》受損。」

我們將薩特納拖上岸。姬亞小心翼翼地解除纏繞在他身上的絲帶，以便能從他腋下取出《透特書》。幸好這份紙草卷完好無缺。

薩特納說：「嗯嗚嗯啊！」

「抱歉，沒興趣，」我說：「我們拿到書了，所以現在就要離開你。我再也不想被別人從後面捅一刀，或是繼續聽你謊話連篇。」

薩特納轉了轉眼珠。他激動地搖頭，含糊地說了一堆話，大概是在解釋他爲什麼濫用職權去驅使我的惡魔僕人反抗我。

姬亞打開紙草卷，研讀裡面的文字。讀了幾行之後，她開始皺起眉頭。「卡特，這……這眞的很危險。我只是略讀而已，就看到了有關神的祕密宮殿、讓他們透露自己眞正名字的咒語，還有所有的神不管採用什麼形體，都能認出他們身分的資訊……」

她害怕地抬起頭來。「有了這種知識，薩特納可以引發許多危害。唯一的好事是……就我目前所看到的來說，大多數的咒語只能由活著的魔法師進行，幽靈無法施行這些咒語。」

「或許這就是他讓我們活到現在的原因，」我說：「他需要我們去拿到這本書，然後計畫騙我們去施行他想要的咒語。」

薩特納咕噥著抗議。

「我們可以不靠他找到阿波非斯的影子嗎？」我問姬亞。

「嗯嗚！」薩特納說，不過我完全無視他的存在。

姬亞又研究了幾行內容。「阿波非斯……阿波非斯的『舒特』。對，就在這裡。他的影子就在惡靈之境，所以我們來對地方了。但是這地圖……」她將紙草卷的一部分給我看，上面是密密麻麻的象形文字和圖片，我甚至看不出那是地圖。「我不知道要怎麼看。惡靈之境很大。從我讀到的內容來看，這裡經常改變、分開、重組，而且到處都是惡魔。」

「想像一下。」我試著吞下嘴裡的苦澀。「所以我們現在是在這個異世界，而惡魔待在凡間。我們再也不會去任何沒見過的地方，我們所碰到的一切都會想殺了我們。」

「沒錯。」姬亞同意，「而且我們快沒時間了。」

她說得對。我不知道凡間現在是幾點，但是我們下午就已經來到杜埃。現在，太陽一定已經下山了。華特被認定活不過黃昏，就我所知，他現在可能快死了，而我可憐的妹妹……不，去想這件事太痛苦了。

然而，明天清晨阿波非斯就會復活，叛徒魔法師會攻擊第一行省。我們沒有閒情逸致可以在敵人的領域上遊蕩。在找到我們要找的東西之前，必須對抗在路上碰到的一切。

我低頭怒視著薩特納。「我猜你可以帶我們去找影子。」

他點點頭。

我轉過頭對姬亞說：「假如他做了或說了什麼你不喜歡的事，就把他燒成灰吧。」

「樂意之至。」

我唸了一道咒語，只解開薩特納嘴上的絲帶。

「小老弟，神聖的荷魯斯啊！」他抱怨著，「你爲什麼要把我綁起來？」

「這個嘛，我們來看看……也許因爲是你想害我被殺？」

「啊，你說那個啊？」薩特納嘆口氣。「聽著，小老弟，如果每次我想殺你，你都反應過度……」

「反應過度？」姬亞召喚出一顆白熱的火球在手中。

「好啦，好啦！」薩特納說：「聽著，反正那個惡魔船長也是要反抗你的，我只是幫忙事情進展而已。況且，我那麼做是有原因的！我們需要到這裡，這個惡靈之境，對吧？要不是你的船長認爲可以殺了你，他絕對不同意航向這裡。這裡可是他的家鄉耶！除非是要把凡人當點心，否則他們不會把凡人帶來這裡。」

我必須記住薩特納是個說謊大師。無論他告訴我什麼，通通是謊話連篇。我堅定意志不被他的話影響，卻又很難不認爲他說得有理。

「所以你讓血跡刀來殺我，」我說：「爲了一個崇高的目標。」

「啊，我早就知道你制服得了他。」薩特納說。

姬亞舉起紙草卷。「所以你才要帶著《透特書》逃跑？」

「逃跑？我是先去偵查環境啦！我想要找到影子，這樣才能帶你們過去！不過那不重要，如果你們放了我，還是可以帶你們去找到阿波非斯的影子，而且可以讓你們不被發現。」

「怎麼做？」姬亞問。

薩特納忿忿地哼了一聲。「小姑娘，打從你祖先還包著尿布的時候，我就已經在施行魔法了。沒錯，我現在沒辦法施行任何我想用的凡人咒語……」他渴望地瞄了《透特書》一眼。「但我也學了幾招只有幽靈才能施行的咒語。替我鬆綁，我做給你看。」

我看著姬亞。我知道我們正想著同一件事：這個主意很爛，但我們沒有更好的辦法。

「我不敢相信我們真的考慮這麼做。」她抱怨著說。

薩特納笑了笑。「嘿，你們可是聰明人哪。這是你們的最好機會。況且，我希望你們能成功！就像我之前說的，我不想讓阿波非斯消滅我。你們不會後悔的。」

「我很確定我會後悔。」我手指一彈，哈托爾絲帶就解開了。

薩特納的頂尖計畫是什麼？他把我們變成了惡魔。

嗯，好吧……其實那只是一層光影，所以我們看起來像惡魔，然而這是我所見過最厲害的幻術魔法。

姬亞看了我一眼，咯咯笑了起來。我看不見自己的臉，但她說現在我的頭是一支巨大的開瓶器。我的確注意到我的皮膚變成了紫紅色，而且有一雙像黑猩猩一樣彎彎的毛毛腿。

我不怪姬亞笑我，不過她看起來也沒有比我好到哪裡去。現在的她是個渾身肌肉的大塊頭女惡魔，有著亮綠色的肌膚，身穿一件斑馬皮做的連衣裙，還有個食人魚的頭。

「漂亮，」薩特納說：「你們會成功融入這裡的。」

「那你呢？」我問。

他雙手一攤。他還是穿著牛仔褲、白色運動鞋和黑夾克，小指上的鑽石戒指和身上掛的那條安卡金項鍊在火山的光芒下閃爍。唯一的不同是，他身上那件紅色T恤的文字現在變成了：惡魔加油！

「小老弟，完美的東西不需要改進。這身打扮到哪兒都管用。惡魔的眼睛甚至連眨都不會眨……假設他們有眼睛的話。好了，我們走吧！」

他往內陸飄去，並沒有等一下看我們是否跟上。

每隔一陣子，薩特納就會查看《透特書》來確認方向。他解釋，在這種景觀會改變的地方，不查書是不可能追查到影子的。這本書結合了指南針、旅遊指南和農民曆的功能。

他向我們保證這段路途很短，但我覺得很漫長。在惡靈之境多待一秒，我就愈不確定自己可以腦袋清晰。這裡的地貌就像是視覺幻影。我們發現遠處有一片很大的山區，然後走了十五公尺才發現那些山非常迷你，我們可以直接跳過去。我踩到一個小水窪，卻突然發現自已沉入一個十五公尺寬、滿滿是水的坑洞中。巨大的埃及神廟傾倒頹圮，重新自行排列，彷彿有某個隱形的巨人在玩積木一樣。石灰岩懸崖不知從哪裡冒出來，上面已經刻有可怕怪物的紀念雕像。當我們經過時，這些石像的臉轉過來看我們。

接著，我們看到了惡魔。我在駝背山下看過很多惡魔，當時賽特在那裡建造他的紅色金字塔。不過現在惡魔在自己的原生環境裡，他們的體型甚至更大，樣子也更可怕。有些惡魔看起來像飽受折磨的受害者，身上有裂開的傷口和扭曲的四肢。其他惡魔身上有昆蟲翅膀，或好幾隻手臂，或是用黑暗做成的觸角。至於他們的頭部，差不多動物園裡的每一隻動物和瑞士刀都可以在這裡看到。

惡魔成群結隊漫遊穿越黑暗的地貌。他們有些在建造堡壘，有些則拆掉堡壘。我們至少看到十二場大規模的戰事正在進行。有翅膀的惡魔在煙霧瀰漫的空中盤旋，三不五時俯衝抓起毫無戒心的小怪物，把他們帶走。

可是沒有一個惡魔來煩我們。

當我們拖著腳步前進，我愈來愈留意混沌的出現。我心裡升起一股寒意，貫穿我的四肢，有如我的血液變成了冰。我以前在阿波非斯的監牢有過相同感覺，那次混沌引發的不適差點要了我的命，但這地方的毒性似乎更強烈。

過了一會兒，我發現惡靈之境的一切都被一股來自我們行走方向的吸力所拉扯。整個景觀扭曲崩壞，物質結構瓦解。我知道這和拉扯我全身粒子的是同一股力量。

姬亞和我應該早就死了，儘管冷得要命、又噁心難過，我覺得原本的情況應該更糟。有某種東西在保護我們，一層無形的溫暖阻擋混沌接近我們。

「是她。」荷魯斯出聲說，聽起來不太甘願但充滿敬意。「拉在維持我們的生命。」

我看著姬亞。她仍舊是那個頂著食人魚頭的綠色女惡魔，但她四周的空氣在發光，有如滾燙馬路上出現的蒸氣一樣。

薩特納一直回過頭看。他每次回頭的時候，似乎很訝異看到我們還活著。不過他肩膀一聳，繼續往前走。

愈往裡面走，我們見到的惡魔愈少，景觀也變得更加扭曲，整片岩石、沙丘、枯木甚至連一道道火焰都倒向天際。

我們來到一處有坑洞的地方，上面滿是看似巨大黑色蓮花的東西，這些東西很快地升起，打開花瓣，然後爆炸。我們靠近時，我發現那是一縷縷幽靈般捲鬚的糾結在一起，就像莎蒂先前描述在布魯克林學院舞會上看到的那樣。它們每一次爆炸，就會吐出一個從上層世界被拖入這裡的亡靈。這些鬼魂不再是點點蒼白的霧，他們迫切抓住可讓他們固定的東西，然而他們很快就消散，被一股來自我們前往方向的引力吸走。

姬亞皺眉看著薩特納。「你不受影響嗎？」

鬼魂魔法師轉過身。這是他第一次露出凝重的神情，他整個人的顏色變蒼白，衣服和珠寶也褪色了。「我們繼續走吧？我討厭這裡。」

我全身僵住。在我們前方立著一座我認得的峭壁，我在阿波非斯顯示給我看的景象裡見過那一座，只不過現在已經沒有任何亡靈瑟縮在這裡尋求庇護。

「我母親之前在這裡。」我說。

姬亞似乎了解我的話。她牽起我的手。「或許是不同的峭壁。這裡的景觀總是不斷改變。」

不知怎的，我知道就是這裡沒錯。我感覺阿波非斯留著這個地方不動是爲了嘲笑我。

薩特納轉動他的尾戒。「小老弟，巨蛇的影子靠亡靈維生。每個亡靈都撐不了多久，如果你媽之前在這裡的話……」

「她的力量很強，」我很堅持，「像你一樣是個魔法師。如果你能抵抗得了，她也可以。」

薩特納猶豫了一下，然後聳聳肩膀。「小老弟，那當然啦。我們現在已經接近了，最好繼續走下去。」

很快地，我就聽到遠方傳來怒吼聲。天際散發紅光。我們似乎愈走愈快，彷彿踩在自動走道上。

接著，我們來到一座山丘頂端，我看見了我們的目的地。

「就是那裡了，」薩特納說：「混沌之海。」

開展在我們面前的，是一片看不出是霧、火還是水的汪洋。灰紅色物質正在滾動、沸騰、冒煙，就如我的胃一般不斷翻湧。這片大海延伸到我視線所及之處……某種東西告訴我，它沒有止境。

海洋的邊緣與其說是海灘，不如說是倒過來的瀑布。堅實的土地落入海裡立刻無影無蹤。一塊像房子一樣大的巨岩滾過山丘到我們右前方，滑落到海灘，隱沒在大浪裡。一塊塊結實的土地、樹木、建築和雕像不斷從我們頭上飛過，沒入海裡，一碰到海浪就蒸發消散。就連惡魔也無法倖免。幾個有翅膀的惡魔在海灘上方飛偏了方向，等到發現自己飛得太近已經來不及了。在尖叫呼喊聲中，他們消失在不停旋轉的朦朧海水裡。

這股吸力也在拉扯我們。我沒有往前，而是出於本能地倒退，就待在同一個地方。如果我們更靠近一點，我怕我會沒辦法停下來。

只有一件事給了我希望。在北邊幾百公尺的地方，有一個像防波堤的長形陸地伸入波浪中。遠遠的另一端矗立著一座像華盛頓紀念碑一樣的白色方尖碑，尖塔閃閃發光。我覺得這座尖塔非常古老，甚至比神還要老。這座方尖碑非常漂亮，不禁讓我想起泰晤士河岸的克麗奧佩特拉之針，那是我母親的喪生之處。

「我們不能走去那裡。」我說。

薩特納大笑。「混沌之海？小老弟，我們全都是從那兒來的耶。你沒聽說過埃及形成的故事嗎？」

「是從這座海裡升起。」姬亞說，她幾乎陷入出神狀態。「瑪特自混沌中出現，那是第一塊陸地，自毀滅中創造出來。」

「對，」薩特納說：「這兩股宇宙的偉大力量，現在就在那裡。」

「那座方尖碑……是第一塊陸地？」我問。

「不知道，」薩特納說：「那時我人又不在。不過可以確定的是，這是瑪特的象徵。其餘一切都是阿波非斯的力量，總是侵蝕宇宙萬物，總是在吞噬毀滅。你告訴我，哪一種力量比較強大？」

我試著吞了吞口水。「阿波非斯的影子在哪裡？」

薩特納咯咯笑。「喔，就在這裡啊。但是要看到影子、捉住影子，你得從那裡、也就是防波堤邊緣唸咒才行。」

「我們永遠走不到那裡，」姬亞說：「只要走錯一步就……」

「當然，」薩特開心地表示同意，「這會很好玩的！」

16 混沌之海

給你一個免費的建議：不要走向混沌。

我每走一步，就覺得像被拖進黑洞一樣。樹木、巨石和惡魔從我們旁邊飛過、被吸入海裡，閃電在紅灰色大霧中不斷閃現。我們腳下的土地不斷碎裂，滑入浪潮中。

我一手抓住彎柄手杖和連枷，另一手抓住姬亞的手。薩特納吹著口哨，從我們旁邊飄過去。他想要擺出一副酷樣，但從他漸漸褪色的身體及如彗星尾巴般指向海洋的滿頭油髮來看，我猜他大概很難站穩吧。

有一次我失去平衡，差點撞上大浪，不過姬亞把我拉回去。走了幾步之後，一個不知從哪裡飛來的魚頭惡魔撞上我，他抓住我的腿，拚命地努力不想被吸走。我還來不及決定要不要幫他，他就鬆了手、消失在海裡。

這趟行程最可怕的地方在哪兒呢？有一部分的我很想放棄，想說乾脆讓混沌把我吸走算了。何必繼續掙扎呢？何不就此結束痛苦和煩惱呢？如果卡特．凱恩化為數兆個分子消失，那又怎麼樣？

我知道這些都不是我眞正的想法。阿波非斯的聲音在我腦海中低語，就像以前那樣誘惑我。我將注意力集中在發光的白色方尖碑上，這是我們在混沌風暴之中的燈塔。我不知道那個尖塔是否眞的是創世的第一部分，也不知道那個神話如何符合宇宙大爆炸理論，又如何與上帝在七天內創造世界的說法相符，或是與其他人可能相信的傳說一致。也許方尖碑只是某個事物更大的具體表象，是一種我無法理解的事。無論如何，我知道方尖碑代表瑪特，而我必須全神貫注於方尖碑上，否則會迷失方向。

我們抵達防波堤底部。我的腳下是滿布岩石的小路，感覺令人踏實心安，但兩邊混沌的吸力仍舊十分強勁。當我們緩緩向前移動，我想起曾看過從前的建築工人建蓋摩天大樓的照片，他們毫無畏懼地在空中走過約一百八十公尺的梁架，身上沒有綁任何安全帶。

我現在覺得自己就像那樣，不過我怕得要命。狂風吹打在我身上，雖然防波堤有三公尺寬，我還是覺得會失去平衡、墜入波浪中。我試著不要往下看。混沌風暴翻攪、衝撞在岩石上，散發出一股混合了臭氧、汽車廢氣和甲醛的味道，光是它的煙霧就足以讓我昏倒。

「再過去一點。」薩特納說。

他的形體晃動得厲害，而姬亞的綠惡魔僞裝也一閃一滅。我舉起手臂，看見我的光影形體在風中閃著微光，隨時可能瓦解。我不介意這嚇死人的紫色開罐器猩猩模樣消失不見，但我希望這陣強風只會剝掉幻影，而不是我眞正的皮膚。

最後，我們抵達方尖碑。上面刻有上千個微小的象形文字，白色方尖碑上刻著白字，所以幾乎讀不出來。我發現上面刻了幾個神的名字、喚醒瑪特的咒語，還有一些強力的神聖文字，力量大到我看了差點瞎掉。在我們四周，混沌之海上升，每當有風吹過，就看得到姬亞四周包圍著發光的聖甲蟲形體，這是凱布利的魔法甲殼在保護我們。我猜這就是唯一讓我們不會立即喪命的東西。

「現在怎麼辦？」我問。

「唸出咒語，」薩特納說：「你就知道了。」

姬亞把紙草卷交給我，我努力要找到正確的段落，但就是看不清楚。象形文字都混在一起。我早該知道會遇上這種麻煩，就算沒有站在混沌之海旁邊，唸咒從來不是我拿手的事。眞希望莎蒂在這裡。

【對，莎蒂，我是眞的這樣說過。不用這麼大聲地倒抽一口氣。】

「我……我不會唸。」我承認。

「我來幫忙。」姬亞用手指順著紙草卷文字往下看。她找到自己想要的象形文字時，皺起了眉頭。

「這是一個很簡單的召喚咒語。」她狠狠瞪著薩特納。「你說過這個魔法很複雜。你說我們會需要你的幫忙。你拿著眞理羽毛時是怎麼說謊的？」

「我沒說謊！」薩特納抗議。「這個魔法對我來說很複雜。我是個鬼！有些咒語，比方召喚咒語，我就完全不能施行。況且你們的確需要我幫忙找影子。你們需要《透特書》才能完成，不過你們需要我來解釋內容，要不然你們現在還在河上的船難現場。」

我討厭承認這一點，但我還是說了：「他說得有道理。」

「我說得當然有道理，」薩特納說：「現在你們已經到這裡，剩下的工作就沒這麼糟了。只要逼影子現形，然後我……呃……你們就能抓住它。」

姬亞和我緊張地互看一眼。我想像她和我有相同的感覺。站在宇宙邊緣，面對無邊無際的混沌之海，我最不想做的就是去施咒召喚出阿波非斯靈魂的一部分。這就像是發射信號槍，發出訊息說：「喂，大壞蛋影子！我們在這裡！快來殺我們啊！」

然而，我看不出我們有很多選擇。

唸咒這光榮的事就交由姬亞了。這是一種很簡單的召喚，魔法師可以用這種魔法來召喚薩布提、施了法的拖把，或是任何一個杜埃裡的小生物。

當姬亞唸完，一股震動傳往各個方向，彷彿她丟了一顆大石頭到混沌之海引起了巨大漣漪。這股擾亂波動延伸到海灘，越過山丘。

「呃……那是發生什麼事？」我問。

「求救訊號，」薩特納說：「我猜是影子在呼叫混沌的力量以尋求保護。」

「好極了，」我說：「那我們最好快一點了。在哪裡呢？那個……喔……」

阿波非斯的「舒特」巨大無比，我花了一會兒工夫才了解此刻我正看著它。白色方尖碑似乎投射出一道長影橫越海面，然而當影子變暗，我發現這並不是方尖碑的陰影。相反的，這個影子有如一條巨蛇的身體在海面上扭動滑過。影子愈變愈長，直到巨蛇頭部幾乎到達海天交界處。他急速甩動橫越海面，吐著蛇信，在空無一物的地方亂咬一通。

我雙手顫抖，內心感覺像是剛才一口灌下一大杯的混沌海水。巨蛇的影子如此巨大，散發出如此強烈的能量，我不知道我們怎麼可能抓到他。我之前到底在想什麼？

只有一件事可以讓我不會驚慌失措。

這巨蛇並非完全自由。他的尾巴似乎被固定在方尖碑上，像是有人釘了一根長釘子防止他逃走。

在那令人不安的一刻，我感覺到巨蛇的想法。我從阿波非斯的角度看事情。他被白色方尖碑困住，既激動又痛苦。因爲受到凡人與神的壓制且被奪去了自由，所以他憎恨他們的世界。阿波非斯鄙視宇宙萬物，這就好像我討厭那根插入我腳底板的生鏽鐵釘害得我不能走路一樣。

阿波非斯只想熄滅方尖碑眩目的亮光。他想消滅世界，這樣他才能返回黑暗，永遠盡情在無限擴展的混沌中游來游去。我用盡所有意志力不要去可憐這條消滅世界、吞下太陽的不幸巨蛇。

「好了，」我聲音沙啞地說：「我們找到了影子，現在要怎麼做？」

薩特納輕輕笑著說：「喔，我可以從這裡接手。你們做得眞棒。塔司！」

要不是我一直這麼分心，大概可以知道發生什麼事，但我沒有留意到。我的惡魔光影突然變成紮實的木乃伊亞麻綁帶，先包住我的嘴巴，然後以飛快的速度將我全身纏繞起來。我搖搖晃晃，整個人摔在地上，全身被包得密不透風，只露出兩個眼睛。姬亞撞到我旁邊的石頭，一樣也被包得密不透風。我試著呼吸，但那就像被枕頭壓住要呼吸一樣困難。

薩特納靠到姬亞旁邊，小心翼翼地從她的綁帶底下抽出《透特書》，然後夾在自己腋下。接著他低頭對我微笑。

「噢，卡特啊卡特，」他搖搖頭，一副有點失望的樣子，「我喜歡你，小老弟，我眞的很喜歡你，可是你太容易相信人了。在經歷過船上的事件後，你竟然還允許我在你身上施下光影魔咒？拜託！把光影變成約束衣實在是簡單得不得了。」

「嗚嗚！」我抱怨。

「你說什麼？」薩特納用手托著耳朵。「當你全身被包起來，要開口說話很難吧？聽著，這無關私人恩怨。我自己沒辦法施行那道召請咒語，否則很久以前就動手了。我需要你們兩個才能辦到！唉……反正就是需要你們其中一人。我以爲這一路上可以殺掉你或你女朋友，這樣要控制另一人就容易多了。我從來沒想到你們兩個能活這麼久。眞令人佩服！」

我扭來扭去，差點掉進水裡。不知道爲什麼，薩特納把我拉回安全的地方。

「好了，好了，」他責備我，「小老弟，沒必要自殺嘛。你的計畫沒有毀掉，我只是要改變一下。我會抓住影子，這部分我可以自己來！但是呢，與其對阿波非斯下咒，我反倒要勒索他。他只會消滅我要他消滅的東西，然後他就會退回混沌，否則他的影子會被踩爛，而大蛇就要從此說再見了。」

「嗯嗯！」我抗議著，然而這只是讓我更不容易呼吸。

「是啊，是啊。」薩特納嘆氣。「現在你要說的台詞是：『薩特納，你瘋了！你永遠逃不掉的！』不過事實上呢，我逃得掉。數千年來，我在不可能的情況下都順利逃脫。我很確定那條蛇會和我達成協議。喔，我會讓他殺了拉和其餘的神。這有什麼了不起。我會讓他消滅生命之屋；我絕對會讓他毀滅整個埃及，砸爛我爸拉美西斯那些該死的雕像，我要把這個吹牛傢伙存在過的痕跡抹得一乾二淨！但整個凡人世界呢？小老弟，別擔心，我會饒過大部分的人，畢竟我總要有個地方可以統治，你說是吧？」

姬亞的雙眼冒出橘色火焰，她的綁帶開始冒煙，卻把她綁得更緊。她的火熄了，整個人倒在岩石旁。

薩特納大笑。「小姑娘，做得好。你們兩個坐穩了。如果你們經過大地震還不死的話，我會回來救你們。也許你們可以當小丑來娛樂我，你們兩個眞是笑死我了！不過現在，恐怕這裡已經沒有我們的事了。奇蹟不會從天上掉下來拯救你們。」

一塊黑色長方形出現在空中，就在鬼魂的頭上。莎蒂從那裡掉下來。

我要替我妹說句話：她的時間點抓得眞好，而且反應迅速。她撞到鬼魂，害他整個趴倒在地。接著，她注意到我們兩個被包得像精美禮物，立刻明白發生了什麼事，然後她轉向薩特納。

「塔司！」她大喊。

「不！」粉紅色的絲帶將薩特納從頭到腳緊緊包住，看起來就像根捲滿義大利麵的叉子。

莎蒂站著，從薩特納旁邊走開。她的眼睛浮腫，像是哭了很久，衣服上沾滿了乾掉的泥巴和樹葉。

華特沒有和她在一起。我的心一沉。我差點很高興自己的嘴巴被封了起來，因為我不知道該說什麼才好。

莎蒂環視四周，看著混沌之海、巨蛇扭動的影子、白色方尖碑，我知道她也感受到混沌的吸力。她站穩腳步，像拔河比賽隊伍裡排在最後壓陣的隊員那樣倒向與海相反的方向。我很了解她，知道她在武裝自己，把自己的情緒全推回心裡，拚命壓抑住悲傷。

「哈囉，親愛的哥哥，」她用顫抖的聲音說：「需要幫忙嗎？」

她設法消除了我們身上的偽裝光影，發現我拿著拉的彎柄手杖和連枷時顯得很驚訝。「到底是怎麼……？」

姬亞簡短地解釋了我們一連串的經歷，從與大河馬的混戰到薩特納最近幾次的背叛。

「所有這一切，」莎蒂讚嘆地說：「你還得拖著我哥一起？真是辛苦你了。不過，我們要怎麼活著離開這裡呢？混沌的力量……」她注視著姬亞的聖甲蟲護身符。「啊，我真遲鈍，難怪托爾特看著你的表情很奇怪。你正在傳輸拉的力量。」

「拉選擇了我，」姬亞說：「我不想要這樣。」

莎蒂變得非常安靜，這很不像她。

「老妹，」我盡可能溫柔地說：「華特怎麼了？」

她的眼神充滿痛苦，害我想道歉說這個問題我不該問的。我已經很久沒看過她這個樣子，自從……嗯，自從我們的母親過世之後，那時莎蒂還很小。

「他不會來了，」她說：「他已經……走了。」

「莎蒂，我很抱歉，」我說：「你還……」

「我很好！」她大吼。

這句話翻譯過來的意思就是：「我現在心情惡劣透頂，如果你再問我一次，我就把蠟塞進你嘴裡。」

「我們動作要快一點了。」她繼續說，努力調整她的聲音。「我知道要怎麼抓住影子。把雕像給我。」

我驚慌了一下。華特做的阿波非斯雕像是不是還在我身上？大老遠一路來到這裡而忘記把雕像帶來的話，根本就是愚蠢至極。

幸好，雕像還安穩地躺在我的背包裡。

我把雕像拿給莎蒂，她盯著這個雕刻精細、盤踞成一圈的紅色巨蛇雕像，在名字「阿波非斯」的四周刻有束縛作用的象形文字。我想像她正在想著華特，以及他所投入製作這尊小雕像的所有努力。

她跪在防波堤邊，方尖碑底部在那裡與影子交會。

「莎蒂。」我說。

她全身僵住。「怎樣？」

我的嘴巴像是灌滿了膠水說不出話來。我很想要叫她算了，別做這件事。

看著她跪在方尖碑旁，還有那個繞來繞去往水平線而去的巨大影子……我就是知道一定會出差錯。影子會發動攻擊，這道咒語一定會造成反效果。

莎蒂很容易讓我想起我們的媽媽。我無法擺脫我們會重蹈覆轍的想法。我們的父母之前曾在克麗奧佩特拉之針試圖箝制阿波非斯，而我們的媽媽因此喪命。我看著我爸多年來帶著深深的罪惡感。如果我現在站在旁邊不管，而莎蒂受傷的話……

姬亞握住我的手。她的手指顫抖，但我很感激有她在旁邊。「這會管用的。」她保證。

莎蒂把臉上一綹頭髮吹開。「卡特，聽你女朋友的話，不要再讓我分心了。」

她的口氣很不耐煩，眼睛裡卻沒有任何惱怒。她很清楚我的擔憂，一如清楚知道我的祕密名字那般。她也和我一樣害怕，但她以自己那種討人厭的方式試圖要我放心。

「我可以繼續了嗎？」她問。

「祝你好運。」我勉強說出口。

莎蒂點點頭。

她將雕像碰觸影子，開始唸咒。

我害怕混沌的大浪會融化雕像，或更糟的是，把莎蒂捲入海裡。可是巨蛇的影子開始掙扎，慢慢縮小，它扭來扭去，張開嘴巴猛咬，就像是被趕牛棍打到一樣。小雕像吸收了黑暗陰影。沒多久，影子整個消失，雕像變得黑漆漆。莎蒂對著雕像說了一句簡單的束縛咒語：「海－奈姆。」

一陣很長的嘶嘶聲從海裡逃出，幾乎像是鬆了口氣般，聲音迴盪在山丘間。不停翻動的波浪轉爲淡紅色，彷彿混濁的沉澱物已經被撈走清空。混沌的吸力似乎稍微減弱了。

莎蒂站起來。「好，我們準備好了。」

我凝視著我妹妹。她有時會笑我，說她終究有一天會趕上我的年紀，變成我姊姊。現在看著她，她眼裡散發堅定的光芒，聲音中充滿自信，我幾乎要相信她那番嘲弄是眞的。「眞厲害，」我說：「你怎麼知道這道咒語？」

她沉著臉。當然了，這個答案再明顯不過：她看著華特把同樣的咒語用在貝斯身上……就在華特出事之前。

「要進行詛咒很簡單，」她說：「除了我們必須面對阿波非斯之外，這道咒語就和我們一直在練習的一模一樣。」

姬亞用腳戳了戳薩特納。「那是這個敗類說的另一個謊話。我們現在應該拿他怎麼辦？很顯然，我們必須從這一堆綁帶裡拿出《透特書》，但之後應該把他扔到水裡嗎？」

「嗚嗚嗚！」薩特納抗議著。

莎蒂和我互看一眼。我們默默同意不可以解決掉薩特納，儘管他如此惡劣。也許是因爲我們在過去這幾天看過太多不好的事，而我們不需要再看更多了；也或許是我們知道應由俄塞里斯來決定薩特納要接受的懲罰，因爲我們答應過要把這個鬼帶回審判廳。

或許，站在瑪特方尖碑旁，讓混沌之海圍繞著，我們兩人都發現到，抑制自己想復仇的心態讓我們與阿波非斯有所不同。規則有其歸屬所在，使我們不會分崩離析。

「把他一起拖來，」莎蒂說：「他是個鬼，不可能重到哪裡去。」

我抓住他的腳，我們在防波堤上往回走。薩特納的頭撞到岩石，但那不關我的事。我需要全神貫注，小心翼翼地一步一步慢慢走。要遠離混沌之海比接近它還要困難。

等到我們抵達海灘，我精疲力盡。我的衣服被汗水浸溼。我們艱難地橫越沙地，終於來到山丘頂端。

「喔……」我開口說了幾個絕對不神聖的字。

在我們底下坑坑洞洞的地上，有上百個惡魔集結在一起，全朝著我們的方向前進。如同薩特納的猜測，影子已經向阿波非斯的部隊發出求救訊號，而他們也有所回應。我們被困在混沌之海與敵軍之間。

此刻，我開始在想：「爲什麼是我？」

我只想通過杜埃最危險的地方，偷走原始混沌主宰的影子，並且拯救世界而已。這樣要求太多了嗎？

惡魔大概在距離我們兩個足球場外的地方，正快速接近中。我估計對方至少有三、四百個惡魔，而且還有更多持續投入戰場。幾十個有翅膀的怪物甚至更接近，盤旋在我們頭上愈飛愈低。對付這批大軍，我們這邊有兩個凱恩家的人、姬亞，再加上一個包裝成禮物的鬼。我不喜歡我們活命的機率。

「莎蒂，你可以弄出一個門通回地面嗎？」我問。

她閉上眼睛專心，然後搖搖頭。「艾西絲沒有傳來訊號，大概我們太接近混沌之海了。」

這個想法眞可怕。我試圖召喚荷魯斯的化身，但沒有一點動靜。我想，我早該知道在這下面傳輸他的力量會很困難，尤其我先前在船上請他給我武器，而他所能給我最好的武器只是一根鴕鳥羽毛。

「姬亞？」我說：「你來自凱布利的力量仍舊有用。你可以帶我們大家離開這裡嗎？」

她抓緊聖甲蟲護身符。「我不這麼認爲。所有凱布利的力量都是用來防護我們不受混沌傷害。他沒有辦法再幫忙了。」

我考慮要跑回去白色方尖碑旁，或許我們可以用方尖碑來打開一條通道，但我很快就打消這個念頭。在我們抵達方尖碑之前，惡魔就會追到我們了。

「我們離開不了這個地方，」我決定了，「我們現在能不能對阿波非斯進行詛咒呢？」

姬亞和莎蒂異口同聲說：「不能。」

我知道她們是對的。要讓這道咒語成功，我們必須與阿波非斯面對面才行。可是我不敢相信我們費盡千辛萬苦來到這裡，現在卻什麼都做不了。

「至少我們還能打仗。」我解開繫在皮帶上的彎柄手杖和連枷。

莎蒂和姬亞也準備好魔杖和魔棒。

然後，在戰場的另一頭，惡魔軍隊出現混亂。他們慢慢轉向遠離我們，朝不同方向四散竄逃。在惡魔大軍後面，火球照亮了天空。地上新出現的坑洞中竄出一道道濃煙，戰爭似乎在戰場錯誤的一端開打。

「他們在跟誰打仗？」我問：「彼此互鬥嗎？」

「不是。」姬亞指著天空，臉上露出大大的微笑。「你看。」

從霧濛濛的天空要看出什麼很不容易，然而一批楔形陣式的軍隊正漸漸逼近，穿過惡魔軍團的後方。這批軍隊的人數很少，也許只有一百人左右，可是惡魔紛紛投降。那些沒有屈服的惡魔則是被砍殺、踩死，或是像煙火一樣爆炸。

「是神！」莎蒂說。

「那是不可能的，」我說：「神不會進攻到杜埃來救我們！」

「不，不是那些大神。」莎蒂對我微笑，「但那些住在休憩之屋、已被人遺忘的年老神會救我們！阿努比斯說過他會尋求支援。」

「阿努比斯？」我現在眞是一頭霧水。她什麼時候見過阿努比斯了？

「在那裡！」莎蒂大喊，「噢！」

她似乎忘了該怎麼說話，只是對著我們的新朋友揮動手指。戰線短暫打開了一下。一輛外型流線的黑色轎車急速衝入戰場，那個駕駛一定是個瘋子，他奮力前進輾過惡魔，故意衝撞他們。他躍過冒火的裂縫拚命打轉，還打開車燈閃個不停、並猛按喇叭。接著他直直朝我們開來，前頭的惡魔紛紛逃散，只有幾個有翅膀的勇敢惡魔敢在後面追他。

當車子愈來愈接近我們，我看得出是一輛賓士禮車。車子開上山丘，後面尾隨著蝙蝠惡魔，接著一個緊急煞車，揚起了一陣紅色灰塵。駕駛座的車門打開，一個毛茸茸的小矮人穿著藍色泳褲走了出來。

看到這樣一個醜八怪，我從來沒有這麼高興過。

滿臉長了可怕疣瘤的貝斯得意地爬上車頂，他轉身面對蝙蝠惡魔。他突出眼睛，嘴巴張大到不可思議的程度，頭髮如同刺蝟的針刺一樣豎起，然後高喊一聲：「噗！」

有翅膀的惡魔紛紛尖叫著化爲烏有。

「貝斯！」莎蒂朝他跑過去。

侏儒神臉上露出笑容。他從車頂往下滑到引擎蓋上，當莎蒂擁抱他的時候，他幾乎和她一般高。

「我的乖女孩！」他說：「卡特，你不要躲了，趕快來我這裡！」

他也擁抱我，我甚至不介意他用指關節搔我的頭。

「還有，姬亞．拉席德！」貝斯大方地呼喊，「我也要抱抱你……」

「我這樣就好，」姬亞說，一邊往後退。「謝了。」

貝斯一邊大笑、一邊大聲說：「你說得對。晚點再來熱熱鬧鬧聚一聚。我們得先把你們送離這個地方！」

「那個……影子的咒語，」莎蒂結結巴巴地說：「眞的有用？」

「當然有用囉，你這個瘋狂的小丫頭！」貝斯捶捶自己毛茸茸的胸膛，突然間他穿著一套司機制服。「快上車吧！」

我轉身去抓薩特納……我心跳差點停止。「噢，神聖的荷魯斯啊……」那個鬼魂魔法師已經不見了。我環視平原上各個方向，希望他只是慢慢蠕動爬走，但到處都看不見他的蹤影。

姬亞在他先前所躺的位置點火。顯然這個鬼不只是隱形而已，因爲沒有傳出任何尖叫聲。

「薩特納剛才就在這裡！」姬亞堅決地說：「被哈托爾絲帶緊緊包住！他是怎麼消失的？」

貝斯皺起眉頭。「薩特納是吧？我討厭這個狡猾的黃鼠狼。你們拿到巨蛇的影子了嗎？」

「有，」我說：「但是《透特書》在薩特納身上。」

「你們可以不用這本書進行詛咒嗎？」貝斯問。

莎蒂和我互看一眼。

「可以。」我們一起回答。

「那我們之後再來擔心薩特納的事，」貝斯說：「我們時間不多了！」

我猜想，如果你必須行經惡靈之境，搭乘禮車是個不錯的方式。可惜，比起我們春天時留在地中海海底的那輛車，貝斯的新車並沒有比較乾淨。不知道他是否早就預訂好這輛髒車，裡面到處是陳年的中國菜餐盒、踩爛的雜誌和一堆髒衣服。

莎蒂坐在前座，姬亞和我坐在後座。貝斯猛踩油門，玩起撞擊惡魔的遊戲。

「你如果撞上那個菜刀頭的傢伙就得五分！」莎蒂叫喊著。

「砰！」菜刀頭從引擎蓋上飛過去。

莎蒂鼓掌。「你如果能一次撞上那兩個像蜻蜓的東西就得十分。」

「砰！砰！」兩隻超級大蟲撞上擋風玻璃。

莎蒂和貝斯笑得像個瘋子。我呢則忙著大叫：「裂縫！小心！噴火間歇泉！靠左邊！」

你說我實際也好，我還想活命呢。我抓著姬亞的手，試圖緊握不放。

當我們接近戰場中央，我可以看見神在擊退惡魔，看起來彷彿整個陽光田野天神退休社區正對著黑暗力量發洩他們老年人的憤怒。河馬女神托爾特在前頭領隊，她身穿護士制服，腳蹬高跟鞋，一手揮動熊熊燃燒的火把，另一手拿著注射針頭。她敲打一個惡魔的頭，然後在他屁股上打了一針，結果惡魔立刻昏厥過去。

兩個繫著纏腰布的老人腳步蹣跚，往空中丟擲火球，將飛在空中的惡魔燒成灰。其中一個老人不知為何一直尖叫著說：「我的布丁！」

青蛙女神赫凱特在戰場上跳來跳去，用她的舌頭擊倒怪物；她似乎特別喜歡有昆蟲頭的惡魔。在幾公尺外的地方，神智不清的老貓女神梅基特[76]用助行器重擊惡魔，一邊大喊著「喵」，並發出嘶嘶聲。

「我們是不是應該去幫他們？」姬亞問。

貝斯咯咯笑。「他們不需要幫忙，這是他們幾世紀以來碰過最好玩的事情。他們再次有了目標！我要把你們載到河邊，他們會掩護我們撤退。」

「不過我們沒有船了！」我聲明這點。

貝斯揚起他又粗又厚的眉毛。「你確定嗎？」他放慢車速，搖下車窗。「嗨，親愛的！你還好嗎？」

托爾特轉過頭來，給了他一個大大的河馬微笑。「小甜心，我們很好！祝你好運！」

「我會回來的！」他保證，拋給她一個飛吻，我想托爾特會高興到昏倒。

賓士禮車猛然加速，輪胎摩擦地面發出吱嘎聲響。

「小甜心？」我問。

「喂，小鬼，」貝斯生氣地說：「我有批評過你的戀情嗎？」

我沒膽看姬亞，但是她捏緊了我的手。莎蒂不發一語，也許她心裡正在想著華特。

車子飛越最後一道冒火的裂縫，然後在堆滿骨頭的海灘上緊急煞車。

我指著埃及女王號的殘骸。「看到沒？沒有船。」

「喔，是嗎？」貝斯問，「那你告訴我那是什麼？」

在上游的地方，黑暗中出現光亮。

姬亞急促地吸了一口氣。「拉，」她說：「太陽船來了。」

當這道光芒離我們愈來愈近，我發現她說得沒錯。金色與白色相間的船帆閃閃發亮，發光的光球在甲板上輕快地飛來飛去。站在船頭的神是索貝克，他頂著鱷魚頭，用一根大棍子打倒偶爾從河裡冒出來的怪物。端坐在太陽船中央火焰王座的就是老神——拉。

「哈——囉——」他從海的另一頭高聲呼喊。「我們這裡有餅——乾！」

莎蒂親吻貝斯的臉頰。「你真是太優秀了！」

「哎呀，好了好了，」侏儒咕噥著說：「你這樣會讓托爾特嫉妒的。太陽船只是來得剛剛好而已。如果我們錯過沒搭上，可就倒楣了。」

那個想法讓我打了一個冷顫。

數千年來，拉一直遵照這個循環，在黃昏時駛入杜埃，沿著夜之河順流行駛，日出時再次進入凡人世界。但這是一趟單行的路程，而且行船的時刻表很緊湊。當拉通過不同的夜之屋，直到隔夜來臨之前，夜之屋的大門會關閉，所以對於我們這樣的凡人來說，很容易受困在那裡。莎蒂和我以前經歷過一次，而那一點都不好玩。

---

76 梅基特（Mekhit）是獅子女神，形象類似薛克梅特，在文物上常出現於埃及戰神歐努里斯（Onuris）身邊。

當太陽船漂向岸邊，貝斯對著我們歪嘴一笑。「小鬼們，準備好了嗎？我感覺上頭的凡人世界一點都不平靜啊。」

這是我一整天內第一次聽到不會讓我大驚小怪的事。

耀眼光芒延伸至太陽船的步橋，我們登上甲板，等待可能是歷史上的最後一次日出。

17 日出時分

我覺得離開惡靈之境很可惜。

【沒錯，卡特，我是認真的。】

畢竟，我去那裡一趟就成果豐碩。我把姬亞和我哥從那個可怕的鬼薩特納手中救出來；我抓到了巨蛇的影子；目睹老人軍隊光榮征戰；而最重要的是，我和貝斯團聚了。所以，我怎麼會對這個地方沒有美好的回憶呢？我以後甚至有可能在混沌之海附近租間小屋，去那裡的海灘度假。有何不可？

一連串忙碌行動也使我忘卻比較不開心的念頭。但是當我們一到了河岸，我有了幾分鐘喘息的時間，才開始想起我是怎麼學到拯救貝斯影子的咒語。我的欣喜若狂頓時轉爲絕望。

華特……噢，華特。他到底做了什麼？

記得在泥磚廢墟裡，我把他抱在懷裡，他毫無生命跡象、身體冰冷。然後，他突然睜開雙眼，大口喘氣。

「聽著。」他對我說。

表面上我看到的是一直以來所認識的華特，然而在杜埃裡……卻看到發光的少年神阿努比斯，他的灰白色光環維繫著華特的生命。

「還是同一個我。」他們異口同聲說。兩個人的雙重聲音讓我全身起雞皮疙瘩。

他們向我保證：「我會在日出時和你會合，就在第一行省，如果你確定不會討厭我的話。」

我討厭他嗎？還是討厭他們？埃及的神啊，我甚至再也不確定該怎麼叫他了！我當然搞不清楚自己的感覺，也不知道是否還想再見到他。

我努力把這些思緒先擺到一旁。我們還是必須打敗阿波非斯，就算現在抓到他的影子，也無法保證我們的施咒會成功。我很懷疑在我們試圖把阿波非斯從這個宇宙中殲滅時，他會閒閒無事等在那裡。進行這個詛咒所需的魔法，很可能遠超過卡特和我兩個人所相加的魔法能量，如果我們因此燒死，我和華特之間的難題就不成問題了。

儘管如此，我還是無法不去想他（們）。他們兩人溫暖的棕色雙眼完美地融合在一起，而阿努比斯的笑容在華特臉上是多麼自然。

啊！這一點幫助也沒有。

卡特、姬亞、貝斯和我四個人一起登上太陽船。我最喜歡的侏儒能陪我們一起打這最後一仗，沒有任何言語能形容我有多麼安心。此刻我的生命裡需要的是一個可靠的醜神。

我們的宿敵索貝克站在船頭，臉上掛著鱷魚般的假笑打量著我，我想他的笑容也只有這一種吧。「所以……凱恩家的小鬼回來啦。」

「所以，」我怒氣沖沖地說：「鱷魚神想被揍得滿地找牙吧。」

索貝克覆滿綠色鱗片的頭往後仰，放聲大笑。「丫頭，說得好！你眞是個鐵娘子。」我想他這句話算是一種恭維吧。我選擇對他哼了一聲，轉身離開。

索貝克只尊崇力量。我們第一次碰面時，他把卡特浸在里約格蘭河裡，把我打到飛越德州與墨西哥交界，此後我們就沒有太多交情。就我聽到的傳聞，他同意加入我們這邊作戰，只是因爲荷魯斯和艾西絲用極端殘害身體的手段威脅他。那樣看來，他沒有什麼忠誠可言。

發光的光球船員在我四周飛來飛去，他們有點開心地歡迎我，在我心裡嗡嗡說著：「莎蒂。莎蒂。莎蒂。」它們也曾想殺了我，但自從我喚醒了它們的老主人拉，就變得很友善了。

「哈囉，光球小子們，」我喃喃說：「很高興見到你們。現在恕我失陪。」

我跟著卡特和姬亞走向火焰王座。拉露出沒有牙齒的笑容。他還是一樣衰老，而且滿是皺紋，但眼睛似乎有點不同。以前，他的目光總是沒放在我身上，彷彿我是眼前風景的一部分，而現在，他的確注視著我。

他拿出一盤馬卡龍和巧克力餅乾，點心因爲他王座的高溫而有點融化。「要不要餅乾？耶！」

「呃，謝了。」卡特拿了一個馬卡龍。

我自然是選了巧克力餅乾；我們離開父親的法庭之後，我就沒有好好吃過一餐了。

拉放下盤子，搖搖晃晃站起來。貝斯想去幫他，不過拉揮揮手要他別管。他腳步蹣跚地走向姬亞。

「姬亞，」他高興地顫抖著說，彷彿在唱童謠似的。「姬亞，姬亞，姬亞。」

我嚇了一跳，發現這是我第一次聽到他說對姬亞的名字。

他伸手要去摸她戴的聖甲蟲護身符。姬亞緊張地往後退，她瞄向卡特尋求支持。

「沒關係的。」卡特保證。

她深呼吸一口氣，解開項鍊放進老人手中。聖甲蟲散發出溫暖的光芒，將姬亞和拉包圍在明亮的金色光線裡。

「很好，很好，」拉說：「很好……」

我期待這個老天神會愈變愈好，但他反而開始瓦解。

在這個非常神經緊繃的一天，這是我所見到最令人緊張的事情之一。首先是他的耳朵掉下來並化成灰，接著是他的皮膚開始變成沙子。

「發生了什麼事？」我大喊，「難道我們不該做些什麼嗎？」

卡特的眼睛因驚恐而瞪得好大。他張著嘴，卻什麼話也沒說。

拉的笑臉消失了，他的手臂和雙腿如同乾燥脫水的沙雕四分五裂。他的粒子散布在夜之河裡。

貝斯咕噥著說：「這次動作真快。」他似乎沒有特別大驚小怪。「通常時間更久。」

我瞪著他。「你以前看過他這樣？」

貝斯看著我，歪嘴一笑。「嘿，我從前可是輪流在太陽船上效力過。我們大家都看過拉經歷循環改變的樣子，不過已經很久很久沒看到過了。你看。」

他指著姬亞。

她手裡的聖甲蟲消失不見，但金色光芒宛如一個全身光環，仍舊散發在她四周。她轉身面對我，臉上帶著燦爛的微笑，我從來沒看過她這麼放鬆、這麼愉快的樣子。

「我現在懂了。」她的聲音變得更加渾厚，齊聲說話的音調低了八度，傳遍杜埃。「這一切全是關於平衡，對吧？關於我和他的想法。或者說是我和她……？」

她開懷大笑，像一個第一次騎腳踏車的小孩。「終於重生了！莎蒂、卡特，你們是對的！在黑暗中生活了這麼漫長，我透過姬亞的憐憫而終於重生。我早已經忘了年輕、強而有力是什麼樣的感覺了。」

卡特往後倒退。我不能怪他。華特和阿努比斯合而為一的景象對我來說記憶猶新，所以我知道卡特現在的感受。聽見姬亞用第三人稱描述自己，不單單只有可怕而已。

我降低視線，進入杜埃深處去看。在姬亞的位置站著一個高大男子，身穿獸皮和青銅製成的盔甲。就某些方面來說，他看起來仍然很像拉。他仍是禿頭，臉上還是有皺紋和歲月的滄桑痕跡，而且面帶慈祥笑容（只不過現在有牙齒了）。不過現在，他站得直挺挺，身材健美，皮膚如熔化的金子般閃閃發亮，他是全世界最雄壯、最金光閃閃的爺爺。

貝斯跪在地上。「拉，我的陛下。」

「啊，我的小朋友。」拉搔弄侏儒神的頭髮。「起來吧！很高興見到你。」

索貝克在船頭也立正站好，將他的長鐵杖當成來福槍般握著。「陛下！我就知道您會重返人間。」

拉笑出聲來。「索貝克，你這隻老鱷魚。你要是以爲自己能僥倖躲掉不受罰，乾脆把我當晚餐一口吃掉吧。荷魯斯和艾西絲有好好看管你吧？」

索貝克清清喉嚨。「陛下，您說的是。」他肩膀一聳。「這是我的天性，我沒辦法控制。」

「不要緊，」拉說：「我們很快就要借助你的力量。我們要接近日出了嗎？」

「是的，陛下。」索貝克指著我們前方。

我看見隧道末端有光。隨著我們漸漸接近杜埃出口，夜之河變得寬闊起來。出口的大門大約在前方一公里處，兩旁豎立著太陽神的雕像。通過那裡之後，白晝散發光芒，這條河變成了雲朵，流入早晨的天空。

「很好，」拉說：「索貝克大人，帶我們駛向吉薩。」

「是的，陛下。」鱷魚神將鐵杖插入水中，替我們撐船，有如義大利威尼斯的貢多拉船夫。

卡特還是一動也不動。這個可憐的男生盯著太陽神看，臉上神情既驚奇又恐懼。

「卡特．凱恩，」拉感性地說：「我知道這對你來說不容易，但姬亞很喜歡你，她的感覺不會改變。」

我咳了幾聲。「呃……可以提出請求嗎？請別吻他。」

拉大笑起來。他的影像晃動，我再次看到姬亞出現在我前面。

「莎蒂，沒關係，」她保證，「現在時機不對。」

卡特彆扭地轉過身去。「呃……我就……過去那裡。」他撞到桅桿，然後搖搖晃晃地往船尾走過去。

姬亞眉頭緊蹙，一臉擔憂。「莎蒂，你去照顧他，好嗎？我們很快就會到達凡人世界。我必須保持警覺。」

這一次我沒有爭辯。我走去看我哥的情形。

他坐在船舵旁，把頭放在兩膝間，一副快要撞船的保護姿勢。

「還好嗎？」我問。這問題很蠢，我知道。

「她現在是個老頭子，」他喃喃地說：「我喜歡的女孩是個渾身肌肉的老頭，聲音比我還低沉。我在海灘上吻過她，而現在……」

我坐在他旁邊。隨著船漸漸接近白天，發光的光球興奮地在我們四周飛來飛去。

「吻了她是吧？」我說：「請告訴我細節。」

我想，假使能讓他開口說話，或許他心裡會舒服一點。我不確定這麼做是否有用，但至少可以讓他不要繼續把頭埋在膝蓋裡。他把和姬亞一起去塞拉比尤姆的冒險以及埃及女王號毀滅的經過都告訴我。

拉……我是說姬亞，在船頭上，站在索貝克和貝斯中間，非常小心地不回頭看我們。

「所以，你告訴她這麼做沒關係，」我總結，「你鼓勵她幫助拉，然後你現在又反悔了。」

「你怪我嗎？」他問。

「我們兩個自己也是神的宿主，」我說：「宿主不是當一輩子的，而且她還是姬亞。況且我們正要去打仗，如果我們沒有活下來，難道你想在生命中最後幾小時完全不理她嗎？」

他端詳我的表情。「華特怎麼了？」

啊……眞是一針見血。有時，卡特似乎也知道我的祕密名字，就像我知道他的一樣。

「我……我知道的不是很詳細。他還活著，但那只是因爲……」

「他現在成爲阿努比斯的宿主。」卡特接著把話說完。

「你知道？」

他搖搖頭。「我看了你的表情之後才曉得，不過這說得通。華特具有一種能力是用來……不管那是什麼啦，總之，就是一摸就會使東西變成灰，然後消失。一種死亡魔法。」

我無法回答。我來這裡安慰卡特，要他放心一切都會沒事，現在不知道爲什麼，他竟有辦法讓情勢改觀。

他把手放在我膝蓋上一會兒。「老妹，這行得通。阿努比斯可以讓華特活著，華特就能過正常的生活了。」

「你說那樣是正常？」

「阿努比斯從未有過凡人宿主，這是他當一個眞正的男孩、一個有血有肉的人的機會。」

我打了一個冷顫。「卡特，這和姬亞的情況不一樣。她可以隨時分離。」

「讓我搞清楚這件事。」卡特說：「兩個你喜歡的男生，一個快死了，另一個因爲是神而不可能在一起，現在他們合而爲一變成同一個人，不但好好活著，也沒有遙不可及，而你還在抱怨？」

「不要讓我聽起來像是在無理取鬧！」我大叫，「我沒有無理取鬧！」

三位神都回頭看我。好吧。很好。我的確聽起來很無理取鬧。

「聽著，」卡特說：「我們都同意之後再來擔心這件事，好嗎？假設我們沒死的話。」

我顫抖地深吸了口氣。「一言爲定。」

我拉我哥一把、幫他站起來。當太陽船穿出杜埃時，我們和那些神一起站在船頭。夜之河消失在我們身後，而我們航行穿越雲朵。

日出時的埃及風景攤開在我們眼前，呈現出紅、綠、金三色相間的顏色。往西方看去，沙塵暴旋轉穿過沙漠；往東看去，尼羅河恣意蜿蜒過開羅。我們的正下方，在城市邊緣，有三座金字塔聳立在吉薩平原上。

索貝克用鐵杖敲打船頭，如同傳令官般大喊：「拉終於眞正重返人間！讓他的子民們歡欣鼓舞！讓成群結隊的追隨者齊聚一堂！」

或許索貝克只是說得很正式，或是爲了拍拉的馬屁，也有可能是想讓老太陽神感覺更糟。無論如何，底下沒有人齊聚一堂，當然更沒有人歡欣鼓舞。

我見過這個情景無數次，但有點不對勁。城裡到處有火災，街道似乎出奇得荒蕪。金字塔周遭沒有觀光客，沒有半個人在。我從來沒見過吉薩如此空蕩蕩。

「大家都到哪裡去了？」我問。

索貝克不屑地哼了一聲。「我早該知道會這樣。軟弱的凡人都躲了起來，或是因爲埃及的噪動而嚇跑了。阿波非斯這次計畫周詳，他選的戰場清空到沒有凡人干擾。」

我打了個冷顫。我聽說過埃及最近發生的暴亂，還有奇怪的天災，但沒想過這些是阿波非斯計畫的一部分。

如果這是他選的戰場……

我把注意力集中到更接近吉薩平原。往杜埃裡看去，我發現這個地方並非完全淨空。紅沙和黑暗聚集成一個不斷旋轉的龍捲風，形成一條巨蛇盤繞在大金塔底端。他的眼睛是炙熱的光，利牙則是閃電叉，只要是他所觸碰到的地方，沙漠沸騰翻滾，金字塔接著晃動不停。人類歷史上最古老的建築之一即將崩塌。

就算在上面這麼高的地方，我都可以感覺到阿波非斯的存在。他散發出的恐慌及恐懼如此強烈，我感覺得到全開羅的人民都躲在家中不敢出門。全埃及上上下下屏息以待。

就在我們觀看時，阿波非斯豎起他巨大的眼鏡蛇頭，攻擊沙漠地層，在沙子裡咬出一個房子大小般的坑洞。然後他像是被叮到似的縮回，還憤怒地發出嘶嘶聲。起先我看不出來他在攻擊什麼，我召喚艾西絲的獵物眼力，看到一個身穿豹紋緊身衣、輕巧自如的小小身影，她雙手揮舞著刀子，以非正常人的敏捷動作和速度攻擊巨蛇，並閃開他的蛇吻。巴絲特全靠自己的力量擋住阿波非斯進攻。

我的嘴裡有種舊銅板的苦澀感。「她在孤軍奮戰。其他人在哪裡？」

「他們在等法老下令，」拉說：「混沌在分化他們，並使他們感到困惑。他們沒有領袖是不會參戰的。」

「那你就率領他們啊！」我大聲要求。

太陽神轉身。他的形體發光，我一度看見站在我面前的是姬亞。不知道她是不是會把我炸成灰燼，我感覺她現在要這樣做，根本是輕而易舉。

「我會面對我的宿敵，」她冷靜地說，仍是用拉的聲音，「我不會讓我忠心耿耿的貓兒獨自作戰。索貝克、貝斯，跟我來。」

「是，陛下。」索貝克說。

貝斯動了動指關節。他的司機制服不見了，換成只穿著上面寫著「侏儒的驕傲」字樣的泳褲。「混沌……準備嘗嘗醜陋的厲害吧。」

「等一下，」卡特說：「那我們呢？我們已經抓到巨蛇的影子了。」

太陽船現在快速下降，就在金字塔建築群的南邊降落。

「卡特，事情按先後順序來。」姬亞指著大獅身人面像，這尊雕像豎立在離金字塔約三百公尺的地方。「你和莎蒂必須去幫忙你們的叔叔。」

在獅身人面像的腳掌之間，從隧道入口處升起了一陣煙。我的心跳緊張到暫停了一下。姬亞曾經告訴我們，爲了避免考古學家一路挖掘進入第一行省，隧道已經完全封閉。很明顯，這條隧道被強行打開了。

「第一行省就要毀滅了。」姬亞說。她的形體又再次變換，這次站在我面前的是太陽神。我眞希望他或她或他們能夠下定決心，固定一種形體就好。

「我會盡我所能拖延住阿波非斯，」拉說：「但如果你們無法立刻幫助你們的叔叔和朋友，那就什麼都無法挽救了。生命之屋將會瓦解。」

我想到可憐的阿摩司和我們年輕的生徒，被一大群魔法師叛徒團團包圍。我們不能讓他們遭遇大屠殺。

「她說得對，」我說：「呃，是『他』說得對。隨便啦。」

卡特不情願地點點頭。「陛下，您會需要這些東西。」

他將彎柄手杖和連枷獻給拉，但拉搖搖頭，或者是姬亞搖頭。埃及的神啊，這好亂！

「我告訴你們神在等待他們的法老時，」拉說：「我指的人是你，卡特．凱恩，荷魯斯之眼。我在這裡對付我的宿敵，不是要登上王位。這是你的命運。奉我之名召集眾神，並且團結生命之屋的力量。不要害怕，在你出現之前，我會牽制住阿波非斯。」

卡特盯著手裡的彎柄手杖和連枷。他看起來驚恐萬分，就跟他之前看到拉塌陷變成沙子時一樣。

我不能怪他。卡特受令登上宇宙創始的王位，率領魔法師和神衝向戰場。一年前，就算是六個月前好了，想到我哥被交付了重責大任，我也感到一樣害怕。

奇怪的是，我現在一點也不介意。想到卡特是法老，其實很令人安慰。我確定我以後會後悔說了這句話，而我確定卡特永遠不會讓我忘記自己說過這句話。但事實是，自從我們搬進布魯克林之家，我一直很依賴我哥。我變得依賴他的力量。我信任他會做出正確的決定，即使在他不信任自己的時候。當我得知他的祕密名字，便清楚看見他的個性中有這個特質：領導風範。

「你準備好了。」我告訴他。

「的確如此。」拉表示同意。

卡特抬起頭，有點震驚，可是我想他看得出來我沒有在嘲笑他，至少這次不是。

貝斯捶了他肩膀一下。「小子，你當然準備好了。現在，不要浪費時間，去救你叔叔！」

看著貝斯，我試著不要熱淚盈眶。我已經失去過他一次了。

至於拉，他似乎信心滿滿，不過還是被限制在姬亞．拉席德的形體中。她是個強而有力的魔法師沒錯，然而在成爲神的宿主這方面還是個新手。如果她有所猶豫或過度使用自己的力量……

「那麼，祝你好運。」卡特吞了吞口水，「我希望……」

他開始結巴。我發現這個可憐男生正在努力和女友道別，有可能是最後一次，但他甚至連吻他女友都會吻到太陽神。

卡特開始變形，他的衣服、背包、甚至彎柄手杖和連枷都化爲鳥羽。他的形體縮小到變成一隻棕白羽色相間的隼，然後展開雙翅，從船旁邊俯衝而下。

「噢，我討厭這部分。」我咕噥著說。

我召喚艾西絲，邀請她進入體內。「現在是合體行動的時候了。」

她的魔法立刻湧入我的體內，感覺彷彿有人打開水力發電機，電力強到可以點亮一整個國家的燈，還將所有能量直接傳輸給我。我變成一隻鳶（是一種鳥，不是風箏），衝入空中。

這一次我變回人類毫無困難。卡特和我在大獅身人面像的腳底會合，並且研究新炸開的隧道入口。叛徒做事不太低調。像車子般大小的石塊被縮小成碎石；附近的沙都變黑，熔化成玻璃。不知道是莎拉．雅各比的手下用了「哈—迪」這咒語，還是用了好幾根炸藥。

「這條隧道……」我說：「另一頭不就是在時代廳對面？」

卡特神情凝重地點點頭。他拿出彎柄手杖和連枷，現在發出淡淡的白色火焰。他衝入黑暗之中。我召喚出我的魔杖和魔棒，跟著他進去。

當我們往下走，便看到發生戰事的證據。爆炸燒焦了牆壁和階梯，有一部分的天花板已經坍塌。卡特雖然可以用荷魯斯的力量清出一條路，然而當我們一通過，整條隧道就在我們身後坍塌。我們沒辦法從這裡出去了。

在我們下方，我聽見了打鬥聲，叫喊神聖文字的聲音此起彼落；火、水、地元素的魔法交相攻擊；一隻獅子怒吼；金屬碰撞摩擦。

再往下走幾公尺，我們發現第一批傷亡人員。一個穿著破舊灰色軍服的年輕人靠在牆上，抱著肚子痛苦地呻吟。

「列歐尼德！」我大喊。

我的俄國朋友臉色蒼白，渾身是血。我把手放在他的額頭上，他的皮膚好冰冷。

「在下面，」他喘氣說：「太多人。我試著要……」

「待在這裡，」我說；我發現這樣說很蠢，因爲他根本動不了。「我們會帶人來幫忙。」

他勇敢地點點頭，但我看著卡特，知道我們兩個心裡想的是同一件事。列歐尼德可能撐不了這麼久。他的制服外套都是血，他的手一直放在肚子上，看得出來他受到重傷，可能是遭到獸爪或刀子或同樣可怕的魔法所傷。

我對列歐尼德施以「緩慢」的咒語，至少能平穩他的呼吸，緩和血液流動的速度，不過這幫不了他什麼。這個可憐的男生冒著生命危險逃出聖彼得堡，一路來到布魯克林警告我即將發生的攻擊。現在他努力捍衛第一行省，抵擋他以前主子的攻擊，而他們卻打傷他，直接從他旁邊走過，留他在那裡等死。

「我們會回來的。」我再次保證。

卡特和我繼續蹣跚往前走。

我們走到階梯底時，立刻被拖入戰局。一個獅子薩布提跳到我的臉上。

艾西絲比我的反應更快，她給了我一個字唸出來：「琺！」

代表「釋放」的象形文字於是在空中發亮：

獅子立刻縮小變回一尊蠟像，完全不具任何威脅地從我胸口彈開。

在我們四周，整條走廊陷入一片混亂。不管哪個方向，我們的生徒都陷入和敵方魔法師的對戰中。就在我們前面，十二個叛徒排成楔形陣勢，擋住時代廳的大門，而我們的朋友似乎試圖想通過他們。

有那麼一下子，我覺得這個情形似乎是顛倒過來了。我們這邊陣營不是應該防守大門才對嗎？後來我發現事情經過大概是這樣：封閉的隧道遭受攻擊讓我們的同伴很驚訝，然後他們趕去幫阿摩司，可是他們趕到的時候，敵人已經在時代廳裡了。現在這群人阻止我們的援軍接近阿摩司，而我們叔叔正在大廳裡，很可能獨自面對莎拉．雅各比和她的精英突擊小組。

我的脈搏加速。我衝入戰場，從艾西絲種類繁複的咒語選單中拋出一個個咒語。我必須承認，再次當個女神的感覺很好，不過我也得小心注意我的能量。如果我讓艾西絲自由掌控，她會在幾秒內消滅我們敵人，但在這個過程中，她也會使我燃燒殆盡。我必須壓低緩和她想把渺小凡人剁碎的傾向。

我把我的魔棒當做迴力鏢一樣扔出去，打中一個塊頭高大、留著大鬍子的魔法師，當時他正喊著俄語，與朱利安互相拿著劍對戰。

俄國人消失在一道金色閃光裡，他原本所站的地方出現一隻有所警覺的倉鼠，一溜煙便趕快逃走。朱利安對著我露齒而笑，他的劍身冒煙，褲子邊著火，除此之外看起來還好。

「也該是時候了！」他說。

另一個魔法師朝他衝過來，我們沒有時間繼續閒聊。

卡特費力向前進攻，揮動他的彎柄手杖與連枷，熟練到彷彿已經練習了一輩子似的。一個敵對的魔法師召喚犀牛（這地方很窄，我覺得他這樣做很糟糕），卡特用連枷揮打犀牛，每一條有刺的鏈子變成火繩。犀牛瓦解，被切成三塊，然後熔化成一堆蠟。

我們其他朋友的表現也不差。菲力斯使用一個我從未看過的冰咒語，將他的敵人通通包在大大的蓬鬆雪人裡，最後還插上紅蘿蔔鼻子和菸斗。他的企鵝大軍搖搖擺擺地圍繞住他，用鳥喙啄敵對的魔法師，並偷走他們的魔棒。

艾莉莎在與另一個使用土之元素的魔法師交手，但這個俄國女子顯然不是對手，她以前大概從未面對過蓋伯的力量吧。每次俄國人召喚出一尊石像或想扔出巨岩，她的攻擊全都化爲碎石。艾莉莎手指一彈，對方腳下所站的地板就變成流沙。俄國人的肩膀以下全被流沙埋住，而且埋得滿緊的。

在走廊的北端，潔絲跪在克麗約旁邊，照料她已經變成一朵向日葵的手臂，不過比起她的對手，克麗約的狀況還算好，在她腳邊躺著一本眞人大小的小說《塊肉餘生錄》[77]，我覺得這本書的前身是位敵軍的魔法師。

（卡特告訴我有個魔法師就叫做大衛．考柏菲[78]，他爲了某個原因覺得這樣很好笑。不用理他，我就這麼做了。）

就連我們的小小孩生徒都加入作戰行列。小雪比把她的蠟筆丟在走廊來絆倒敵軍，她現在揮舞魔棒就像揮網球拍一樣，從大人魔法師胯下跑來跑去，用力打他們屁股，嘴裡還大喊：「死吧、死吧、死吧！」

小孩子怎麼會不可愛呢？

她攻打了一個很大的金屬戰士，那絕對是個薩布堤，然後這個薩布堤變成一隻七彩的大胖豬。如果我們能活著過完今天，我有個很糟的預感，覺得雪比會想要養牠。

有些第一行省的居民也在幫助我們作戰，但人數少得可憐，幾個腳步蹣跚的年老魔法師和焦急的商人拋出護身符抵擋咒語攻擊。

我們雖然緩慢，但確定可以往前推進到大門，敵軍的主力似乎全都放在唯一一個攻擊對手上。

等我發現那個人是誰時，我好想把自己變成一隻倉鼠，吱吱尖叫著奪門而出。

華特已經來到這裡。他徒手擊破敵軍防線，以非人類的力量將一個叛徒魔法師丟到走廊盡頭，並碰了另一個魔法師一下，立刻就讓對方包裹成木乃伊。他抓住第三個叛徒的魔杖，對方的武器便粉碎成灰燼。最後，他的手往剩餘敵軍一掃，他們全都被縮小到玩具娃娃的大小。卡諾皮克罐（也就是用來埋葬木乃伊內臟器官的罐子）一個個從地上冒出，繞住每一個迷你魔法師，用動物頭形狀的蓋子將他們封在裡面。可憐的魔法師焦急地大喊、拍打陶罐、搖來搖去，很像一排不開心的保齡球瓶。

華特轉身過來看我們的朋友。「大家都沒事吧？」

他看起來就像以前平常的華特，身材高大，渾身肌肉，臉上充滿自信，棕色眼珠透出柔和神情，雙手強而有力。但他的衣服換了，下半身穿著牛仔褲，上半身是一件深色的「惡劣天氣」樂團T恤和皮夾克。這些是阿努比斯的打扮，加大了尺寸以符合華特的體格。我只要降低視線進入杜埃看一下，就會看見阿努比斯站在那裡，仍舊是平常那討人厭的帥氣模樣。他們兩人，站在同一個地方。

「大家準備好，」華特對我們的軍隊說：「他們已經把門封起來，但是我可以……」

77《塊肉餘生錄》（*David Copperfield*）為英國作家狄更斯（Charles Huffham Dickens, 1812-1870）的小說，書名原文為書中主角大衛．考柏菲之名。

78大衛．考柏菲（David Copperfield, 1956-）是一位美國魔術師，以大型魔術表演而聞名世界。他從小說《塊肉餘生錄》汲取靈感，以男主角的名字作為藝名。

接著他注意到我，聲音開始結巴。

「莎蒂，」他說：「我……」

「你要說關於開門的事嗎？」我質問著。

他一聲不響地點點頭。

「阿摩司在裡面嗎？」我問，「他在和雅各比、桂、誰知道還有什麼的對戰嗎？」

他再次點頭。

「那你這個討厭鬼就不要再盯著我看，趕快開門啊！」

我正在和他們兩個說話，感覺很自然，而且宣洩憤怒的感覺很不錯。我晚一點再來處理這兩個傢伙，是一個傢伙，隨便啦。此刻，我的叔叔需要我。

華特或阿努比斯竟然還有膽子笑。

他把手放在門上。灰燼擴散至整扇青銅門，整扇門灰飛湮滅。

「你先請。」他對我說，然後我們衝入時代廳裡。

18 死神的救援

好消息是，阿摩司並非孤軍奮戰。

壞消息是，邪惡之神是他的援兵。

當大夥湧入時代廳，我們的搶救企圖嘎然而止。我們沒想到會看見一場有閃電和刀子的致命空中芭蕾舞表演，平常滿滿飄浮在空中的象形文字都不見了，房裡兩旁的全景光幕微弱晃動，有些已經完全崩壞。

如同我先前的猜想，敵方魔法師的攻擊小隊已經在這裡和阿摩司纏鬥，但看起來他們似乎後悔做了這樣的決定。

阿摩司包覆在一個我曾見過的詭異化身裡，盤旋在時代廳中央的半空中。一個類似人形的化身繞著他轉，部分是沙塵暴、部分是火焰，比較像我們在地上層看到的阿波非斯，只不過這一個開心多了。紅巨人戰士一邊戰鬥、一邊大笑，漫不經心地揮舞著一根黑色鐵杖。阿摩司懸在這個戰士化身的胸口，仿效巨人的行動，臉上布滿斗大的汗珠。我看不出來阿摩司到底是在指揮賽特、還是在抵抗他，可能兩種都有吧。

敵方魔法師繞著圈在他四周飛行。桂的光頭和藍袍使他很容易被發現，他穿過空中，有如可以抵抗地心引力的武僧。他對著賽特化身射出紅色閃電，但似乎起不了太大作用。

莎拉·雅各比那又短又尖的黑髮和一身飄逸白袍，看起來像是精神分裂的西方女巫，尤其她又坐在一朵暴風雲上飄來飄去，有如坐飛毯一樣。她手拿兩把黑色刀子，很像理髮店用的刮鬍刀，正以可怕的丟擲表演方式不斷拋出刀子，擲向賽特化身，然後刀子回到她手上，她再接住。我以前看過那樣的刀，就是用隕鐵做的奈截利刀，這種刀多半是在喪葬儀式中使用，不過看來當做武器也不錯。每次出擊，這兩把刀就會打亂化身用沙子組成的身體，慢慢消耗化身的力氣。我一看到她丟出刀子，憤怒就像拳頭般聚集在我心裡。某種直覺告訴我，在雅各比留下我的俄國朋友列歐尼德等死之前，就是用這兩把刀去攻擊他。

其他叛徒的攻擊就沒這麼成功，但當然還是持續出擊。有些用一陣風或水來攻擊賽特，其他則是派出薩布堤生物，比方巨大的蠍子和葛萊芬。有個胖魔法師用小塊起司不斷攻擊阿摩司。說實在的，我不確定是否會選一個起司大師來加入我的精英攻擊小隊，但或許莎拉·雅各比打鬥到一半會覺得餓吧。

賽特似乎很能自得其樂。紅色巨人戰士拿鐵杖用力擊中桂的胸口，使他整個人在空中旋轉。他將另一名巫師踢飛，讓他撞上羅馬時代的全景光幕。這個可憐人癱倒在地，耳朵冒出煙，大概是心裡裝了太多羅馬人的派對景象。

賽特用他空著的手猛然擊向起司大師。胖魔法師被沙塵暴吞噬，並開始喊叫，不過賽特很快就收手，而暴風也停止了。魔法師像個破爛的布娃娃掉到地上，失去意識但還活著。

「哎唷！」紅色戰士大喊一聲。「拜託啦，阿摩司，讓我有點樂趣嘛，我只不過想讓他骨肉分離而已！」

阿摩司的臉因爲專心而綳緊。看得出來他盡力在控制這個神，然而賽特有許多其他敵人可以玩。

「拖！」紅色天神對著一尊斯芬克斯石像射出一道閃電，將它炸得粉碎。他發狂大笑，對著莎拉．雅各比揮動魔杖。「小魔法師們，這眞是太有趣了！你們沒有別的把戲了嗎？」

我不確定我們站在門邊看著這場打鬥有多久時間，大概不到幾秒鐘吧，感覺卻像一輩子似的。

終於，潔絲忍住啜泣地說：「阿摩司他……又被附身了。」

「不，」我堅持說：「不，這次不一樣！一切都在他的控制之中。」

我們的生徒全都不可置信地看著我。我明白他們的恐慌，我比誰都清楚記得賽特是如何讓我叔叔差點發瘋。很難理解爲何阿摩司願意傳輸紅神的力量，不過他正在做不可能的事，他在擊退敵人並贏得勝利。

儘管如此，就連大儀式祭司也無法長時間傳輸這麼多的力量。

「快看他！」我懇求大家。「我們得去幫他！阿摩司沒有被附身。他在控制賽特！」

卡特舉起彎柄手杖和連枷。「看得出來賽特可以受到控制，因爲阿摩司正在這麼做。我們現在是不是該去打仗了？」

我們往前衝去，可是我們猶豫太久了。莎拉．雅各比已經注意到我們出現，她往下朝著手下大喊：「就是現在！」

她也許很邪惡，但可不笨。到目前爲止，他們對阿摩司的攻擊不過是爲了分散他的注意力、削弱他的力量罷了。在她喊了口號之後，眞正的攻擊才要開始。桂對著阿摩司的臉射出閃電爆炸，其他魔法師抽出魔法繩，扔向賽特化身。

魔法繩一下子全部收緊，纏繞住紅色戰士的腿和手臂，他腳步踉蹌。莎拉．雅各比拔出刀，化做一條長長的黑色套索，乘坐暴風雲飄到化身上方，敏捷地用繩索套住他的頭並拉緊繩圈。

賽特氣憤大吼，但化身開始縮小。我們還來不及接近，阿摩司已經跪在時代廳的地板，只有發著最微弱光芒的紅色防護罩圍繞在他四周。魔法繩現在緊緊綁住他。莎拉．雅各比站在他身後，抓著黑色繩索有如鏈子一般。她拿著一把奈截利刀抵住阿摩司的脖子。

「住手！」她命令我們。「現在一切就要結束了。」

我的朋友們遲疑了。叛徒魔法師轉過身，小心翼翼地面對我們。

艾西絲在我的內心說：「很遺憾，但我們得讓他受死，他是我們老敵人賽特的宿主。」

「他是我叔叔！」我回答。

「他已經腐化了，」艾西絲說：「他早就消失了。」

「不！」我大喊。我們的連結開始動搖。你不可能和神共享心智卻意見不合。要成爲神之眼，你必須和神有絕佳的默契。

卡特似乎和荷魯斯也有同樣的問題。他召喚了鷹首戰士化身，但化身幾乎立刻消失，使得卡特摔在地上。

「拜託，荷魯斯！」他怒吼著。「我們必須去幫忙。」

莎拉．雅各比的笑聲聽起來像金屬刮過沙子一樣刺耳。

「你們看到了嗎？」她拉緊套住阿摩司脖子的繩索。「這就是學習神之道的結果！疑惑，混沌，還把賽特弄來時代廳！就連你們這些被誤導的傻瓜也無法否認這樣是錯的！」

阿摩司抓著喉嚨，憤怒大吼，說話的聲音卻是賽特。「我想做點好事，而這就是我得到的感謝？阿摩司，你應該讓我殺光他們才對！」

我往前站，小心翼翼不讓動作太明顯。「雅各比，你不懂。阿摩司的確在傳輸賽特的力量，不過一切都在他的控制之中。他大可殺了你，但他沒有下手。賽特是拉的左右手，在合宜的控制下，他會是一個有用的夥伴。」

賽特哼了一聲。「對，有用！我不知道什麼是『合宜的控制』。你們這些三腳貓的魔法師，放我走，這樣我才能將你們一網打盡！」

我瞪著我叔叔。「賽特！你這樣是在幫倒忙！」

阿摩司的表情從憤怒轉為擔憂。「莎蒂！」他用自己的聲音說話。「快走，去對付阿波非斯，不要管我！」

「不行！」我說：「你是大儀式祭司。我們要為生命之屋而戰。」

我沒有往我身後看，但希望我的朋友們會贊同我，否則我的小命很快很快就不保了。

雅各比冷笑著。「你叔叔是賽特的僕人！你和你哥哥已經被判死刑。你們其他人，放下武器。身為你們的新任大儀式祭司，我會赦免你們，然後我們將一起和阿波非斯決一死戰。」

「你和阿波非斯是一夥的！」我大喊。

雅各比的臉色轉為冷酷。「這是反叛。」

她拋出魔杖。「哈─迪。」

我舉起魔棒，可是艾西絲這次沒有幫我。我現在只是莎蒂．凱恩，而且我的防禦晚了一步。爆炸在我微弱的防護罩旁掀起波動、將我打倒，我整個人往後撞上一片光幕。神之時代的景象在我四周劈里啪啦作響，有世界創始之初、俄塞里斯登基、賽特與荷魯斯之戰，這就像遭電擊時，同時有六十部不同的電影下載到我腦袋裡。光一消失，我躺在地板上，頭昏眼花，筋疲力盡。

「莎蒂！」卡特朝我衝過來，但是桂用一道紅色閃電把他炸開。卡特跪在地上，我甚至沒有力氣哭喊出聲。

潔絲往他那裡跑去。小雪比大叫：「住手！住手！」我們其他的生徒似乎都嚇呆了，動彈不得。

「投降吧。」雅各比說。我發現她是用有影響力的文字在說話，就和鬼魂薩特納之前做過的一樣。她在用魔法麻醉我的朋友。「凱恩家族什麼都沒給你們，只帶給你們麻煩。該是結束這一切的時候了。」

她拿起抵在阿摩司脖子上的奈截利刀，以光速將刀子扔向我，我的心跳似乎隨著刀子飛來而加速。在那毫秒間，我知道莎拉．雅各比不會失手。我最後的下場會和可憐的列歐尼德一樣痛苦，他在外層通道孤單地流血而亡，而我現在完全無法保護自己。

一道影子閃過我面前。有人徒手在空中抓住那把刀。隕鐵刀立刻變成灰色，然後粉碎。雅各比的眼睛瞪得好大，急忙抽出第二把刀。

「你是誰？」她質問。

「華特．史東，」他說：「是法老血脈，也是亡者之神阿努比斯。」

他站到我面前，保護我不受到敵人攻擊。或許因爲我撞到頭，所以才會看到雙重影像，但我清楚看見他們兩個人，一樣帥氣、有力，也都非常生氣。

「我們用同聲一氣，」華特說：「尤其在這件事上，沒有人可以傷害莎蒂．凱恩。」

他伸出手。莎拉．雅各比腳下的地板裂開，亡靈如雜草般冒出，有骷髏手、發光的臉、帶著利牙的鬼影，還有張開爪子並長著翅膀的「巴」。這些亡靈全都蜂擁到莎拉．雅各比身邊，用鬼魂的亞麻布將她包住，然後在她尖叫時將她拖進裂縫中。地板在她身後密合，沒有留下任何她曾經存在過的痕跡。

套在阿摩司脖子的黑色繩圈變鬆，傳出賽特的大笑聲。「眞是我的好兒子！」

「閉嘴，父親。」阿努比斯說。

在杜埃裡，阿努比斯的裝扮就和他每次出現時一樣，頂著亂糟糟的黑髮，有一雙可愛的棕色眼睛，但我從來沒看過他這麼生氣。我發現只要有人膽敢傷害我，就會在他的盛怒之下遭殃，而華特也不會阻止他。

潔絲幫卡特站起來。他的襯衫燒焦了，不過人看起來沒事。我想，被閃電炸到不是他最近遇到最衰的事。

「各位魔法師！」卡特勉強讓自己站得筆直且充滿自信，然後對著我們所有生徒和叛徒們說話。「我們根本是在浪費時間。阿波非斯在上面快要毀滅世界了。幾位勇敢的神為了我們、為了埃及、也為了全世界的凡人正在抵抗他，但光憑他們也無法戰勝阿波非斯。雅各比和桂帶著你們偏離了正道。替大儀式祭司鬆綁吧，我們必須團結合作。」

桂哼了一聲，紅色電光在他指尖竄動。「絕不。我們不向神低頭臣服……」

我勉強站了起來。

「聽我哥的話，」我說：「你們不信任神嗎？他們已經在幫我們了。此時阿波非斯想要我們彼此內鬥。你們認為攻擊時間為什麼要訂在今天早上，就在阿波非斯復活的同一時間？桂和雅各比出賣了你們，真正的敵人就在你們面前！」

就連叛徒魔法師現在也轉頭盯著桂看。剩餘的繩子從阿摩司身上掉下來。

桂冷笑一聲。「太遲了。」

他的聲音帶著力量。他身穿的袍子顏色由藍色轉爲血紅。他的眼睛發光，瞳孔變得像爬蟲類一樣狹長。「此刻，我的主人已經消滅了那些年老的神，橫掃你們世界的所有根基。他會吞下太陽，你們全都會沒命。」

阿摩司站了起來。一陣紅沙繞著他旋轉，但我很清楚知道現在是誰在掌控。他的白袍發亮，閃耀著力量。他肩上那條大儀式祭司的豹皮披風閃閃發光。他伸出魔杖，空中布滿五顏六色的象形文字。

「生命之屋，」他說：「開戰！」

桂沒有這麼簡單就放棄。

我想，當混沌之蛇入侵你的思緒、讓你充滿無止盡的憤怒和魔法時，就會發生這種事。

桂射出一連串紅色閃電，橫越房間，打倒大多數其他魔法師，包含追隨他的人在內。艾西絲一定是保護了我，因爲穿過我身上的電流對我毫無影響。阿摩司在他旋轉的紅色風暴裡似乎不爲所動。華特腳步踉蹌，不過也只是一下下而已。就連虛弱的卡特也都用他的法老彎柄手杖擋開了閃電。

其他人就沒這麼幸運了。潔絲倒了下來，接著是朱利安，然後是菲力斯和他的企鵝小隊，我們所有的生徒以及他們剛才一直對戰的叛徒們全都倒在地上不醒人事。這一波強力攻擊造成如此嚴重的傷害。

我召喚艾西絲的力量。我正要使出綁縛咒，可是桂的招數還沒結束。他高舉雙手，創造出自己的沙塵暴。數十個轉動的旋風穿過廳堂，變得愈來愈厚，形成用沙子組成的生物，有斯芬克斯、鱷魚、狼和獅子，牠們從各個方向進攻，甚至撲到我們毫無防備的朋友身上。

「莎蒂！」阿摩司警告，「保護他們！」

我很快地改變咒語，急忙用防護咒保護失去意識的生徒們。阿摩司將這些怪物一個個解決掉，但是牠們很快又恢復原形。

卡特召喚他的化身。他衝向桂，紅色魔法師卻用一道新的閃電將他炸得彈回去。我可憐的哥哥撞上一根石柱，結果柱子傾倒壓在他身上。我只能希望他的化身能承受得了這股撞擊力道。

華特立刻放出十二個魔法生物，有他的斯芬克斯、駱駝、朱鷺，甚至還有馬其頓的菲利普。牠們通通衝向沙子怪物，想阻止牠們接近倒在地上的魔法師。

然後華特轉身面向桂。

「阿努比斯，」桂發出嘶嘶聲說：「小鬼神，你應該好好待在你的殯儀館裡。你根本不是我的對手。」

華特雙手一攤，以此作爲回答。他身體兩邊的地板出現裂縫，兩隻巨大的胡狼從裂縫中跳出，露出鋒利的牙齒。華特的形體發出光芒，突然間，他身穿埃及的戰鬥盔甲，一根「瓦思」魔杖在他手裡轉個不停，有如致命的風扇葉片。

桂大聲怒吼，他用一陣沙子將胡狼炸開，並對著華特射出一道道閃電和帶有力量的象形文字，但華特用魔杖擋開一波波攻勢，將桂的攻擊物化成灰燼。胡狼分別從兩側攻擊桂，將利牙深深咬進他的腿，而華特走過去，把魔杖當成高爾夫球桿揮動。他用力打桂，我可以想像到那聲音迴盪在杜埃裡。魔法師倒在地上，他的沙子怪物通通消失了。

華特叫回他的胡狼，阿摩司放下魔杖，卡特則從一片瓦礫堆中站起來，看起來頭昏腦脹，但毫髮無傷。我們聚在倒下的魔法師旁邊。

桂應該已經死了。一道血跡從他嘴裡流出。他的眼睛無神，不過當我仔細看著他的臉，他急促地吸了口氣，微弱地笑了。

「一群笨蛋，」他聲音沙啞地說：「殺嘿。」

一個血紅色的象形文字發著光，在他胸口燃燒著。

他的袍子突然起火，就在我們眼前化爲一堆沙子消失，而一股寒流穿過時代廳，這些都

是混沌的力量。房間裡的柱子搖晃，天花板開始落下一塊塊石頭，一個烤箱大小的石板砸在通往平台的階梯上，差點砸壞法老的王座。

「倒下。」我說，這才了解剛才那個象形文字的意思，連艾西絲似乎也對這道咒語感到害怕。「『殺嘿』的意思就是『倒下』。」

阿摩司以古埃及語咒罵，罵的就是驢子亂踩桂的鬼魂之類的意思。「他用盡他的生命力來施行這個詛咒。這個大廳已經搖搖欲墜，在我們被活埋之前，必須盡速離開。」

我環視四周，看著倒下的魔法師。我們有些生徒已經開始在動，但我們不可能及時將他們所有人安全撤離。

「我們必須阻止大廳倒塌！」我很堅持。「現在有四個神在這裡，難道這樣也挽救不了時代廳嗎？」

阿摩司眉頭深鎖。「賽特的力量無法幫我做這件事。他只會毀滅，不能修復。」

另一根石柱倒下來，滾過地上，差點打中一個仍在昏迷的叛徒魔法師。

華特（喔，對了，他穿盔甲很帥）搖搖頭說：「這已經超過阿努比斯的能力範圍。抱歉。」

地板開始搖動。我們只剩幾秒鐘可活，待會兒就成了另一群被埋在墳墓裡的埃及人了。

「卡特你呢？」我問。

他無助地看著我。他還是很虛弱，我知道他的戰鬥魔法在目前的狀況下沒有什麼用。

我嘆口氣。「所以又要我出馬才行囉，每次都這樣。好吧。你們三個盡可能使用防護罩保護其他人，如果我這招沒用，就趕快逃出去。」

「如果什麼沒用？」阿摩司問，此時有愈來愈多石塊從天花板上掉下來，落在我們附近。

「莎蒂，你在計畫做什麼？」

「親愛的叔叔，只是要說句話而已。」我舉起魔杖，召喚艾西絲的力量。

她馬上就明白我需要什麼。我們一起努力在混沌裡尋找平和寧靜，我將注意力集中在我生命中最平和、最有秩序的時刻，而這樣的時刻並不多。我想起六歲那年在洛杉磯，和卡特以及爸媽一起慶祝我的生日，這是我所擁有我們全家人在一起的最後記憶；我想像自己在布魯克林之家的房間裡聽音樂，而古夫坐在我的梳妝台上吃圈圈餅；我想像自己和朋友們坐在露天平台上，悠閒地享用一頓早餐，而馬其頓的菲利普在牠的池子裡拍打水花；我想到星期日下午在外公外婆家，瑪芬坐在我大腿上，電視上播著外公愛看的橄欖球賽，桌上擺著外婆烤的可怕餅乾和無味的茶。那些真是美好的時光。

最重要的是，我面對自己的混亂。我接受了自己到底要住在倫敦還是紐約，以及要當魔法師還是一般學生的複雜情緒。我是莎蒂．凱恩，如果我活過今天，我會接受這有的沒的一切。還有，沒錯，我會接受華特和阿努比斯……我放棄了我的憤怒和不開心。我想像他們兩人都和我在一起，如果這樣很怪的話，那麼，這也符合我下半輩子的生活。我和這個想法妥協。華特還活著，阿努比斯是個活生生的血肉之軀。我平復自己的焦躁，拋開所有疑慮。

「瑪特。」我說。

我感覺自己像是拿著音叉敲了地球的根基。深沉的和諧向外迴盪在每一層杜埃之中。時代廳停止搖晃。石柱升起，自行修復。天花板和地板上的裂縫密合回去。全景光幕再度閃耀在時代廳兩側，而象形文字再次布滿空中。

我整個人癱倒在華特懷裡，模模糊糊看到他低頭看著我微笑。阿努比斯也是，我可以看見他們兩人，然後我發現我不必選擇。

「莎蒂，你辦到了，」他說：「你真厲害。」

「嗯，」我喃喃地說：「晚安。」

他們說我只昏迷了幾秒鐘，但感覺像是過了好幾個世紀。我醒過來時，其他的魔法師都已經站了起來。阿摩司低頭對我微笑。「我的小ㄚ頭，你醒了。」

他幫我站起來。卡特很熱情地擁抱我，彷彿他這次眞的非常欣賞我的能力。

「事情還沒結束，」卡特警告我們，「我們得到地面上去。你準備好了嗎？」

我點點頭，雖然我們兩個人的狀況都不好。我們在時代廳的混戰用掉了太多能量，就算有神的幫忙，我們的狀態也沒有好到能夠面對阿波非斯，可是我們沒有選擇。

「卡特，」阿摩司鄭重地說，手指著空蕩蕩的王座，「你身上流著法老的血液，你也是荷魯斯之眼，擁有由拉贈與的彎柄手杖及連枷。這個王位是你的。你是否願意領導我們、神與凡人一起迎戰敵人？」

卡特站直了身體。我可以看見他內心的疑慮和恐懼，但也有可能只是因爲我了解他，因爲我曾說出他的祕密名字。他外表看起來信心十足、十分強壯，像個大人一樣，甚至很有王者風範。

【對，我是這麼說沒錯。親愛的哥哥，你不要有大頭症，因爲你還是一個超級大蠢蛋。】

「我會領導你們，」卡特說：「不過這個王位還得再等一等。現在，拉需要我們。我們必須上去地面。你是否能告訴我們最快的方式？」

阿摩司點點頭。「你們其他人呢？」

其他的魔法師大聲喊出同意，就連之前是叛徒的魔法師也一樣。

「我們人數不多，」華特注意到，「卡特，你要下什麼命令？」

「首先，我們需要增援，」他說：「現在是我召喚神加入作戰的時候了。」

19 進入邪惡遊戲屋

莎蒂說我看起來信心十足？

說得眞好。

其實，被賦予統治宇宙的王權（或是統治神和魔法師的超級主權，還是什麼之類的），嚇得我站都站不住。

我很感激這是在我們衝向戰場時發生的事，這樣我才沒有時間去想，或是嚇得半死。

「接受吧，」荷魯斯說：「用我的勇氣。」

這次我很高興讓他取得領導地位，否則等我們到了地面、我看見事情的慘狀時，我一定會跑回地下，像個幼稚園小朋友放聲尖叫。

（莎蒂說我那樣形容並不公平，因爲我們的幼稚園小朋友沒有尖叫，他們比我還更想要去戰鬥。）

總之，我們這一小隊魔法師從通往哈夫拉[79]金字塔的祕密通道半路上冒出來，往下凝視著世界的結束。

說阿波非斯很巨大，就像是說鐵達尼號行駛在小水域一樣。由於我們一直在地底下，這條巨蛇已經變得很大。現在他蜷曲在沙漠下有好幾公里長，正圍繞著金字塔，在開羅的外圍地底鑽動，將整個鄰近地區當成舊地毯一樣抬起來。

只有巨蛇的頭露在地表之上，而他的頭抬起的高度幾乎和金字塔一樣高。如同莎蒂所形容的，這條蛇是以沙塵暴和閃電形成。當他展開他的眼鏡蛇頭，現出一個發亮的象形文字，這個字從來沒有魔法師寫過。那是「伊斯非特」，也就是混沌的符號：

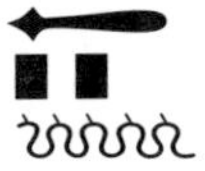

相形之下，與阿波非斯作戰的四個神看起來非常迷你。索貝克跨坐在巨蛇背上，用他有力的鱷魚下顎不斷啃咬，並且用魔杖拚命揮打。他的攻擊連續不斷，但似乎對阿波非斯不構成困擾。

貝斯穿著泳褲跳來跳去，揮動著一根木棍，並且大喊：「噗！」那聲音大到在開羅的人可能都會躲到床底下吧，然而混沌巨蛇看來毫無畏懼。

我們的貓朋友巴絲特運氣也沒有比較好。她跳上巨蛇的頭，用刀子猛砍，然後在阿波非

79 哈夫拉（Khafre）為古埃及第四王朝的法老，他所建造的哈夫拉金字塔（Khafre's Pyramid）是埃及第二大金字塔。

斯把她甩開前跳開。不過巨蛇似乎只對一個目標感興趣。

姬亞站在沙漠裡的大金字塔和大獅身人面像之間，被一陣耀眼的金色光芒所包圍。要直視著她很不容易，因爲她像發射煙火爆竹般不斷丟出火球，每一個都在巨蛇身上炸開，打亂他的形體。巨蛇也在反擊，咬掉一塊塊沙漠，但他似乎找不到姬亞。姬亞的位置就像海市蜃樓一樣不斷變換，總是離阿波非斯攻擊的地方有幾公尺遠。

不過，她沒有辦法一直這樣攻擊下去。往杜埃裡看去，我可以看見四個神的光環都在削弱，阿波非斯卻愈來愈大、愈來愈強。

「我們要做什麼？」潔絲緊張地問。

「等我的信號。」我說。

「什麼信號？」莎蒂問。

「還不知道。我馬上回來。」

我閉上眼睛，派我的「巴」往天上飛去。突然間，我站在都是神的王座廳裡，石柱高聳入雲，魔法火盆延伸至遠處，光線映照在磨得光亮的大理石地板上。在房間中央，拉的太陽船安放在平台上，他的火焰王座上空空如也。

我似乎是一個人在這裡，直到我出聲呼喊。

「過來我這裡，」荷魯斯和我一起出聲說：「完成你們的效忠宣誓。」

一縷縷發光的煙飄進房裡，有如慢動作的彗星。這些發光的煙有活力地燃燒起來，在石柱間旋轉。在我四周，這些神一一現身。

一大群蠍子迅速穿過地板，結合成女神瑟克特[80]，她頭頂蠍子形狀的王冠，毫不信任地瞪著我。狒狒神巴比[81]從最近的一根石柱上爬下來，露出鋒利的牙齒。禿鷹女神奈赫貝特蹲踞在太陽船的船頭。風神蘇有如灰塵惡魔般吹了進來，然後以第二次世界大戰的飛行員造型出現；他的身體完全是以灰塵、樹葉和碎紙片組成。

還有好幾十個神都出現了。月神孔蘇穿著銀色西裝；天空女神努特銀河般的藍色肌膚閃耀著星辰；嬉皮哈皮穿著綠色魚鱗裙，臉上掛著瘋狂微笑；還有一個身穿迷彩狩獵服、表情肅穆的女子，她一邊肩上掛了一把弓，臉上塗著油彩，頭髮上還插了兩片可笑的棕櫚葉，我猜是妮特。

我希望會有更多友善一點的臉孔，但我知道俄塞里斯無法離開冥界。透特仍然被困在自己的金字塔裡。還有更多其他的神，大概是那些最有可能幫助我的神，也都還受到混沌力量的圍攻。我們現在得將就一下。

我面對著一批神，希望自己的兩條腿沒有抖得太厲害。我還是感覺自己像卡特．凱恩，不過我知道他們看著我的時候，看到的是復仇者荷魯斯。

---

[80] 瑟克特（Serqet），埃及神話中的蠍子女神，通常描繪成頭頂上有一隻巨蠍的女子，或是有女人臉的蠍子。她的評價有正反兩面，一方面能用毒致人於死，另一方面則被認為能夠治療蛇蠍之毒。

[81] 巴比（Babi），埃及神話中的狒狒神，有著狒狒頭加人身的造型，屬於冥界的神，有很強的攻擊性。

我揮了一下彎柄手杖和連枷。「這是法老的象徵物，是拉親手交給我的。他任命我當你們的領袖。即使是現在，他還在對付阿波非斯。我們必須參戰。跟我來，做你們該做的事。」

瑟克特發出嘶嘶聲。「我們只跟隨強者。你夠強嗎？」

我以光速移動，揮起連枷砍過女神，將她劈成一堆著火的烤蠍子。幾隻活蟲趕緊從殘骸裡爬出來，牠們移動到安全距離外開始重組，直到再次變爲女神，瑟縮在一個冒著藍色火焰的火盆後面。

禿鷹女神奈赫貝特發出嘎嘎叫聲。「他很強。」

「那麼就跟我來。」我說。

我的「巴」返回地面。我睜開雙眼。

在哈夫拉金字塔上方，暴風雲集結在一起。一陣雷聲之後，雲團散開，眾神衝入戰場，有些駕著戰車，有些乘坐飄浮的戰艦，有些則是坐在巨大老鷹的背上。狒狒神巴比降落在大金塔上面，他重捶自己的胸膛，發出嚎叫聲。

我轉身看著莎蒂。「那個拿來當信號怎麼樣？」

我們爬下金字塔，加入戰局。

與混沌巨蛇作戰的第一個重點：不要跟他打。

即使有了一群神和魔法師作爲你的奧援，這也不是一場有可能贏的戰爭。我意識到隨著我們的攻擊愈來愈接近阿波非斯，世界似乎開始分崩離析。我了解阿波非斯不只是盤繞在沙漠、圍住金字塔而已，他是從裡到外繞著杜埃，將現實破壞成不同層。如果試著去找他，就像在遊樂園放滿鏡子的遊戲屋裡跑來跑去，每一面鏡子都會通到另一個擺滿更多鏡子的遊戲屋裡。

我們的朋友開始分散。在我們四周，神和魔法師被孤立，有些人沉入比其他人更深的杜埃。我們與一個敵人對戰，但我們每一個都只是在對付他一小部分的力量而已。

在金字塔底部，巨蛇盤繞圍住華特。華特試著想殺出一條路來，用灰色的光將蛇鱗炸成灰燼，但巨蛇立刻就復原，並將他包得愈來愈緊。在幾百公尺外，朱利安召喚了完整的荷魯斯化身，是一個一手拿卡佩許劍的綠色鷹首戰士。他在蛇尾劈下一刀（或至少其中一個版本是這樣），而蛇尾巴快速甩動想打中他。愈往杜埃深處，女神瑟克特幾乎站在相同地方，她將自己變成一隻巨大的黑色蠍子，對付另一個巨蛇尾巴的影像。她在這場怪異的耍劍戰鬥中，用自己的刺去戳巨蛇。甚至連阿摩司也受到狙擊。他面對錯誤的方向（或是說我看起來像是如此），在什麼都沒有的空中用魔杖亂劈，對著空無一物的地方大喊咒語命令。

我希望我們在同時間這麼多人對付阿波非斯是在削弱他的力量，但我看不出巨蛇的力量有任何減弱的跡象。

「他在分散我們的力量！」莎蒂大喊。即使她就站在我旁邊，卻像是從呼嘯狂風中的另一頭說話。

「抓緊了！」我伸出法老的彎柄手杖。「我們必須待在一起！」

莎蒂抓住彎柄手杖的另一頭，然後我們往前衝。

我們愈接近巨蛇的頭，蛇頭就愈難移動。我感覺我們像是跑過一層層清澈的糖漿，而每一層都比前一層更加黏稠。我看著周遭，發現大多數夥伴已經摔落，因爲混沌扭曲，有些人我甚至看不到。

在我們前頭，一道亮光彷彿穿透十五公尺的水域發出微光。

「我們必須去救拉，」我說：「注意力放在他身上！」

其實我心裡眞正想的是：我必須去救姬亞。但我很確定不需要全部說出來，莎蒂也知道我在想什麼。

我聽得見姬亞的聲音，她在召喚一波波火焰攻擊敵人。她不可能離我們太遠，如果以凡人的距離來說，大約是六公尺吧？透過杜埃的話，則可能是好幾千公里。

「就快到了！」我說。

「小朋友，你們來得太晚了。」阿波非斯的聲音在我耳朵裡響起。「拉會成為我今天的早餐。」

和地鐵車廂一樣粗的巨蛇猛然撞擊我們腳下的沙子，差點把我們壓碎。蛇身上的鱗片隨著混沌的力量起伏，使我噁心頭暈、站不直身體。我很清楚知道，沒有荷魯斯罩我的話，站得這麼靠近巨蛇一定早就被蒸發了。我揮動連枷，三條火線切過蛇皮，將它炸成一條條紅灰相間的霧。

「你還好嗎?」我問莎蒂。

她臉色蒼白,但還是點點頭。我們繼續往前奮戰。

幾位最強的神仍在我們身邊作戰。狒狒神巴比騎在一個蛇頭上,用他的大拳頭在阿波非斯雙眼之間猛捶,然而巨蛇似乎只有一點點不舒服。狩獵女神妮特躲在一堆石塊後面,對著另一個蛇頭不斷射箭;頭上的棕櫚葉讓她很容易被看見,而她還不斷大喊著什麼果凍寶寶的陰謀。再過去一點,另一個蛇頭將尖牙深深咬住禿鷹女神奈赫貝特,她痛苦尖叫,爆炸成一堆黑羽毛。

「我們的神快不夠用了!」莎蒂大喊。

我們終於來到混沌風暴的中心。紅灰煙霧有如一道道厚厚的牆,在我們四周旋轉,但中心這裡已經沒有咆哮聲,彷彿我們走進颶風眼一樣。在我們上方升起了真正的蛇頭,或至少說這就是他絕大多數力量集中所在。

我是怎麼知道這些的?因爲他的皮膚看起來更具體,金紅色的鱗片閃閃發光。他的嘴巴是一個長滿尖牙的粉色洞穴。他的眼睛發光,眼鏡蛇般的頭部開展得很寬,遮蓋住四分之一的天空。

他前面站著拉,一個閃亮的發光體,明亮得令人無法直視,不過如果我從眼角餘光瞄過去,可以看見姬亞站在亮光的中央。她現在穿著埃及公主的服飾,身穿金色和白色相間的絲質洋裝，戴著金項鍊和臂環，就連她拿的魔杖和魔棒也都鍍了金。她的影像在熱氣中舞動，讓巨蛇每次攻擊時都誤判她的位置。

姬亞朝著阿波非斯射出一道道紅色火焰，遮蔽他的眼睛，燒掉他一塊塊皮膚，但造成的傷口幾乎立刻癒合。他變得更強、更大。姬亞沒那麼好運。只要我集中精神，就可以感覺她的生命力、也就是她的「卡」變得愈來愈衰弱。她胸口中央的光芒變得更小且更集中，像是一團烈火被縮小成探照燈。

同時，我們的貓朋友巴絲特盡全力分散她老敵人的注意力。她一次又一次跳到巨蛇背上，用她的刀子猛砍，憤怒地喵喵叫，但阿波非斯只是把她甩開，扔回暴風裡。

莎蒂警覺地環視四處。「貝斯在哪裡？」

侏儒神消失了。我開始擔心遇到了最糟的情況，這時一個小小的暴怒聲從暴風外圍大喊著：「誰來救救我啊？」

我一直沒注意到我們周遭的廢墟；吉薩平原散布著巨大石塊、壕溝和之前考古所遺留的老舊建築地基。在附近一個汽車大小般的石灰岩塊旁，侏儒神探出頭來。

「貝斯！」莎蒂大喊，此時我們跑到他身邊。「你還好嗎？」

他狠狠瞪著我們。「小鬼，我看起來還好嗎？我胸口壓著一塊十噸重的石灰岩。上面那條蛇用一口氣把我吹到平躺在地，還讓這鬼玩意壓在我身上。這是史上最欺負侏儒的行爲！」

「你能搬開石頭嗎？」我問。

他給了我一個臭臉，幾乎和他的「噗」一樣可怕醜陋。「老天，卡特，我沒想過耶。躺在這下面真是舒服得不得了。你這個笨蛋，我當然搬不開石頭啊！石塊不容易嚇走。快幫我這個侏儒從底下出來吧？」

「站到後面去。」我告訴莎蒂。

我召喚荷魯斯的力量。藍色的光包圍我的手，我使出空手道的招式砍斷石頭。石頭從中間裂開，掉在侏儒神兩側。

如果我沒有抱著手指並像隻小狗唉唉叫，我的表現會更加令人佩服。顯然我需要好好精進我的空手道功夫，因爲我的手感覺像正在油鍋裡煮一樣。我很確定我弄斷了幾根骨頭。

「你還好嗎？」莎蒂問。

「還好。」我說謊。

貝斯爬起來站好。「小鬼，謝了。現在該來打蛇了。」

我們跑去幫忙姬亞，結果這是個壞主意。她瞥向這裡，看見我們，就那麼一下子，她失去了注意力。

「卡特，感謝眾神！」她用二部和聲跟我說話，一部分是她的聲音，另一個是拉那低沉且充滿威嚴的聲音。這實在有點難以接受。你儘管說我小心眼好了，但聽到自己女朋友說話像個五千歲的阿公神，實在無法榮登「我覺得最有吸引力」的榜單前十名。不過，我還是很高興看到她，幾乎對此毫不在意。

她朝著阿波非斯的喉嚨丟出另一個火球。「你們及時趕到了。我們狡猾的巨蛇朋友愈來愈強……」

「小心！」莎蒂尖叫。

這次阿波非斯沒有受到火焰的干擾。他立刻反擊，而且沒有失誤，他的嘴就像大鐵球一樣擊中目標。

當阿波非斯再次抬頭，姬亞不見了。在她剛才一直站著的沙地上出現一個大坑洞，而且看得出蛇的咽喉處有個突出的人形腫塊發出光亮，好像一路從嘴巴旅行到喉嚨底下。

莎蒂說我那時有點發狂。說眞的，我不記得了，接下來只記得我因爲狂喊而聲音沙啞，然後腳步蹣跚地遠離阿波非斯，我幾乎喪失了魔法力量，而骨折的手痛得要命，我的彎柄手杖和連枷冒著煙，還流出紅灰相間的液體，那是混沌的血。

阿波非斯的脖子上有三道沒有癒合的傷口，除此之外，他看起來沒事。很難看得出蛇是不是有表情，但我很確定他現在正哈哈大笑。

「就跟之前說的一樣！」他大聲說著，大地開始搖晃。裂縫擴散橫越沙漠，彷彿沙漠一時之間變成薄冰。天空顏色轉黑，只剩星星和一道道紅色閃電的亮光。溫度開始下降。「卡特・凱恩，你欺騙不了命運。我已經吞下了拉。現在世界末日唾手可得！」

莎蒂跪在地上啜泣，我感到絕望，這種感覺比寒冷還糟。我感覺荷魯斯的力量衰退，而我再一次恢復成平凡的卡特・凱恩。在我們四周，在不同層的杜埃，恐懼蔓延至神和魔法師的所在，他們都停止了戰鬥。

巴絲特以貓的矯捷身手跳到我旁邊大口喘氣，她的頭髮變成非常蓬亂的爆炸頭，看起來像是覆滿沙子的海膽。她的運動連身衣被撕破了，左下巴嚴重瘀血。她的刀子冒著蒸氣，巨蛇的毒液將刀子腐蝕出許多小洞。

「不，」她堅定地說：「不，不可以。我們有什麼計畫？」

「計畫？」我試著理解她的問題。姬亞消失了，我們失敗了。古代的預言成真，我會因爲知道自己是個超級輸家而死。我看著莎蒂，她似乎也腦筋一片空白。

「小鬼，醒醒！」貝斯搖搖晃晃朝我走來，踢了我膝蓋一腳，這是他剛好能碰到的高度。

「噢！」我抗議著。

「你現在是領袖，」他咆哮著，「你最好想出個計畫。我可不是復活來要再被殺掉的！」

阿波非斯發出嘶嘶聲。地面持續出現縫隙，撼動所有金字塔的地基。氣溫變得很低，我吐出的氣都變成了霧。

「可憐的孩子們，已經太遲了。」巨蛇的紅眼往下盯著我看。「瑪特已經垂死了好幾世紀。你們的世界只是混沌之海中暫存的一個小點。你們所建造的一切什麼都不是。我既是你們的過去，也是你們的未來！卡特．凱恩，現在臣服於我，或許我會饒了你和你妹妹。我喜歡有倖存者見證我的成功，那豈不是比死來得好多了嗎？」

我感覺四肢沉重。在我內心深處，我是個害怕的小男孩，很想活命。我失去了父母，被要求去打一場對我來說太過龐大的戰爭。現在既然毫無希望可言，爲什麼我還要繼續下去？要是我可以救莎蒂的話……

然後我把注意力集中在巨蛇的喉嚨。被吞下的太陽神光芒愈降愈低，已經進入阿波非斯的食道。姬亞犧牲自己的性命來保護我們。

「不要害怕，」她曾經說過：「直到你們來之前，我會擋住阿波非斯。」

憤怒釐清了我的思緒。阿波非斯試圖動搖我的決心，就像他之前分化弗拉迪・緬什科夫、桂、莎拉・雅各比甚至是邪惡之神賽特。阿波非斯擅長腐化理智和秩序，擅長摧毀一切美好和值得尊崇的事物。他很自私，他想要我和他一樣自私。

我想起矗立在混沌之海的白色方尖碑，它力抗一切困難，已經存在那裡好幾千年了；它代表勇氣與文明，代表要做出正確的決定，而不是輕鬆的決定。倘若我今天失敗了，那座方尖碑最終會崩塌毀滅。人類自第一座埃及金字塔出現以來所建立的一切，將化爲烏有。

「莎蒂，」我說：「你有影子嗎？」

她站起來，臉上驚恐的表情轉爲憤怒。「我還以爲你不會問我呢。」

她從袋子裡拿出花崗岩雕像，如今這雕像因爲有了阿波非斯的影子而變成深黑色。

巨蛇往後退，不斷發出嘶嘶聲，我想我察覺到他眼裡的恐懼。

「別傻了，」阿波非斯怒吼，「我大獲全勝，那個可笑的咒語奈何不了我！況且，你們太虛弱了。你們這麼做只會沒命。」

就像所有的有效威脅，這句話多半帶有事實。我的魔法儲量幾乎用光，莎蒂的狀況也好不到哪裡去。就算神來幫忙，我們唸這個詛咒很可能燒死自己。

「準備好了嗎？」莎蒂問我，她的語氣堅毅。

「你們這麼做的話，」阿波非斯警告我們，「我將會一而再、再而三地把你們的靈魂從混沌之中找出來，這樣我才能慢慢殺死你們。我也會對你們父母做同樣的事。你們會知道永恆的痛苦是什麼滋味。」

我感覺像是吞了一個拉的火球，雖然手痛得不得了，我還是緊緊握住彎柄手杖和連枷。荷魯斯的力量再次湧入我的體內，我們再一次達成共識。我是他的眼睛。我是復仇者。

「你犯了一個錯誤，」我對巨蛇說：「你不該威脅我的家人。」

我拋出彎柄手杖和連枷，通通擊中阿波非斯的臉，有如原子彈一般爆炸，往上衝出長長的火柱。

巨蛇痛苦哀嚎，包覆在火焰和煙霧之中，但我猜這只是替我們多爭取了幾秒鐘的時間。

「莎蒂，」我說：「你準備好了嗎？」

她點點頭，把雕像拿給我。我們一起握著雕像，準備進行可能是我們這一生最後一次唸的咒語。我們不需要參考紙草卷，爲了這個咒語已經練習了好幾個月，早就熟記咒語的每一個字。唯一的問題是，不知道多了影子是不是有差別。我們一旦開始進行這個咒語，就無法停下來，無論失敗或成功，我們都有可能引起自燃、活活燒死。

「貝斯、巴絲特，」我說：「可以請你們兩位擋住阿波非斯，不要讓他靠近我們嗎？」

巴絲特微笑，高高舉起她的雙刀。「保護我的小貓咪嗎？你連問都不必問。」她瞥向貝斯。「假如我們都死了，我先為我一直玩弄你的情感道歉。你值得找個更好的情人。」

貝斯哼了一聲。「沒關係，我現在總算想通了，而且找到一個對的女孩。況且，你是隻貓，你認為自己是宇宙的中心，這是你的天性。」

她茫然地看著他。「但我的確是宇宙的中心啊。」

貝斯大笑。「小鬼，祝你們好運。現在該是使出醜招的時候了。」

「受死吧！」阿波非斯高喊，他的眼睛冒著熊熊火焰，從火柱中現身。

巴絲特和貝斯是我們最好的朋友，也是最保護我們的人。他們正往前衝去迎戰阿波非斯。

莎蒂和我開始唸咒。

20 登上王位

就像我之前說過的，我很不擅長唸咒。

要把咒語唸對必須心無旁騖、發音正確並抓準時間，否則很可能會毀了自己和距離三公尺內的任何一個人，或是把自己變成某種有袋動物。

要是想對某個人施咒的話，那就加倍困難了。

當然，莎蒂和我都鑽研過這道咒語的每一個字，然而這又不像我們可以眞的事先演練一遍。要用這種咒語，你只有一次機會。

當我們開始唸咒，我知道巴絲特和貝斯正在與巨蛇廝殺，我們其他同伴也在杜埃的不同地方和敵人纏鬥。這裡的氣溫持續下降，地面上的裂縫愈來愈寬。紅光散布在天空，有如黑色蒼穹出現了縫隙。

很難不讓我的牙齒打顫。我將注意力集中在阿波非斯的雕像上。隨著我們唸咒，雕像開始冒煙。

我試著不去想上次聽到這道咒語時發生的事。米歇爾．狄賈登因爲唸這道咒語而喪命，他當時面對的只是這巨蛇的一部分，並非成功吞下拉之後完全恢復力量的阿波非斯。

「專心。」荷魯斯對我說。

他說得簡單。我們身邊的噪音、寒冷、爆炸，幾乎讓人不可能專心，那就像嘗試要從一百往回倒數、卻有人在你耳邊一直亂喊數字一樣。

巴絲特被摔了出去，從我們頭上飛過，落在一個大石塊上。貝斯怒吼，用棍子猛力打在阿波非斯脖子上，巨蛇的眼珠轉個不停。

阿波非斯咬向貝斯，貝斯抓住巨蛇的一顆尖牙。巨蛇抬起頭搖晃嘴巴，想把侏儒神甩掉，這時貝斯緊緊抱著那顆尖牙不放。

莎蒂和我繼續唸咒。小雕像的溫度升高，巨蛇的影子開始冒煙。艾西絲與荷魯斯盡力保護我們，此時金色和藍色的光芒在我們四周旋轉圍繞。汗水刺痛我的雙眼。雖然空氣冷冽，但我開始覺得身體發熱。

當我們唸到咒語最重要的一段、也就是命名敵人時，我終於開始感覺到巨蛇影子的眞正本質。有時你要等到毀了某件東西，才會眞正了解它，這樣眞的很妙。「舒特」不僅僅是一個副本或倒影，更不只是靈魂的「備份磁碟」。

一個人的影子代表他一生的成就，還有對世界的影響。有些人幾乎投射不出什麼影子，有些人則投射出可以維持好幾世紀又長又深的影子。我想到鬼魂薩特納說過的事，他和我是如何在知名父親的陰影下長大。我現在發現，他這麼說並非只是比喻。我爸所投射出強而有力的影子，至今仍舊影響著我和全世界。

如果一個人完全沒有影子可以投射，他不可能活著，他的存在就變得毫無意義。消滅阿波非斯的影子來詛咒他，會完全斬斷他與凡人世界的聯繫，他再也無法復活。我終於了解他爲何這麼急著想燒光薩特納的紙草卷，以及他爲何這麼害怕這道咒語。

我們已經唸到咒語的最後一行。阿波非斯將貝斯從尖牙上甩開，侏儒神飛入大金字塔的一側。

巨蛇轉向我們，而我們正唸到最後一句：「我們驅逐你，將你逐入虛無之中。你已不復存在。」

「不！」阿波非斯怒吼。

雕像燒了起來，在我們手裡熔化。影子在一陣蒸汽中消失，一陣黑暗衝擊爆炸把我們撞倒在地。

巨蛇阿波非斯在地球上所製造的戰爭、謀殺、騷動、政治混亂，這些自古以來他引發的一切動亂，終於失去力量，再也無法投射影子影響我們的未來。這場爆炸解放了亡者的靈魂，那些被混沌陰影所困住、傷害的數千個鬼魂全都獲得釋放。我心裡有個聲音低語著「卡特」，而我因爲鬆了口氣而開始啜泣。我看不見我們的母親，但我知道她自由了。她的靈魂已經返回原本在杜埃的位置。

「目光短淺的凡人！」阿波非斯不斷扭動，開始萎縮。「你們還沒有殺死我。你們已經放逐了神！」

杜埃開始崩裂，一層接著一層，直到真實的吉薩平原再次出現。魔法師朋友站在我們四周，驚訝不已。然而，到處都看不見任何一個神的蹤影。

巨蛇發出嘶嘶聲，他的鱗片冒煙，一片片掉落。「瑪特和混沌是連結在一起的，你們這些笨蛋！你趕走了我，也趕走了神。至於拉，他將死在我的體內，慢慢被我消化……」

他被打斷了（我是說他真的斷掉了），就在他的頭爆炸的時候。沒錯，這個場面和你們聽的一樣噁心。這條蛇著火的碎片飛得到處都是。一團火球從巨蛇脖子裡滾出來。阿波非斯的身體碎裂成沙子和冒煙的黏稠物，而姬亞·拉席德從這堆殘骸裡走出來。

她的衣服破破爛爛，金色魔杖已經裂開成ㄚ字形，不過她活著。

我奔向她。她腳步不穩地倒在我身上，整個人筋疲力盡。

然後有個人從阿波非斯仍在冒煙的殘骸裡站起來。

拉有如幻影般閃著微光，高高聳立在我們面前，這個渾身肌肉的老人有著金色肌膚，身穿王袍，頭戴法老王冠。他往前走，日光再度回到天空，氣溫開始上升變暖，地上的縫隙自行密合。

太陽神低頭看著我微笑。「卡特、莎蒂，做得好。現在，隨著其他神已經離開，我也必須退場，不過我欠你一條命。」

「離開？」這聲音聽起來不像是我的，而是一種更低沉、更嚴肅的聲音，但也不是荷魯斯的聲音。戰神似乎從我心裡完全消失了。「你的意思是……永遠嗎？」

拉笑了起來。「等你和我一樣老的時候，你就會學會謹慎使用『永遠』這個詞了。我第一次被迫退位時，以爲就是永遠離開了；至少有一度我必須退回天上。我的死對頭阿波非斯說得沒錯，當混沌被趕開，屬於秩序、也就是瑪特的眾神當然也必須保持距離，這樣才是宇宙的平衡。」

「那麼……你應該帶走這些東西。」我再次將彎柄手杖和連枷交給他。

拉搖搖頭。「替我好好保管吧。你是正統的法老，並且好好照顧我喜愛的……」他朝著姬亞點點頭。「她會恢復的，但她需要支持。」

太陽神四周出現耀眼光芒，亮光消失後，他也不見了。當太陽升到吉薩金字塔上空，二十幾名疲累不堪的魔法師站在沙漠裡，圍繞在仍在冒煙的巨蛇痕跡旁。

莎蒂把手放在我的手臂上。「親愛的哥哥？」

「什麼事？」

「那樣有點太靠近了。」

這一次，我沒跟我妹爭執。

今天接下來的事都是一團模糊。我記得我帶姬亞到第一行省的醫療室，我自己斷掉的手只花了幾分鐘就治好，但我一直待在姬亞身邊，直到潔絲開口要我離開。她和其他醫療人員必須治療許多受傷的魔法師，包括俄國小子列歐尼德，令人驚訝的是，醫療人員認爲他會康復。雖然潔絲認為我的舉動很貼心，但我妨礙了他們做事。

我漫無目的地走到主要洞穴中，被裡面滿滿的人嚇了一跳。全世界的通道又可以開始運作。魔法師湧進這裡幫忙清掃打理，並且宣示支持大儀式祭司。辛苦麻煩事一做完，大家都喜歡來參加派對。

我試著不去對這種事感到不滿。我知道許多其他行省一直有自己的仗要打，阿波非斯盡可能地分化並征服我們，這件事還是讓我留了不好印象。許多人驚嘆地盯著拉的彎柄手杖和連枷看，這兩樣東西還掛在我的腰帶上。有些人向我道賀，還說我是英雄。我繼續往前走。

我走過一個賣魔杖的小販旁，有人對我說：「噗嘶！」

我看了一眼離我最近的小巷子，鬼魂薩特納靠在牆上。我嚇了一大跳，心想一定是出現幻覺了。他不可能出現在這裡，而且還穿戴著可怕的夾克、珠寶和牛仔褲。他的貓王髮型梳得很漂亮，腋下夾著《透特書》。

「朋友，你做得好，」他大聲說：「雖然不是我會用的方式，不過你做得還不賴。」

我總算從震驚中恢復過來。我大喊：「塔司！」

薩特納只是微笑。「哈，我們那場遊戲已經玩完了。不過朋友，不用擔心，我還會再看到你的。」

他在一陣煙霧中消失。

在莎蒂找到我之前，我不確定自己站在那裡有多久。

「還好嗎？」她問。

我把看到的事情告訴她。她皺起眉頭，但看起來沒有特別感到意外。「我想，我們很快就得對付那隻老狐狸，不過你現在最好跟我來，阿摩司召集大家在時代廳開會。」她勾著我的手臂。「親愛的哥哥，試著露出微笑吧。我知道這很困難，雖然我也覺得這件事超可怕的，但你現在是大家的模範了。」

我盡力露出笑容，可是要我不去想薩特納實在不容易。

我們經過幾個在幫忙重建的朋友身邊。艾莉莎和一群土之元素魔法師正在加強修補牆壁和天花板，努力確保洞穴不會崩塌而壓到我們。

朱利安坐在占卜屋前的階梯上，和一群來自斯堪地那維亞行省的女生聊天。他告訴她們：「沒錯，你們知道的，阿波非斯看到我以巨大戰鬥化身出現，就知道自己已經差不多了。」

莎蒂翻了個白眼，拉著我繼續走。

小雪比和其他小小孩嘻嘻哈哈且上氣不接下氣地朝我們跑過來。他們自己從一個沒人看管的小攤販上拿了些幸運符，所以看起來就像從埃及狂歡舞會上玩回來一樣。

「我剛才殺了一條蛇！」雪比告訴我們，「是一條大蛇！」

「眞的嗎？」我問，「全靠你自己嗎？」

「對！」雪比向我保證。「殺、殺、殺！」她用力跺腳，鞋子冒出火花，然後就跑去追她的朋友們。

「那個小女生很有前途，」莎蒂說：「她讓我想起我小時候的樣子。」

我打了個冷顫。這個想法眞令人不安。

鑼聲響起，傳遍了隧道，通知大家到時代廳集合。等到我們抵達時，整個大廳擠滿了魔法師，有些人穿著袍子，有些人穿現代的衣服，也有些人穿著睡衣，像是透過心電感應直接從床上傳送了過來。在地毯兩側，全景的光幕就像從前一樣在柱子間閃閃發光。

滿臉笑容的菲力斯朝我們跑來，後面跟著一群企鵝。（應該用「一群」？「一隊」？還是「一堆」？啊，隨便啦。）

「你們看！」他開心地說：「我在作戰時學會這一招！」

他說了一道咒語。起先我以爲他是說「噓噓奇帕伯」，不過後來他告訴我是「西—奇帕布」，那是「變冷」的意思。

冰亮透白的象形文字出現在地板上：

一陣寒冷散布開來，直到六公尺寬的地板包覆在厚厚的冰層底下。企鵝鼓動翅膀，在冰

上搖搖擺擺走過。有個倒楣的魔法師往後一踩，滑了一大跤，手裡的魔杖飛了出去。

菲力斯握起拳頭。「就是這樣！我找到我的神之道。我想要追隨冰神！」

我搔搔頭。「我們有冰神嗎？埃及是沙漠，誰是冰神啊？」

「我不知道！」菲力斯滿臉笑容。他從冰上滑開，跟著他的企鵝跑走。

我們走到大廳盡頭。魔法師彼此分享經歷、交流往來、和老朋友相聚問候。象形文字在空中飄浮，比我所看過的更多更亮，就像一碗彩虹字母湯。

最後，大家注意到莎蒂和我，大廳裡馬上有人發出噓聲示意安靜，所有的眼睛都看著我們。魔法師紛紛讓開，清出一條通向王座的路。

我們走過的時候，大部分的魔法師都面帶微笑，幾個人輕聲道謝並恭喜我們，就連之前有些叛徒魔法師似乎也很高興看見我們，但我也注意到一些凶狠目光。不管我們是否打敗了阿波非斯，有些魔法師還是永遠對我們存疑，有些人絕不會停止怨恨我們。凱恩家族仍然需要小心提防暗箭攻擊。

莎蒂焦急地環視群眾，我發現她是在找華特。我一直專注在姬亞身上，完全沒想到莎蒂一定也擔心得不得了。華特在打完仗後就跟著其他的神消失了，他現在似乎不在這裡。

「我相信他沒事的。」我對她說。

「噓……」莎蒂對我微笑，但她的眼神是在說：「如果你在大家面前讓我難堪，我會掐死你的。」

阿摩司在王座前的階梯上等待我們。他換上一套深紅色西裝，和他的豹皮披肩出奇地搭配；他的頭髮用石榴石編成髮辮，眼鏡塗成紅色。這是混沌的顏色嗎？我感覺他這身打扮是在刻意強調他與賽特的連結，現在所有魔法師絕對都聽說了這件事。

我們的大儀式祭司與集邪惡、力量和混沌於一身的神是好朋友，這是史上頭一遭。這可能會讓人比較不信任他，然而魔法師就像神一樣，他們尊敬力量，我想阿摩司以後在執行統治上絕對沒什麼問題。

我們走近時，他面帶微笑。「卡特和莎蒂，我代表生命之屋感謝你們。你們恢復了瑪特！阿波非斯已經驅離，拉再次重返天上，而且這次是光榮返回。做得好！」

時代廳裡爆出熱烈的歡呼和掌聲，幾十位魔法師高舉魔杖，發出小小的煙火。

阿摩司擁抱我們，然後他走到一旁，示意我走向王座。我希望荷魯斯會對我說一些鼓勵的話，但我完全感覺不到他的存在。

我試著控制自己的呼吸。這張椅子已經好幾千年沒人坐了，我怎麼知道它是否支撐得了我的重量？如果法老的王座在我這國王的屁股下垮掉，那可是一個天大的惡兆。

莎蒂用手肘推推我。「趕快過去啊。不要呆住了。」

我走上階梯，安穩地坐上王座。舊椅子發出嘎吱聲，不過沒有讓我摔下去。

我凝視整屋子的魔法師。

荷魯斯不在我旁邊，但是不知爲何，我覺得這也無所謂。我望向發光的光幕，這是新時代，發出紫色的光芒，我感覺這終究會是一個美好的年代。

我緊繃的肌肉開始放鬆，感覺自己走出了戰神的陰影，如同我走出了父親的陰影一樣。我知道要說什麼了。

「我接受王位。」我高舉彎柄手杖和連枷。「拉在危急存亡之際賦予我領導神和魔法師的權力，我會盡一切力量做好這工作。阿波非斯已經驅逐，可是混沌之海永遠存在，這是我親眼所見。混沌之海的力量會永遠試圖消蝕瑪特。我們不能認為所有敵人都已經消失。」

眾人不安地騷動起來。

「不過現在，」我補充說：「我們處在和平時代。我們可以重建擴大生命之屋。如果戰事再起，我會在此成為拉之眼，成為法老。但是就身為卡特．凱恩來說……」

我站起來，將彎柄手杖和連枷放在椅子上，走下平台。「身為卡特．凱恩，我只是一個還有很多事情要學習的小孩。我在布魯克林之家有自己的行省要統治管理，而且還要完成高中學業，所以我要將每日管理運作的工作交到合適的人手上，也就是大儀式祭司，法老的大總管，阿摩司．凱恩。」

阿摩司向我鞠躬敬禮，這樣感覺有點奇怪。眾人熱切鼓掌。我不確定他們是否認同我，還是因為不會有個坐在王位上的小鬼每天命令他們做事而鬆一口氣。不管原因為何，我都無所謂。

阿摩司再次擁抱我和莎蒂。

「我爲你們兩個感到驕傲。」他說：「我們很快會好好談一談，但不是現在。來吧……」他示意平台的旁邊，有一扇黑暗之門已經在空中打開。「你們父母想見見你們。」

莎蒂緊張地看著我。「喔哦。」

我點點頭，馬上從宇宙中心的法老，變回一個擔心會被爸媽禁足的小孩，這感覺很怪。儘管我非常想見爸媽，但我沒有遵守對我父親的重要承諾……我弄丟一個危險罪犯。

審判廳變成了狂歡世界。吞噬獸阿穆特在公理之秤附近跑來跑去，牠的鱷魚頭上戴著一頂生日帽，正開心地吠叫。頭部是斷頭台的惡魔靠在他們原是柱子的長棍手臂上，手裡拿著幾杯看似香檳的飲料；不知道他們用斷頭台的頭要怎麼喝，不過我也不想知道。就連藍色的審判神騷動使似乎心情很好，他頭上那頂埃及豔后假髮歪向一邊，他的紙草卷敞開有半個房間遠，但是他和其他從休憩之屋被解救出來的審判神一起有說有笑。擁火者和燙腳不停把灰燼掉在騷動使的紙草卷上，可是他似乎沒注意到，或者根本就不在乎。

在房間遠遠的另一頭，爸爸坐在他的王位上，和我們媽媽的鬼魂手牽著手。在平台的左邊，來自冥界的亡靈組成爵士樂隊演奏音樂。我很確定我認得邁爾士·戴維斯[82]和約翰·柯川[83]的作品，還有其他一些我爸的最愛。身爲冥界之神也有這種額外的福利。

爸爸要我們走向前去。他看起來沒有生氣，這是好兆頭。我們經過一大群開心的惡魔和審判神身邊，阿穆特開心地對莎蒂吠叫，莎蒂搔牠下巴時還發出滿足的咕嚕聲。

「孩子們。」爸爸伸出雙臂。

被叫做孩子感覺很怪。我覺得自己已經不再像孩子了。沒有人會要小孩子去對抗混沌巨蛇，小孩也不會率領軍隊去阻止世界滅亡。

莎蒂和我都擁抱了爸爸。我當然沒辦法擁抱媽媽，因爲她是個鬼魂，不過我很高興看到她平安無事。除了身邊有一圈發亮的光環，她看起來就和活著的時候一樣。她身穿牛仔褲和有著安卡圖案的T恤，一頭金髮用頭巾綁在腦後。如果不是這樣直視著她，我差點把她錯認爲莎蒂了。

「媽，你還在，」我說：「你是怎麼……」

「這全都要感謝你們兩個。」媽媽的雙眼充滿光芒。「我盡可能撐住，但影子的力量實在太強了。我和其他許許多多亡魂一起被吞沒。要不是你們摧毀了『舒特』並釋放我們，我早就……唉，現在這些都不重要了。你們完成了不可能的任務，我們替你們感到驕傲。」

「的確。」爸爸同意說，他捏緊我的肩膀。「我們所努力的一切、我們所希望的一切，你們全都做到了。你們遠遠超出我對你們最高的期望。」

---

82 邁爾士．戴維斯（Miles Davis, 1926-1991）是美國著名爵士樂手，為小喇叭巨擘，不僅奠定五〇年代爵士樂風格，也開創了六〇年代的新樂風。

83 約翰．柯川（John Coltrane, 1926-1967），知名薩克斯風演奏者，一生都在研究開創爵士樂的新面貌，被譽為爵士樂史上最有影響力的樂手。

我猶豫了一下。他有可能不知道薩特納的事嗎？

「爸，」我說：「呃……我們並非每一件事都成功。我們弄丟了你的犯人。我還是不懂他是怎麼逃走的。他明明被綁住，而且……」

爸爸舉起手，示意我別再說下去。「我聽說了。我們可能永遠都不曉得薩特納到底是怎麼逃走的，但你們不用責怪自己。」

「我們不用怪自己？」莎蒂問。

「薩特納已經逃避追捕億萬年了，」爸爸說：「他的聰明勝過神、魔法師、凡人和惡魔。我讓你們帶走他時，就懷疑他一定會想辦法逃走。我只是希望你們能控制他，直到得到他的幫助為止。而你們也做到了。」

「他帶我們找到影子，」我承認，「可是他也偷走了《透特書》。」

莎蒂咬著嘴唇。「那本書是很危險的東西。薩特納是鬼，可能沒辦法自己施咒，但他還是可能引起各種禍害。」

「我們會再找到他的，」爸爸保證，「不過現在，我們好好慶祝你們的勝利吧。」

我們的媽媽伸出手來搔弄莎蒂的頭髮。「親愛的，我可不可以借用你幾分鐘？我有事想跟你談談。」

我不確定她們要談什麼，但是莎蒂跟著媽媽往爵士樂團那邊走去。我之前沒注意到，不過有兩名樂手看起來很面熟，而且不像這裡的人。一個高壯的紅髮男子穿著西部風格的衣服坐在一把鋼弦吉他前，他和邁爾士．戴維斯交換獨奏時露齒而笑，穿著靴子的腳在打拍子。他旁邊那位美麗的金髮女子正在拉小提琴，偶爾彎腰去親吻紅髮男子的額頭。這兩人是達拉斯博物館的ＪＤ．葛里森和他的妻子安妮，他們終於找到一個不會結束的派對。我從來沒有聽過爵士樂團搭配鋼弦吉他與小提琴的演奏，但不知爲何，他們的表演很成功。我想阿摩司說得對，音樂和魔法在秩序之中都需要一點混沌的。

媽媽和莎蒂談話時，莎蒂的眼睛睜得很大，表情變得嚴肅。然後害羞地露出微笑還臉紅了，一點也不像她。

「卡特，」我爸說：「你在時代廳的表現很好。你會是一位很優秀、很有智慧的領袖。」

我不確定他怎麼會知道我的演說內容，但我的喉嚨像是有東西哽住讓我說不出話。我爸不輕易稱讚別人。再次站在他身旁，我想起從前和他一起到處旅行的生活有多麼輕鬆。他總是知道要做些什麼。我總是可以依賴他的冷靜沉著。直到在倫敦的平安夜他消失之前，我都沒有好好珍惜感謝自己有多麼依賴他。

「我知道這很不容易，」爸爸說：「但你會領導凱恩家族開創未來。你眞的已經完全走出我的影子。」

「不完全是。」我說：「我並不想走出你的影子。就爸爸來說，你就像，嗯，影子一樣模糊。」

他放聲大笑。「如果你需要我的話，我都在這裡。不用懷疑這一點。但是，如拉所說，現在阿波非斯已經驅離，神將不容易與凡人世界接觸。當混沌退去，瑪特也必須離開。儘管如此，我不認爲你會需要幫忙，你已經靠著自己的力量獲得成功。你現在能投射出長長的影子了。在未來的歲月，生命之屋將永遠記得你。」

他再次擁抱我，這實在很容易讓人忘記他現在是亡者之神。他看起來似乎還是我爸，溫暖、充滿生氣又強壯。

莎蒂走過來，看起來有點發抖。

「怎麼了？」我問。

她毫無來由地咯咯笑起來，然後又再次擺出嚴肅的樣子。「沒事。」

媽媽飄到她身旁。「你們兩個去吧。布魯克林之家在等你們回去。」

另一扇黑暗大門出現在王座旁。莎蒂和我一起走過大門。這次我不擔心門的另一邊會有什麼在等著我們，因爲我知道我們是要回家。

生活以驚人的速度恢復到正常。

我讓莎蒂來告訴你們布魯克林之家發生的事以及她自己的戲劇化發展。我就先快轉到有趣的事。

【噢！我以爲我們已經達成共識了，就是不可以捏人！】

和阿波非斯作戰結束兩週後，姬亞和我到明尼蘇達州布隆明市的美國購物中心，我們坐在購物中心裡的美食街。

為什麼要去那裡呢？我聽說過美國購物中心是全國最大的室內購物中心，所以我想我們就從最大間的開始逛起吧。經由杜埃來到這裡很簡單。當我和姬亞在購物中心裡探索時，怪胎很高興地坐在屋頂上，大口享用冷凍火雞。

【莎蒂，沒錯。我們第一次眞正的約會，我就帶著姬亞坐上一艘由神經兮兮的葛萊芬所拉的船。那又怎樣？你的約會就不怪裡怪氣嗎？】

總之，我們到美食街時，姬亞驚訝得下巴都掉下來了。「埃及的神啊……」

這裡的餐廳選擇多到令人不知所措。因為我們無法決定，所以就每樣東西都吃一點點，有中國菜、墨西哥菜（我們吃了大份玉米脆片）、披薩和冰淇淋這四大類基本食物。我們選了一張可以眺望購物中心中央遊樂場的桌子坐下來。

許多小孩都在美食街裡閒晃，有很多人盯著我們看。嗯……不是看我啦，他們大多是在看姬亞，而且絕對在猜想她這樣的女生幹嘛跟我這樣的男生在一起。

自從戰爭結束後，她的傷勢復原得很好。她穿著一件樣式簡單的無袖米白色亞麻洋裝和黑色涼鞋，沒有化妝，也沒有配戴珠寶首飾，除了那條聖甲蟲金項鍊之外。比起購物中心裡的其他女生，她看起來更加美麗成熟。

她一頭烏黑長髮在腦後綁成馬尾，有一小撮捲在她的右耳後。她的琥珀色雙眼總是炯炯有神，肌膚是溫暖的咖啡牛奶色，但自從成為拉的宿主後，她似乎比以前更加耀眼，我從桌子對面可以感覺得到她的溫暖。

她的面前擺著炒麵，對我微笑。「所以，這就是一般美國青少年會做的事？」

「嗯……這個嘛，算是吧，」我說：「雖然我不認為大家會覺得我們兩人是『一般』的青少年。」

「我希望不會。」

我看著她的時候無法清楚思考。如果她開口要我跳過欄杆，我大概會照做吧。

姬亞在麵裡轉動叉子。「卡特，我們還沒有好好談一談……你知道的，就是我成為拉之眼的事。我可以猜想你會覺得很怪。」

看吧，這就是你們一般青少年在購物中心會有的對話。

「嘿，我懂的，」我說：「一點都不奇怪。」

她揚起眉毛。

「好吧，是很怪，」我承認，「但是拉需要你的幫助。你很厲害。你是不是和他談過，嗯，在那之後……？」

她搖搖頭。「他已經退出這個世界，就像他說的一樣。我想我應該不會再次成為拉之眼，除非我們又面對另一次世界末日的威脅。」

「也就是說，要是我們幸運的話，我們這幾週還可以平平安安過活。」

姬亞大笑。我很喜歡她笑的時候。我也喜歡她耳後那一小撮鬈髮。

（莎蒂說我這樣很可笑。好像她有資格講我一樣。）

「我和你叔叔阿摩司談過。」姬亞說：「現在第一行省裡有許多人可以幫他。他認爲離開那裡一陣子對我有好處，試著去過更……平凡普通的生活。」

我的心跳了出來，跌跌撞撞跑到肋骨去了。「你是說，比方離開埃及嗎？」

姬亞點點頭。「你妹妹建議我留在布魯克林之家，在美國的學校念書。她說……她是怎麼說的？『美國的學校很古怪，不過你會愈來愈喜歡的。』」

姬亞將手伸過桌面，握住我的手。我感覺到美食街其他桌子傳來了大約二十個嫉妒男生的眼光。

「如果我留在布魯克林之家，你會介意嗎？我可以幫忙教生徒。但如果這樣會讓你不舒服的話……」

「不會！」我說得太大聲了點。「我是說，不會，我不介意。對，我喜歡這種安排。很喜歡。非常喜歡。喜歡得不得了。」

姬亞微笑著。美食街裡的溫度似乎又上升了十度。「所以這表示好囉？」

「對。我是說，除非這樣會讓你不舒服。我不希望讓事情變得很尷尬或是……」

「卡特，」她溫柔地說：「閉嘴。」

她靠過來吻我。

根本不用魔法，我照她說的去做。我閉上了嘴巴。

21 道別

啊，我最喜歡的四個字：「卡特，閉嘴。」

自從第一次與姬亞相遇，她眞的改變很多。雖然她喜歡我哥，但我覺得她還是有希望的。

不管怎麼說，卡特很明智地把故事尾聲留給我說。

結束了與阿波非斯的戰爭後，許多方面都讓我感到害怕。我的身體完全累癱，而且也用盡了最後一點魔法能量。我很怕對自己造成永久的傷害，因爲我感覺胸悶，這也可能是因爲我耗盡了魔法儲量，或心臟嚴重灼傷。

我的情緒也好不到哪裡去。姬亞從巨蛇那一團冒煙的黏呼呼東西冒出來時，我看著卡特抱住她，這樣很好，但這一幕只讓我想起自己的痛苦。

華特在哪裡？（我決定這樣叫他，否則爲了搞清楚他的身分會把自己逼瘋。）戰爭結束後，他一直還站在附近，現在卻消失了。

他是和其他的神一起離開了嗎？我已經擔心起貝斯和巴絲特來了，不說再見就消失，不是他們的作風。對於拉所說神會暫時離開人間這段話，我不是很喜歡。

「你趕走我，也趕走了其他的神。」阿波非斯曾經如此警告著。

那條該死的蛇可能是在我們詛咒他之前說的。我才剛剛平靜地接受了華特和阿努比斯合而為一這件事，或者說是比較接受啦，而現在華特消失了。如果他被再次宣告不能接近我，我就要爬進石棺裡永遠不出來。

當卡特陪著姬亞在醫護室裡，我在第一行省的走廊晃蕩，卻找不到任何華特的蹤跡。我試著用護身符「生」和他聯繫，但沒有任何回應，甚至試著聯絡艾西絲，請她給點建議，女神也沉默無聲。我不喜歡這樣。

所以，沒錯，當卡特在時代廳裡發表那段接受王位的小演說，說什麼「我想要感謝所有小人讓我當上法老……」之類的時候，我完全心不在焉。

我很高興能去冥界和我爸媽團聚，至少他們不是不可接近的。可是在那裡沒有找到華特，讓我很失望。就算他不被允許出現在人類世界，難道不該待在審判廳裡接管阿努比斯的工作嗎？

我媽在此時把我拉到一邊去（當然啦，不是真的把我拉到旁邊，她是鬼魂，沒辦法把我拉到任何地方）。我們站在平台的左邊，而平台上已經死去的音樂家正在現場演奏音樂。JD．葛里森和他的妻子安妮對我微笑。他們似乎很快樂，我也替他們高興，但我看著他們還是無法不感到愧疚。

我媽拉著她的項鍊，是我的切特護身符的鬼魂複製品。「莎蒂……你和我，我們從來沒有好好談過。」

這麼說有點多餘，因爲她在我六歲時就過世了。不過我了解她的意思。我們在春天時團聚過，但我們沒有眞的好好聊過。到杜埃來看她很不容易，鬼魂也沒有電子郵件、Skype或手機可用。就算他們的網路連線沒問題，可是和我已過世的母親在臉書上互加好友，還是感覺很怪。

我什麼話都沒說，只是點點頭。

「莎蒂，你變得堅強了，」媽媽說：「你一直以來都必須勇敢堅強，要你卸下心防一定很不容易。你害怕再失去任何一個你關心的人。」

我感覺有點頭暈，像是我也變成了一個鬼魂。我是不是也變得像我媽一樣透明了呢？我想要跟我媽爭執抗議，然後哈哈一笑帶過。我不想聽我媽的意見，特別是她說的又這麼正確的時候。

然而同時，我心裡對華特的感覺很混亂，好擔心他會發生什麼事。我想要崩潰，靠在我媽肩膀上哭泣。我想要她抱著我，告訴我一切沒事。遺憾的是，你不能靠在鬼魂的肩上哭泣。

「我知道。」媽媽悲傷地說，彷彿讀到我的想法。「我在你還小的時候就不在你身邊。而你爸爸……他必須把你留給外公外婆照顧。他們努力讓你過正常生活，但你非常不平凡，對吧？你看你現在，是個小女人了……」她嘆口氣。「我錯過了你生命中好多部分，不知道你現在會不會想聽我的建議。不過我還是要說，相信你的感覺。我不能保證你不會再次受傷，但我能向你保證值得冒險一試。」

我仔細打量她的臉，從她過世後就沒有改變，依然是柔細的金髮、藍色的雙眼、帶點淘氣的眉毛弧度。常常有人說我長得很像她，我現在自己看得很清楚了。隨著我年紀增長，我們兩個的相似度實在非常驚人。如果媽媽的頭髮也有些許紫色挑染，她就會是莎蒂很棒的動作替身。

「你在說華特的事。」我終於開口。「現在是談論男生的交心時刻嗎？」

媽媽皺著眉。「對，嗯……恐怕我很不擅長這種事，但我得試試才行。在我還小的時候，外婆實在沒有為我提供很好的支持。我從來不覺得可以和她談事情。」

「我想也是。」我試著想像這個畫面：外公對著電視大吼，要我們替他倒更多的茶、拿更多烤焦餅乾來吃，而我在跟外婆講男生的事。

「我想，」我鼓起勇氣說：「媽媽通常會警告孩子不要隨著自己的心意走，她們會反對孩子和類型錯誤或有不好名聲的男生交往。都是這樣的事。」

「啊。」媽媽愧疚地點點頭。「唉呀，你看，我做不到。莎蒂，我想我不擔心你做了不對的事，我是擔心你害怕去信任人，甚至是對的人也不敢信任。當然，這是你的心，不是我的。不過我敢說，華特比你還更緊張。不要對他太嚴苛。」

「對他太嚴苛？」我差點要大笑。「我甚至不知道他人在哪裡呢！而且現在有個神寄宿在他體內，就是那個……那個……」

「那個你也喜歡的神。」媽媽補充說：「而且沒錯，那也讓你很困惑，但現在他們其實是同一個人。阿努比斯和華特有許多共同點，兩人從未有過一個可以期待的未來。現在兩人合而爲一，他們可以做到。」

「你是說……」我心裡那種可怕的炙熱感開始漸漸平靜下來。「你是說我會再看到他？他沒有遭到放逐，或是要做那些神該做的莫名其妙的事？」

「你會看到他的，」媽媽保證，「因爲他們合而爲一，住在同一個凡人體內，他們就像古埃及被神寄宿的法老一樣，可以在地上行走。華特和阿努比斯都是好青年。他們兩人都很緊張，在凡人的世界不知所措，而且都很害怕，不知道其他人會怎麼對待他們。再說，他們兩個對你都有相同的感覺。」

我的臉大概紅得不像話。卡特從平台頂端看著我，他的表情看起來絕對是在猜想發生什麼事。我不相信自己可以直視他的眼睛，他有點太擅長讀我的表情了。

「這實在有夠難的。」我抱怨著。

媽媽微微一笑。「沒錯，是不容易。但是如果這樣說能多少給你安慰的話……和任何男人相處，表示在和多重人格的人打交道。」

我抬頭看了一眼我爸，他在朱利斯．凱恩博士和冥界的藍色小精靈俄塞里斯兩個身分之間來回晃動。

「我了解你的意思，」我說：「可是阿努比斯在哪裡？我是說華特。啊！我又來了。」

「你很快就會看到他，」媽媽保證，「我希望你有所準備。」

我的腦袋說：「這一切太亂七八糟、太不公平了。我處理不了這種關係。」

我的心卻說：「閉嘴！沒錯，我做得到！」

「媽，謝謝。」我說，絕對不可能看來既平靜又沉著。「和神有關的事漸漸告一段落，這表示我們不能常常看到你和爸嗎？」

「或許吧，」她承認，「但你知道怎麼做。繼續傳授神之道，重振生命之屋往日的榮耀。你和卡特及阿摩司會讓埃及魔法比從前更強大。這樣很好……因爲你們的挑戰還沒結束。」

「你是說薩特納嗎？」我猜。

「沒錯，是他，」媽媽說：「除此之外還有其他挑戰。即使我死了，我的預言能力尚未完全喪失。我看到的畫面很模糊，但是有其他的神和敵對的魔法。」

這聽起來眞的很不妙。

「你說的是什麼意思？」我問，「什麼其他的神？」

「莎蒂，我不知道。但是埃及一直以來都在面對外來挑戰，有來自其他地方的魔法師，甚至來自他處的神。保持警覺就是了。」

「好極了，」我喃喃地說：「我還是比較喜歡討論男生的事。」

媽媽大笑。「一旦你返回人類世界，還有一個通道可以用。今晚好好找一找。你有些老朋友會想跟你說說話。」

我感覺我知道她說的是誰。

她摸摸脖子上那條鬼魂般的護身符，是切特，艾西絲的象徵。

「如果你需要我的時候，」媽媽說：「就用你的項鍊。這條項鍊會呼喚我，就跟你用來呼喚華特的『生』是一樣的。」

「如果早點知道這件事就更方便了。」

「我們以前的連結不夠強，而現在……我想已經夠強了。」她親吻我的額頭，不過感覺像是一陣涼爽的微風吹過。「莎蒂，我以你爲榮。你有著大好前程等著你，盡情發揮吧！」

就和我媽之前保證會發生的一樣，那晚在布魯克林之家，一個旋轉的飛沙通道在露天平台上打開。

「那個通道是爲我們而開的。」我從餐桌上站起來。「親愛的哥哥，我們走吧。」

在通道另一端，我們發現自己站在火焰湖旁的沙灘上。巴絲特在那裡等我們，雙手拋接玩著一團線球。她一身黑的緊身衣和頭髮很搭，那雙貓眼在水波映照出的紅色光芒中閃爍。

「他們在等你們來。」她往上指著休憩之屋的階梯。「等你們下來之後，我們再說。」

我不必問她爲什麼不跟我們一起去。我已經從她的聲音裡聽出她的悲哀，因爲貝斯的關係，她和托爾特向來處不好。顯然巴絲特想給河馬女神一點空間，但我猜我這位老朋友是否也開始了解到自己讓一個好男人從手中溜走了。

我親親她的臉頰，然後卡特和我走上樓梯。

在安養院裡，氣氛相當歡樂愉快。護理站裝飾著新鮮花朵。青蛙女神赫凱特沿著天花板上下顛倒走，掛上派對布條，而一群年長的狗頭神正手舞足蹈，哼唱《變戲法》兒歌，雖然唱的是慢版，還是令人印象深刻，他們唱著「你放進枴杖。你拿出點滴袋。」之類的歌詞。年老的獅頭女神梅基特與一位很高的男神跳著慢舞。她的頭靠在男伴肩上，發出大大滿足聲。

「卡特，你看，」我說：「那個難道是……」

「那是歐努里斯[84]！」托爾特回答。她穿著護士服，踩著小碎步走來。「就是梅基特的丈夫！這不是很棒嗎？我們很確定他在幾世紀以前就消失了，但是當貝斯呼喚年老的神參戰，歐努里斯從一個擺放補給品的櫃子裡跳出來。很多其他的神也出現了。你們看，終於還是有人需要他們！這場戰爭給了他們存在的理由。」

河馬女神熱情地緊緊擁抱我們。「噢，我親愛的孩子們！你們看看大家有多麼開心！你們給了他們新生。」

「我看到這裡的神沒有以前那麼多。」卡特注意到。

「有些返回天界，」托爾特說：「有些離開這裡，回到他們從前的神廟和宮殿。當然啦，像你們親愛的父親俄塞里斯就帶著審判神回到他的王座廳。」

看著年老的神這麼快樂，讓我的心暖洋洋的，但我還是覺得有種不安。「他們會一直保持

[84] 歐努里斯（Onuris）是埃及神話中的戰神，能保護戰士，並幫助驅避邪惡與蟲害，在新王國時期頗受歡迎。

這個樣子嗎？我是說，他們不會再次消失了吧？」

托爾特攤開她短短胖胖的手。「我想，這得看你們凡人的表現了。如果你們記得他們，而且讓他們覺得自己很重要，他們應該就會沒事。不過，好啦，你們想要見貝斯吧！」

他坐在平常那張椅子上，眼神空洞地望向窗外的火焰湖。這個景象非常熟悉，我很害怕他又失去他的「仁」。

「他還好嗎？」我大喊，跑到他身邊。「他發生什麼事了？」

貝斯轉過身來，一臉驚訝。「你是說除了醜之外還有事嗎？小鬼，我沒事。我只是在想事情，抱歉啦。」

他高高站起（以一個侏儒站起來的高度），擁抱我們兩人。

「眞高興你們兩個小鬼能過來，」貝斯說：「你們知道我和托爾特要在湖邊蓋一間房子。我已經習慣了這個景色。她會繼續在休憩之屋工作，我則先當一陣子侏儒家庭主夫。誰知道未來會怎樣呢？或許我會有幾個侏儒河馬寶寶要照顧呢！」

「噢，貝斯！」托爾特臉紅得不得了，河馬眼眨個不停。

侏儒神笑了。「是啊，生命眞美好。不過如果你們兩個小鬼需要我幫忙，儘管開口呼喚。比起大多數的神，我去人類世界的可能性還比較高。」

卡特煩躁地沉著一張臉。「你以爲我們很需要你幫忙嗎？我是說，我們當然還是想看到你沒錯！我只是懷疑……」

貝斯嘀咕。「喂，我可是個醜侏儒。我有一輛很炫的車、一櫃子無懈可擊的服飾和了不起的力量。你們怎麼會不需要我？」

「你說得有道理。」卡特同意。

「不過呢，呃，不要太常叫我。」貝斯說：「畢竟，我和我的小甜心要好好彌補這幾千年沒在一起的遺憾。」

他牽起托爾特的手，這是我第一次不覺得這裡的地名「陽光田野」令人感到沮喪。

「貝斯，謝謝你所做的一切。」我說。

「你在開玩笑嗎？」他說：「是你把我的生命重新給了我，我說的不只是我的影子而已。」

我很清楚感覺到這兩位神想要獨處，於是我們向他們道別，並朝著火焰湖走下階梯。

白沙通道還在旋轉。巴絲特站在通道旁邊，完全沉浸在把玩她的線球。她把球夾在手指間纏繞，弄成一個長方形，像是貓咪的搖籃。（不，我不是在說雙關語，不過好像滿適合這麼說的，畢竟「貓咪的搖籃」在英文中指的就是翻繩遊戲。）

「好玩嗎？」

「我在想你可能會想看看這一幕。」她舉起貓咪搖籃。一個畫面影像從搖籃上閃過，就像在電腦螢幕上播放一樣。

我看見神的大廳裡有著高聳的柱子和光亮的地板，還有許多燃燒著數百種多彩火焰的火盆。在平台中央，一艘太陽船已經換成一張金色的王座，荷魯斯以人類形象、一個滿身肌肉並全身武裝的光頭青少年坐在王座上。他將彎柄手杖和連枷放在大腿上，雙眼發光，一邊是銀色，另一邊是金色。站在他右邊的是艾西絲，非常驕傲地微笑著，她的彩虹翅膀閃閃發亮。站在他左邊的是賽特，這個紅皮膚的混沌之神手拿鐵杖，看起來一臉笑意，彷彿已經盤算好之後要進行的各種邪惡計畫。其他的神在荷魯斯唸到他們名字時紛紛跪下。我在那群神之中尋找阿努比斯的身影（不管有沒有華特），我還是沒看到他。

我聽不見他們說的話，但我知道這段話和卡特之前對生命之屋的人所說的內容差不多。

「他做的事和我做的一樣。」卡特抗議說：「我敢打賭，他甚至偷了我的演講稿。那個模仿貓！」

巴絲特不贊同地嘖嘖幾聲。「卡特，不必隨便亂罵人。貓不模仿，我們全都是獨一無二的。不過，沒錯，你在凡人世界身爲法老的作爲，常常反映在神的世界。畢竟，荷魯斯和你一起統治埃及的力量。」

「想到那裡，」我說：「還眞是令人害怕。」

卡特輕輕打了我手臂一下。「我只是無法相信荷魯斯連再見都沒說就走了，好像我一沒有利用價值，他就把我扔到一邊，然後完全忘了我。」

「噢，不，」巴絲特說：「神不會這麼做的。他只是必須離開罷了。」

但我猜想，神是很自私的族群，就連那些不是貓的神都很自私。艾西絲也沒有向我正式道別或道謝。

「巴絲特，你要跟我們一起走吧，對不對？」我懇求她。「我是說，這可笑的隔離不適用在你身上！我們布魯克林之家需要我們的午睡老師。」

巴絲特晃了晃手裡的線球，往階梯下一丟。她的表情就一隻貓來說顯得很悲傷。「噢，我的小貓咪們，如果我可以的話，我會咬著你們的頸背，一輩子叼著不放。可是你們已經長大了，你們的爪子已經鋒利，視線敏銳，貓必須自己在這個世界闖蕩。我現在得向你們道別，不過我相信我們還會再見面。」

我想要抗議說我還沒有長大，我甚至連爪子也沒有。

（卡特不同意，但他懂什麼啊？）

不過，有部分的我知道巴絲特說得對。有她陪在我們身邊一路走來，我們真的很幸運。我們現在已經是長大的貓了……呃，我是說人類啦。

「噢，瑪芬……」我緊緊抱著她，感覺得到她發出了滿足的貓叫聲。

她搔搔我的頭髮，然後摸摸卡特的耳朵，這個樣子很好笑。

「現在，快走吧，」她說：「在我開始嗚咽之前。況且……」她注視著已經滾到階梯底下的線球。她拱起身體，肩膀緊繃。「我還要打獵呢。」

「巴絲特，我們會想念你的。」我說，試著不哭出來。「祝你打獵愉快。」

「線球。」她漫不經心地說，慢慢爬下階梯。「危險的獵物，這線球……」

卡特和我走入通道。這次通道把我們放在布魯克林之家的屋頂上。

還有一個驚喜在等我們。有個人站在怪胎的窩旁，是華特，他在等我們回來。他看見我的時候微微一笑，我感覺雙腿發軟。

「我，呃，先進去了。」卡特說。

華特走了過來，我努力記得應該怎麼呼吸。

22 最後的華爾滋

他又再次改變了外貌。

他身上只戴著一個護身符，那個「生」和我的一樣。他穿著黑色無袖上衣、黑色牛仔褲、黑色皮風衣和黑色戰鬥靴。這身打扮融合了阿努比斯和華特的風格，卻讓他看起來像個嶄新且不一樣的人。但他的眼睛還是讓人非常熟悉，深棕色的雙眼充滿暖意，帥氣迷人。他微笑時，我的心一如往常狂亂跳動。

「那麼，」我說：「這又是另一次道別嗎？我今天說的再見已經夠多了。」

「其實，」華特說：「這比較算是打招呼啦。我的名字是華特．史東，來自西雅圖。我想要加入你們。」

他伸出手，臉上仍掛著促狹的笑容。他剛才說的話，就跟他在春天來到布魯克林之家、也就是我們第一次碰面時所說的一模一樣。

我沒有握他的手，而是一拳打在他的胸口上。

「噢，」他抱怨著。不過我想剛才那一拳才沒傷到他呢，他的胸膛相當結實。

「你以為你可以跟神結合在一起，然後就這樣嚇我一跳嗎？」我質問他。「『喔，對了，其實我現在一個身體內有兩個不同的腦袋。』我不喜歡這樣毫無心理準備就接受事實。」

「我有試著要告訴你啊，」他說：「好幾次了，阿努比斯也是，但我們每次要解釋的時候都被打斷，大多時候是因爲你話太多。」

「不准找藉口。」我交叉雙臂，盡可能拉下臉來。「我媽似乎認爲我應該對你好一點，因爲這一切對你來說很不一樣。但我還是很生氣。你知道，喜歡一個人這種事已經很混亂了，更別說這個人還變成我也喜歡的神。」

「所以你眞的喜歡我。」

「你別想讓我轉移話題！你是眞的在問我可不可以留下來嗎？」

華特點點頭。他現在非常靠近我，身上有股很香的味道，聞起來像香草蠟燭。我試著回憶那到底是華特還是阿努比斯的味道，說眞的，我想不起來。

「我還有很多事要學，」他說：「我再也不必只是做個護身符而已。我可以使用力道更強的魔法，也就是阿努比斯之道。從來沒有人做過這件事。」

「你是說發現新的魔法之道來惹惱我？」

他歪著頭。「我可以用木乃伊的亞麻布使出厲害的招數。比方說，如果有人話太多，就可以召喚一個東西來塞住……」

「你敢試試看！」

他抓住我的手。我擺了一個反抗的臭臉，但沒有把手抽回來。

「我還是華特，」他說：「我還是一個凡人。只要我是阿努比斯的宿主一天，他就可以待在這個世界上。我希望能夠活得夠長、夠久。我們倆都沒想過這種做法可行，所以我哪裡都不會去，除非你希望我離開。」

我的眼睛大概替我回答了：「不，請你不要離開。永遠不要走。」但我不能就這樣明白且大聲地說出來讓他稱心如意，對吧？男生會變得太自大。

「那麼，」我不情願地說：「我想我是可以忍受。」

「我還欠你一支舞。」華特把他另一隻手放在我的腰上，這是一種很傳統、非常老派的姿勢，就跟阿努比斯和我在布魯克林學院跳華爾滋的姿勢一模一樣，是我外公會許可的動作。

「我可以請你跳舞嗎？」他問。

「在這裡嗎？」我說：「難道你的監護人蘇不會干涉？」

「就像我之前說過的，我現在是凡人。他會讓我跳舞，雖然我確定他還是在注意我們，確保我們的行爲恰當。」

「是確保『你』的行爲恰當，」我糾正他，「我可是規矩的淑女。」

華特大笑。我想這的確很好笑，「規矩」通常不是用來形容我的第一個詞。

我又打了他的胸膛一下，不過我承認下手沒有很重。我把手放在他的肩上。

「我會讓你記得的，」我警告他，「我父親是你在冥界的老闆。你最好要小心你的一舉一動。」

「是的，小姐。」華特說。他傾身向前吻了我。我所有的憤怒全都融化在我的鞋裡。

我們開始跳舞。身旁沒有音樂，沒有鬼魂舞者，我們也沒有飄浮在空中，完全沒有任何魔法。怪胎好奇地看著我們，絕對是在猜想這種活動要如何產生可以餵牠吃的火雞。老舊的柏油屋頂在我們腳下發出嘎吱聲。我們那漫長的一仗仍舊讓我很疲累，也還沒好好梳洗一番。我的樣子看起來肯定很可怕。我想完全融化在華特的懷裡，基本上我已經這麼做了。

「那你要讓我留下來囉？」他問，在我頭頂上吐出溫暖氣息。「讓我有機會體驗一般的青少年生活？」

「我想是吧。」我抬頭看著他。我不用花費任何力氣，就可以將視線降入杜埃看他，我看見阿努比斯就在表面下。其實根本沒必要這麼做。站在我面前的是一個全新的男孩，我喜歡他的一切。「並非因爲我自己是專家，而是有一條我很堅持的規定。」

「什麼規定？」

「如果有人問你是否有女友，」我說：「答案是『有』。」

「我想我可以接受這條規定。」他保證說。

「很好，」我說：「因爲你不會想看見我生氣。」

「太遲了。」

「華特，閉嘴，跳舞吧。」

我們繼續跳舞，身後的伴奏是神經兮兮的葛萊芬尖叫聲，以及底下布魯克林市區傳來的警笛和喇叭聲。眞的非常浪漫。

以上就是我們要說的故事了。我們已經返回布魯克林之家。危害世界的各種災難已經減少，至少是少了一些些。隨著新學年展開，我們也要應付新一波的生徒。

這爲什麼會是我們最後一份錄音，答案應該顯而易見。我們要開始忙著訓練生徒、上學和過生活，我很懷疑我們會有時間或理由再送出任何錄音檔案請求幫忙。

我們會把這捲錄音帶放進有安全防護的盒子，送到那位一直在謄寫我們冒險故事的先生那裡。卡特似乎認爲透過郵寄就可以了，但我想還是交給古夫，由牠親自穿越杜埃送過去。這哪有可能出錯呢？

至於我們，不要以爲我們的生活就是瘋狂玩樂而已。阿摩司不會任憑一群青少年不受看管監督而獨自生活，因爲現在巴絲特也不在我們身邊了，所以阿摩司就派了幾位成年魔法師到布魯克林之家當老師（實際上是監護人）。但我們大家都心知肚明，誰才是眞正管理這裡的人，就是我。喔，對啦，或許卡特也有點算是啦。

我們的麻煩也還沒完全結束。我還是很擔心萬惡不赦的鬼魂薩特納目前仍逍遙法外；他內心邪惡，流行品味令人不敢領教，還持有《透特書》。我也對我媽所說的敵對魔法和其他神的事感到很疑惑，我不知道那是什麼意思，但聽起來很不妙。

同時，全球各地還是有我們必須前去處理的邪惡魔法和惡魔活動的頻繁區域。我們甚至收到許多報告，是有關無法解釋的魔法，其中離我們最近的事件發生在紐約長島，我們大概得過去查查看才行。

但現在，我打算好好享受我的生活，盡可能去煩我哥哥，還有把華特變成一個很棒的男朋友，並讓其他女生和他保持距離，最可能採取的方法就是用噴火器阻止她們接近。我的工作永遠都做不完。

至於你們這些正在聽錄音的讀者，我們永遠都有時間協助生徒。如果你體內流著法老的血液，還在等什麼呢？不要白白浪費了你的魔法。布魯克林之家敞開大門歡迎你。

埃及守護神 3

巨蛇的闇影

文 / 雷克・萊爾頓　譯 / 沈曉鈺

執行編輯 / 陳懿文　特約編輯 / 林孜懃
美術設計 / 唐壽南　行銷企劃 / 陳佳美
出版一部總編輯暨總監 / 王明雪

發行人 / 王榮文
出版發行 / 遠流出版事業股份有限公司　104005台北市中山北路一段11號13樓
電話：(02)2571-0297　傳眞：(02)2571-0197　郵撥：0189456-1
著作權顧問 / 蕭雄淋律師
輸出印刷 / 中原造像股份有限公司
□ 2013年1月1日　初版一刷
□ 2022年4月25日　初版十一刷
定價 / 新台幣360元　（缺頁或破損的書，請寄回更換）

ISBN 978-957-32-7115-4
ylib 遠流博識網 http://www.ylib.com　E-mail:ylib@ylib.com
遠流雷克萊爾頓奇幻欄 http://www.facebook.com/thekanefans
埃及守護神官網 http://www.ylib.com/hotsale/thekane 3

THE KANE CHRONICLES: THE SERPENT'S SHADOW

國家圖書館出版品預行編目資料

巨蛇的闇影 / 雷克・萊爾頓（Rick Riordan）文；
沈曉鈺譯. -- 初版. --臺北市：遠流, 2013.01
面；　公分.--（埃及守護神；3）

譯自：The Kane Chronicles: The Serpent's Shadow
ISBN 978-957-32-7115-4（平裝）

874.57　　101023600